Le tueur au caillou

La collection *L'Aube noire*
est dirigée par Manon Viard

Titre original : *Torto marcio*

www.editionsdelaube.com

ISBN 978-2-8159-5001-5

Alessandro Robecchi

Le tueur au caillou

roman traduit de l'italien par Paolo Bellomo
avec le concours d'Agathe Lauriot dit Prévost

éditions de l'aube

Du même auteur, chez le même éditeur

Ceci n'est pas une chanson d'amour, 2020 ; Mikrós noir, 2021
De rage et de vent, 2021 ; Mikrós noir, 2023

« Ménagez-le ! Laissez-lui sa solitude ! Voulez-vous donc le détruire entièrement ? Il s'est fêlé comme un verre dans lequel on a versé quelque chose de trop chaud – et il était fait d'un verre si précieux[1] ! »

FRIEDRICH NIETZSCHE

---

1. F. Nietzsche, *Aurore*, tr. Éric Blondel, Ole Hansen-Love et Théo Leydenbach, Flammarion, Paris, 2012.

1

NOVEMBRE 2016

Peut-être qu'il aurait dû pleuvoir.

Francesco s'est dit ça en s'habillant, qu'un jour comme celui-là méritait une lumière plus appropriée, quelque chose qu'un bon réalisateur aurait longuement étudié puis élaboré avec soin dans l'attente de la bonne journée : le ciel gris, les gouttes fines, l'humidité flottante qu'il y a à Milan quand tu ne sais pas si l'eau vient d'au-dessus de ta tête ou d'en dessous de tes pieds. À la place, il y a un soleil pâle, de ceux qui ne réchauffent pas, un soleil qui fait le minimum syndical, la sensation de ces ampoules écologiques qui peinent à donner de la puissance quand tu appuies sur l'interrupteur, et font la lumière des morts.

Chiara l'a serré contre elle toute la nuit, elle a appuyé la tête sur son épaule, même si ça l'a gêné au bout d'un certain temps, mais il ne dormait pas et il ne s'est pas dégagé. Il a laissé son bras s'endormir, en supportant le fourmillement, en respirant presque la mèche violette de ces cheveux qui sentaient le shampooing.

Puis il s'est levé tôt et a fait ce qu'il avait à faire.

Il est descendu dans la cour, a traversé les plates-bandes fatiguées, il a longé les murs écaillés et s'est glissé par la petite porte du bâtiment C, il a monté les quatre étages d'escaliers et il est entré chez madame Antonia, la porte était ouverte.

Elle était réveillée, allongée sur son lit. Francesco a pris dans un tiroir une petite boîte en plastique avec des compartiments, il a compté les pilules, les a posées sur la table.

« Ces deux-là, juste après le déjeuner et après le dîner, comme d'habitude, te plante pas, l'autre avant de te coucher », a-t-il dit. Puis, aussi : « Tu as déjà pris ton lait ? »

Madame Antonia a fait oui de la tête.

« Quand est-ce que tu dois faire ta prise de sang ?

— Jeudi. À dix heures et demie.

— Bien, je viens avec quelqu'un pour t'amener en bas et je t'accompagne », a dit Francesco.

Elle a tenté un sourire.

Ces derniers mois, les escaliers sont devenus un cauchemar. Elle, pratiquement incapable de bouger, pas d'ascenseur, cage étroite, HLM.

HLM, pense Francesco, *oui. Habitation pour Locataires Miséreux.*

Il vient donc avec Chiara ou avec quelqu'un du collectif et ils la portent à bout de bras, quand il le faut. En haut, en bas, en faisant semblant de ne pas voir son visage humilié. La voisine fait ses courses et vérifie qu'elle mange, d'autres viennent de temps en temps, sans roulement précis, sans planifier, les têtes habituelles, les têtes du quartier. Un va-et-vient.

À l'étage du dessus il y a une sorte de grenier, mais habitable. Avec les autres du collectif, ils ont défoncé la porte, dégoté sommiers et matelas. Ils y ont installé une famille de

Syriens. Des jeunes, elle était enceinte, ils dormaient à la gare, voulaient partir en Allemagne. Ils sont arrivés à trois et là ils sont quatre, silencieux, gentils. Lorsqu'elle fait du couscous, elle en apporte une assiette à madame Antonia, qui dit qu'elle aime, mais ça doit être par politesse. Une fois ils ont aussi fait des figues confites, dans le grenier, une sucrerie de ces coins-là, et tout le monde en a mangé, une espèce de petite fête.

Bière. Joints. Bavardage. Il suffit de pas grand-chose, non ?

Chez madame Antonia, Francesco ouvre la porte d'un débarras minuscule et jette un coup d'œil. Sa boîte est toujours là, normal, il n'en doutait pas de toute façon.

« Je prends la voiture, dit-il, et il pioche une clé dans une assiette sur la desserte de la cuisine.

— Ne demande pas à chaque fois, dit madame Antonia, ce n'est pas moi qui vais m'en servir. »

Mais il ne demande pas vraiment. Il prévient, voilà, parce qu'il sait qu'ils sont beaucoup à utiliser cette voiture. Si on peut appeler ça une voiture. Une Golf de plus de vingt ans, quelques écailles de vernis entêtées qui résistent à la rouille, pas de vignette, pas d'assurance, la deuxième vitesse qui ne passe pas, un mulet avec des roues, éreinté. C'est risqué de rouler avec, mais qu'est-ce qui n'est pas risqué ?

Il est content de sortir de l'appartement de la vieille, de cette odeur de renfermé et de *minestrone*, de la sensation d'être devenu une espèce de garde-malade. *Qu'elle aille se faire foutre, la vioque*, pense-t-il. Mais il pense aussi qu'elle est utile : personne n'ira chercher quoi que ce soit là-bas. Même les gars de la chaudière n'y vont pas, alors les flics… Et quand Franco et lui y avaient amené six télés plasma, elle n'avait pas bronché. « Tombées d'un camion », avait-il dit, narquois, et elle avait souri.

« Combien ça vous rapporte, ces trucs-là ? » avait-elle demandé. Gâteuse mais pas conne. Et Franco, qui n'est pas un diplomate, avait soufflé : « Mêle-toi de tes couilles, la mamie. »

Francesco n'avait pas apprécié cette impolitesse, mais madame Antonia ne s'était pas vexée. *C'est comme ça*, pense-t-il, *c'est une résignation séculaire : bats-les toute leur vie et ils demanderont à être battus, autant en profiter.*

Puis ils étaient venus chercher Franco, tôt le matin, avec les gyrophares et tout le reste. Les caméras. Couillon. Mais les six télés étaient restées introuvables. Couillons eux aussi.

Maintenant il descend l'escalier, en monte un autre, revient là-haut, chez lui. Chiara prépare le café.

« Je viens aussi.

— Non. »

Elle ne dit rien, s'approche de lui et le serre dans ses bras. Francesco remarque qu'elle a enlevé son anneau au sourcil. Il sait pourquoi. Pour la même raison qu'il a mis une chemise et son beau pantalon. Il sourit. Se dit qu'on n'arrivera jamais à chasser le petit-bourgeois qui est en nous, même avec des bombes.

Puis il sort.

On lui a dit d'être là-bas à onze heures et il est déjà dix heures. Lorsqu'il arrive à la chapelle ardente de l'hôpital, il est onze heures moins le quart. Les messieurs à la voiture grise disent :

« On est prêts, vous montez avec nous ?

— Non, je vous suis. »

Un curé sans froc s'approche de lui et lui demande s'il veut parler, il dit non, gentiment, le chasse avec un sourire qui ne tolère pas de réponse. *Il ne manquait que le curé, putain.*

Une demi-heure après, ils sont au cimetière.

Francesco pense que ce n'est pas comme il se l'imaginait. La niche est trop haute. Pour y mettre des fleurs de temps en temps, si jamais il le fait, il devra utiliser la longue échelle avec les roues qu'on trouve là-bas. Un ouvrier place une dalle en pierre et ferme le trou avec deux coups de truelle. Pour la définitive, en marbre, avec le nom et la photo, il faudra quelques jours. Francesco remercie et s'en va.

Il pense que maman a mis beaucoup de temps pour partir. Trop. Ensemble ils ont attendu, sans drames, presque sans douleur. Et puis c'est arrivé, *Et me voilà ici*, pense-t-il.

Seul.

Il regagne sa voiture, mais ne démarre pas tout de suite.

Il pense à beaucoup de choses, à la façon dont ils s'en sont sortis ensemble, aux années de service de nuit pour elle, à lui qui faisait ses devoirs sur la table de la cuisine. Aux panneaux d'affichage du bac de son lycée technologique, qu'ils étaient allés voir ensemble, mais seulement après qu'un camarade de classe lui avait dit : « Bien sûr tu l'as eu, ici tout le monde l'a, son bac, tu savais pas ? » À quand ils avaient regardé sa première œuvre graphique – le tract d'un magasin de produits d'entretien – et qu'elle avait ri des bulles à côté du texte. Vingt-six mille lires[1], sa première paie. Il pense à la façon dont cet argent avait changé entre le moment où il l'avait retiré et son arrivée à la maison, une petite fierté qui avait fondu comme une glace sur le trottoir. *Nous serons toujours ça. Nous serons toujours ces deux billets sordides et pure crainte*, avait-il

1. L'équivalent de dix-neuf euros d'aujourd'hui en pouvoir d'achat (*Toutes les notes sont des Traducteurs*).

pensé. Et dans ses yeux à elle il y avait la même pensée – il s'en souvient comme si c'était aujourd'hui –, mais elle avait ri et lui avait fait la fête.

Maman.

Mais il pense surtout à ce qu'elle lui a laissé.

« La boîte de l'oncle », elle l'a appelée.

Elle lui avait dit où la trouver, quelques semaines avant que les médecins le préviennent que c'était la fin, qu'il ne restait pas beaucoup de temps. Elle lui avait dit d'un filet de voix, en lui tenant un bras avec ses mains sèches et fines :

« Lis l'histoire de ton oncle, avait-elle dit, puis jette tout et on en reste là. »

L'oncle avait toujours été une sorte de fantôme entre eux, le frère tant aimé et qui avait si mal fini.

Elle n'avait rien dit de plus que ce qu'on savait déjà, qui était dans la presse, et lui, il n'avait rien demandé de plus que ce qu'elle pouvait supporter.

Puis il avait lu.

Dans la boîte, il y avait un cahier avec l'histoire en entier, une histoire qui avait commencé avant qu'il naisse, une ceinture en cuir avec une boucle faite à la main, un rouleau de billets, en lires, un million sept cent mille – du chiffon –, la photo de l'oncle souriant avec un camarade de cellule. Puis d'autres photos, des vieilles cartes postales. Et oui, aussi, des choses qu'il valait mieux faire disparaître.

Mais Francesco n'avait rien jeté. Il avait ramené la boîte à la maison. Puis chez madame Antonia, dans le placard, un endroit sûr. Chez lui, il n'avait gardé que le cahier, et il l'avait lu et relu des dizaines de fois.

Et maintenant il est là, dans ce tas de ferraille, il attend un instant avant de démarrer.

Il regarde ses mains. Il pense aux choses à faire, comme si c'était un jour normal. Il passera chez les Calabrais pour voir s'ils ont reçu le nouveau Mac, lui aussi « tombé du camion ». Il en a besoin pour travailler, et il a trouvé le moyen de se le payer.

« Qu'est-ce que tu peux nous donner ?, avait demandé le grand, qui avait l'air d'être le chef.

— Ce petit dessin », avait-il répondu.

Le plan d'un magasin de montres branché, sur corso Buenos Aires. Il avait montré, sur le dessin, les petits points rouges, les caméras, et les espaces grisés – ceux où le champ des caméras n'arrive pas, comme un parcours sûr, une passerelle au-dessus du marécage. Les petits points verts étaient les détecteurs de mouvement, faciles à contourner quand tu sais où ils sont. Et lui, il sait.

Un bon règlement, comme un chèque.

« Viens mardi », avait dit le plus grand des Calabrais.

Et aujourd'hui c'est mardi, et Francesco démarre et s'en va de là. Puis, pendant que le tas de ferraille de la vieille tousse dans la circulation, il prend son téléphone et compose un numéro, parle avec une demoiselle qui s'efforce d'être gentille.

« Je vous appelle pour une facture… oui… Francesco Girardi… oui, j'attends.

— Il y en a encore pour quelques jours, monsieur Girardi, peut-être deux ou trois semaines.

— C'est une facture du mois de juin, putain, on est en novembre… mille euros, hein, pas un million, bordel de cul !

— Vous avez raison, monsieur Girardi, mais vous savez…

— Je sais, je sais. Je sais que c'était urgent, le travail, mais pas le paiement, n'est-ce pas ?… » Là il est vraiment furax, il raccroche, jette le téléphone sur le siège passager, où la mousse pointe son nez hors des coutures pour regarder le monde.

Et ça, c'est le travail honnête, pense-t-il. *Mais allez vous faire foutre.*

Ce soir il aura son nouveau Mac et dans quelques jours des montres cadeaux, si le petit dessin avec les points rouges et verts est précis. Si les Calabrais ne font pas leurs connards. Si.

Mais moi c'est pas les montres que je mange, pense-t-il, *et c'est risqué de les vendre tout de suite.*

Lorsqu'il arrive à la maison, Chiara n'est pas là.

Il n'est même pas treize heures et sa journée est déjà à foutre à la poubelle, il se jette sur le lit et ouvre le cahier.

Il écrivait vraiment mal, l'oncle.

Quelle fin. Pauvre con.

2

MARS 2017

L'appel est arrivé à 23 heures 41, comme l'indique le registre du 17. Une dame qui sortait son chien, via Angelo Mauri, et qui n'en finissait plus de parler, même si elle n'avait rien à dire. Juste qu'elle avait entendu une détonation, forte, et qu'elle était allée voir, en surmontant sa peur. Voir quoi ? Rien, au début. Mais après, grâce à son chien aussi – « Ces setters ont un de ces flairs… » – elle avait vu le corps.

« Le monsieur », elle l'avait appelé comme ça.

Elle avait l'air de vouloir une médaille, et se donnait un mal fou pour qu'on remarque que c'était elle, et seulement elle, qui avait appelé la police.

En réalité les appels étaient au nombre de sept, entre 23 heures 41 et 23 heures 46, heure à laquelle la première patrouille était arrivée et avait bloqué la rue. Puis trois autres voitures avaient débarqué, une de piazza Settimio Severo et deux de via Giovio, en s'engageant dans via Mauri à contresens, en dérapant, en vrombissant et en faisant crisser les pneus.

Gisant entre le trottoir et les roues des voitures à l'arrêt, au niveau du numéro 6, à quelques mètres de la porte cochère, se trouvait, justement, « le monsieur ».

Les habitants du coin, les résidents des immeubles bourgeois de la rue, avaient confirmé la détonation et l'heure. Le gardien du collège au numéro 10 avait lui aussi entendu, mais il avait pensé à cette grille qui claque sans cesse, qu'il demande à faire réparer depuis des mois, et la proviseure est d'accord, bien sûr, mais le rectorat, le ministère…

L'explosion, oui. Un bruit fort. « Comme un coup de feu », avait dit un gars habillé à la perfection, mais en claquettes, qui était descendu voir lorsque les voitures illuminaient déjà la rue de bleu, et cela en hochant la tête, sûr de lui, après avoir appris par le caquetage ambiant, naturellement, qu'il s'agissait d'un coup de feu.

« C'était bien un coup de feu, que dis-je, deux », avait dit une dame brune avant d'emmener deux petits garçons, descendus eux aussi voir le spectacle, mais le regrettant peut-être maintenant, parce qu'hypnotisés, congelés, avec les yeux rivés sur le mort.

Un spectacle pas beau à voir, si vous ne l'avez jamais vu en vrai.

À minuit dix, une voiture grise est arrivée, elle aussi en dérapant, et le brigadier Carella en est descendu, il a salué du menton les gars des patrouilles en demi-cercle autour du mort, a échangé deux mots avec le chef de la première voiture arrivée sur les lieux et a soufflé quelques ordres rapides.

Alors ceux en uniforme se sont mis à disperser les gens et, en les dispersant, à demander qui était descendu tout de suite, qui après, qui à tout hasard se trouvait déjà là, dans la rue – la dame au setter se prenait pour Greta Garbo, dans son rôle de découvreuse de cadavres –, bref, à séparer les curieux de ceux qui pouvaient savoir quelque chose.

Personne ne savait rien. Mis à part les coups de feu – un ? deux ? – et les phrases énervées habituelles, celles qui sont dictées par la peur et la peur d'avoir peur.

Puis, routine. Les photos avec flash, les mensurations, la craie blanche, les petits carrés jaunes là où sont tombées les douilles – deux, en effet.

Carella s'est penché sur le mort avant de le laisser au médecin et aux gars de la scientifique. À première vue, deux trous, bien gros, un dans l'estomac et un dans la tête, pas un diagnostic difficile, parce que la moitié de la tête n'était plus là. L'autre moitié racontait un type autour de la soixantaine, peut-être plus, peut-être moins, pas beaucoup de cheveux, une veste et un pardessus, que du beau, un sac en vieux cuir pas loin. L'odeur habituelle de merde et de sang qu'ont les morts assassinés.

Mais après.

Sur la poitrine du cadavre, posé apparemment avec un certain soin, un caillou.

Un caillou blanc, lisse, grand comme une balle de golf, rond lui aussi, mais pas aussi régulier. Un caillou de ceux qu'on lance, qui tient parfaitement dans la main. Un caillou qui serait déjà incongru dans une rue du centre de Milan, une rue sans travaux, sans tranchées, sans chantier. Mais mis comme ça, posé sur la poitrine du mort, encore plus abscons, hors contexte. Carella n'y a pas touché, naturellement, mais il a appelé un photographe en lui disant quelque chose. L'autre a hoché la tête comme pour dire : « Déjà fait », mais par prudence, ou zèle, il s'est penché et a pris d'autres photos, en tournant autour du mort. Le brigadier Carella, il vaut mieux ne pas l'énerver en général, la nuit en particulier, et au grand jamais quand il a un cadavre collé au cul, tout le monde est au courant à la préfecture.

À trois heures et quart, via Angelo Mauri était calme et à nouveau déserte, juste quelques fenêtres illuminées de plus que d'habitude, parce que tous n'étaient pas prêts à aller se coucher après avoir vu du sang en bas de chez eux. Mais on est où, hein ? À Naples ? À Bogota ? Le gardien du collège avait demandé s'il pouvait laver le trottoir, parce que demain, les enfants… Carella avait dit oui et l'autre était revenu avec son tuyau vert.

Trois heures après le meurtre, il n'y avait plus de traces, plus de marques, même pas la craie, disparue après ce lavage violent.

Effacer. Oublier vite. Se dépêcher.

Milan.

Puis le cirque s'était déplacé à la préfecture.

Carella, homme méthodique, avait aligné sur une table les affaires du mort, avait tiré du lit son bras droit, Selvi, qui était entré dans la pièce avec deux gobelets de café, accueilli par un signe de tête.

Carella avait déjà commencé.

Fabrizio Gotti, né à Castrovillari le 6 septembre 1957, entrepreneur, résidant à Milan, au 13 via Giovio. De l'endroit où on l'a tué, il y a deux pas : littéralement le coin de la rue.

Permis. Pièce d'identité. Deux cartes de crédit. Une de débit. La photo d'un enfant à vélo, environ douze ans. Quelques cartes de visite, pas les siennes, presque toutes de restaurants ou de supermarchés. Cent soixante euros. De la monnaie dans les poches du pantalon. Un téléphone dans la poche de la veste, un Samsung, ceux avec un grand écran, qui affiche deux appels manqués, on dirait un numéro étranger. Les techniciens y comprendront quelque chose.

Dans son sac : des papiers divers, des contrats de travail, des tableaux Excel avec des numéros, un agenda rempli d'une écriture serrée, deux stylos dont un en or. Deux trousseaux de clés, plus celle de la voiture, une Mercedes. Agrafé à une facture, le reçu d'un grand magasin d'électronique pour un casque Bose, deux cent quatre-vingts euros. *Pas mal*, a pensé Carella.

Rien d'autre, à part un sac en plastique transparent avec un caillou à l'intérieur.

Carella l'indique d'un mouvement du menton.

« C'est ça le vrai emmerdement, dit-il.

— Oui », dit Selvi, et ça veut dire : continue. Il sait lorsqu'il doit se limiter à renvoyer la balle.

« Je voudrais que ce ne soit pas ce que c'est, mais c'est bien ça.

— Oui, dit encore Selvi, une signature. »

Pendant ce temps, il est devant l'ordinateur, il ouvre et ferme des pages internet, et il parle :

« Boucher. Gros. Six ou sept magasins à Milan, d'autres dans la province, Rho, Baranzate, Arese… rien chez nous, casier vierge, propre, pas de vol déploré, pas de plainte récente… un bon citoyen.

— Les bons citoyens, on ne les tue pas à coups de pistolet », dit Carella.

Selvi se tait et prend sa veste, Carella est déjà sur le pas de la porte à trépigner et souffler :

« Allez, on y va.

— Gregori ? »

Selvi veut dire par là : le chef, le sous-préfet, celui qui demain tapera du poing sur la table et sortira de ses gonds, parce qu'il a tendance à considérer un meurtre dans sa ville comme un affront personnel, un prodigieux démultiplicateur d'ennuis avec médias collés au cul et appels des sous-secrétaires.

« Je l'ai réveillé, dit Carella, on fait le point dans son bureau à huit heures, essayons d'avoir le plus de matière possible, allez. »

Pendant qu'ils se rendent via Giovio, ils ne croisent presque personne. Il est cinq heures du matin et Milan est déserte comme dans les films de zombies lorsque le spectateur souffle un peu. Carella conduit vite mais mesuré, sans faire de numéros bizarres, sans dérapages, et s'arrête aux feux rouges.

« Un caillou ?, demande-t-il.

— On dirait un truc de mafia, mais…

— De mafia de cinéma, dit Carella.

— Donc on cherche quelqu'un qui a vu *Le Parrain*.

— T'as l'air en forme, Selvi, qu'est-ce qu'il y a, le mort assassiné te met en joie ?

— Non… Mais je suis curieux de savoir qui se promène en butant les bouchers. »

Puis ils se taisent.

Heureusement qu'il y a le nom sur l'interphone, ils sonnent mais personne ne répond. Alors Carella essaie, dans la serrure de la porte de l'immeuble, quelques-unes des clés des deux trousseaux trouvés dans le sac du mort.

« Allez, on monte », dit-il.

Selvi sait que quelque part dans le règlement il est écrit qu'on ne devrait pas, mais il reste impassible, il espère juste qu'il y a la plaque avec son nom sur la porte de l'appartement, sinon ils vont devoir réveiller quelqu'un.

Mais elle est bien là. Penthouse. *Gotti*, en italique sur un ovale en laiton bien astiqué.

Ils entrent, allument les lumières, regardent autour d'eux.

Selvi commence, méthodique ; il entre dans chaque pièce et jette un regard. Carella va droit vers le salon, comme s'il connaissait la maison. Un grand salon, bien meublé, sans éléments trop précieux, mais… harmonieux, élégant sans ostentation. Carella le catalogue tout de suite : bonne bourgeoisie milanaise, commerce, argent, solidité bâtie au fil des années.

Il s'assied dans un fauteuil en cuir marron, vieux, confortable, qui a vécu. C'est évident, c'est le fauteuil du maître de maison ; s'il n'était pas si bas et moelleux, ça pourrait être un trône, et peut-être que ça l'a été, à une autre époque. Mais c'est la maison de quelqu'un qui habite seul, et qui y habite peu. Carella ferme un peu les yeux et se touche la pointe des doigts. Il parle bas.

« Allez, monsieur Gotti, dis-nous quelque chose, joue pas au connard, au point où t'en es… »

Selvi passe la tête dans l'embrasure de la porte et s'apprête à parler, mais il s'arrête. Il connaît le brigadier Carella, il a même renoncé à quelques avancements dans sa carrière pour continuer à travailler avec lui. Et pourtant le spectacle qu'il voit là le surprend toujours, lui fait un peu peur.

Le spectacle du loup qui commence sa chasse.

3

« Rendez-vous ici, ce soir à vingt heures », a dit Gregori. Ce qui est un pas en avant, parce que d'habitude il dit : « Foutez-moi le camp, allez bosser. »

Dans la pièce se trouvaient Carella et Selvi, naturellement, plus le gardien de la paix Sannucci, le sous-brigadier Ghezzi et quelques autres. L'agente Olga Senesi, qui faisait office de secrétariat, allait et venait, des feuilles à la main, en agitant sa queue-de-cheval à chaque passage. Le substitut du procureur est arrivé à huit heures et demie, s'est assis, a recommandé à tout le monde la plus grande confidentialité sur l'enquête. Il s'est comporté comme se comportent ces gens-là, fausse familiarité avec les policiers, comme l'architecte avec les maçons, mais en soulignant que lui, c'est autre chose. Eux sont la loi, lui est la justice, comme on le voit à la chemise repassée, aux chaussures lustrées, au regard attentif derrière ses lunettes, alors que les autres sont chiffonnés par leur nuit blanche, par les cafés, les cigarettes.

Gregori a expliqué qu'il fallait y aller doucement. D'après ce qu'ils savent, même si c'est tôt pour le dire, le mort n'est pas n'importe qui, c'est-à-dire : pas un de ceux qui finissent de cette façon et qui peuvent l'envisager, pas quelqu'un qui pouvait s'y attendre. Un membre de la société civile, pas un gros bonnet, mais quelqu'un dont on trouve des photos en ligne et des petits articles dans la presse. Lui avec le chef de la Confcommercio, lui dans une conférence sur la grande distribution. Une petite polémique avec les végétariens, naturellement, un boucher… Bref, avec des pincettes.

Le fils travaille à l'étranger, à Londres, et il est en route. La fille fait ses études en Suisse, elle revient elle aussi, mais on a laissé son frère lui annoncer, parce qu'elle est toute jeune… L'épouse est morte depuis des années.

Le substitut du procureur signe sans attendre le mandat pour entrer chez le mort ; il ne sait pas que Carella s'y est déjà rendu, et ce n'est pas Gregori qui le lui dira. Respectueux des institutions et correct dans les démarches, certes, mais pas au point de devenir complètement con et de mettre ses hommes dans le pétrin.

Ils lui font signer aussi le formulaire pour perquisitionner le bureau de la victime.

La nuit, redescendus de l'appartement de Gotti, Carella et Selvi ont trouvé sa voiture, la Mercedes, modèle de luxe, ni vieille ni neuve, garée via Mauri, à cinquante mètres de là où était allongé le cadavre. Propre, pas de feuilles qui traînent, rien du tout sauf la carte grise, les lunettes de soleil, des affaires comme ça. Il leur avait suffi de se pointer dans la rue et d'appuyer sur le bouton d'ouverture sur la clé, et la voiture du mort avait lancé ses signaux orange avec les clignotants comme pour dire : OK, je suis là, ce n'est tout de même pas une chasse au trésor.

Après, ç'a été le début du chapelet des pourquoi et des comment.

« Ghezzi, descends avec nous, dit Carella.

— Bien sûr. »

Et maintenant ils sont dans le bureau de Carella. Selvi debout, Sannucci et Ghezzi assis sur les chaises fatiguées, celles où d'habitude s'assoient les interrogés, les témoins, des gens qui transpirent et qui disent : « Moi, commissaire ? » – les gens informés des faits.

Mais eux ne sont pas du tout informés, pas encore.

« Allez, dit Ghezzi en regardant Carella, parle, tu t'es fait une idée ? »

Selvi et Carella se jettent un regard. Ghezzi est un vieux du métier, il s'y connaît, s'il est resté sous-brigadier, c'est juste parce que Gregori ne peut pas le blairer et qu'il a un problème avec la hiérarchie, mais c'est quelqu'un qui clôt les affaires, qui ne lâche pas. Donc il leur suffit d'un regard pour dire que dans cette pièce il n'y a pas de champions et de coéquipiers.

Carella se lève et ouvre la fenêtre, il regarde à l'extérieur pendant un instant et se tait. Il y a ce printemps qui presse et cet hiver tardif qui résiste, qui cède du terrain avec réticence, mais les journées rallongent et même la lumière de neuf heures du matin est si claire qu'elle fait plisser les yeux. Puis il revient à son bureau et s'allume une cigarette. Les autres se taisent. Alors il commence.

« Tout a l'air simple. Il se gare via Mauri et se dirige vers chez lui, ça doit faire trois cents mètres, une fois arrivé via Giovio il doit tourner à gauche et c'est bon… Pour ce quartier, c'est une bonne place, presque en bas de son immeuble… mais on lui laisse faire quelques mètres seulement et on lui tire dessus. Dans l'estomac d'abord, d'après moi, puis dans la tête… Si on lui avait tiré dans la tête tout de suite, il n'y aurait pas eu besoin du deuxième coup et, la nuit, dans une rue tranquille, deux explosions, c'est pire qu'une seule…

— Un professionnel aurait tiré tout de suite dans la tête, c'est ça que tu veux dire ? » dit Ghezzi.

Carella hoche la tête.

« Peut-être qu'il était à pied, mais comment il savait que Gotti passerait par là ? Ou alors en voiture ou à moto, et il le suivait. Mais il n'a pas tiré depuis la voiture, il est descendu. C'est le caillou qui nous le dit. »

Le caillou.

C'est un mot qui reste là, suspendu en l'air comme les mouches l'été sous les plafonniers des bars. Tous dans la pièce savent que la question est là. Une signature. Mais pourquoi une signature ? Tu signes lorsque tu veux que quelqu'un d'autre sache. Mais savoir quoi ? Et qui ?

« C'est encore tôt, soupire Carella, on n'en sait rien, putain.

— Va te coucher, dit Ghezzi, quelques heures. Je gère ici, retrouvons-nous vers dix-huit heures, avant d'aller voir Gregori. Peut-être qu'on en saura plus, je suis sûr que ce Gotti avait une domestique, et il faut parler avec ses enfants, dès qu'ils arrivent… prends-toi quelques heures, on a besoin de toi vivant. »

Carella fait une moue qui dit : mouais, dormir, c'est ça. Ghezzi fait un sourire de travers qui dit : je le savais, mais il fallait que je tente le coup.

Maintenant c'est Selvi qui parle, opérationnel :

« Sannucci et moi allons reconstituer les dernières heures de Gotti, on va voir s'il y a un truc, je ne sais pas, peut-être qu'il s'est disputé pour une place dans la rue. » Il le dit sans y croire une seconde, mais avec l'air d'un type qui sait qu'il faut penser à ça aussi.

Ghezzi se lève et dit :

« Ici à dix-huit heures, donc ? »

Une minute après, la pièce est vide.

4

« Quel beau monsieur, Katia ! C'est ton petit ami ? »
Katia Sironi lève les yeux au ciel mais elle n'y voit que le plafond, et elle fait les cent pas dans un salon au design années soixante-dix qui devrait être exposé au MoMa. Tout astiqué, parfait, harmonieux. Carlo Monterossi, qui se tient debout près de la grande porte vitrée, pas du tout à l'aise si vous voulez le savoir, reconnaît une lampe Mangiarotti et d'autres pièces connues. Milan est un endroit où tirer gloire d'un bon millésime ne suffit pas, il faut aussi que tu sois calé côté mobilier.

Katia Sironi arpente cette place d'armes – la grande table est une Eames originale, 1964, ou 65, Carlo en est presque sûr – et comme elle pèse deux tonnes – Katia, pas la table –, plus sa colère, plus ses pas nerveux, on peut craindre pour la stabilité du bâtiment.

« Mais putain, comment tu as fait pour faire entrer quelqu'un ! Un inconnu ! Mais où est-ce que tu as la tête ? »

Cette question-là – celle de la tête – selon Carlo, est la question centrale.

Parce que madame Adele Bellini, veuve Sironi – la mère de Katia, destinataire de cette scène – semble en effet un peu intermittente, comme certaines ampoules qui vont et viennent. Très lucide, ironique même, tranchante. Une belle vieille, comme on dit, mise en page à la perfection, même citationniste dans son pantalon large un peu baba chic. Bref, elle doit avoir quatre-vingts ans, la vieille bique, mais elle est sèche et tonique, et elle donne l'impression qu'elle pourrait avoir son mot à dire sur un cent mètres.

Et puis elle sort des choses du genre: « Quel beau monsieur, Katia… »

Carlo rit, mais décide aussi que cette définition, ce « *beau monsieur* », mais oui, ça lui va bien, il ne la trouve pas déplacée, au contraire, même si ça vient d'une dame… d'un âge certain, voilà. Un miroir ancien dans ce salon moderne lui renvoie l'image d'un type d'environ un mètre quatre-vingts, quelqu'un qui n'a pas besoin de rentrer le ventre quand une jeune femme passe. Encore humides de sa douche, ses cheveux foncés ne font pas exactement ce qu'ils veulent, pour une fois, et même s'il s'efforce de garder un air grave, adapté à la situation, le coin droit de ses lèvres fines regarde un peu vers le haut, ce qui fait que sa tête semble toujours avoir un air narquois, ou triste, ou agacé par quelque chose, bref, jamais neutre, même si les traits sont réguliers, voire ordinaires, juste un peu compliqués par un nez remarquable et par deux yeux foncés capables, à l'occasion, de regarder en profondeur. Les yeux du « *beau monsieur* », s'entend.

Qui à présent rient de cette caricature de vanité et contemplent la dame.

Elle est assise dans un fauteuil foncé, les accoudoirs en bois, les jambes croisées, les doigts très longs qui dessinent d'élégantes trajectoires en l'air pour souligner…

« N'en faisons pas tout un plat, j'ai fait une bêtise, allez, il n'y a pas mort d'homme. »

Mais on voit qu'elle n'est pas convaincue, qu'elle masque une déception acidulée d'elle-même : elle s'est fait avoir par un escroc en qualité de vieille personne, catégorie sociale des perdus, et elle lit cela comme le début de la fin, et elle ne le digérera jamais.

Carlo s'en aperçoit et s'attendrit.

Katia non, Katia sort de ses gonds :

« Il aurait pu te tuer ! »

Bref, voilà ce qui s'était passé : à neuf heures et demie du matin, pratiquement à l'aube, Katia avait réveillé Carlo avec un de ses appels telluriques. Son agente, sa fée clochette des contrats, la stratège de sa carrière, cette espèce de rhinocéros grincheux et direct, d'habitude calme comme un tricheur dans un saloon, était en train de faire voile vers l'hystérie. Pas idéal pour quelqu'un qui vient de se réveiller.

Mais droit au but : pouvait-il la rejoindre ? Et son ami détective, est-ce qu'il pourrait passer, lui aussi ?

« Mais qui ?, avait bégayé Carlo.

— Mais l'autre, là, Oscar de Mesdeux ! »

Détective ? Mais on est où, sur le Sunset Boulevard ? Marlowe ? Le lieutenant Columbo ? Carlo n'a jamais pensé à Oscar Falcone comme à un détective privé, mais bon, c'est vrai qu'ils ont traversé ensemble quelques histoires bizarres et il se dit que oui, en effet…

« Note-toi l'adresse, 12, corso Magenta, en attendant préviens l'autre, je t'expliquerai après », dit Katia.

C'est ainsi que le char d'assaut de Carlo a surgi, triomphant, de la rampe du parking, direction corso Magenta, un endroit où les Milanais sont riches depuis l'époque où Manzoni apprenait ses tables de multiplication[1].

Il est curieux, oui, mais surpris, surtout. Lui et Katia Sironi, à qui il doit vraiment beaucoup, sont liés par une relation professionnelle, avec tout ce que cela implique d'argent, de tarifs, de disputes sur les stratégies et les désirs de Carlo, qui sont à l'opposé de sa logique acérée à elle, de son cynisme commercial. Maintenant qu'il s'apprête enfin à quitter *Crazy Love*, l'émission fétide présentée par Flora De Pisis, c'est elle qui planifie sa sortie et qui lui cherche de nouveaux contrats. L'amitié ne devrait pas s'immiscer dans ces affaires-là, mais bon, Carlo considère Katia comme une sorte d'alliée pour la vie, et si elle lui dit Viens ici avec l'urgence dans la gorge, il y va sans discuter.

Avec Oscar, c'est différent, c'est autre chose. Un peu fait-diversier, un peu rabatteur de renseignements, limier, fouineur. Et maintenant Katia qui dit : « Détective. » Mais enfin. Oui, Oscar a une capacité extraordinaire à flairer certaines histoires – ce qui est bien – et la très mauvaise habitude de s'y plonger pour faire justice à la Zorro – ce qui est mal et attire les ennuis. Mais Oscar l'a aussi sauvé, et aidé à plus d'une occasion – un de ces amis avec qui tu peux rester silencieux sans ressentir de gêne, et ça compte. Aux yeux de

1. Alessandro Manzoni (1785-1873), écrivain italien originaire de Milan, est l'une des figures majeures du romantisme et Risorgimento italiens. Son roman historique, *Les Fiancés* (1842), est le premier roman moderne de la littérature italienne et ne cesse d'être étudié dans tous les lycées de la Péninsule.

Carlo, Oscar est un chien errant, toujours seul, sans horaires, toujours quelque chose de mystérieux sur le feu. Carlo clôt ces pensées-là, toujours, avec un définitif « Oscar Falcone est très bien comme ça, je n'ai pas besoin d'en savoir plus ».

Au téléphone, lorsqu'il l'a prévenu et lui a donné l'adresse, l'autre n'a dit que : « Oui », et a raccroché.

Et les voilà maintenant : Katia qui parcourt la pièce de plus en plus fulminante, madame Adele assise comme la princesse Bourbon Condé : « Madame, les écuries sont en feu ! » « Ah, c'est fort fâcheux. » Et puis il y a Carlo, toujours debout, et Oscar, arrivé le dernier, qui s'est assis sur un petit canapé et qui est prêt à écouter l'histoire.

« Encore ! » proteste madame Bellini, veuve Sironi, mais ça se voit qu'elle le fait avec plaisir. Dans sa déception d'appartenir à la catégorie vieux-arnaqués-chez-eux, au moins elle prend sa revanche en occupant le devant de la scène.

Et donc voilà ce qui s'est passé. Ça sonne à la porte, il devait être dix-neuf heures, bizarre, parce que ça veut dire que la porte de l'immeuble en bas était ouverte – on a déjà évalué et soupesé d'adéquates représailles à l'encontre des domestiques. Mais quoi qu'il en soit, le type qui faisait tinter la sonnette avait une quarantaine d'années, bien bâti, bien habillé mais pas à l'aise, au point que madame Adele l'avait tout de suite mis dans la catégorie « élégant récent », dans le sens où il ne manquait à sa veste que l'étiquette avec le prix pour être parfait.

Mais il l'avait désarçonnée. Gentil, le regard frais :

« Excusez-moi pour le dérangement, je peux vous poser une question, madame ? »

Une question, pourquoi pas ?

« Auriez-vous envie de parler de Dieu ? »

Elle savait qu'à ce moment-là elle aurait dû fermer la porte et appeler le gardien en bas pour se plaindre. Mais elle avait dit, comme ça, par instinct :

« Ah, j'en ai des choses à lui dire, enfin si jamais il existe ! »

Et cela avait débloqué la situation. Le type avait souri, avait dit quelque chose d'approprié, de drôle même, et elle, qui s'ennuyait et voulait jouer comme le chat avec la souris, l'avait fait entrer.

Bon, parler de Dieu, à son âge... et par où commencer, jeune homme, par l'assassinat de Kennedy ? Ou par Hiroshima ? Ou c'est juste une perte de temps parce que ce Dieu dont vous parlez n'existe pas ? Ou alors disons qu'il existe, mais juste comme ça, par hypothèse, par amour de la causette, et passons une heure d'insouciance : Hegel, c'est déjà lu, n'est-ce pas ? Et Sartre aussi, car si nous n'avons pas les bases il vaut mieux laisser tomber, n'est-ce pas ?

L'autre l'avait suivie, pas assez en profondeur pour citer philosophes et penseurs, mais pas trop superficiellement non plus, c'est-à-dire qu'il n'avait pas attaqué d'emblée avec les conneries du genre vu qu'il y a les petits oiseaux, les couchers de soleil et les cascades, alors il existe aussi quelqu'un qui les a fabriqués de ses mains.

Non, il avait été meilleur que ça.

Elle avait préparé les drinks, deux gin-tonics bien corsés, et il s'était engagé dans un toboggan absurde d'« intelligence créatrice » et « desseins supérieurs », auquel elle avait répondu Auschwitz, Treblinka et tout le catalogue des fois où ce type-là, l'« intelligence créatrice », s'était tourné de l'autre côté.

Mais le tout cordial, presque ironique.

Il ne semblait pas vouloir la convaincre et elle ne voulait pas le convaincre, deux gus qui se saluent depuis des planètes différentes. Il donnait l'impression de s'amuser, et elle, madame Adele, avait pensé qu'après tant de bigotes et de culs-bénits, rencontrer quelqu'un comme elle, être assis là, dans un salon en buvant du gin-tonic et en papotant, ça pouvait être une bouffée d'air frais. De son point de vue à lui, probablement, une preuve de l'existence de Dieu.

Katia Sironi, qui écoute l'histoire pour la centième fois, ne se retient pas :

« Comprenons-nous bien : tu t'es mise au gin-tonic avec un escroc mystique ! »

La dame poursuit, imperturbable. On dirait une prêtresse de la Cinquième Avenue qui a découvert la *Beat Generation* ce matin et en est encore un peu secouée.

Carlo et Oscar font une tête qui dit : et après ?

Après rien. Après elle s'était réveillée – c'était déjà la pleine nuit – elle avait un mal de tête épouvantable et le type n'était plus là. Les billets qu'elle avait dans le bureau de l'entrée non plus, deux mille et quelques, ainsi que la boîte avec les bijoux – elle était dans la chambre à coucher. Pas de dégâts, pas de vandalisme inutile, s'il a ouvert quelques tiroirs, il les a refermés en laissant tout en ordre, le coffre-fort il ne l'a même pas cherché, alors qu'il est ouvert et presque en évidence, derrière un miroir qui semble dire : « Hé, vous ! Il y a un coffre-fort ici ! »

À présent tout le monde se regarde. Deux mille euros ? Quelques bijoux ? Cela aurait vraiment pu être pire, pour la dame. Carlo comprend la colère de Katia, qui ne regarde pas les pertes mais tout un monde à venir fait d'aides à domicile, d'instituts luxueux pour vieux timbrés, d'assistance, perte d'autonomie…

La police est arrivée presque tout de suite, il ne manquerait plus que ça, dans ce quartier de patrimoines anciens et de pouvoirs forts ils ont dû faire claquer les talons. Ils ont dit qu'en effet le verre de la vieille, c'est-à-dire de madame Bellini veuve Sironi, « goûtait bizarre », et que rien de plus facile que ça, l'arnaqueur, non, le voleur, pour tout dire, y avait glissé quelque chose pour qu'elle s'endorme. Un jeu d'enfant.

Maintenant, sur le terrain ne subsistent que l'autocommisération de la dame et la rage sourde de sa fille, qui en a presque le souffle court, ce qui génère le bradyséisme de ses énormes nichons plantés sur un corps qui rappelle le baobab de Namibie.

« Et puis il y a la bague », dit madame Adele.

Carlo et Oscar se regardent comme pour dire : ah, là on va s'amuser.

Katia lance une sorte de gémissement et s'assied enfin sur un fauteuil en cuir bleu ciel.

Cette bague, découvre-t-on, serait un bijou très précieux et rare, qui se transmet depuis quelques siècles de mère en fille dans cette lignée de haute bourgeoisie milanaise. Oh, oui, même son Giovanni, paix à son âme, le père de Katia, lui avait offert des bijoux remarquables, mais celui-là était… quelque chose à elle, une espèce de témoin transmis par voie matrilinéaire entre les femmes de la famille, un petit objet pour lequel quelques années auparavant Sotheby's avait fait une offre, c'est dire, et que les musées et les expositions demandaient à emprunter de temps en temps, pour le montrer ici et là, de Tokyo à Montréal. Orfèvrerie d'art, sculpture de pierres, valeur historique, origines nobiliaires, remontant selon les expertises au milieu du dix-huitième siècle français, mais de facture italienne, il se peut qu'il soit parfois parti en vacances à Versailles, voilà. Compris, la petite bague ?

« Celle-là, je veux qu'elle revienne », dit madame Adele.

Elle ne le dit pas comme une requête ou comme un espoir, non, non, elle le dit vraiment comme si elle disait : « Sellez-moi le cheval », ou : « Encore des gardénias ? Pff, mettez-les là-bas. »

Maintenant c'est au tour de Katia.

« La police a pris les signalements, les dépositions, et cætera, mais évidemment je n'attends rien d'eux. Je me demandais si Oscar, ici présent, ne pourrait pas... »

Carlo s'apprête à parler, comme s'il devait tenir le rôle du réalisateur en plus de celui du spectateur, mais Oscar ne bronche pas et demande :

« Assurance ?

— Bien sûr, pour une valeur d'un million et demi, mais à condition que la bague soit dans un coffre sécurisé, ou alors dans un des coffres-forts indiqués dans le contrat... »

Carlo s'apprête à parler encore une fois, mais Oscar le devance à nouveau :

« Je peux jeter un coup d'œil ? » dit-il en indiquant vaguement un couloir qui mène on ne sait où dans cet appartement de magazine léché pour gens qui n'auront jamais d'appartement comme celui-là.

Puis, après l'assentiment de Katia, il se lève et disparaît.

Madame Adele tente une dernière défense, désespérée, face à la fureur de sa fille.

« Quel est le plaisir d'avoir une bague à la banque, hein ? » demande-t-elle. Mais personne ne répond.

Carlo pense à madame Adele qui va chez le coiffeur, ou aux rencontres en librairie, ou aux vernissages, en portant un morceau d'histoire de l'art à son doigt. Comme aller faire ses courses en voiture avec la Joconde dans le coffre.

Puis Katia et Oscar chuchotent plus bas, il accepte la mission en quelque sorte, ce qui, à ce moment-là, se traduit par une poignée de main et une liasse de billets qui change de maître, « pour les premières dépenses ». Katia lui remet une photo de la fameuse bague, prise à l'époque par les experts de l'assurance qui, après expertise, ne paiera pas, bien sûr.

Carlo attend qu'ils aient terminé, en profite pour regarder autour de lui, pour consoler comme il peut madame Adele, pour jouer l'homme du monde. Sur un mur, entre deux grandes fenêtres qui donnent sur la terrasse, est suspendu un tableau de Balla : Carlo se rappelle qu'il connaît le titre, même si sur le moment ça ne lui revient pas. Il l'a vu dans une expo, vous savez, lorsque c'est marqué COLLECTION PRIVÉE ? Voilà.

Puis ils se saluent. Carlo se surprend, en serrant la main de la veuve Sironi, à esquisser une petite révérence. Alors qu'avec Katia, un « Appelle quand tu veux » suffit.

Puis ils glissent le long de l'escalier dans un léger trot, Oscar et lui, il est presque treize heures, sous l'essuie-glace, naturellement, brille une amende pour stationnement interdit, Carlo dit :

« On va manger ? »

Dans un bistrot de la Porta Venezia, Carlo décide de briser le silence :

« Détective Oscar Falcone, ça sonne bien. Tu as ton imperméable ? Ou tu es du genre moderne ? »

Oscar fait une moue comme ça, qui signifie : arrête tes conneries.

« Mais il faut une licence comme aux États-Unis ? Si je suis sage, je t'en supplie, tu me dis élémentaire, mon cher Watson ?

— Arrête », dit Oscar. Mais après il sait que pour passer à autre chose, il ne peut pas jouer le rôle du muet. « Mais enquêteur de quoi ! Elles ont perdu un truc, et moi je leur retrouve… si j'y arrive, parce que vu ce qu'elles racontent, c'est pas une affaire facile.

— Et comment elles auraient dû te la raconter ? »

Oscar lève les yeux du bar en croûte et regarde Carlo dans les yeux.

« Tu as vu le Balla dans le salon ?

— Oui.

— Eh bien, à côté, dans la chambre à coucher, il y en a un autre. Et il y a aussi un petit Warhol, dans le grand bureau. Parce qu'il y a aussi un petit bureau, tu sais ? Et là-bas il y a des dessins au crayon. Depero, 1925. »

Carlo lève les yeux lui aussi, mais Oscar ne le laisse pas parler et continue :

« … Et dans le coffre-fort ouvert il y a des titres et des certificats au porteur que n'importe qui pourrait échanger à la banque plus facilement qu'un chèque.

— Et alors ?

— Et alors soit c'est un vol sur commande déguisé en hold-up de buse, soit c'est vraiment un hold-up de buse… Allez, d'accord pour le Balla dans le salon, mais les dessins de Depero, les titres au porteur… ça rentre dans un sac. S'il voulait se mettre à voler là-bas, le gars n'a même pas commencé son boulot. Mais il part avec deux mille euros pour les petites dépenses et une poignée de bijoux attrapés dans le coffret… Tu ne trouves pas ça louche ? »

Carlo demande : « Et donc ? », mais pas avec sa bouche, non, comme il sait faire, en demandant sans demander.

« Notre seul espoir, c'est que ce soit un voleur de bas niveau et qu'il ne sache pas ce qu'il a volé, et qu'il essaie de le revendre. Mais si le commanditaire est un collectionneur du Koweït ou de Monte-Carlo, même la Sainte Vierge ne pourra pas te la retrouver, la petite bague.

— Et qu'est-ce que tu vas faire, toi ?, demande Carlo.

— Moi je regarde autour de moi, non ? » Il le dit comme si ça allait de soi, mais aussi comme s'il était un peu embêté que Carlo découvre ses trafics, qu'il connaisse ses magouilles, bref, qu'il sache des choses sur lui.

Le mystérieux Oscar, ça alors.

Puis ils changent de sujet. Enfin, c'est Carlo qui parle, parce qu'Oscar ne dira rien sur lui, comme d'habitude.

Il raconte la période bizarre qu'il traverse, sa hâte que la saison de *Crazy Love* s'achève et qu'expire son contrat avec la divine Flora De Pisis, qui est en train de faire basculer l'émission d'un podium pour amourettes banalement indécentes à une tribune du peuple offensé et menacé par la criminalité.

Si les faits divers marchent mieux que le sexe et les intrigues amoureuses, on est mal barrés, pense Carlo. Mais il le pense comme on regarde un navire quitter le port, et pas comme si c'était sa propre création, sa propriété.

Mais bon, pendant des heures et des heures de direct, c'est un défilé de dames et filles et messieurs et garçons en larmes, de parents des victimes, de cambriolés disparates, de menacés de toute espèce. Tous en toilette de deuil, suspendus entre géhenne et indignation, tous à réclamer justice ou du moins, s'il n'y en a plus, à vouloir défiler pour la télévision de la douleur et de la poisse, avec ce que cela implique de cachets, petits contrats, clauses libératoires, instructions pour mieux pleurer, « et vous pouvez garder la robe qu'on vous donne pour le direct, madame ».

Carlo en parle de façon presque neutre, comme si la chose ne le concernait pas, comme si lui, tout en étant en tête du générique de ce délire, n'avait plus rien à voir avec ça.

Jouer avec les foutaises de l'amour, consoler l'employée née à Belluno, dévoiler les cornes du chef de bureau d'Ostia Lido, c'était une chose. Très bien. Mais faire ça avec des crimes… bah.

« Combien d'épisodes encore ?, demande Oscar.

— Quatre, un mois, dit Carlo.

— Résiste. »

Il a pris le ton qu'on utilise avec les camarades de cellule en prison : résiste, serre les dents, ne fais pas de gestes inconsidérés, un mois ça passe vite.

« Autre chose ? » Oscar veut un rapport détaillé, c'est évident.

« Rien d'autre », dit Carlo.

María ne revient pas et ne reviendra pas ; Carlo, qui est pourtant un type sensible aux illusions, en est maintenant certain. Parfois, il se rend compte qu'il essaie de faire la mise au point sur les traits de ce visage ambré, et il est déconcerté de l'avoir presque oublié, de perdre détails et nuances. Et même le grondement sourd du manque, qui est toujours en fond sonore, faiblit doucement, comme si la lame était de moins en moins tranchante et qu'il suffisait de ne pas faire de mouvements brusques avec le cœur. C'est quelque chose dont il se sent coupable et qui en même temps le soulage un peu, la différence entre une blessure qui brûle et une douleur légère et constante, qui ne passera jamais mais qu'on supporte, avec laquelle on vit.

« Et puis j'ai commencé à écrire », dit-il. Et il se réfère à ce petit essai sur Bob Dylan sur lequel il méditait depuis longtemps, qu'il a déjà écrit et effacé mille fois dans sa tête. La poétique dylanienne, le sens des choses, la place de l'homme dans l'univers, l'utilisation de l'harmonica dans *Desolation Row*, l'amour, la grande chanson américaine, la frontière, le blues volé à Charley Patton là-bas dans le Delta et les filles qui s'en vont.

You're a big girl, now.

Puis l'autre a gagné le Nobel, c'est fou, et Carlo a eu peur que toute son étude raffinée ne finisse salie par les masses, pulvérisée par la banalité journalistique, hachée et digérée. Alors que pas du tout. Le grand rejet, le rustre, l'ingrat, le il-se-prend-pour-qui avaient rempli le vide. Au corps de l'œuvre, à la complexe cosmogonie dylanienne, presque personne ne s'était intéressé, et il avait soupiré de soulagement : il devait vraiment l'écrire, ce petit essai. Avec des esquisses sur la psychopathologie de Bob Dylan, bien évidemment, ce qui impliquait – nom d'une pipe – de s'occuper aussi un peu de la sienne.

Il dit tout cela en embrochant sans entrain deux feuilles de salade, une sorte de confession.

Oscar lève le sourcil droit. Carlo le remercie en silence de lui épargner quelques blagues acides sur le sujet.

Un homme doit bien garder quelque chose de sacré, non ?

Puis Oscar s'en va sans saluer, comme à son habitude, et fait seulement le geste de l'auriculaire et du pouce genre téléphone pour dire : on se tient au courant. Carlo paie l'addition et sort dans le soleil incertain, sur le trottoir via Palazzi.

Il regarde son ami partir à la chasse.

Il repart vers chez lui, avec la voiture qui ronfle doucement, la fenêtre ouverte. Un mois. Un mois, ça passe vite, c'est ça, oui.

5

Le sous-brigadier Tarcisio Ghezzi regarde fixement dans le gobelet en plastique blanc. Suspendu sur la mousse marron clair du café de la machine se trouve un petit point noir qui se débat pour ne pas se noyer. Ghezzi secoue la tête et glisse une autre pièce dans le distributeur.

Les choses se mettent en marche, pense-t-il, *mais...*

« Ah, brig, vous êtes ici !, dit le gardien de la paix Sannucci qui ahane à droite et à gauche, des feuilles à la main.

— Salut Sannucci, je t'ai pris un café », dit Ghezzi en lui tendant le gobelet. Il a un ricanement d'enfant, même si c'est un ancien de la maison.

« Oh, merci, brig, c'est gentil... J'ai des trucs de la banque de l'autre, là, le mort, on les regarde après. »

Ghezzi hoche la tête. Sannucci est un bon diable, il suffit de ne pas trop le faire réfléchir. Il faut du cerveau, oui, et peut-être quelques intuitions, et avoir du cul aussi, bien sûr, mais quelqu'un qui se charge du travail dur, bénédictin, de vérifier, de chercher les papiers, de contacter les directeurs de banques, et les avocats, et les partenaires en affaires, c'est toujours utile, et Sannucci est doué pour ça.

Pourvu qu'il ne réfléchisse pas, parce que nous sommes déjà trop à réfléchir, se dit Ghezzi. Et il sait que ce sera un problème, avec Carella, ou du moins un point à éclaircir.

« Il est bon, j'en avais besoin, brig », dit Sannucci en jetant le plastique dans le bac du papier et en s'en allant toujours rapidement, nature morte en mouvement : bottes d'ordonnance sur lino triste.

Puis tout s'accélère. Carella débarque dans le couloir avec son pas pressé, sa veste ferait penser qu'il a eu un accident d'avion, la chemise est à moitié dans son pantalon, à moitié dehors, il court presque.

« Tu viens, Ghezzi ? » dit-il en passant, sans même regarder.

Il est dix-sept heures cinquante, Milan attend son coucher de soleil avec l'air de dire allez, viens, dépêche-toi, ils sont tous rentrés à la base, on peut commencer.

Ghezzi a appelé le fils du mort, Edoardo Gotti, trente-deux ans, employé de banque, ou banquier, ce n'est pas très clair, arrivé de Londres, il s'occupe de matières premières, marchés à terme, cotes. Un bel homme, fortement troublé par le meurtre de son père, qu'il n'arrive à s'expliquer d'aucune manière.

« Mais donc, vous, lorsque vous avez appris ça, vous n'avez pas pensé, même par réflexe, même de façon incongrue, comme ça, sans raison et sans réfléchir, à quelqu'un qui aurait voulu le voir mort ?

— Non, absolument pas. »

Voilà, un de moins.

Finalement, Ghezzi s'est fait son idée : le jeune Gotti n'avait pas la moindre intention de devenir le roi des bouchers, et peut-être que oui, il était allé étudier à Londres pour moderniser l'entreprise de papa – que papa modernisait à merveille tout seul – mais après il avait tracé sa route et il était très bien là-bas. Ce père entrepreneur de talent et de succès qui lui laisserait un empire de steak semblait une chose un peu lointaine, ils se voyaient aux fêtes consacrées, mais pas à Pâques, pas toujours à Noël... Bref, il avait une famille à Londres, et papa travaillait beaucoup... lui aussi...

Mais au moins ça avait donné à Ghezzi une idée des dimensions du royaume. Les boucheries de famille étaient devenues deux, puis quatre. Maintenant c'était une chaîne avec huit grands magasins à Milan, catégorie luxe, bijouteries du filet, et une autre dizaine éparpillée en Lombardie. Et puis il y a l'import, l'export, les gros approvisionnements des supermarchés, la viande en boîte et toute une valse de participations et alliances et contacts et intrigues que Ghezzi n'aurait pas pu démêler même en un an. En tout cas, entre les partenaires, les fournisseurs et les clients, il y avait de quoi fouiller, et pas qu'un peu. L'entreprise se portait bien, le mort avait déclaré l'année précédente des revenus au-dessus du million, le chiffre d'affaires était de quasiment seize millions, réalisés avec la vente en gros, et il n'y avait pas de signes particuliers d'endettement.

Donc le fils de la victime appuyait le chef comptable de la GottiMeat entendu tout à l'heure :

« Au vu de la conjoncture et du fléchissement de la consommation, nous ne nous plaignons pas », avait-il dit avec l'air du chat qui vient de manger.

« Tu t'es fait quelle idée du mort ? » demande Carella.

Il est assis derrière son bureau, froissé, nerveux. Les autres, Selvi et Sannucci, se tiennent sur des chaises dépareillées et écoutent.

Ghezzi soupire. Il sait ce que veut dire Carella : il veut savoir si c'était quelqu'un qui méritait deux coups de pistolet, la nuit, sur le trottoir.

« Bah, veuf, les enfants loin… Il vit très bien, je veux dire niveau train de vie, l'appartement à Milan est une espèce de base opérationnelle, sinon il est dans sa villa en Brianza, à flanc de colline, il ne va jamais au bureau, c'est comme s'il se rendait compte que l'entreprise marchait parfaitement sans qu'il ait besoin d'être là à jouer le chef. Pas d'ennemis déclarés, pas d'affaires louches… pour l'instant bien évidemment, peut-être qu'après on s'apercevra de je ne sais quoi mais… – Ghezzi hésite un instant – … ça n'a pas l'air d'être le genre. Administrations de l'entreprise et personnelle tout à fait séparées, une espèce de citoyen modèle, en règle avec le fisc, beaucoup d'argent, beaucoup d'impôts… s'il y en avait plus, des gens comme ça. »

Selvi se lève et prend un calepin sur un petit bureau dans le coin de la pièce.

« Sa domestique confirme, dit-il, et il poursuit : La dame était très amie avec son épouse, et lorsque l'épouse est morte il n'a pas eu le courage de la renvoyer. C'est une sorte de gouvernante, gardienne, elle habite juste à côté, à l'étage du dessous, elle entre et sort de chez Gotti à sa guise. Elle dit que oui, monsieur Fabrizio avait beaucoup souffert de la disparition de sa femme, mais qu'il s'était remis, qu'il restait volontiers seul, quelques amis, un peu de chasse quand c'était la saison – les chiens sont là, dans la villa – et quelques soirées poker à la maison comme summum de la transgression. Il ne buvait pas, pas de drogues, cholestérol élevé, pas d'ennemis connus. »

Un long fleuve tranquille, pense Carella, *tout bien fait, tout arrangé, argent, enfants, quartiers de bœuf, maintenant un peu de détente, du moins si on ne te tire pas dessus*… Il échange un coup d'œil avec Ghezzi, qui a compris et hoche la tête : le mort n'était pas de ceux qui meurent comme ça d'habitude.

Sannucci fait son rapport lui aussi : le directeur de la banque, l'avocat, les gens du bureau.

« Tous bouleversés et tous étonnés. L'infarctus, oui, peut-être qu'ils s'y attendaient, mais les coups de pistolet, non ; quelqu'un a parlé d'erreur sur la personne, tellement ça leur paraissait impossible… En tout cas, j'ai remis tous les trucs techniques de la banque aux comptables. » Il entend par là les experts de la préfecture, délits financiers, éplucheurs de relevés de compte.

« Et hier ? » demande Ghezzi.

Sannucci regarde dans un calepin.

« Il avait dormi à la villa, du côté de Carate, puis déjeuné à Milan avec le directeur de… Unes Supermarchés. Il a fait un saut au bureau, mais il est reparti tout de suite. Il est allé dans un magasin d'électronique et a acheté ce casque, le ticket dit quinze trente, l'heure, je veux dire, le casque était à la maison, toujours dans son emballage… »

Carella se rappelle avoir regardé les disques, là-bas, dans le salon du mort. Un peu de classique, du jazz de consommation facile, quelques albums italiens. Pas un monomane, peut-être que le casque était un cadeau, que ce n'était pas pour lui… Pendant ce temps, Sannucci continue.

« … Puis il est allé chez lui, ici à Milan, jusqu'à l'heure du dîner… seul, plutôt tard, du côté de corso Lodi, un resto de poisson qui coûte un bras… c'est la carte de crédit qui nous a dit ça, et il est rentré chez lui disons vers onze heures, onze heures et demie, bref, lorsqu'on l'a tué. »

Maintenant c'est au tour de Carella. Il se lève, s'approche de la fenêtre et allume une cigarette.

Il a eu la fille. Une jeunette effrayée et effarouchée, majeure dans quelques jours, elle vit en Suisse avec les grands-parents maternels, fréquente un internat sélectif. Une petite princesse, en dépit de l'anneau dans le nez et des boots aux lacets défaits. Rien non plus de ce côté-là, sinon une peur compréhensible pour l'avenir.

« Et maintenant ?, avait-elle dit avec un chuintement dans l'air, plus pour elle-même que pour Carella.

— Et maintenant on va le retrouver, Greta, ne t'inquiète pas.

— Non, je veux dire… et maintenant, moi ? »

C'étaient des choses qui s'enfonçaient en Carella comme des aiguilles. Il avait compris qu'elle n'avait pas de bonnes relations avec le frère, qu'elle se sentait vraiment abandonnée, là-haut, comme Heidi, irrémédiablement seule, helvétique à jamais, une croix dessus, blanche sur fond rouge, chocolat et finance, désignée par les camarades d'internat comme « *celle dont on a tué le père* ». Seule.

Bienvenue au club, avait pensé Carella, qui n'avait pas envie de s'attendrir.

Bref, rien.

Mais à présent il devient précis, parce que c'est la partie technique :

« Deux balles calibre neuf parabellum, ce qui veut dire une infinité de types de pistolets, un catalogue entier. Ils ont cherché dans les alentours, plaques d'égout, poubelles, mais rien, il ne l'a pas lâché dans le coin. Ceux de la scientifique disent que ça pourrait être un bout de ferraille, il y a des rayures sur les douilles… bref, que l'entretien de l'arme est à chier, mal huilée, pas un truc acheté hier, voilà, mais peut-être qu'ils vont nous en dire plus, ils vérifient si ça a déjà tiré, si on a quelque chose dans les archives, mais je n'y crois pas trop. »

Il y a un silence tendu. Carella éteint sa cigarette sur le rebord de la fenêtre et revient s'asseoir.

« Téléphone. Nous vérifions tous les contacts, mais à première vue, que du travail, les mails pareil. Les appels manqués étaient ceux de son fils, les affaires courantes. Un cercle d'amitié restreint, peu d'échanges de textos dans la mémoire de l'appareil, rien à signaler, mais peut-être qu'on en saura plus. L'agenda, lui, précis au millimètre, mais que de la routine. Sauf le cardiologue, et un gars qui voulait lui vendre un chien, mais finalement il ne l'a pas pris… »

Il pose une main sur la table et dit :

« En gros, on a que dalle à moins qu'un truc sorte du côté des affaires… »

Tout le monde se regarde. Ils ont tourné autour et savent que tôt ou tard ils devront y venir. C'est Sannucci qui pose la question :

« Et le caillou ?

— De mal en pis. Des cailloux dans la bouche, oui, pour les traîtres, mais uniquement si on veut faire de l'archéologie et de la littérature, puis toutes les symbologies criminelles sur les cailloux, mais c'est du bla-bla, je crois… on est loin du but.

— Laissons tomber le caillou », dit Ghezzi, pragmatique.

Puis il sort deux feuilles de cahier à carreaux avec des traits au stylo, des parties claires et des parties foncées.

« J'ai fait un saut là-bas, via Mauri. L'école a deux caméras, l'une est cassée, puis il y a un magasin de vêtements pour enfants de luxe qui a lui aussi des caméras, j'ai demandé tous les enregistrements mais je ne me ferais pas trop d'illusions parce que… » Il se lève de sa chaise, pose la feuille dessinée à la main sur le bureau devant Carella et explique : « Les zones claires sont celles que les caméras peuvent voir, les zones foncées sont celles qui sont hors surveillance visuelle. »

Il en ressort que via Mauri est assez « illuminée », sauf le trottoir sur la gauche qui se dirige vers via Giovio et un rectangle de quelques mètres, où les yeux des caméras n'arrivent pas.

Dans ce rectangle, précisément celui-là, Gotti a été tué.

Quant aux vidéos, ils n'ont pour l'instant que quelques vues de l'heure de l'assassinat et Ghezzi les a visionnées. Une silhouette entre de dos dans le cône d'ombre mais ne ressort pas de l'autre côté, elle attend que Gotti entre lui aussi dans ce noir sans surveillance. Puis la même silhouette, toujours de dos, rapide, un peu voûtée, gagne en ligne droite, en traversant la rue, le cône d'ombre suivant. Sur le papier que Ghezzi montre à Carella, le trajet de l'assassin est une ligne en pointillé qui va d'une zone d'ombre à l'autre, qui s'expose le moins possible aux caméras. Des images qui ne servent à rien, sinon à éveiller le soupçon que l'homme connaissait la position des yeux électroniques.

Carella regarde le dessin et dit :

« Il a eu du cul !

— Bah, si c'est du cul, dit Ghezzi. Parce que si ce n'est pas une chance scandaleuse, ça va être la merde. »

Carella le regarde et fait une grimace.

« Voyons si je comprends ce qui cloche pour toi, Ghezzi... Tu es en train de me dire que l'assassin est assez expérimenté pour connaître les cônes d'ombre des caméras, mais pas assez expérimenté pour tirer une balle dans la tête et basta. Professionnel et amateur en même temps, c'est ça ?

— C'est ça », dit Ghezzi qui répond à la grimace avec une petite révérence de la tête. Carella est un bon policier, et lui aussi en toute modestie, donc ils vont s'entendre d'une façon ou d'une autre, les autres écoutent en silence et Selvi pense que c'est un vrai régal de voir ces deux-là raisonner.

Puis Carella renvoie tout le monde.

« On se voit dans une demi-heure en haut chez Gregori », mais d'un coup d'œil il dit à Ghezzi de rester, et donc maintenant, il n'y a qu'eux deux.

C'est bien, pense Ghezzi. Il aime travailler seul, et Carella le sait. Carella aussi, il a ses méthodes, et Ghezzi le sait. Donc le problème à présent c'est d'avoir deux mouflons dans la même bergerie, et tous les deux savent que ça ne doit pas finir en coups de cornes.

« Vas-y, dis-moi », dit Carella.

Ghezzi lui a filé un sacré coup de main dernièrement et on peut dire qu'ensemble, ils ont chopé un vrai méchant, voire deux. Mais ce n'est pas le genre de services qu'on doit retourner, donc pas de cadeaux : si Ghezzi travaille dans l'équipe, il faut qu'il sache clairement qui commande. Mais il sait que Ghezzi est indiscipliné et irrégulier, comme certains footballeurs de génie, et surtout il sait qu'il n'aime pas que des connards se baladent pour tirer sur les gens. Les artistes du ballon, il faut les laisser libres pour qu'ils donnent le meilleur.

Ghezzi saisit tout de suite.

Carella, c'est quelqu'un de direct, quelqu'un qui ne lâche pas tant qu'il n'a pas tout compris d'une affaire, peut-être un poil intolérant aux règlements et aux procédures, et en cela ils se ressemblent. Mais Carella est aigri, on dirait que c'est toujours une question de vie ou de mort pour lui, il maintient la pression, il est du genre à ne pas dormir pendant un mois… et cela peut tout compliquer, si l'enquête est longue ; alors que lui est plus patient, plus… mais si, plus vieux, plus réfléchi.

Puis le sous-brigadier Tarcisio Ghezzi se décide à parler.

« Je vais te dire deux choses, Carella, et à toi de voir. La première regarde l'affaire : quelque chose me dit que ça ne s'arrêtera pas là. Le caillou… bon, peut-être qu'il a du sens si d'autres cailloux apparaissent… »

Carella lève une main pour dire, hé, merde !, mais Ghezzi continue :

« C'est juste une idée, d'accord. Et puis… » Il ne sait pas comment dire cela, comment aller directement au but, et alors l'autre le devance :

« Fais ce que tu veux, Ghezzi, simplement, tu me préviens et on fait le point souvent. Selvi et Sannucci on se les partage, et on continue à chercher tous les deux. On aura besoin de monde, mais ça, Gregori va se démerder. Par contre je veux savoir ce que tu fais et pourquoi, ce n'est pas pour… surveiller, hein ! C'est juste pour qu'on ne se marche pas sur les pieds en suivant la même piste.

— Très bien, Carella, merci, c'est justement ce que je…

— Je sais. »

Maintenant que les deux mouflons ont marqué leur territoire, ils peuvent s'octroyer dix minutes à bâtons rompus, et donc c'est Ghezzi qui commence :

« Quelque chose finira par sortir, mais bon, pour l'instant on a un riche Milanais sans ennemis et sans conflits assassiné dans la rue. Assassiné par quelqu'un qui ne tue pas par métier, je dirais, parce que le coup dans l'estomac, c'est vraiment… amateur, voilà… Mais habile avec les caméras, si ce n'était pas de la chance… et qui avait sans aucun doute suivi et surveillé la victime dernièrement…

— Sans mobile c'est difficile, putain.

— Oui mais pour tuer quelqu'un il faut qu'il y ait un mobile…

— Avec un pistolet qui n'a pas tiré depuis des années… dit Carella à voix basse.

— Oui, ça, il faut qu'on comprenne mieux, attendons les lumières de la balistique… »

Puis Carella se lève, met son téléphone dans une poche, rajuste sa chemise dans son pantalon :

« Montons voir Gregori, il doit être fou de rage.

— Il a canalisé les gars des journaux pendant toute la journée… dit Ghezzi comme pour excuser leur chef. Et c'est pas comme si on lui apportait le panettone, hein.

— Eh ben non, on lui apporte que dalle. »

Alors ils montent l'escalier, Carella en courant et Ghezzi derrière, plus lent. Et lorsqu'ils arrivent dans l'antichambre du sous-préfet Gregori, où règne d'habitude un silence de plomb, ils remarquent une étrange agitation.

« Carella, j'allais t'appeler », dit l'agente Olga Senesi qui va à leur rencontre. Elle est agitée, rapide.

« On avait dit huit heures, non ? Nous sommes à l'heure…

— Oui, mais on a un autre mort. »

Ghezzi s'arrête comme un braque qui vient de voir un faisan. Carella se limite à une tête interrogative.

« Il y a dix minutes, via Sofocle, dit-elle, en partant déjà loin dans le couloir.

— Qui se trouve ?

— Derrière viale Cassiodoro, là-bas, l'ancien Parc des expositions, où ils ont fait les gratte-ciel tordus. »

Oui, pense Ghezzi, *compris*.

« Ah, Carella – Senesi s'est retournée comme si elle avait oublié quelque chose – sur le mort il y a un caillou. »

Ghezzi fait le petit sourire salaud du « Je le savais ». Carella est déjà loin en train de courir.

6

Lorsqu'il rentre, il est tard, mais pas si tard que ça. Les gars de Mafouz sont encore en bas de l'immeuble en train de faire leur ronde, et depuis la cour on voit beaucoup de fenêtres allumées. Même pas onze heures. Chiara travaille sur le nouveau Mac, un tract pour un truc de la fac, il se penche pour lui embrasser le cou et dit :

« C'est beau, mais… tout ce violet ?

— C'est trop, n'est-ce pas ?

— Ben… »

Puis, une main sur la souris et l'autre sur les genoux, elle détache les yeux de l'écran.

« Pour info, Fili était énervé. Il dit que tu peux la prendre quand tu veux, la moto, mais que c'est mieux si tu le préviens…

— Mais je lui ai dit ! Bon, allez, demain je m'excuse, mais je croyais lui avoir dit… après, il ne peut même pas la conduire, non ? Il t'a fait une scène ?

— Pas tout à fait, mais bon… Oh, moi je m'en fiche, mais comme il y a déjà beaucoup de tensions ici, si on se dispute même pour ces conneries… »

Francesco enlève ses habits, les met dans un sac en plastique, allume la douche et se glisse sous le jet. La salle de bains donne sur la chambre – la kitchenette aussi, si vous voulez tout savoir, tout est là – alors elle lui parle en haussant juste un peu la voix.

« Les Calabrais t'ont cherché.

— Lequel ?

— Le petit. »

Donc des histoires d'appartements, pense Francesco.

Les Calabrais s'occupent de beaucoup de trafics, là-bas, mais leur principal business, c'est les logements. Ils savent lesquels sont vides et lesquels peuvent être libérés avec de petites menaces innocentes. Ils défoncent les portes et te fournissent de nouveaux verrous. Pour cinq mille euros tu peux avoir ton HLM – un prix honnête quand on pense que ce sont souvent des gens qui en ont dépensé autant pour traverser la mer sur un canot de merde. Après avoir échappé aux négriers, ils arrivent ici et trouvent deux frères qui semblent sortis tout droit du néoréalisme, qui les rackettent pour le logement. Mais au moins ils dorment dans un lit, pour la première fois depuis dieu sait combien de temps.

Francesco n'a jamais réussi à tracer une frontière claire entre les injustices de la vie et les gens qui en profitent. Entre le racket des logements et les gens avec un enfant dans les bras qui te disent « Je ne sais pas où dormir ».

Et de toute façon, non, les Calabrais ne sont pas des bienfaiteurs, ça il le sait.

« Ils ont leur joli sac d'emmerdes, là », dit Chiara.

C'est quelque chose qui le scie à chaque fois : on dirait qu'elle sait ce qu'il pense, qu'elle le suit, le talonne, puis, lorsqu'elle dit quelque chose, c'est comme s'il venait de penser à voix haute… Ça lui plaît et lui fait un peu peur en même temps.

Ce soir, en plus…

Mais oui, il sait ce que veut dire Chiara. Maintenant il y a une autre bande, des Nord-Africains, on ne sait pas d'où exactement. Ils ont commencé en plaçant deux familles dans le bâtiment F, maintenant ils demandent de la place en plus pour des amis. Mafouz, qui est l'autre potentat des tours, a décidé de faire comme si de rien n'était, il n'interviendra pas parce qu'il ne veut pas d'ennuis, les Calabrais n'ont plus le monopole, mais cela ne semble troubler que les Calabrais. Justement.

« Et qu'est-ce qu'il voulait ?

— Parler. Ils vont organiser une rencontre, Mafouz, eux deux, de la Calabrie saoudite, et les nouveaux, là, qui ont l'air d'être bien méchants. Il voudrait que quelqu'un du collectif soit là, je crois que c'est pour… pour avoir des témoins de l'accord. »

Francesco Girardi sourit, se sèche avec une vieille serviette de plage, met un pantalon court et un T-shirt Mano Negra, pure antiquité.

« Genre, maintenant le collectif pour le logement devient une sorte d'entremetteur pour des accords mafieux ? » dit-il.

Elle hausse les épaules :

« Mais oui, tu sais… Il dit qu'on pourrait en tirer quelque chose nous aussi, que Mafouz veut juste qu'il n'y ait pas d'ennuis, comme ça ses gars peuvent vendre leur merde sans problème, mais ils veulent un accord précis… ils ont peur que les nouveaux s'agrandissent… et nous avons Giovanna et Illa à placer, tu t'en souviens, non ? »

Politique, pense Francesco.

Pourparlers, accords, compromis, donner, recevoir, bonnes relations avec les méchants... Mais où sont les bons là-dedans ? *Ah, oui, c'est censé être nous*, pense Francesco, *c'est drôle.*

Et Giovanna et Illa, après, une histoire absurde. Parce que les deux – Giovanna coach de kickboxing et Illa institutrice – avaient squatté à l'ancienne. C'est-à-dire en prévenant les voisins, en choisissant un logement vacant – déclaré inhabitable à cause du moisi et des infiltrations d'eau –, en entrant, en bricolant un peu tout, et les voilà dans le club des illégales régulières. Avec le collectif, elles avaient fait les tracts avec les photos des murs fraîchement repeints et le texte : Les occupants illégaux rénovent, pas l'Aler[1], et aussi : Le logement est à ceux qui l'habitent ! Régularisation immédiate ! Elles n'avaient pas choisi le silence prudent des squatteurs, la méfiance, la clandestinité dans les plis des classements et des contrôles. Non, elles avaient revendiqué l'acte politique de prendre pour elles un logement vide.

Bref, les mettre dehors avec l'huissier et la police aurait été difficile, parce qu'elles étaient devenues le drapeau du collectif et d'une certaine façon – deux lesbiennes comme ça, une fille qui ressemble à Mohamed Ali et qui roule des pelles dans la rue à un moustique blond haut comme une table de bar – elles étaient populaires dans le quartier.

Mais après elles étaient parties quelques jours, à Berlin ou on ne sait pas trop où, et lorsqu'elles étaient revenues, elles avaient trouvé chez elles une famille de Tunisiens, lui, elle, et trois mioches, tous ensemble dans quarante mètres carrés,

1. L'Aler est l'agence régionale de Lombardie préposée aux logements sociaux.

quatrième sans ascenseur et le moisi qui refaisait surface comme dans les films d'horreur. On ne pouvait tout de même pas chasser une famille, évidemment, le collectif lui-même l'avait exclu, mais elles ? Deux personnes qui squattent un appart, qu'est-ce qu'elles font quand on squatte leur appart ? Pas question d'aller voir la police. Maintenant elles habitent chez le père d'Illa, à Corsico, mais elles passent souvent par là et sont présentes à toutes les réunions du collectif, comme une admonestation régulière : Et nous ? On n'a pas droit au logement ?

Certains en avaient ri, oui. Mais ce n'était pas drôle du tout. Pour Francesco, cette guerre sourde et incessante entre pauvres diables, cette lutte où tous les coups sont permis, cette ruse à la place de l'intelligence, c'était un élastique qui se tendait beaucoup trop.

Depuis des années, pense-t-il. *Depuis toujours.*

Il prend une chaise et s'assied à côté de Chiara.

« Agrandis la police en bas, celle avec la date et l'heure, on a du mal à lire, là », lui dit-il.

Elle bouge la souris, les lettres deviennent plus grandes.

« Comme ça ?

— Oui, c'est mieux. »

De toute façon, si les Calabrais veulent que l'un d'entre eux soit présent à la rencontre, ça peut être une bonne nouvelle comme une mauvaise. Ça signifie qu'ils cherchent un accord durable, et si ça se trouve ils vont lâcher au collectif deux ou trois appartements squattables, parmi les vacants. Ou alors ça signifie que la situation est si tendue qu'ils n'osent pas rencontrer les autres, les nouveaux venus, les Africains, tout seuls. Bref, entre la poignée de main et le coup de couteau, tout peut arriver. Fait chier.

« Je me demande pourquoi ils te cherchent, toi, et pas Fili, ou Andrea », dit Chiara.

Il ne répond pas.

Il sait pourquoi.

Parce que lui, il a des affaires en cours avec les Calabrais. Les montres, trois, il les a vendues, il en a tiré mille cinq cents euros, sans doute valaient-elles dix fois ça, mais peu importe, il peut être tranquille pendant quelques semaines. En tout cas, il vaut mieux qu'elle ne sache pas, Chiara.

« Tu n'es pas au courant ?, dit-il. On m'appelle le Kissinger de la Caserne… »

Elle rit et devient très belle, ou c'est du moins son impression. La Caserne, c'est ce labyrinthe de bâtiments fatigués, crasseux, mal vieillis, décrépis, qui entoure piazza Selinunte, quartier San Siro, avant-poste de la racaille urbaine, chaud en été, froid en hiver, cages d'escalier au goût de brocoli et curry, quand on tombe bien.

Il se lève de la chaise et marche dans la pièce. Marcher… c'est un grand mot, parce qu'une fois que tu as fait trois pas là-dedans, tu tombes sur le mur et il faut que tu rebrousses chemin. Il est nerveux, agité, mais quelque part aussi apaisé, comblé.

« Toi ? Tout va bien ? » dit-elle. Maintenant elle a enlevé ses lunettes et le regarde comme le font les épouses. Mais avec douceur.

Francesco s'efforce de sourire.

« Oui, j'avais un boulot à finir.

— Hou, homme mystérieux! »

Il rit.

« Et tu l'as fini, ce boulot?

— Fini, oui.

— Allez, va au lit, Kissinger de la Caserne, je termine ça et j'arrive. »

7

Katrina a la tête vexée que font ceux qu'on accuse de voler les offrandes à l'église.

Elle s'adosse à un meuble de la cuisine de la maison Monterossi, astiqué comme si on attendait la visite du roi de Belgique, et elle regarde Carlo qui se sert un verre. Il a choisi un sauvignon de la petite cave-armoire qui contient des dizaines de bouteilles, certaines au nom noble, d'autres rares comme des timbres anciens.

« Katrina a laissé déjà monsieur Carlo sans dîner ? »

Elle l'a dit sans hostilité ni polémique, juste un peu étonnée.

En effet, non, pense Carlo, qui à présent doit se rattraper et demander pardon sans vraiment le demander. Au fond, il a simplement dit qu'Oscar allait se pointer tout à l'heure, qu'ils avaient des choses à se raconter et qu'ils voudraient dîner. Mais on sait comment ça se passe avec cette virago des plaines : tout peut être remis en question, sauf les superpouvoirs de la Vierge de Medjugorje et son efficacité de gouvernante, cuisinière, détachée au ravitaillement et à l'économie domestique. Sans compter – ça, Carlo l'a bien gravé dans son esprit – le rôle de voix amie, de conseillère inécoutée en questions amoureuses, si jamais elles se présentent, avocat de la défense et bouche de la vérité. Un tout anguleux-ascendant-bourru et made in Moldavia.

Katrina lance un regard à son amie accrochée au frigo sous forme de magnet – toujours la Vierge de l'Est qui apparaît et disparaît aux yeux des fidèles comme la lune derrière les nuages – et elle soupire en ouvrant ce dépôt de victuailles à double porte, un réfrigérateur qui pourrait contenir des stocks pour l'Armée rouge, suffisants pour aller de Stalingrad à Berlin sans manquer de rien. Gambas à la catalane, burrata des Pouilles, rôti de veau, brochettes de poisson, ailes de poulet épicées, guacamole et aspic de fruits en dessert.

« Monsieur Carlo peut choisir. S'il doit chauffer, il peut se servir de micro-ondes. S'il vous plaît ne mangez pas de langoustines, Katrina demain fait soupe de poisson. »

Fin de la communication.

Quoique non, parce que Katrina ne sait pas se retenir et utilise toute la familiarité que Carlo lui accorde en tant qu'incomparable Mary Poppins de la maison Monterossi.

« Chaque fois que monsieur Carlo voit monsieur Oscar, arrive beaucoup d'ennuis. Cette fois aussi ou c'est juste dîner d'amis ? »

Carlo rit : c'est vrai, Oscar et les ennuis sont deux choses qui s'entendent à merveille, et Katrina a assisté à plusieurs reprises à des histoires embrouillées qui auraient pu mal se terminer.

« Mais non, Katrina, on va juste papoter et boire des verres, ne t'inquiète pas. »

Elle lève les yeux au ciel comme pour dire : je n'en crois pas un mot, enlève son tablier et le salue. Elle redescend dans sa loge, à ses petits autels, à ses prières solitaires entrecoupées de feuilletons télévisés, parce qu'elle est, incidemment, la gardienne de l'immeuble, même si elle passe tout son temps à choyer ce Monterossi que oui, elle aime bien, bien sûr, il est gentil, mais qui est tellement nul…

Carlo se verse encore du vin et attend. Puis il arrête d'attendre parce qu'Oscar entre comme s'il était le chef, s'assoit sur un des canapés blancs et se verse à boire lui aussi, sans dire un mot.

« Du coup ? » dit Carlo.

Oscar est égal à lui-même, impénétrable et mystérieux, mais un petit sourire lui traverse le visage, comme s'il disait : ah, si tu savais !

Carlo n'en demandait pas tant.

« Tu veux parler ou on est mariés depuis dix ans ? »

Pour toute réponse, Oscar se lève et va dans la cuisine, ouvre le frigo et commence l'exploration de cet Eldorado de couleurs et parfums rangés sur les étagères comme en attente d'une inspection. Puis il prend une énorme assiette de langoustines crues qui hurlent mange-nous ! et il la pose sur la table de la cuisine. En moins de deux minutes il a préparé une petite sauce à l'huile et au citron, s'est assis et a commencé à manger.

« Elles sont bonnes, dit-il.

— Fais comme chez toi, dit Carlo.

— Chez moi, dans le frigo, il y a des toiles d'araignée.

— Alors ?, dit Carlo, qui s'assoit et prend lui aussi une assiette.

— Alors moi, alors le monde, ou alors les deux ? »

Rien à faire, il ne peut pas s'en empêcher, le mystère est son métier. Mais après, comme Carlo ne cède pas à sa provocation, il se décide à parler.

« Si Katia pense que la police court après l'arnaqueur de sa mère, elle se trompe grossièrement, dit-il. Hier il y a eu un mort assassiné et la préfecture est comme une fourmilière affolée, ils ne savent pas où donner de la tête et les lourdauds qui volent les vieilles dames sont le cadet de leurs soucis. »

Carlo hoche la tête. D'une certaine façon il savait, pour le mort aussi, parce que là où il travaille, les yeux de Flora De Pisis se sont allumés comme lors d'une proposition galante. Un mort assassiné, parfait, génial, c'est le Seigneur qui l'envoie, et elle avait déjà lâché auteurs et collaborateurs à la recherche de la famille de la victime, amis, ennemis, amants, femmes endeuillées, tous ceux qui étaient disposés à verser quelques larmes en direct, ou à accuser, ou à récriminer, à regretter la disparition, à bien ou mal parler du mort, mais mal c'est mieux, vu que le stade réclame sang et rancœur. Spectacle, points d'audience, publicité. Bref, la télé, parce que la Grande Usine à Merde ne dort jamais.

« Alors ? » dit Carlo à nouveau.

Il sait que l'autre joue comme le chat avec la souris, et il ne veut pas entrer dans son jeu.

« Alors on parie tout sur le voleur minable qui ne sait pas ce qu'il a volé. Donc des petits revendeurs, ou médiateurs, des gens qui lui fileront deux balles et qui vont revendre la bague de la mère de Katia à l'étranger, probablement dans le circuit des collectionneurs. On en voit un ce soir, peut-être qu'il peut nous dire quelque chose.

— On ?, demande Carlo, comme si on l'invitait à cambrioler un bureau de poste. Écoute, je ne veux pas me mêler… enfin… je suis content que tu aides Katia, mais…

— On ne va pas à une fusillade, hein ! Je dois juste parler avec un gars, mais j'ai besoin de quelqu'un qui reste là, en silence, dans l'idéal un peu menaçant, seulement pour lui faire comprendre que c'est du sérieux, ne t'inquiète pas. »

À ce moment-là, Carlo s'est levé, a allumé la radio tout bas, a apporté les verres dans le grand salon et ouvert la porte-fenêtre qui donne sur la terrasse. Un air vif de soir de mars à Milan entre, et se mélange aux klaxons lointains et à la voix de Dylan qui glaviote quelque chose sur le fait d'être resté dans le Mississippi un jour de trop. Erreur.

Erreur pour moi aussi, pense Carlo. S'il alignait toutes les fois où il s'est promis de ne pas seconder Oscar dans ses aventures stupides, il se retrouverait face à un petit train de plusieurs dizaines de wagons. Et en attendant il voit son « Plutôt mourir » se nuancer en un « Il ne manquerait plus que ça », puis virer au « Tu parles ! » et finalement, lorsque c'est au tour du « Pourquoi pas, après tout ? », il sait que c'est bon : il suivra son ami, tout en se traitant amicalement de couillon.

« C'est à deux heures du matin, on a le temps », dit Oscar Falcone qui est passé aux gambas à la catalane et a amené l'assiette au salon.

Alors ils parlent de choses et d'autres.

Ce qui veut dire qu'Oscar ne dit rien et que Carlo raconte la divine Flora De Pisis et son rut tout récent pour les faits divers, qu'elle considère plus stimulants que les passades adultères des bons et braves gens de la Nation qui bien évidemment ne sont pas du tout bons et braves. Il sait que, maintenant, la star de *Crazy Love*, la créature haïe aux audiences miraculeuses, qu'il a conçue et dont il a honte, se jettera la tête la première sur ce meurtre mystérieux, et il voit déjà la puissante machine du cynisme se mettre en branle.

« Encore quatre épisodes et je suis libre. »

À une heure quinze, Oscar dit qu'ils doivent y aller.

« Change-toi.

— Hein ? »

Quoi, il y a un dress-code maintenant pour rencontrer les délinquants ?

Oscar rassemble toute la patience qu'il a – notoirement peu, des miettes –, et lui explique, en parlant lentement comme on le fait avec les enfants bêtes :

« Carlo, on va parler avec quelqu'un qui fréquente voleurs et braqueurs, qui est déjà prudent et méfiant, je ne peux tout de même pas me présenter avec un dandy en costard cravate, qu'est-ce que tu en dis ? Ou sinon on peut se tatouer "amateur" sur le front ? Allez, dépêche-toi, je veux arriver là-bas un peu en avance. »

Ce qui fait que, pendant qu'il conduit vers « là-bas », Carlo porte une veste en cuir, un T-shirt ras-du-cou et un vieux jean usé. Lorsque, de son dressing grand comme la province de Sondrio, il était revenu dans le salon, Oscar avait secoué la tête : on aurait justement dit un bourgeois en sortie dans les bas-fonds, pas quelqu'un qui avait l'habitude d'y vivre, mais on ne peut pas trop en demander.

Et à présent ils se garent devant un bar de via Mac Mahon du côté de piazza Prealpi, où passent seulement les gardiens de nuit en retard et les prostituées en avance.

Le type qu'ils attendent arrive à deux heures dix, ils le voient sortir d'une Mercedes longue comme un tramway, regarder autour de lui avec circonspection et pousser la porte du local.

À l'intérieur il y a eux, le gérant qui nettoie le comptoir et une fille peu habillée qui attend quelqu'un. Assistante sociale en minijupe, rayon pêche au gros.

Le type s'assoit. Il a un visage creux, le teint jaunâtre, la moustache et une cravate de maquereau.

« Qui est ce monsieur ?, demande-t-il d'abord en indiquant Carlo.

— Un de mes gars », répond Oscar.

Carlo ne bronche pas, comme il suppose que doivent le faire les tueurs professionnels. Les instructions sont qu'il ne doit rien dire, rien faire, être là et c'est tout, parce que l'autre doit croire qu'il est face à une sorte d'organisation, et pas à Oscar Falcone qui s'amuse à jouer Marlowe.

Silence. Le barman apporte un whisky au type qui vient d'arriver, comme s'il savait déjà, comme si c'était son « comme d'habitude », et c'est probablement le cas. Un truc industriel d'une couleur jaune malade qui fait penser à Carlo : *Incroyable ce que prennent les gens pour abîmer leur foie.* Oscar et lui ont devant eux deux tasses à café seulement, parce que dans un endroit comme ça, tu ne sais jamais où peut se glisser la salmonellose.

À l'extérieur du bar, une voiture s'arrête, en sort un type avec la chemise déboutonnée jusqu'au nombril et une veste en jean, il ouvre la porte juste assez pour passer sa tête et claque des doigts. La fille descend de son tabouret près des machines qui ruinent les gens déjà ruinés et le suit.

Au turbin, mademoiselle.

L'homme à la moustache se décide à parler :

« Pour ce que j'en sais, le type que vous cherchez n'est pas un génie », dit-il.

Oscar ne dit rien, Carlo garde son air indifférent, comme s'il hésitait entre lui tirer dessus tout de suite ou attendre encore cinq minutes. L'autre, tout sauf effrayé, continue :

« Il se balade dans Milan en offrant la bague comme si c'était une médaille de première communion. Deux gars que je connais ont dit non, merci, parce que cette marchandise-là, tu la trouves dans les catalogues des musées et oui, ils peuvent se faire beaucoup de pognon et lui filer deux balles, mais c'est un gros risque. Cela dit, il y en a un qui est en train de réfléchir. C'est un mec qui a un beau réseau à l'étranger et qui pourrait conclure l'affaire, mais il n'a pas confiance, il pense lui aussi que l'autre est un lourdaud capable de lâcher le morceau à la première baffe à la préfecture. Pour ce que j'en sais, moi, ils doivent se rappeler, enfin… peut-être se voir… »

Carlo a maintenant du mal à masquer son excitation. Se voir ? Quand ? Où ? Mais Oscar semble penser à autre chose, comme si ces nouvelles, c'était le minimum syndical et qu'il s'attendait à mieux. Alors ça stagne un peu, jusqu'à ce que l'autre ne se décide :

« Le type, celui qui pense acheter, n'est pas con, il prend son temps, il sait que la bague n'est pas facile à vendre et que le gars a besoin de cash, et il mise là-dessus. Il va offrir vingt, trente mille, pour un truc qu'il peut revendre un million dans deux ou trois ans, mais il veut quand même faire baisser le prix. Il a une bijouterie corso XXII Marzo, ça s'appelle Étincelles d'or, une couverture, bien évidemment.

— Pour deux mille euros, tu ne me donnes pas beaucoup là, dit Oscar.

— Tu veux quoi, une pipe ?

— Pas tout de suite, merci, mais tu comprends que je ne peux pas aller voir quelqu'un et lui dire : écoute, copain, tu as dans les mains une affaire d'un million, mais tu vas y renoncer tout de suite parce que je suis un type sympa, pas vrai ? Il me faut de quoi le convaincre.

— Ça, c'est plus cher.

— Plus cher de combien ?

— Disons qu'on double. Quatre mille et je te file une tenaille pour le tenir par les couilles.

— Elle est chère ta pipe.

— Oui, mais tu ne trouveras pas mieux.

— D'accord, mais il va falloir me convaincre. »

Carlo assiste à la scène en s'efforçant de rester impassible, froid, distant et silencieusement menaçant. Étant entendu qu'il serait incapable de menacer qui que ce soit, mais ça, l'autre ne peut pas le savoir.

La moustache boit une gorgée de cette essence jaune et parle :

« Tu te rappelles le hold-up Biraghi ?

— Oui, dit Oscar, ils ont tout récupéré.

— Oui, tout ce qui était dans la plainte, mais dans le magot il y avait une parure de diamants pas déclarée parce que… disons… la provenance…

— Tu es en train de me dire que le *cavaliere* Biraghi offrait à sa femme des bijoux volés ?

— C'est pas parce que t'es riche et *cavaliere* que t'es forcément quelqu'un de bien.

— Et ?

— Et cette parure, c'est lui qui l'a traitée, lui le faux bijoutier de corso XXII Marzo, et il en a tiré un demi-million alors qu'il l'avait payée soixante-dix mille à une bande de toxicos du Giambellino qui avaient fait le coup. Certain comme de l'or, de source sûre. C'est peut-être un truc qui peut l'impressionner, si tu lui dis que tu sais tout et que tu pourrais faire fuiter ça à la police… ou pire encore au *cavaliere* Biraghi, qui est fort pour régler ce genre de choses… »

Oscar met une main dans sa poche et sort un rouleau de billets. Il en prend quelques-uns et donne ce qui reste au type, qui empoche sans compter.

« Quatre mille, dit Oscar.

— Bien.

— Si tu m'as dit des conneries, mon ami qui est ici – il indique Carlo d'un mouvement du menton – vient te chercher. Il fait brave gars, c'est son secret.

— Pas la peine de menacer.

— C'est vrai, pas la peine, mais on ne sait jamais, dit Oscar qui s'est déjà levé et se dirige vers la porte du bar.

— Paie la note maintenant que tu es riche », dit-il au type à la moustache.

Carlo se lève aussi, il fait une petite révérence, puis, avec un éclair amusé dans les yeux, lui fait le geste du pistolet avec l'index et le pouce, et suit son ami sur le trottoir.

La jeune fille de tout à l'heure tient garnison à un coin de la rue, triste comme un labrador sans balle.

Lorsqu'ils sont dans la voiture, Carlo voudrait commenter, mais il voit qu'Oscar est en train de réfléchir donc il ne dit rien.

Ils remontent Mac Mahon, longent le cimetière monumental, traversent via Farini et se jettent dans viale Tunisia, il n'y a pas d'embouteillages parce qu'il est presque trois heures, seulement les voitures des *carabinieri*[1], quelques patrouilles de police et des gens qui rentrent de la movida, clients et serveurs fatigués qui conduisent comme des poivrots.

1. Les *carabinieri* forment une force armée italienne qui correspond à celle de la gendarmerie française.

« Je descends ici », dit Oscar.

Carlo se range et n'a pas le temps de chercher une répartie, l'autre a déjà disparu dans le labyrinthe du Lazzaretto. Alors il repart doucement et trifouille dans son téléphone, relié à la radio de la voiture. Il choisit un Dylan des plus shakés et le fait partir tout bas.

Go get me my pistol, babe
Honey, I can't tell right from wrong[1].

Le renflement sous la veste – un verre qu'Oscar lui a glissé dans la poche intérieure avant de sortir – a fait son devoir. *Il suffit de si peu ?*, se demande Carlo. Puis il regarde dans le rétroviseur, en allongeant son cou. Il veut voir s'il a l'air d'un voyou à la gâchette facile, mais il voit la même tête que toujours. Le coin droit de sa lèvre se lève en une petite moue de dérision gentille, les sourcils épais se haussent légèrement aussi, parce que Carlo est un gars autocritique, parfois.

Il rentre la voiture dans son box et monte chez lui.

Mieux vaut aller se coucher. Même les tueurs font ça, de temps en temps, non ?

1. Bob Dylan, *Baby, stop crying* : « Va chercher mon pistolet, bébé / Mon sucre, je ne sais pas dire ce qui est bien et ce qui est mal. »

8

Le sous-préfet Gregori gazouille dans le combiné, un Sip gris avec la roue du cadran qui était déjà fatiguée à l'époque des Sumériens :

« Bien sûr, monsieur, c'est la moindre des choses, quand vous voulez, je suis là. »

Puis il jette le combiné sur la fourche et tonne :

« Mais va te faire foutre, abruti, où est-ce que tu veux que j'aille me fourrer avec deux morts allongés sur mon putain de dos ! »

C'était le substitut du procureur, l'attifé de l'autre jour, le titulaire de l'enquête, celui qui blaguait avec les agents comme le propriétaire du *latifundium*[1] avec ses métayers. Tous ceux qui sont là choisissent un petit coin de la pièce et regardent Gregori comme s'il était un Rembrandt, juste pour qu'il ne s'énerve pas davantage, pour attendre que l'orage passe. Mais ils voient aussi les avantages de la situation. Si le substitut ne peut pas venir parce qu'il a une réunion au Parquet, eux peuvent parler plus librement, comme on le fait entre flics.

1. Grand domaine agricole.

La loi, pas la justice. D'ailleurs, le nouveau mort – Gregori l'a appelé comme ça – s'annonce une sacrée plaie.

« Carella », crie-t-il à présent.

Ce qui signifie : Carella, dis tout de suite ce qu'on a, fais le rapport, la synthèse et la conclusion, mais dépêche-toi parce que, là, ils vont nous crucifier.

Le sous-brigadier Ghezzi se met à l'aise. Avec ce qu'ils ont recueilli, ils n'iront pas loin, mais ils tiennent quelque chose, et lui aussi, il aurait son mot à dire, même si intervenir maintenant reviendrait à éteindre un feu avec du kérosène.

Carella, debout, appuyé contre un casier, commence sa rengaine, il parle comme lorsqu'en parlant, on réfléchit aussi. Non pas à ce qu'on va dire, mais à comment l'interpréter.

« Cesare Crisanti, tout le monde le connaît, dit-il. Cette fois-ci un seul tir, dans la tête. L'autre fois, pour Gotti, les balles étaient vieilles de quarante ans, cette fois-ci nous avons un 7.65 qui en a trente-cinq, la balistique a compris ça à partir des codes des douilles. Quelle que soit la personne qui a tiré, elle a des armes vieilles et mal entretenues… le caillou était sur la victime, exactement comme pour Gotti…

— Qui est au courant pour le truc des cailloux ? » demande Gregori.

Carella ouvre les bras.

« Nous, le substitut, ses assistants, ce qui veut dire la moitié du tribunal, dans les faits tout le monde, plus ceux de la scientifique et bien évidemment ceux qui ont trouvé les corps et qui nous ont appelés, la dame avec le chien via Mauri et la femme de ménage philippine de Crisanti là-bas, via Sofocle, à cent mètres de la maison de la victime. »

Gregori lâche un soupir qui ressemble à un gémissement et fait un geste pour dire : la suite.

« Ce Crisanti était un gars en vue, mais pas non plus au premier plan. Architecte, non, urbaniste. Dans à peu près toutes les affaires immobilières de Milan, changements de destination de bâtiments en province, passages de tours pour bureaux entre spéculateurs. En politique, droite, puis centre, puis à nouveau droite, puis gauche, selon qui commande. Ces temps-ci, il figurait parmi les démocrates de souche, ceux qui insistent pour les espaces verts et puis, pendant le chantier, les parcs deviennent trois arbustes à la con. Quelqu'un qui connaissait les affaires de tout le monde et qui, à chaque passage, autorisation, urbanisation, restauration, se faisait de la thune. La maison parle d'elle-même, un endroit remarquable, penthouse, onze pièces, quatre salles de bains, du lourd, là-bas, à l'ombre des nouveaux gratte-ciel et des maisons cool dans l'ancienne zone Fiera. »

Gregori s'impatiente parce que ça, il le sait déjà. Il a reçu les appels du maire, du préfet, celui du sous-secrétaire qui annonçait celui du ministre et enfin celui du ministre qui annonçait mort et damnation si on ne trouvait pas tout de suite l'assassin d'un tel gentilhomme, garant et maquereau de chaque brique qu'on pose sur d'autres briques en ville. Et par ici on en pose beaucoup. Si c'est un pauvre type de la Bovisa qui crève, on ne t'appelle pas du ministère de l'Intérieur, tout au plus sa femme vient te casser les couilles.

Carella continue :

« Une bonne et une mauvaise nouvelle, donc. La mauvaise, c'est que si on cherche parmi les ennemis de Crisanti, on n'en finira jamais : entre les promoteurs perdants et les entreprises qui gagnent des appels à projets dessinés sur mesure…

Chaque fois qu'un gars remporte une affaire il y en a dix qui te maudissent, on le sait… Même en famille, Crisanti avait ses emmerdes. Une ex-femme encore énervée, deux enfants adultes, une nouvelle femme, plus jeune, et un petit enfant de deux ans. Plus une kyrielle infinie de parents qui maintenant vont s'entre-déchirer pour l'héritage, le patrimoine est considérable, en plus de l'appartement zone Fiera, une villa à la montagne, à la sortie de Cortina, une autre à la plage, en Sardaigne, un bateau, une Ferrari même, d'époque, c'était un de ceux qui vont aux rassemblements…

— Donne-moi la bonne, Carella – c'est toujours Gregori, et là, il a la tête d'un pigeon sous une voiture.

— Le caillou, naturellement. On n'en sait rien mais il nous donne une piste, non ? Il nous dit que si on trouve le lien entre Gotti et Crisanti, on peut trouver un mobile. »

Bon, ça tout le monde avait pigé.

« Mais ce qu'on peut dire pour l'instant, poursuit Carella, c'est que ça vient du passé. Avec deux ou trois renseignements croisés, rien de définitif, nous avons compris qu'il n'y avait pas de contacts entre les deux, pas récemment en tout cas. Aucune rencontre publique n'apparaît, aucune activité en commun, conférence, proximité d'aucun genre, deux mondes lointains. »

Gregori laisse tomber ses bras sur le bureau, un geste d'impuissance.

Sannucci fait son petit rapport pour dire qu'ils ont demandé les comptes aux banques, convoqué le comptable du mort, la routine. L'avocat, lui, s'est manifesté tout seul, juste après avoir appris la nouvelle, apparemment avec l'intention de se mettre à la disposition de l'enquête, mais en réalité plutôt, dit Sannucci qui devient de plus en plus futé, pour savoir ce qu'ils avaient découvert.

Ghezzi sourit : le garçon progresse.

Selvi a pu avoir les dames, il entend par là les épouses. Carella lui a refilé cette corvée parce que, vu cette histoire de cailloux, il est convaincu que ce n'est pas un meurtre en famille, mais c'est tout de même bien de savoir tout ce qu'il y a à savoir.

« La titulaire, la jeune, autour des trente-cinq, peut-être quarante, belle femme, élégante, en larmes, a dit que les deux derniers jours son mari était très agité, mais qu'elle pensait que c'étaient les affaires, comme d'habitude, qu'il y avait un conflit en cours et…

— Quel conflit ?, demande Gregori.

— Une histoire d'accords non respectés sur des tours de bureaux sorties de nulle part vers Roserio, vides bien évidemment, qui devaient générer des crédits bancaires, mais les banques ont fait nananère et maintenant tout le monde se dispute.

— Ce ne sont pas des choses qu'on règle à coups de pistolet, dit Gregori, pas à Milan.

— Eh oui, dit Selvi, mais la dame n'a pas su expliquer la valise. »

Là, Carella intervient :

« En plus du sac avec ses documents, le mort avait une petite valise avec ce qu'il faut pour ne pas rentrer pendant quelques jours, faite à la hâte, visiblement, parce qu'à l'intérieur il y avait des affaires jetées pêle-mêle, pas bien pliées…

— Peut-être qu'il était juste comme ça… désordonné, dit Gregori.

— Peut-être. Mais son téléphone dit qu'il avait réservé un hôtel, à Milan, un trois-étoiles dans le quartier des Navigli. Pas le genre d'hôtels fréquentés par ces gens-là, même s'il devait y aller avec une femme… et son épouse ne savait rien… Ça a tout l'air de quelqu'un qui ne voulait pas dormir chez lui, mais la dame nie toute dispute ou chose du genre… Bref, si tu habites dans un palais tu ne vas pas dormir dans un taudis, hein ! ça fait un peu bizarre. »

Selvi regagne la scène :

« Mieux, lorsque je lui ai dit pour la valise, la dame était vraiment étonnée, elle dit qu'il était tendu et inquiet… depuis mardi, pour être précis, mais qu'il n'y avait pas de crises entre eux, ils venaient de fêter leur anniversaire de mariage et…

— Lundi soir, Gotti a été tué, peut-être que c'était ça… il avait compris quelque chose, dit Sannucci.

— Il a de la chance, parce que nous, on pige que dalle, putain », dit Gregori.

Le fait qu'il dise « *Il a de la chance* » d'un raide mort avec un trou de 7.65 dans la nuque ne fait rire personne ; alors Selvi continue :

« L'autre femme, elle, n'est ni belle ni élégante, et surtout pas très attristée. Lorsque nous l'avons convoquée, elle est arrivée avec son avocat, qui a posé plus de questions que moi. Il voulait savoir pour le patrimoine, si on avait trouvé un testament, bref, toujours la même histoire, l'argent. Les relations avec la nouvelle femme n'étaient certes pas amicales et les enfants ont pris le parti de la dame… la première, je veux dire, pas un seul mot gentil pour le père cadavre. »

Les joies de la famille, pense Ghezzi. C'est son tour.

« Notre ami progresse, dit-il. Pour Gotti, il a dû tirer deux fois, pour Crisanti une seule fois a suffi, à bout portant, par-derrière, et qui plus est à sept heures et demie du soir. C'est vrai que via Sofocle est une rue tranquille et sans circulation, mais à cette heure-là quelqu'un peut passer. En tout cas, en plus des cailloux, il y a un autre point commun. Là-bas, les caméras, entre les grilles et les jardins des villas, ne manquent pas. Je vais m'en occuper plus en détail, mais d'après ce que j'ai compris, Crisanti a été chopé dans un cône d'ombre entre une caméra et l'autre, sept, dix mètres d'espace non surveillé, juste là, ça ne peut pas être du cul. Une fois c'est bon, mais deux c'est trop. »

Gregori écoute par intermittence. Il sait que maintenant ils vont lui sauter dessus comme des chiens mordeurs de mollet. Un riche marchand tué dans la rue, c'est déjà un truc qui met en alerte ; deux, c'est une malédiction du Seigneur à faire pâlir les sauterelles. Déjà pour Gotti, la presse a fait un foin pas possible, la moitié aurait suffi, sans compter les conneries habituelles sur la sécurité, plus de caméras, plus de patrouilles dans la rue, où va-t-on et tout le répertoire. À présent ils sont face au dilemme habituel : maintenir les deux affaires séparées – au moins pour la presse – avec pour résultat de leur faire écrire qu'on assiste à une vague extraordinaire de crimes et délinquance, ou alors reconnaître que les deux meurtres sont liés, et créer la psychose. C'est comme choisir entre un ulcère et une fracture du fémur.

« Il faut creuser », dit Ghezzi.

Il a pensé à voix haute, disant ce que tout le monde pense.

Le regard interrogatif de Gregori lui dit de poursuivre.

« Bon, le boucher en gros et le magouilleur des immeubles n'ont rien en commun : l'un se foutait de la politique, et l'autre y était plongé jusqu'au cou. Même les deux appartements nous disent que leur style était tout à fait différent, un bon bourgeois et un flibustier haut placé dans son penthouse, ils se seraient probablement détestés s'ils s'étaient croisés…

Et pourtant, sauf si on est face à quelqu'un qui se balade pour tuer des gens sans discernement et leur poser un caillou dessus, nous savons que quelque chose les relie, ou les reliait. Pas aujourd'hui, pas hier, il faut chercher plus loin, peut-être qu'on doit s'attendre à d'autres cailloux. »

Gregori hoche la tête, Carella reste immobile, parce que l'intuition de Ghezzi sur le fait que d'autres cailloux allaient suivre, il l'avait déjà sous-estimée une fois, et là il ne veut pas commettre la même erreur.

À ce moment-là, il se passe deux choses, en succession rapide.

Un agent en uniforme entre dans la pièce après avoir frappé, il se présente avec une espèce de salut militaire. C'est un gars des patrouilles de rue, il n'est pas habitué à ces réunions de cerveaux.

« Agent Saverio Favieri, dit-il. Nous avons trouvé ça près de l'endroit du meurtre – et il met sur la table de Gregori un pistolet enveloppé dans un torchon jaune encore humide.

— Où ? demande Carella comme mordu par une tarentule.

— Dans la fontaine de piazza Giulio Cesare, ça a été signalé par un type qui sortait son chien. »

Si on inspectait le terrain comme ceux qui font pisser leur chien, pense Ghezzi, *on serait bien plus avancés.*

Carella s'approche du bureau, sort de la poche de sa veste une paire de gants en latex et les enfile en vingt secondes. Puis il prend le pistolet dans sa main et le regarde de tous les côtés.

« Browning 7.65… Beau pistolet, matos allemand, mais on n'en fait plus depuis cinquante ans… dit-il en retirant le chargeur.

— Cinq balles, il en manque trois, je parie qu'il y en a une dans la tête de Crisanti. »

Puis, s'adressant à l'agent : « Tu l'as touché ?

— Non, dit-il fermement, un peu vexé.

— Bien, amène-le chez les scientifiques, empreintes et tout le reste, puis à la balistique, dis-leur que c'est pour le mort d'aujourd'hui, priorité absolue, qu'ils jouent pas aux connards. »

Là, Gregori devrait dire que dans cette pièce, au moins dans cette pièce, c'est lui qui donne les ordres, mais il laisse tomber parce que le fait qu'ils tiennent peut-être quelque chose le distrait. Et aussi parce que, pendant que l'agent Favieri sort, la gardienne de la paix Olga Senesi entre comme une furie, le visage de ceux qui apportent des nouvelles atroces et deux feuilles à la main, elle les passe à Gregori, qui blanchit.

« Mais putain de bordel de chiasse ! »

Ghezzi et Carella ont tout de suite compris, Selvi et Sannucci ont leur petite idée. Les deux feuilles sont les impressions de la page d'accueil de *La Repubblica* et du *Corriere della Sera* et elles disent, respectivement : Milan, le tueur au caillou et Un caillou comme signature, mafia ou serial killer ? S'ensuivent des récapitulatifs presque identiques qui parlent de « féroces exécutions », « crimes signés », « enquête en cours ». C'est tôt pour les commentaires, parce que la nouvelle est parue sur les éditions en ligne depuis quelques minutes, mais le mal est fait.

Maintenant, tout le monde se tait dans la pièce, parce qu'ils ont compris qu'ils ne pourront pas travailler en paix, que le moindre progrès de l'enquête sera disséqué et dévoilé. Ils savent aussi que c'est impossible de s'énerver contre qui que ce soit parce que ce détail n'a pas été protégé, et ils sont tous certains que c'est le Parquet qui a rencardé les journaux, pas quelqu'un de chez eux. Gregori le sait aussi, il est prêt à péter les plombs et n'est arrêté que par le téléphone qui sonne.

« Allô ! » rugit-il dans le combiné.

C'est le substitut du procureur, ça, on le comprend à la façon dont Gregori essaie de se contenir.

« Ça ne vient certainement pas d'ici, monsieur !... Ce n'est pas ce que j'ai dit, mais... Très bien. Seize heures, où ? Ce serait mieux ici, au moins on ne perd pas trop de temps... bien sûr... comme vous voulez, monsieur... non, je laisserai tranquilles les agents de terrain... bien évidemment... »

Puis il claque le combiné sur le téléphone et se met à blasphémer en visant bien tous les saints, comme s'il faisait du tir au pigeon.

« C'est peut-être mieux comme ça, chef, dit Carella. Au moins vous vous les faites tous d'un coup et non pas un par un. » Il parle des journalistes.

Et puis, avec ce « Vous vous les faites », il veut dire que parler avec la presse, la tenir en respect et dire les conneries habituelles comme « Nous suivons toutes les pistes » et « Nous travaillons », ce sont des choses qui reviennent à Gregori, que lui se tiendra à l'écart.

« Allez, dehors ! » crie maintenant le sous-préfet, et les autres ne se le font pas répéter deux fois, avant que les affaires sur son bureau ne se mettent à voler.

Déjà dans le couloir, Carella commence à établir les priorités et à donner des ordres. Selvi doit essayer de comprendre un peu mieux cette histoire de tours pour bureaux et de banques, en particulier si là-dedans il y a des groupes déjà visés par une enquête ou soupçonnés d'infiltration mafieuse, des gens qui pourraient appuyer sur la gâchette au lieu de conclure des accords politiques ; Sannucci doit mettre un peu de feu sous les fesses de ceux qui sont en train d'étudier les papiers des banques. Carella lui dit de chercher quelque chose qui détonne, des versements suspects, des virements reçus qui ne collent pas avec l'activité habituelle, et voir s'il y a des comptes à l'étranger ou des trucs comme ça. Surtout croiser tous les comptes des deux victimes pour voir s'ils ont échangé de l'argent, on ne sait jamais. Puis il a une idée.

« Sannucci, dis, il est où ce bateau ?

— À Sintino, brig, un douze-mètres.

— Appelle les collègues de là-bas et dis-leur de faire une perquisition, peut-être que Crisanti y gardait des affaires ; même chose pour la maison à la plage et celle à la montagne. Dis-leur de faire vite, mais s'ils lisent les journaux ils savent qu'ici c'est déjà la tempête de merde.

— D'accord, brig. »

Puis Carella s'adresse à Ghezzi :

« Tu viens avec moi. »

La scène est donc la suivante : Pasquale Carella et Tarcisio Ghezzi qui trottent sur via Fatebenefratelli direction le Château, l'un grand, fin et nerveux, l'autre qui essaie de suivre le pas. Via Pontaccio, Carella avance comme s'il savait où aller et qu'il était en retard pour un rendez-vous, en bousculant les autres piétons sur le trottoir étroit, Ghezzi derrière lui. Puis, d'un coup, à la hauteur du Piccolo Teatro, Carella ralentit et Ghezzi le rejoint. Ils marchent encore un peu côte à côte en se taisant, d'un pas normal maintenant, ils traversent Foro Bonaparte et ils sont dans les jardins le long des murs du Château.

Carella s'assied sur un banc et Ghezzi aussi.

« J'ai un problème, dit Carella.

— Oui, nous l'avons tous les deux, dit Ghezzi.

— Non, moi plus que toi. »

Ghezzi se tait et alors l'autre continue :

« Je ne ressens aucune peine, ni pour l'un ni pour l'autre. Le boucher riche et le connard en politique. Je ne veux pas dire qu'ils méritaient ça... Mon Dieu, peut-être que Crisanti, si... mais bon, il y a quelque chose qui cloche et ce n'est pas bien du tout. »

Puis il dit :

« Parle-moi, Ghezzi. »

Le sous-brigadier Ghezzi fait un sourire de guingois. Il savait que Carella était bizarre, mais pas à ce point, et de toute façon chacun a ses méthodes, et ça se voit que c'est un gars qui rentre dans la mêlée, qui fait d'une enquête une affaire personnelle, et que cette fois-ci il n'y arrive pas, et il se demande pourquoi. Mieux, c'est à lui qu'il le demande, et ça, c'est vraiment de la folie.

Mais Ghezzi parle. Il parle doucement, comme pour rassurer son collègue, mais aussi parce qu'il est en train d'assembler quelque chose sans savoir lui-même ce que c'est. Les sensations ne comptent pas du tout ; ce qui compte, ce sont les faits, il le répète toujours à Sannucci. Mais il ne peut pas nier que dans cette histoire de cailloux il y a un je-ne-sais-quoi de... le mot ne lui vient pas mais il commence à parler quand même.

« Bon, disons ça comme ça. Les deux assassinés ont quelque chose en commun. Soit ils savent, soit ils ont su, soit ils ont fait quelque chose ensemble. Quand ? Il y a longtemps. Trente ans ? Vingt-cinq ? Quarante ? On ne sait pas, mais on peut le découvrir. Nous pouvons reconstruire leur vie pas à pas, ce sera plus facile pour Crisanti, bien sûr, mais Gotti aussi... Nous devons chercher les amis, ceux qui les ont vus grandir, les camarades de classe, les anciennes copines... Gotti avait soixante ans et Crisanti combien ? Cinquante-neuf ? Voilà, ils se sont croisés quelque part, ça, c'est sûr et certain. »

Carella s'allume une cigarette.

« Continue.

— Je continue. Crisanti lit dans la presse l'homicide Gotti et se chie dessus. Peut-être qu'il comprend l'histoire du caillou, peut-être que le nom du mort lui suffit, mais bon… Il a trop d'affaires sur le feu pour changer tout à fait d'air… Allez, une promenade en barque loin de Milan, peut-être qu'il y a pensé, mais à la place il réserve un petit hôtel anonyme en ville, il n'annule pas ses rendez-vous et ses réunions… il a peur, mais c'est une peur qui n'est pas encore terreur… Si c'était quelqu'un de bien, je pourrais penser qu'il faisait ça pour protéger sa femme… la nouvelle, et son plus petit, mais ça ne sonne pas juste, il m'a plutôt l'air d'un bon fils de pute.

— Continue.

— Oui. Si vraiment Crisanti et Gotti avaient eu des histoires en commun… des sales histoires, vu comment ça s'est terminé… pourquoi le caillou ? Je veux dire, pour prévenir l'un, il suffisait du cadavre de l'autre, non ? Et en effet, les gens ne savaient pas encore pour le caillou sur le corps de Gotti, donc on devrait penser que Crisanti… la nouvelle effrayante pour lui, ce n'était pas le caillou, c'était que quelqu'un avait tiré sur Gotti, tu me suis ?

— Vas-y.

— La même chose vaut dans le cas où il reste encore quelqu'un à tuer : si c'est quelqu'un qui a eu affaire aux deux morts, en ce moment il est en train de fuir ou de prendre des précautions… les cailloux sont pour quelqu'un d'autre ou… » Ghezzi s'arrête parce qu'il a une intuition mais elle est encore floue.

Carella se tait, et le discours reste en suspens pendant un instant, jusqu'à ce que Ghezzi poursuive :

« Le caillou sert à l'assassin. Ce n'est pas une signature, sinon nous aurions eu aussi des revendications, un appel anonyme… non. Le caillou est une sorte de légende… une explication, mais pas adressée à quelqu'un… s'il y a quelqu'un à prévenir, il sait déjà, les noms des morts lui suffisent… le caillou est un truc… je ne trouve pas le mot… naïf, voilà, peut-être que je m'explique mal.

— Non, dit Carella. J'ai compris ce que tu veux dire, mais… c'est très ténu.

— Ça, c'est certain, Carella, on ne peut plus ténu, c'est même probablement une connerie, mais est-ce qu'on a mieux ? Et puis ça s'emboîte avec les deux tirs sur Gotti et l'hypothèse de l'amateur, voilà, d'après moi un professionnel ne s'arrête pas pour poser un caillou sur la victime, ceux qui doivent savoir savent, pas de conneries, de symboles ou ce genre de trucs. »

Carella se tait, alors Ghezzi va au bout de son raisonnement.

« Et nous ne devons pas chercher seulement des anciens contacts entre deux personnes, mais au moins entre trois, c'est le minimum. »

Cette fois-ci Carella se fait plus attentif, allume une autre cigarette et se tourne vers le sous-brigadier.

« Mais oui, poursuit Ghezzi. Si nous sommes face à deux exécutions, ça veut dire que d'une façon ou d'une autre l'exécuteur faisait partie du jeu. Et il sait des choses que nous ne savons pas, c'est sûr. Et ça fait trois. Deux qui ont payé et un qui les a fait payer, si tant est qu'il s'arrête à deux et qu'il ne continue pas son massacre.

— Il y a trente ans, si le raisonnement tient la route, Gotti ouvrait ses premières boucheries super cool et Crisanti était le chaton aveugle de la politique, pas encore l'intrigant d'aujourd'hui, il était architecte, ça ne peut pas être les affaires.

— Non, c'est autre chose… ou alors ce sont des affaires dont on ne sait rien.

— Bien », dit Carella. Puis il ajoute : « Merci », et ça, Ghezzi ne s'y attendait pas du tout. Puis il se lève.

« Je rentre à la préfecture, dit Carella, qui est déjà deux mètres plus loin.

— Moi je vais faire un truc », dit Ghezzi.

Mais il dit ça à personne, parce que l'autre est déjà parti.

Le sous-brigadier de police Tarcisio Ghezzi, la veste bleue qui flotte dans l'après-midi printanier, quitte donc son banc et se met à marcher ; il est dix-sept heures, il a eu une idée et il a tout le temps qu'il veut. Il parcourt via Dante, dépasse piazza Cordusio jusqu'à ce que le Dôme se dresse devant lui, illuminé par un soleil fatigué qui a même du mal à dessiner les ombres devant l'Arengario. Il descend les escaliers, montre sa carte et arrive sur le quai de la ligne jaune du métro, direction San Donato, mais il ne fait qu'un seul arrêt. Il remonte à la surface et marche encore, jusqu'à corso Italia. Cette fois-ci il regarde autour de lui, les vitrines, les inscriptions sur les magasins. Jusqu'à ce qu'il la voie : une enseigne rouge faux-ancien avec écrit Gotti – La viande à Milan depuis 1964, il pousse la porte vitrée et entre.

9

« Mais Tarcisio, mais tu es fou ? »

Madame Rosa Ghezzi regarde son mari comme si, assis dans la cuisine, se trouvait un *serial killer* cannibale d'Alabama, le menton encore sali par le sang.

Il la regarde sans comprendre. Enfin, il a compris qu'il a fait quelque chose de mal, mais il ne saurait pas dire quoi. Quelque chose de grave, en tout cas, parce qu'elle s'affale sur une chaise et secoue la tête comme quand le médecin te donne des mauvaises nouvelles.

Comme ils se connaissent depuis toujours, il voudrait que ça aille vite.

« Commence par me dire ce que j'ai fait. Tu me fais ta scène après. »

Pourtant tout allait bien.

Il est rentré à la maison disons vers dix-huit heures trente, fait rarissime, parce qu'il ne rentre jamais avant vingt et une heures, et s'il a une affaire sur les bras, ça peut être même après, ou pas du tout, ou qui sait.

On ne peut pas dire qu'il était de bonne humeur, mais bon, rentrer à la maison avec encore de la lumière dehors ça faisait bizarre même pour lui, donc il a endossé un air de fête et il a dit :

« Tu n'as tout de même pas déjà fait la cuisine ?

— Non, Tarcisio, il n'est même pas sept heures, tu aurais pu prévenir, non ?

— Mais prévenir de quoi !, avait-il dit, l'air de celui qui est fier d'une initiative à son avis géniale. C'est moi qui ai fait les courses. »

Et il a mis sur la table un emballage rouge à l'aspect élégant.

Madame Rosa, un tricot ras-du-cou couleur crème au-dessus d'une jupe bleu nuit, a regardé dans le sachet, a tordu sa bouche comme si elle voyait un chien mort, puis a saisi le ticket de caisse dans sa main et a pris la couleur des murs de la cuisine, mais pas celle de maintenant, non, quand on venait de les repeindre en blanc.

« Mais Tarcisio, mais tu es fou ? Tu as acheté un steak à quatre-vingt-douze euros ?

— Oui, mais celui-ci il est spécial, c'est une côte de bœuf *fiorentina* d'un kilo et quelque… Pourquoi, combien ça coûte, les steaks ? » avait-il dit avant de se rendre compte qu'il ne faisait qu'ajouter du désastre au désastre.

Puis elle avait écarquillé les yeux, toujours rivés sur le ticket de caisse, et avait lancé un gémissement de chevreau d'abattoir :

« Tu as payé quatorze euros pour trois tomates ? Tarcisio ! »

Oui, ça, il l'avait remarqué lui aussi. Mais là-bas, dans la bijouterie de feu Gotti paix à son âme, traité comme un prince, entouré par des dames qui semblaient en tenue de soirée même si elles disaient « Faites-les bien fines, Franco, n'oubliez pas », en parlant de tranches diaphanes comme Desdémone déjà étranglée, il n'avait pas su résister. Il avait vu ces tomates cœur-de-bœuf, grosses comme les poings d'un poids lourd, si absurdement hors saison qu'elles semblaient délicieuses, il avait été saisi par l'envie, il les avait vraiment convoitées, voilà. Et maintenant il ne sait faire autre chose que bégayer comme les prévenus qu'il interroge :

« Elles viennent d'Espagne.

— Tarcisio, à ce prix elles ont dû venir en taxi, d'Espagne ! »

Maintenant il sait quel est le jeu de rôles : il doit passer à la contre-attaque, autrement il en a pour des jours et des jours de bouderie, de demi-phrases, de silences.

« Allez, Rosa, on peut se faire plaisir pour une fois, non ? »

Mais ça avait empiré les choses et ouvert, non, éventré, pire, mis en pièces, la boîte de Pandore.

« Tarcisio, cent cinq euros pour un steak et trois tomates de serre qui ont mûri en camion… et moi qui fais des pirouettes pour faire tenir le dîner et le déjeuner… mais tu sais que je fais jusqu'à trois kilomètres à pied, tous les jours, pour courir les promotions ? Tu sais que depuis janvier je bats les marchés pour m'acheter des chaussures et que je repousse, je repousse, parce qu'elles sont chères ? »

Maintenant, vous voyez vous-même le conflit intérieur du sous-brigadier Ghezzi assis à la table de la cuisine, pauvre homme. D'un côté la tentation d'activer le mode « oreilles de mari », avec ses mots à elles qui entrent et sortent sans laisser de trace ; de l'autre côté la volonté de se défendre et de se justifier, pendant qu'il voit partir en fumée le scénario qu'il avait imaginé : manger cette viande en or pur avec sa femme, pour une fois à une heure décente, ouvrir une bouteille, savourer lentement ces tomates qui devraient se trouver dans une chambre forte, un filet d'huile et…

Mais en attendant, un sentiment de glorieuse impuissance, un flux de déception, lui tombent dessus. Non, pas pour maintenant, mais pour la vie entière depuis l'école primaire, parce que l'autre, la casse-pieds qui à présent secoue la tête comme devant un cas désespéré, il lui a fait cadeau d'une vie d'attentes nocturnes et d'explorations à travers les offres spéciales, et peut-être que ce n'était pas ce qu'ils avaient imaginé. Et il pense qu'il aurait peut-être mieux valu encaisser, parfois, céder à Gregori, respecter des règles absurdes, hocher la tête lorsqu'il n'était pas d'accord, et aujourd'hui il aurait un grade plus décent, un meilleur bureau, et Rosa aurait ses chaussures, pourquoi pas achetées dans un magasin du centre-ville.

« C'est presque dix pour cent de ton salaire, Tarcisio ! Tu te rends compte ? »

Mais qu'est-ce qu'il doit faire, là ? Accepter l'affrontement ? Se faire tout petit ?

« Peut-être que si je la coupe et la congèle… » dit madame Rosa en étudiant ce triangle rouge avec l'os et le contour blanc de gras qu'il sentait déjà fondre dans sa bouche…

Un crime, pense le sous-brigadier Ghezzi, *un vrai crime.*

En plus, l'autre, le vieux de la boucherie Gotti, lui avait expliqué en long et en large que tout est dans la coupe, et s'était exécuté comme s'il était Le Bernin en train de limer une sculpture… Il s'apprête à dire quelque chose, n'importe quoi, pour se sortir de ce coin de reproches et récriminations, mais il est sauvé par le téléphone qui sonne dans la poche de son pantalon.

Alors il se lève de la chaise et se dirige vers le petit salon, et il n'a pas le temps de dire « Allô », parce qu'il entend la voix de Carella.

« Ghezzi, du nouveau.

— Je voulais t'appeler aussi mais je croyais que tu étais pris.

— Il faut qu'on parle. »

Comment les idées viennent-elles ? Ne sont-elles qu'un éclair qui darde à l'improviste ? Ou étaient-elles là, accroupies derrière une porte pour faire soudainement leur apparition et surprendre et effrayer tout le monde ? Bon, bref…

« Pourquoi tu ne viens pas chez moi, Carella ? On mange un bout et on a une discussion en bonne et due forme… »

L'autre hésite un instant, puis il dit :

« D'accord. »

Ghezzi lui donne son adresse et Carella raccroche sans saluer. Et maintenant, avec cette bouée imprévue autour de la taille, le ton du sous-brigadier Ghezzi se fait impérieux et opérationnel.

« Allez Rosa, on se dispute après, maintenant il faut préparer à manger, nous avons du monde pour le dîner, tu t'occupes de la table et du reste, moi je m'occupe de la viande. »

C'est un contre-pied mortel, une manœuvre plus foudroyante que l'offensive du Têt, un truc qui jette les troupes ennemies dans le découragement et dans une agitation suprême. Ghezzi voit sur le visage de sa femme, rencontrée vingt-cinq ans auparavant, mariée après deux ans de fiançailles puis obligée à une vie d'économies et de comptes au millimètre, le désarroi du général qui était en train de gagner et qui à présent bat en retraite.

Du monde pour le dîner ? Ici ? Et combien ? Et il faut qu'elle donne un coup de propre à leur beau service de table, là. Et la nappe ? Elle met celle qu'ils utilisent à Noël, la belle, que lui a léguée sa mère ? Et la table, il faut déplacer la table dans le salon, parce que comme ça, contre le mur ça ne va pas, Tarcisio.

Et voilà : pendant qu'elle se démène et qu'elle court comme l'écureuil qui a vu le loup, il allume le four et essaie de mettre au point les instructions que lui a données l'autre, là, le doyen des bouchers Gotti, la viande à Milan depuis 1964.

Lorsque Carella entre dans le petit appartement, maison Ghezzi depuis 1995, un emprunt qui traverse les générations pour soixante mètres carrés transformés par madame Rosa en un monument du décorum petit-bourgeois, il a la tête du gars qui n'a pas dormi depuis deux ans. Les petites politesses sont toutes pour la dame, parce que pour Ghezzi il n'a qu'un petit signe. Carella tient une bouteille à la main, enveloppée dans du papier vélin blanc au nom du magasin : *Lui aussi, il s'est laissé aller*, pense Ghezzi.

La table est dressée pour trois, six verres en cristal, les jolis couverts, les assiettes on ne peut plus blanches avec des petites frises bleu clair, la nappe des grandes occasions… des choses qui détonnent toutes dans cette salle minuscule, comme une Rolex dans la vitrine d'un magasin discount, mais Carella ne s'en aperçoit pas ; au contraire, tout bourru qu'il est, il lance un compliment à la dame :

« Quel joli appartement, Ghezzi, tu as là un ange qui prend soin de toi, hein ! »

Et cela suffit, peut-être, pour archiver l'esclandre du steak à un million de dollars, mais seulement pour l'instant, parce que Ghezzi sait que cette affaire ressortira comme une bombe non explosée dans un chantier de métro à la prochaine dispute pour raisons futiles. Même si cent cinq euros ne sont pas si futiles, et ça, maintenant, il le pense lui aussi, et il se traite de crétin.

« Moi d'abord ou toi d'abord ? » demande Ghezzi lorsqu'ils sont assis à table.

Les tomates sont coupées à la perfection et empilées dans une sorte de structure rationaliste qui aurait plu à Le Corbusier, parce que madame Rosa a passé des heures et des heures devant trois types habillés en cuisiniers, à la télé, qui hurlaient à la figure d'ambitieux pauvres gars : « Le dressage ! Le dressage ! »

La feue côte de bœuf est cuite à la perfection, foncée à l'extérieur, rouge à l'intérieur, sectionnée en de petites tranches parsemées de gros sel, poivre, huile extra-vierge – quand on parle de luxe – et elle les regarde depuis un plat elliptique et parfait.

Carella, la bouche pleine et une moue de jouissance au visage, n'attend pas la réponse et commence à parler.

« Ils nous ont retiré l'affaire.

— Hein ?, dit Ghezzi, la déception au visage qui déjà se mue en rage.

— Attends avant de t'énerver, Ghezzi, je t'explique. »

Et là, il raconte.

À la conférence de presse, les journalistes semblaient fous. Deux morts importants, la question des cailloux, le sous-préfet et le substitut du procureur à disposition, les rédacteurs en chef qui braillaient au téléphone la longueur des articles à écrire dans la minute… une demi-page, non, une… non, deux… les cailloux ! qu'ils vous donnent les photos des cailloux !

Gregori avait d'abord parlé des avancées de l'enquête, de la découverte de l'arme d'un des deux meurtres, les pistes ouvertes, les hypothèses de travail, le renforcement de l'équipe et l'habituelle invitation à la presse à garder un comportement sérieux et responsable… Mais eux, tu imagines bien.

Puis le substitut du procureur avait pris la parole, en disant qu'il sortait tout juste, là, d'une réunion avec le préfet et les têtes du Viminale[1]. Réunion qui avait décidé ce qui suit: l'enquête passe à une équipe arrivée de Rome, service antiterroriste, des experts, un profileur israélien convoqué en tant que consultant…

Madame Rosa écarquille les yeux, parce qu'en tant que consommatrice de séries américaines, elle sait très bien ce qu'est un profileur. Ghezzi, lui, secoue la tête.

« Bref, ça devient politique, dit Carella. Surtout à cause de Crisanti qui trempait avec les huiles de la mairie, de la région et du ministère des Travaux publics… »

Mais pour faire court: priorité absolue, alerte nationale, les belles phrases habituelles sur le fait que l'État ne se laissera pas intimider par une poignée de délinquants, la viabilité de nos institutions, la défense de l'ordre démocratique, et aussi les agences qui relaient les déclarations du ministre, histoire de se faire plaisir.

« Et Gregori ?, demande Ghezzi.

— Gregori bouillonnait… attends. »

Ghezzi attend, même s'il a du mal, et Carella poursuit son récit.

« Ceux de Rome ont pris deux bureaux et ont commencé à jouer aux patrons, le profileur israélien a une telle tête de couillon qu'on dirait un prêtre, il était en vacances avec ses enfants pour voir le Colisée et il a été recruté au passage, histoire de faire un peu de cinéma. Il a dit qu'il devait examiner tout ce qu'on a découvert jusqu'ici, mais il a déjà lancé les conneries habituelles, genre que les assassins ont une personnalité complexe…

1. Ministère de l'Intérieur italien.

— Dis donc !, dit Ghezzi.

— Oui, mais attends… »

Ghezzi frémit et met dans sa bouche une tranche de tomate magnifique, modelée, rouge et verte, qui n'a aucun goût.

Carella boit une gorgée de vin et continue.

« Une fois la tempête finie, Gregori m'a convoqué et m'a jeté à la figure : maintenant ton équipe et toi partez en vacances, loin de mes couilles, dispensés de service. Donnez tout ce que vous avez rassemblé jusqu'ici aux génies du ministère et à ce con de profileur et vous disparaissez de la circulation. Je ne veux plus vous voir, faites votre enquête sans vous faire pincer. Ils pensent que les deux morts sont un complot de la ploutosphère de mon cul pour déstabiliser le pays, mais je n'y crois pas une seule seconde, donc travaillez seuls, en cachette, et n'en référez qu'à moi. »

Ghezzi est franchement surpris. Gregori n'est pas un gars qui contourne les procédures, il est là où il est parce qu'il est doué, bien sûr, mais aussi parce que c'est quelqu'un qui dit oui quand un supérieur lui ordonne de dire oui, ce n'est pas un loup solitaire, ce n'est pas un…

Carella comprend ce qu'est en train de penser le sous-brigadier.

« Oui, je sais, je suis moi-même surpris, mais il faut le comprendre, Gregori. Une enquête qui vient de commencer et qu'on lui arrache des mains… C'est comme lui dire, allez, allez, petit, laisse-nous travailler… Ajoute à ça qu'il ne lui reste que deux ans avant la retraite, plus moyen de devenir préfet, il voit le terminus au bout et il ne le digère pas. »

Oui, ça se tient, pense Ghezzi.

« Donc on est toi et moi… et Selvi ? Et Sannucci ?

— Ils sont avec nous… tous en congé », dit Carella.

Ghezzi réfléchit.

Au fond, ça pourrait être pas mal. Après tout, ça veut dire travailler sans se faire casser les couilles, sans PV, sans paperasse. Il sait que maintenant Gregori veut une seule chose : attraper ceux qui ont tué Gotti et Crisanti, non seulement pour traduire l'assassin en justice, mais aussi pour leur mettre dans le cul, aux autres… tout est dans la motivation. Mais Ghezzi cherche aussi les points faibles du plan, parce qu'il a l'habitude de faire comme ça et que, devant une opportunité, la première chose qu'il se dit est : Elle est où, l'arnaque ?

« Mais nous allons avoir besoin de la structure… la police scientifique, les gars des délits financiers… ça veut dire que dans deux jours, tout le monde à la préfecture saura qu'on n'est pas en vacances, qu'on travaille sur l'affaire.

— Oui, j'y ai pensé. Gregori a dit qu'on verrait, qu'il s'en chargerait, que d'une façon ou d'une autre… Bref, voilà la nouvelle, maintenant on est une belle petite équipe qui peut travailler sans pression et sans trop de règles… »

Madame Rosa, qui a tout écouté en s'efforçant de ne pas dispenser de conseils empruntés aux épisodes des *Experts*, débarrasse les assiettes avec des gestes fermes mais mesurés. Ghezzi sourit parce qu'il sait que si l'une de ces porcelaines du trousseau devait tomber, elle se jetterait par la fenêtre illico.

Puis elle revient dans le salon avec d'autres petites assiettes, toujours très blanches et aux frises bleu clair, et des coupelles parfaitement assorties, elles aussi issues du beau service de table. Glaces aux fruits.

« Et d'où tu sors ça ?, demande Ghezzi, qui ne retient pas son étonnement.

— Tu me sous-estimes toujours, hein, Tarcisio ? » Mais elle le dit d'une façon affectueuse, tout en lançant une œillade à Carella qui veut dire : vous savez ce que c'est, il est si distrait par son travail…

« Allez, raconte », dit Carella qui est déjà en train de piocher dans la glace avec sa cuillère en argent.

C'est donc au tour du sous-brigadier Ghezzi.

Lorsqu'ils se sont séparés, là-bas, au Château, il a pensé à ce qu'ils s'étaient dit, qu'il fallait creuser dans le passé des victimes, et il a décidé de faire un saut à la boucherie, la numéro un, la souche de l'empire, qui se trouve sur corso Italia. Et là-bas, en effet, il avait trouvé ce monsieur Angelo, enveloppé dans une blouse blanche on ne peut plus propre, qui ne coupait pas la viande, qui ne servait pas d'hosties de carpaccio au public, mais qui supervisait le tout d'un air sévère et affable, comme un cérémoniaire à la cour du Roi Soleil.

Ghezzi s'était présenté sans montrer son badge parce que de toute façon, là-dedans, il était un intrus aux yeux de tout le monde… Mais bon, il avait causé avec ce doyen des boucheries Gotti, qui est là depuis cinquante ans, il avait commencé garçon de boutique, et il avait assisté à l'ascension de Gotti comme un lieutenant assiste aux succès de son général.

Ghezzi s'était dit que tant qu'à être là… et il avait demandé conseil pour la viande. L'autre lui avait alors recommandé une belle côte de bœuf *fiorentina*, quatre doigts d'épaisseur, et lui avait expliqué par le menu que gâcher cette viande serait… plus qu'un crime, un sacrilège…

« Vous allumez le four au maximum et vous le laissez tourner jusqu'à ce que ça devienne brûlant… Puis vous mettez la viande sur la grille, dix minutes d'un côté et dix minutes de l'autre… ça doit être bien foncé à l'extérieur… ne la trouez pas avec votre fourchette, hein ! Tournez-la avec douceur ! » Et il avait dit ça deux ou trois fois, comme si l'avenir de la planète en dépendait. Puis il lui avait expliqué comment la couper en tranches fines, en laissant la partie du filet en dernier, et qu'il pouvait la couper en dés, celle-là, s'il voulait…

Carella, normalement, se serait impatienté et lui aurait demandé d'aller droit au but. Mais était-ce le dîner qui le comblait, était-ce la glace qui le ramenait à la vie, il ne semblait pas pressé.

Quant à madame Rosa, elle ne trouvait pas ses mots, parce qu'imaginer son Tarcisio qui parle cuisson de viande avec un roi des boucheries, eh bien… cet homme qu'elle a dans les pattes depuis un quart de siècle ne cessera jamais de la surprendre.

Donc elle s'installe confortablement pour écouter le récit, et lorsque Carella allume une cigarette – crime fédéral chez les Ghezzi, entre onze et vingt ans de réclusion, trois en isolement – elle ne bronche pas, ne proteste pas, se lève seulement pour ouvrir la fenêtre et revient s'asseoir bien droite, curieuse comme un bébé jaguar.

Et Ghezzi se décide à parler.

« Bon, le père Gotti avait cette boucherie corso Italia et un fils qui n'avait aucune intention de devenir boucher, lui. C'étaient les années soixante-dix, des années turbulentes, et le fils était un de ces débauchés-là, qui voulaient le pouvoir au peuple et des trucs du genre, alors que lui, le vieux boucher, le peuple, il voulait lui vendre des escalopes. C'est comme ça qu'Angelo, le garçon boucher, était devenu apprenti et puis vrai boucher, pour finir bras droit du vieux… La pistache est sublime. »

Étonnamment, c'est Rosa, pas Carella, qui s'impatiente :

« Allez, vas-y, Tarcisio, continue !

— Puis, d'un coup tout avait changé. Le jeune Gotti avait esquivé le service militaire avec les combines habituelles, il avait quitté la fac et son père lui avait payé volontiers l'inscription à la Bocconi[1]. Un changement net, du tout au tout, dit Ghezzi. Fini les amitiés dangereuses, fini les camarades, il s'était mis à travailler dur et avait convaincu son père que le secteur du luxe, à Milan, dans la Milan à boire[2] de ces années-là, pouvait aussi bien marcher pour les côtelettes de porc… Il l'avait donc convaincu d'ouvrir l'autre boucherie, corso Garibaldi, qui justement ces années-là évoluait de quartier populaire à boboland radical… »

Carella écoute sans broncher, mais il fait une tête qui dit… allez, avance !

« Le vieux était un peu dubitatif, c'était brûler les étapes d'après lui, mais d'un côté il était content que son fils ait oublié la révolution, et de l'autre côté, bof, allez savoir, peut-être qu'il

1. L'université Luigi Bocconi de Milan est une université privée spécialisée dans les sciences économiques, la finance, les sciences politiques, le management, l'administration publique et le droit. C'est là que se forme une bonne partie de l'élite milanaise et italienne.

2. L'expression *Milano da bere* (« Milan à boire ») est née dans les années quatre-vingt pour désigner la vie sociale milanaise. Elle est souvent utilisée de façon ironique pour faire allusion à l'image de modernité et de dynamisme associée à la ville, mais aussi à sa superficialité, son individualisme et sa malhonnêteté. L'expression est devenue célèbre partout en Italie grâce à la publicité pour l'alcool Amaro Ramazzotti, où l'on entendait : « *Milan, la ville de l'Amaro Ramazzotti, l'amer de ceux qui vivent et travaillent […], qui est né ici et qui, aujourd'hui encore, fait rayonner partout cette Milan à vivre, à rêver, à savourer. Cette Milan… à boire.* »

était un tantinet ambitieux lui aussi, ou qu'il avait fini par se convaincre, je ne sais pas…

— Une conversion sur le chemin des escalopes, pour le jeune Gotti, dit Carella.

— Eh oui », dit Ghezzi.

Il en était venu à penser que dans ce changement de route soudain, des soviets à la Bocconi, du communisme des Indiens métropolitains et de l'autonomie ouvrière – sans jamais avoir vu un ouvrier de sa vie, d'ailleurs – se trouve le cœur de ce qu'ils cherchent.

Naturellement ce n'est qu'une hypothèse, mais…

« Les enfants, c'est toujours un mystère », dit madame Rosa, à qui le fait de ne pas en avoir provoque toujours un élancement de douleur et un sentiment de petit soulagement, parce que vu comment va le monde aujourd'hui…

Carella semble avoir suivi les pensées de Ghezzi comme un chien truffier qui sent la bonne odeur. Il prend son téléphone et attend quelques secondes que quelqu'un réponde de l'autre côté.

« Selvi… oui. Écoute, Gotti a étudié à la Bocconi… trouve-moi la date d'inscription… oui… ben, quelque chose que Ghezzi m'a dit… je ne sais pas, mais ça ne coûte rien d'essayer, non ? »

Puis il pose son portable sur la table et laisse s'installer le silence. Madame Rosa apporte une bouteille de grappa à la gentiane et deux petits verres en cristal.

« Je suis désolée, je n'ai que ça, dans cette maison, les alcools… »

Ghezzi lui sourit, plus tendre encore que lorsqu'ils avaient vingt ans et qu'ils s'embrassaient au cinéma.

Carella, lui, réfléchit :

« Il nous faut un endroit, nous ne pouvons pas travailler à la préfecture… au moins une base. »

Ghezzi n'avait pas pensé à ça.

« C'est vrai que nous ne sommes que quatre, mais un endroit où faire le point et entreposer le matériel… si on pouvait trouver ça… »

La logistique, pense Ghezzi, *quelle malédiction.*

Mais à ce moment-là, madame Rosa surprend tout le monde :

« Ici, ce n'est pas bien ? » dit-elle.

Alors, le sous-brigadier Ghezzi prend la tête de celui qui voit un mamba vert monter sur le lit :

« Mais qu'est-ce que tu racontes, Rosa ?

— Pourquoi pas ? Je suis seule toute la journée, il y a un peu d'espace, si vous avez besoin de vous parler, ici c'est très bien, on ne mangera pas toujours comme ce soir, mais des sandwichs et des petites bières, vous en trouverez toujours. »

Ses yeux brillent.

Carella la regarde comme s'il la voyait pour la première fois, Ghezzi secoue la tête :

« Tu es folle.

— Nous avons un budget, nous pourrions compenser le dérangement, dit Carella. Mais seulement si vous êtes sûre, madame. »

Elle est sûre et certaine : l'idée d'avoir son Tarcisio et ce beau garçon usé qui travaillent en cachette pour pincer un assassin, eh bien, ce serait autre chose que les séries américaines !

Ghezzi regarde ces deux-là comme s'ils étaient des plantes vénéneuses… et d'ailleurs, ne pas mêler de civils, n'est-ce pas la première règle, toujours ? Et Rosa qui fourre son nez et écoute ces choses laides… allons, arrêtons de plaisanter.

Mais elle est lancée comme un train japonais.

« On a même un fax ! » dit-elle de façon incongrue.

Ghezzi résiste encore : « Le fax, on est où, au dix-septième siècle ?

— Mais non, madame, nous apporterions nos ordinateurs portables », dit Carella.

Ils sont devenus fous ? pense Ghezzi. *Il y avait du LSD dans la glace ?* Bizarre, parce qu'il en a mangé lui aussi et il est resté lucide…

« Alors c'est d'accord, clôt madame Rosa, rayonnante. Demain matin je range un peu ici et vous faites ce que vous voulez. »

Après deux petits verres et un peu de causette sans lien avec l'affaire, Carella regarde sa montre et se lève. Il salue Ghezzi avec un geste et une tête qui dit : « Ne me regarde pas, moi, c'est ta femme qui a tout fait. » Ghezzi répond avec un regard qui dit : « Tu comprends, hein, dans quelle merde tu me mets », mais l'autre rit.

Après, lorsqu'ils restent seuls, Ghezzi est étourdi comme s'il était passé sous un tramway et qu'il avait survécu par miracle. Il regarde sa femme bouger frénétiquement entre le salon et la cuisine. Il y a deux heures elle voulait le tuer pour lèse-budget-familial, et maintenant elle a l'air d'un agent en mission spéciale.

« Rosa.

— Rosa, ben voyons, dit-elle. Allez. Ne reste pas planté là, aide-moi à déplacer la table, faisons de la place… s'ils ont des ordinateurs, il faudra bien des prises, non ? Là, derrière la télé, il y en a deux… »

Ghezzi se laisse tomber sur le canapé, résigné, désolé, les mains levées et la tête de celui qui dit : tout me va, mais ne me fusillez pas.

Madame Rosa déplace des chaises et fait disparaître une table basse, elle est en train de transformer leur salon en la chose la plus similaire à un bureau que l'on puisse imaginer. Et ce faisant, elle parle :

« La viande, bonne, oui… mais les tomates, Tarcisio, elles étaient dégueulasses ! »

10

Si Katrina est contrariée par la disparition des langoustines dans l'énorme frigo de la maison Monterossi, elle ne le laisse pas voir. Lorsque Carlo pointe sa tête dans la cuisine pour le petit déjeuner, pieds nus, fraîchement rasé, deux serviettes géantes qui l'enveloppent comme un Gandhi plus en chair et sans lunettes, elle est en train de verser le café dans une tasse blanche. Une petite assiette avec les coquilles de beurre, une autre avec la confiture d'abricots, les biscottes, le jus d'orange et le yaourt sont déjà sur la table, avec un paquet de journaux haut comme ça.

« Monsieur Carlo bien dormi ? » demande-t-elle, mais il répond par un grognement.

Elle retourne vaquer à ses affaires, rapide et silencieuse. Et lui, après que la première gorgée de café lui a rappelé qu'il est vivant, soupire en ouvrant les journaux.

Il sait que cette journée ne sera pas une partie de plaisir; il la voit déjà, Flora De Pisis qui célèbre cette chance inespérée. Deux morts ! C'est trop beau ! Et elle doit déjà être en train de fantasmer sur les audiences de mercredi soir, d'élaborer des architectures de fausse pitié, de savourer à l'avance les larmes en direct, les récriminations, les adresses au public, l'odeur du sang.

Assez pour lui faire avaler de travers son petit déjeuner, à Monterossi, oui.

Tous les quotidiens ont le mystère des cailloux en une. Ceux qui n'ouvrent pas avec la Bourse en chute libre en font même leur titre principal, et c'est un florilège de fantaisies macabres, une broderie mortelle, un filigrane de peur pointillé d'inquiétude. Milan, le tueur au caillou, Deux cailloux, deux morts : terreur à Milan, Le spectre du terrorisme secoue Milan, Milan tremble, et même un fantaisiste Coups de cailloux sur la Milan fortunée.

Et ça, ce sont les faits divers.

Puis on descend dans l'enfer des commentaires et des complotismes. Est-ce du terrorisme ? C'est ce qu'amènerait à penser le fait que Rome s'est octroyé l'enquête sans cérémonie. Les islamistes ? Une secte ? Qu'avaient en commun le riche boucher et le prince des affaires immobilières ? – le mot spéculation, bien évidemment, personne ne l'utilise. Et puis, enfants, veuves de la première et deuxième heure, reconstitution des faits, interviews du profileur israélien pour qui le tueur a « une personnalité déviante ».

Carlo fait une grimace : si tu te balades pour flinguer deux personnes et que tu leur poses un caillou sur le ventre, tu n'es pas si linéaire, hein ! Mais d'où est-ce qu'ils l'ont sorti celui-là ?

Carlo lit une longue interview du ministre remplie de « *Nous ne céderons pas* », de « *Viabilité démocratique* », de « *Contrôle du territoire* », pendant que le substitut du procureur qui guide l'enquête, un chic type, parle d'une « *Task force sans précédent* » et clôt avec l'inévitable « *Nous suivons toutes les pistes* ».

Mais la lave brûlante coule de ces italiques alarmés. Tous, en chœur, se demandent ce qui est en train de se passer dans la « *Capitale morale* ». Le ton est toujours celui du « *Où va-t-on, madame ?* » mais les variantes sont infinies. Les journaux de droite pointent le doigt sur l'immigration : « *Trop de quartiers hors de contrôle* », ce qui est décidément incongru, lorsqu'on pense que les crimes ont eu lieu dans des zones aisées, riches même, de la ville. Quelqu'un demande des mesures extraordinaires. D'autres sont allés interviewer les habitants des deux rues salies par le sang. Là-bas, via Mauri, l'assassinat Gotti, on a ramassé peur et intolérance vis-à-vis de l'État « *qui ne nous défend pas* », avec l'habituelle fierté calvinienne du « *Ici, on est des travailleurs* », comme s'ils faisaient appel au bon sens, comme s'ils disaient : nous tirer dessus est antiéconomique.

Via Sofocle, où est mort Crisanti, les journalistes ont eu plus de mal, parce que les riverains, là-bas, restent derrière leurs grilles, caméras, chiens féroces et alarmes très sophistiquées. Ils se sont alors rabattus sur la domesticité : chauffeurs, bonnes, garde-malades pour vieux riches, ramassant toujours la même chose : beaucoup de peine, quelques inquiétudes, le raffut de la police et de ses gyrophares, et l'architecte Crisanti qui – oui, ils le connaissaient tous – allait et venait sans horaires fixes de sa belle maison. Il manque juste « Il disait toujours bonjour », mais ce n'est pas un oubli des journalistes, c'est vraiment que personne ne salue là-bas, et aussi parce que Crisanti n'allait pas se mettre à saluer les domestiques dans la rue, ni les siens ni ceux des autres, et que c'était un vrai connard, même si cela, d'un mort, on ne le dit jamais.

Puis il y a la section science-fiction, donnée en adjudication aux écrivains, auteurs policiers, personnages de télévision, qui pédalaient dans la semoule mouvante lestés par les hypothèses les plus absurdes. Une secte ? Affaire de cornes ? La terreur pour la terreur, seulement pour effrayer la ville ? Un gars, un DJ de centre gauche, consulté comme s'il était un gourou indien, avance l'hypothèse du dessin franc-maçon : regardez sur la carte de la ville les lieux des meurtres, la ligne droite qui va de via Mauri à via Sofocle est l'une des jambes du compas, si le prochain crime se produit vers piazza De Angeli, le dessin sera achevé, il aura raison et tout le monde l'applaudira.

Carlo Monterossi secoue la tête. Peut-être que, piazza De Angeli, les gens sont en train de conjurer le sort en se grattant l'entrejambe[1].

Katrina passe derrière lui pour ranger les bouteilles vides de la veille au soir, regarde les titres par-dessus l'épaule de Carlo et se signe rapidement. Puis elle lance un regard de reproche au magnet de la Vierge de Medjugorje sur le réfrigérateur, un regard qui dit : Mais on va arrêter une fois pour toutes ? On veut intervenir ou pas ? On peut continuer comme ça ?

Les directeurs des grands journaux, responsables, influents, les nerfs solides, signent des petits italiques aiguisés pour dire qu'il ne faut pas céder à la terreur, ni avoir peur, ni déborder dans la panique, obtenant l'effet recherché, calculé au millimètre, de susciter les sentiments opposés : Prenez peur, pauvres diables, car Milan est devenue un enfer.

Il y en a qui d'une main invitent à ne pas céder à la terreur, et qui de l'autre invoquent l'armée dans la rue.

1. Pour conjurer le sort, les mâles italiens ne se limitent pas à toucher du fer mais ont l'habitude, certes moins raffinée, de gratter leurs organes génitaux ou d'en mimer le geste.

Maintenant que Carlo fend la circulation du milieu de matinée à bord de son char d'assaut parfaitement climatisé – quelques dizaines de milliers d'euros pour s'assurer que la température interne est identique à celle qu'il aurait s'il ouvrait les fenêtres, mais sans vent – il pense à son compte à rebours personnel.

Il pense qu'il va travailler pour que l'aimable public à la maison jouisse du spectacle de la mort soudaine en grignotant sur le canapé, en papotant avec sa femme hérissée de bigoudis, en supportant le mari qui ronfle dans son fauteuil, en se levant pour aller pisser entre deux coups de couteau.

Pendant ce temps, il met de l'ordre dans les chapitres hypothétiques de son petit essai sur Dylan.

Relier la Bible et le blues du Delta, et peut-être passer par les visions messianiques, par l'aporie qui se trouve dans la *Deuxième Lettre de saint Paul Apôtre aux Thessaloniciens* (il a lu ça dans un essai très savant) et les inondations du grand fleuve, il suffit d'écouter *High water*… n'est-ce pas là la fureur de l'Apocalypse ? N'est-ce pas là la certitude que chacun se sauvera tout seul, si jamais il y parvient ? Mais peut-être que tout est beaucoup plus simple et que c'est seulement quelqu'un qui cherche quelque chose, comme en 1966 lorsqu'il courait après un son « *mercuriel et sauvage, métallique et luisant…* ».

Il manque de renverser une dame qui boite imprudemment au milieu de la rue, hors des passages cloutés ; dans ces contrées, c'est une tentative de suicide évidente.

Bref, des pensées.

Lorsqu'il se pointe à la rédaction pour saluer les jeunes, au troisième étage du gratte-ciel de la Grande Usine à Merde, il voit le spectacle de la frénésie : un tableau de Bosch où voltigent des coupures de journaux et où flotte un seul mot : cailloux.

Flora De Pisis est dans son bureau, elle aussi penchée sur les quotidiens.

« On a la jeune fille !, le salue-t-elle, claironnante.

— Hein ?

— Mais oui, la fille du boucher, celle qui fait ses études en Suisse. Elle a accepté de venir au studio. Le frère ne voulait pas, un de ces connards !… Heureusement qu'ils n'ont pas les mêmes avocats.

— Mais elle est mineure ! » dit Carlo qui essaie de s'opposer. Mettre une jeune fille sur le gril, devant des millions de personnes, parler du père tué dans la rue, enfin…

« Mais non !, jubile la reine du trash. Elle va avoir dix-huit ans mardi, un jour avant le direct… si ça, c'est pas un coup de cul ! »

Eh ouais, un vrai coup de cul, pense Carlo.

À quoi bon s'opposer à une tempête de sable ? Alors il se cramponne à sa seule certitude : encore quatre épisodes… Mais Flora est un fleuve en crue. C'est le genre à garder le champagne au frais pour la prochaine tuerie à même de faire la une.

« Et puis l'ex-femme de l'autre mort, là… comment il s'appelle, Crisanti… imagine un peu, Carlo : comme indemnités de départ, pour vingt ans de mariage, elle n'a eu qu'une petite villa à Portofino, elle est folle de rage et va en lâcher des belles… Nous sommes en train de nous procurer les photos de la villa. Avec l'argent qu'il avait, l'autre, même pas un petit ponton privé ! »

Puis elle regarde Carlo d'un œil clinique, comme si elle pointait dans ses prunelles le rayon laser de son cynisme :

« Qu'est-ce que tu as, Carlo ? Tu as l'air fatigué.

— Rien, rien… pas beaucoup dormi », dit-il et il s'apprête à se retirer dans son bureau, mais il décide d'abord de s'accorder un café à la machine, alors il parcourt deux ou trois couloirs où frémit une agitation de derniers jours de l'humanité.

Pendant qu'il insère une pièce, Bianca Ballesi, la productrice de l'émission, se met à ses côtés, une chemise d'homme bleu clair sur un jean de marque, maquillage à peine esquissé, cheveux dénoués, portable à la main.

« Avec deux morts frais du jour, personne ne la retient, celle-là », dit-elle en guise de bonjour, pendant qu'elle attend que le café de Carlo soit prêt pour en prendre un aussi.

Carlo lui offre son gobelet blanc, qui à présent est à moitié plein d'un liquide foncé.

« Serré et amer, c'est bien ça ? »

Elle sourit : « C'est bien ça. » Ce Monterossi est toujours un peu dans les nuages, mais il est aussi le seul être humain là-dedans.

« La jeune fille… c'était vraiment nécessaire ?, demande-t-il.

— La divine Flora s'est obstinée, elle est partie dans un délire, comme quoi la concurrence allait la vouloir et donc elle en a fait une question de principe, tu la connais… Si elle peut voter et conduire une voiture, alors elle peut aussi venir pleurnicher à la télé, pas de quoi en faire une histoire ! D'ailleurs ça nous coûte une blinde. »

Carlo prend la tête du point d'interrogation.

« Vingt mille pour la participation et pour qu'elle signe la décharge… puis le chauffeur pour aller la chercher et la ramener, c'est le minimum, ça ; mais une ribambelle de demandes qui n'en finit pas, elle veut une petite robe Moschino, un truc de veuve mais à mi-cuisse, et de la nourriture végane dans sa loge… Pas mal pour une orpheline toute fraîche, hein ? »

Carlo n'est pas surpris, il sait comment ça marche.

« Et l'autre ?

— L'autre, elle est encore pire, on a conclu à dix-huit mille, mais seulement parce qu'elle nous a fait comprendre qu'elle pourrait cracher un peu de poison sur la nouvelle femme de Crisanti… Flora pense qu'au prochain épisode on pourrait l'inviter pour qu'elle riposte, et à ce moment-là, vu qu'il lui faudra laver l'outrage, elle viendra presque gratuitement… En tout cas, une belle hyène, la première femme… elle nous a même offert le paquet : venir avec les deux enfants du mort, comme ça, histoire de multiplier les larmes…

— La petite famille répudiée célébrant le deuil, dit Carlo. Et pourquoi Flora a refusé ?

— Elle dit qu'on a déjà un enfant, la fille de Gotti, et elle ne veut pas trop d'invités : elle préfère être au centre de la scène avec deux femmes en deuil à ses côtés… genre, les deux larrons, et devine qui fera Jésus Christ ? »

Carlo hoche la tête, Bianca Ballesi lui plaît, elle a l'air d'être quelqu'un de bien, même si elle pense battre Flora De Pisis sur le terrain du cynisme, ce qui est à proprement parler mission impossible.

Ils se quittent avec un au revoir rapide.

« Au travail et à la lutte », dit-elle, et elle s'éloigne dans le couloir.

Carlo, lui, va dans son bureau et convoque, par le téléphone interne, un des jeunes auteurs, qui se présente en moins d'une minute et s'assied devant la table au plateau en cristal :

« Dis-moi, Carlo.

— C'est toi qui t'occupes de la jeune fille ?

— Oui, c'est chiant, elle est à moitié débile.

— On vient de tuer son père, elle habite en Suisse dans un internat pour aspirantes femmes de millionnaires, tu t'attendais à quoi, à Virginia Woolf ?

— Non, bien sûr, mais au moins quelqu'un de sincèrement navré, ou triste. Alors que là, quand je lui ai parlé, elle n'a fait que me poser des questions sur les habits, elle insistait beaucoup pour une putain de robe noire… elle avait arraché une page de revue exprès… je ne sais pas, c'est les habilleuses qui s'en occupent… Elle a presque fait une scène parce qu'elle veut des boots bordeaux, hautes, même si les filles du maquillage disent que ça ne va pas du tout avec sa putain de robe… Puis elle a exigé son coiffeur personnel et on va devoir envoyer une voiture le chercher à Bâle mercredi matin, non mais t'imagines…

— Essaie d'y aller doucement, Alex, ça reste quelqu'un qui a perdu son père, salement.

— Quoi, Carlo, tu me fais le numéro du brave gars ? Ici ? C'est une petite connasse qui touche plein d'argent et qui veut un chauffeur pour son coiffeur qui habite dans le trou du cul du monde, qui pense à l'enterrement de papa seulement parce qu'elle doit décider ce qu'elle va porter… Pas de pitié, Carlo, j'aimerais bien, moi, être l'orphelin, dans ces conditions. »

Carlo soupire, et en plus cet Alex ne lui semble même pas être la pire personne, là-dedans.

« Vas-y doucement quand même.

— D'accord, c'est promis… pour ce que ça sert… Tu sais que Flora va l'écorcher, non ?

— Oui, mais ne l'aidons pas trop.

— D'accord, mais ça reste entre nous, si Flora sait que je fais mon gentil…

— T'inquiète, je te couvre. »

Que c'est épuisant.

C'est l'heure du déjeuner et les couloirs se vident.

Carlo décide que ça peut suffire pour aujourd'hui, alors il allume l'ordinateur qu'il a tout près de lui, à côté du bureau, et vérifie quelque chose.

Oui, article disponible. C'est écrit en rouge sous le titre Nouveaux arrivages. Il était temps, il attendait cela depuis des semaines. Le concert à Santiago du Chili, avril 1998. Un Dylan étincelant… comment c'était ? Oui, « *mercuriel et sauvage, métallique et luisant* ». Il s'apprête à le commander en ligne sur le site de son dealer de confiance, mais après il se dit : *Pourquoi ne pas y aller ?* Gallarate, une demi-heure s'il n'y a pas trop de circulation, comme ça il peut chercher d'autres perles rares et échanger quelques mots avec le patron du magasin, un gars qui en connaît un rayon et qui peut lui dire s'il y a d'autres arrivages intéressants…

Il est déjà dans le parking lorsque son téléphone sonne. L'écran dit : Oscar.

« C'est pour ce soir.

— Quoi ?, demande Carlo.

— T'es con ? Le bijoutier.

— Et je dois venir aussi ?

— Tu m'aides ou pas ?

— Oui mais…

— Il faut qu'on le chope quand il ferme. Viale Piceno, coin corso xxii Marzo… il y a un bar. Sept heures et quart », et il raccroche.

Carlo regarde sa montre. Il a le temps, et il veut aller acheter ses disques quand même.

Un homme doit bien vivre, non ? Bordel de cul.

11

Le gardien de la paix Sannucci entre en cahotant, un carton à la main, un autre qui l'attend à l'extérieur de l'ascenseur.

« Mets-les là », dit le sous-brigadier Ghezzi en indiquant un coin du salon.

Ce sont deux grosses boîtes, sur l'une il est écrit GOTTI, sur l'autre CRISANTI, avec un feutre bleu à pointe large. Le matériel qu'ils ont dû photocopier à toute allure, aidés par l'agente Olga Senesi, en cachette, avant que l'équipe des Romains, le profileur israélien, la Digos et les experts du ministère ne soient obligés de le réclamer par la manière forte.

Madame Rosa rôde dans la maison comme si c'était elle le chef, et d'une certaine manière…

« Vous voulez un café, jeune homme ?, demande-t-elle à Sannucci qui essuie sa sueur avec la manche de sa chemise.

— S'il y en a…

— Prends-le au bar, ton café, Sannucci, on n'est pas à l'Amicale des enquêteurs, ici », dit Ghezzi, qui a l'air de regretter. Il n'aurait pas dû donner son accord, c'était une erreur…

« Eh, Tarcisio, qu'est-ce que tu peux être antipathique, ça ne se refuse pas un café, à personne ! Et à ce beau garçon, encore moins… »

Ghezzi lève les yeux au ciel. Oui, c'était une connerie.

Maintenant il s'attend à ce que Rosa donne à tout le monde ses conseils sur l'enquête, sur les commerces les moins chers du quartier, même sur les questions amoureuses, et Sannucci en aurait bien besoin, d'ailleurs…

Selvi arrive dix minutes plus tard, salue madame Rosa avec une espèce de révérence et fait son rapport : aujourd'hui il doit rencontrer quelqu'un, un type qui n'a rien à voir avec l'enquête mais qui connaissait Crisanti dans sa jeunesse… Bref, s'il faut fouiller dans le passé, il vaut mieux un vieux camarade de classe que les spéculateurs immobiliers et les sous-fifres des adjoints au maire.

« Et où est-ce que tu l'as déniché, ce type ?, demande Ghezzi.

— Sa première femme, répond Selvi. Elle dit qu'ils étaient inséparables au temps de l'université. »

Madame Rosa lance une autre moka[1].

Ghezzi va dans la cuisine et la regarde traficoter.

« Tu me cassais les pieds pour un steak, et là rien qu'en café et en gâteaux, ça va nous coûter une fortune.

— Tu es toujours le même, Tarcisio, radin. » Mais elle sourit, elle s'amuse comme une folle, et ça se voit.

Carella arrive avant le déjeuner. Il était parti poser quelques questions sur ces tours de bureaux vides là-bas, à Roserio, près de l'hôpital, celles pour lesquelles il y avait conflit, d'après la veuve. Mais il n'en a rien tiré. Il a parlé avec l'avocat du promoteur, un type qui a la moitié de Milan dans ses mains. Oui, en effet il y avait un accord verbal : en donnant les tours en garantie, qui n'allaient pas être vendues ni louées à court

1. Cafetière en aluminium typiquement italienne.

terme, une banque aurait dû accorder un crédit, et avec ce crédit, le requin de la pierre aurait lancé la construction d'autres tours qui n'allaient pas être vendues ni louées.

« Quel est le but ?, demande Sannucci.

— Que l'argent tourne et que tout le monde soit content, répond Ghezzi.

— Sauf qu'après, la banque s'était retrouvée... comment ils disent ?... en cessation de paiement, elle avait les commissaires de la Banca d'Italia chez elle pour éplucher les comptes et l'accord avait sauté... Crisanti était le garant de l'affaire et le promoteur était furieux contre lui, on parle d'une dizaine de millions.

— Assez pour tuer quelqu'un qui n'a pas respecté les accords. » Ça, c'est Selvi.

« Assez pour nous, oui, mais cet homme-là pèse plusieurs milliards ; dix millions, ce n'est rien. Et puis tu sais comment c'est dans cette ville, un coup ne te réussit pas, le prochain ce sera mieux, on ne tue pas la poule aux œufs d'or, même si parfois elle pond des œufs pourris. »

Madame Rosa feint l'indifférence mais elle boit chaque mot. Ghezzi l'étudie sans qu'elle s'en aperçoive : elle croit être dans une de ses séries, pas au premier rang, cette fois-ci, mais bien dedans.

Pendant que les autres font le point, il ouvre les cartons et extrait quelques poignées de CD de l'un et de l'autre, s'assoit à la table du salon avec des feuilles et un stylo et commence à écrire dans des colonnes ordonnées, en mettant des petites étiquettes sur les pochettes des disques.

« J'ai bien causé avec sa secrétaire avant que les autres s'y mettent, dit Carella.

— Mais comment c'est possible, dit Selvi, ils sont un bataillon et ils n'ont pas encore parlé avec la secrétaire du mort ?

— Que dalle, intervient Sannucci, je suis passé par là ce matin pour prendre des affaires dans mon casier, et aussi pour montrer aux collègues que je partais vraiment en vacances… ils sont tous occupés à monter des écrans, des lignes téléphoniques, des tableaux… Pour l'instant c'est pas des enquêteurs, c'est des électriciens. »

Ghezzi lève les yeux au ciel.

Selvi, lui, regarde Carella : Donc ?

« Madame tenait à signaler qu'elle était moins une secrétaire qu'une sorte de bras droit, mais elle m'a dressé un tableau assez précis. Donc, comme vous le savez, il y a quatre ou cinq patrons à Milan, plus quelques outsiders. Des familles qui ont des terrains, des bâtiments, du patrimoine immobilier. De temps en temps, ils font des… rationalisations, c'est-à-dire qu'ils se filent quelques pâtés de maisons par-ci, quelques ensembles tertiaires par-là… genre Monopoly, mais avec du vrai argent… Ils ont tous leurs référents en politique, bien sûr, mais personne ne fait tout à fait confiance à ces gens-là. Alors ils se servaient de Crisanti, qui faisait une sorte de tour de magie. Un immeuble passe de machin à bidule, et bidule perd au change ? Tant pis, Crisanti s'arrangeait pour qu'au prochain tour ça se compense. Un terrain devenait constructible ? Ils étaient tous jaloux, mais ils savaient aussi que ça voulait dire qu'ils étaient créditeurs, et un an, deux ans après, c'était aux autres d'être jaloux… Sur la durée, le système tient, et ça marche depuis quarante ans, droite, centre, gauche, peu importe qui commande à la mairie ou à la Région, il n'y a rien à faire, ce sont toujours eux qui décident, et Crisanti était une sorte de garant des parties, c'est comme ça qu'il s'est fait du pognon… beaucoup.

— Un équilibriste », dit Ghezzi, qui est toujours en train d'écrire.

Carella ouvre la fenêtre qui donne sur le petit balcon du salon et allume une cigarette, en faisant attention de rester à moitié dedans à moitié dehors, même si tout le monde a l'impression que madame Rosa est tellement prise par leurs histoires qu'elle ne protesterait pas, même s'il faisait un feu de joie sur le tapis.

Moi, elle me casse le cul si je laisse une miette sur le canapé, pense Ghezzi, *c'est fou.*

« Bref, dit Carella en tirant des bouffées nerveuses, le raisonnement tient debout : aucun des pouvoirs forts avec qui Crisanti faisait des affaires n'avait intérêt à se débarrasser de lui, et même ce dernier emmerdement avec les tours de bureaux à Roserio, c'était du raffut monté uniquement pour avoir des meilleures conditions la fois d'après. Mieux, quand j'y ai fait allusion, la dame a haussé les épaules : “Ce sont des choses qui arrivent souvent et après tout s'arrange”, elle a dit. »

Selvi dit qu'il doit y aller, sinon il rate le type avec qui il a rendez-vous.

Ghezzi lève les yeux des feuilles qu'il est en train de remplir.

« Je peux ?

— Vas-y, dit Carella.

— Écoute-moi ça. Si on suit la piste des grandes affaires, Gotti ne s'emboîte plus du tout. En plus, si le mobile était vraiment une histoire de millions de mètres cubes, ça veut dire des papiers à étudier, des bilans, des entreprises à fouiller, chose que les gars envoyés par Rome feront sûrement mieux que nous, avec l'appui du ministre et tout le reste. Mais même en admettant qu'il y ait quelque chose que nous ne savons pas et qu'il s'agisse d'affaires qui ont mal tourné et qui impliquaient Gotti aussi… les cailloux ? Allez, on n'est pas dans un film : si le patron des ferrières veut se débarrasser d'un connard, il paie un tueur et c'est tout, il ne s'embête pas à faire déposer un caillou dessus… et puis, un tueur ça fait un travail propre, et pour Gotti ce n'était pas le cas. »

Carella hoche la tête et s'en allume une autre.

« Continue. »

Ghezzi réfléchit un instant, comme s'il cherchait ses mots.

« C'est un affront. Le caillou n'est pas un message, c'est un… pied de nez. D'une certaine façon, c'est une question privée… Gotti et Crisanti se sont croisés quelque part, et à ce croisement, il y a quelqu'un pour qui ça s'est passé pire que pour eux… tant qu'ils étaient vivants, naturellement… Ce n'est pas un tueur, un tueur ne tire pas deux coups avant minuit dans une rue du centre de Milan : trop risqué, il y a mille choses qui peuvent mal se passer.

— Donc nous devons chercher quelqu'un qui a plus ou moins leur âge, c'est ça.

— Oui, c'est l'idée.

— Il reste l'histoire des caméras, dit Carella.

— Oui, dit Ghezzi en indiquant les CD sur la table, parfaitement empilés en quatre petits tas bien ordonnés, j'ai une ou deux idées, je vous les dis ?

— Arrête de faire le con, Ghezzi », dit Carella.

Madame Rosa entre dans le salon en tenant un plateau avec trois assiettes de pâtes.

« Spaghetti sauce tomate, dit-elle, ce n'est pas grand-chose, mais je devais déplacer les meubles ce matin, et je n'ai pas fait de courses. »

Ghezzi s'apprête à protester, mais Carella et Sannucci remercient si chaleureusement... elle s'illumine comme Cendrillon au bal, et alors il prend lui aussi une fourchette et il s'y met. Il parle la bouche pleine.

« Sannucci, va à la Bocconi et cherche la liste des camarades d'université de Gotti... quand est-ce qu'il s'était inscrit ? Tu as vérifié ?

— En 81, brig.

— Bien. Une fois que tu as la liste, le plus de noms possible, enlève les filles... Lorsque tu as les noms, fais un croisement et vois si quelqu'un a été en prison, mais surtout s'il est sorti il n'y a pas longtemps... On ne sait jamais, peut-être qu'il y en a un qui a passé trente ans en taule à cause de ces deux-là et que dès qu'il est sorti, il a voulu leur régler leur compte. »

Carella sourit.

« Ghezzi, comment ça se fait que tu es encore un putain de sous-brigadier ?

— Parce qu'il a la tête dure, voilà pourquoi ! » et ça, c'est madame Rosa qui arrive avec un petit bol de parmesan.

Carella rit.

« C'est un petit fil, mais c'est une bonne idée.

— Il y a autre chose aussi, dit Ghezzi. S'il est si doué avec les caméras, ça veut dire qu'il a fait des missions de reconnaissance, qu'il a bien étudié les lieux. Je pense surtout à via Mauri, parce que le cône d'ombre des caméras est vraiment serré, une histoire de quelques mètres... Nous le voyons toujours passer vite d'un trou noir à l'autre, il sait où on peut le voir ou pas, donc c'est clair qu'il a déjà été là-bas. »

Carella l'écoute très attentivement.

Sannucci dit : « Alors j'y vais. »

Il le dit à Carella, parce que même si l'ordre a été donné par Ghezzi, l'autre reste le chef d'équipe, et Sannucci, lui, un peu qu'il veut devenir brigadier, pas comme Ghezzi.

Carella hoche la tête et Sannucci se dirige vers la porte. Puis il change d'avis et se retourne pour saluer madame Rosa.

« Merci pour les pâtes, madame, vraiment bonnes, peut-être que je reviendrai si je trouve quelque chose.

— Oui, mais pour le dîner, loin de mon cul, dit Ghezzi, on n'est pas aux Restos du cœur, ici.

— Eh, Tarcisio, qu'est-ce que c'est que ces manières ! »

Entretemps, le téléphone de Carella a sonné et il s'est mis à marmonner au balcon, toujours à moitié dedans, à moitié dehors. Puis il raccroche.

« Les gars de Stintino. Il n'y avait rien dans la maison à la plage, des trucs de luxe, mais pas de cachette. Dans le bateau, par contre, un coffre-fort avec vingt mille euros en billets et plus ou moins autant en dollars, cambuse pleine, des vêtements pour lui, sa femme et le petit. On sait que c'est un classique pour les friqués, garder le bateau approvisionné, au cas où ils devraient disparaître fissa. »

Madame Rosa soupire : « Ces gens ! »

Carella regarde sa montre et dit qu'il doit courir. Il doit aller chez Gregori, qui veut être informé à chaque étape, puis voir un vieux journaliste à la retraite de *Il Giorno*, qui s'occupe des affaires municipales depuis les Cinq Journées[1], il peut

1. Les Cinq Journées de Milan désignent l'insurrection populaire contre l'Empire d'Autriche que connaît la ville à partir du 18 mars 1848. C'est l'un des épisodes majeurs du Risorgimento et de l'unification italienne.

sûrement lui dire des choses sur le compte de Crisanti qui n'ont jamais été écrites dans la presse.

Lorsque Carella est sorti, Ghezzi Tarcisio, sous-brigadier officiellement en vacances et mari en service permanent, s'assied sur le canapé et s'adresse à son épouse :

« Tu aimes bien faire le policier, hein Rosa ? »

Elle pense que là on va la gronder d'une façon ou d'une autre, parce qu'il est comme ça, il tourne toujours autour du pot s'il a quelque chose à lui dire.

« Excuse-moi, Tarcisio, ça va, trois assiettes de pâtes à une heure et demie, ça me paraissait la moindre des choses… en tout cas oui, j'aime bien, c'est… je sais, drôle ce n'est pas le bon mot… mais, oui, c'est drôle.

— Mais c'est un travail chiant aussi, tu sais ?

— Eh, j'imagine… mais pas toujours, quand même !

— Mais si, la plupart du temps ce sont des trucs chiants… par exemple, là… » et il indique les quatre piles de CD sur la table.

Puis il lui explique ce qu'elle doit faire. Il le lui explique deux fois, pas parce qu'il pense qu'elle n'a pas compris, mais parce qu'il a l'habitude avec Sannucci.

Elle pose une question, il répond, elle dit oui. Mieux, elle dit oui avec enthousiasme. Tarcisio l'a toujours gardée hors de tout ça, « Le travail n'entre pas ici », voilà ce qu'il dit toujours, « C'est un travail qui pue ».

« Tu es sûre d'être à l'aise avec ça ?

— Oui… ça n'a pas l'air si difficile.

— Bien, vas-y, commence, c'est long, ces machins, je dois aller quelque part. »

C'est comme ça que madame Rosa, quarante-huit ans, pantoufles roses, pantalon jaune et tricot bleu clair, allume la télé, met un disque dans le lecteur de DVD, prend des feuilles et un stylo et s'installe dans le canapé.

« Allez Rosa, vas-y, se dit-elle à haute voix, c'est comme aller au cinéma. »

12

La circulation est supportable, parce qu'à cette heure de l'après-midi les travailleurs rentrent chez eux, à l'extérieur de la ville, ils ne vont pas vers le centre, même si des gens qui ont atterri à Malpensa, le grand aéroport de Milan qui se trouve à Varese, font le trajet inverse.

Carlo Monterossi conduit tranquillement et en même temps il savoure ses nouvelles acquisitions sur la radio de la voiture. Le concert de Santiago, au Teatro Monumental, a été enregistré magistralement, selon toute probabilité volé de la table de mixage – quelqu'un du staff a dû vendre la bande, rien de mal. Et puis Carlo a acheté aussi autre chose, de vieux enregistrements de l'époque du Village et une époustouflante compilation d'artistes noirs qui jouent Dylan, et là on entend des pépites. Mais surtout il a causé avec son dealer personnel de matériel dylanien.

Oui, lui a dit l'autre, commencer par *Love and Theft*, qui date de 2001, n'est pas une mauvaise idée : c'est écrit nulle part qu'on doit raconter une histoire par le début.

Carlo a dit que c'était lui qui voulait commencer par le blues et l'autre a hoché la tête : bien sûr, le blues c'est tout.

Mais ensuite le gars a ajouté qu'il y a aussi une autre raison de commencer l'histoire à partir de là, et Carlo l'a écouté avec beaucoup d'attention.

« Lorsque Dylan est allé fouiller dans le Delta, il était un homme fait, presque âgé, il avait soixante ans, plus ou moins, il n'avait pas besoin de voler quoi que ce soit, bien sûr, et beaucoup de Blancs ont fait du blues, lui aussi, et très bien en plus. »

Oui, ça, Carlo le savait.

« Et pourtant, dans certains morceaux, lui, un sexagénaire blanc du Minnesota, il ne joue pas au Noir, il ne les imite pas, ne fait pas la grimace et ne cherche pas à les copier… On sent qu'il y a un travail philologique, oui, une recherche, mais simplement… je ne sais pas comment dire… il devient noir, voilà, et pourtant il garde toujours cette… – il s'est arrêté pour chercher un mot – cette courbure Dylan. »

Carlo pense à des chansons comme *Po' boy*, ou *Mississipi*, et en effet… oui, ça se tient.

« Mais le blues n'a rien à voir là-dedans, ou presque, a dit son dealer, faisant attendre d'autres clients qui s'impatientaient, tant pis pour leur gueule. C'est qu'il est Zelig… lorsqu'il faisait du folk traditionnel, au Village, mais avant aussi, il ne faisait pas du Woody Guthrie, simplement il devenait Woody Guthrie, même si c'était ses propres chansons. Il le prenait, voilà, d'une certaine façon il volait son âme… Cet homme est le diable, et maintenant il fait la même chose, penses-tu, avec Sinatra. Sinatra ! Il le décharne, le dépouille, il devient plus sinatrien que Sinatra, sans smoking, sans le fil du micro et sans le Rat Pack ou la mafia de Las Vegas… juste la Grande Chanson Américaine… il ne le fait pas, il le devient. »

Toujours avec cette courbure bien à lui.

Carlo n'y avait jamais réfléchi. *C'est vrai*, se dit-il, *c'est bien vrai.*

Puis l'autre lui avait listé les prochaines sorties. Le prix Nobel apporte un flot de réimpressions, nouvelles éditions, vinyles colorés, coffrets. Carlo dit qu'il repassera faire ses courses, salue, s'en va.

Et maintenant il conduit doucement vers Milan pendant que l'autre, là, le transformiste du Minnesota, chante doucement sur des accords de blues :

Last night the wind was whisperin'
I was trying to make out what it was
Last night the wind was whisperin' somethin'
I was trying to make out what it was
I tell myself something's comin'
But it never does[1].

Oui, ça n'arrive jamais, se dit Carlo.

Il pense à María qui ne revient pas, bien sûr, et qui ne reviendra pas, ça, il le sait bien. Encore quelque chose qu'il a attendu et qui n'arrive pas.

Il pense aussi à une jeune fille jetée en pâture aux requins, si bête qu'elle croit être elle aussi un requin alors qu'elle n'est

1. Bob Dylan, *Lonesome day blues* : « La nuit dernière le vent murmurait / Je cherchais à comprendre ce que c'était / La nuit dernière le vent murmurait quelque chose / Je cherchais à comprendre ce que c'était / Je me dis que quelque chose va se passer / mais ça n'arrive jamais. »

qu'un petit poisson désemparé et triste, et qu'elle comprendra trop tard qu'on a tué son père comme un chien. Et là, oui, ça va faire mal.

Lorsqu'il arrive viale Piceno, il est dix-neuf heures dix, à la seconde près, et il fait presque nuit.

Le bar qui fait l'angle avec XXII Marzo est un de ceux à deux vitrines, si anonyme que Carlo a du mal à le voir. Oscar est déjà là, en train d'attendre, devant l'habituelle tasse de café, la veste fripée sur un jean et une chemise bleu clair qui semble être la seule chose propre de cet endroit. Il y a un Noir qui lit la *Gazzetta* et boit un spritz qui a l'air de n'être ni le premier ni le dernier. La fille derrière le comptoir est jolie avec le visage fatigué, le patron, lui, est à la caisse et vend les cigarettes, peut-être son père.

« Tout va bien ?, demande Oscar.

— À part Flora De Pisis, les morts assassinés, la famille qui se fait payer pour pleurer à la télé ? Oui, à part ça, tout va bien.

— Ils ont vraiment vrillé, cette fois-ci », dit Oscar. Il veut dire les gens de la préfecture, le ministère, les journaux, tous.

De fait, on ne parle de rien d'autre que des morts aux cailloux, même le patron du bar est en train de dire que ce sont les Arabes, c'est pas eux qui ont fait des révoltes avec des cailloux et des lance-pierres ? Et sinon, pourquoi appeler un expert israélien ? C'est tellement évident !

Oscar n'y prête pas attention. Il est tendu et concentré :

« Écoute comment on va faire », lui dit-il. Carlo écoute et prend les ordres.

À présent ils sont dans la voiture, arrêtés sur un stationnement interdit, à cent mètres de la bijouterie, un magasin avec une seule vitrine, deux marches pour arriver à la porte, la sonnette pour qu'on t'ouvre, parce qu'on n'entre pas dans un magasin de ce genre comme chez le boulanger.

À dix-neuf heures trente-cinq, un gars baisse le rideau de fer, ferme avec deux clés différentes et commence à marcher sur le trottoir, puis il monte dans une BMW vieille de plusieurs années et s'insère dans la circulation. Carlo et Oscar restent derrière, à deux voitures de distance, et Carlo n'accélère que près des feux, de peur que l'autre ait le vert et pas eux.

« Mais tu sais comment le choper ?, demande Carlo.

— Je pensais lui parler au magasin, mais hier et avant-hier il est sorti à cette heure-ci et il est allé dans un bar, donc j'espère qu'il fera la même chose ce soir ; il vaut mieux un lieu public, imagine que c'est un gars nerveux et qu'il a un flingue dans le tiroir, il vaut mieux une table au milieu des gens. »

Carlo se pose la question habituelle : *Qu'est-ce que je fais ici ?* Mais il est trop occupé à ne pas perdre le gars, donc il se tait, même s'il ne peut pas s'empêcher de penser : *Et si l'autre il l'a dans sa poche, son flingue ?*

En tout cas, ils ne font pas beaucoup de route, parce que le bijoutier se gare à quelques mètres d'un bar à *aperitivo*[1] via

---

1. L'*aperitivo* est l'un des moments phares de la sociabilité milanaise : les gens se retrouvent dans des bars après le travail et, en payant un cocktail, ont accès à une quantité mirobolante de nourriture gratuite : ça peut aller d'une planche de charcuterie à un buffet à volonté.

Lomellina, ni plein ni vide, un bon endroit si tu veux être au calme. Ils se rangent un peu plus loin et lorsqu'ils entrent dans le bar, ils le voient au comptoir, il parle avec deux personnes. On dirait des causeries d'apéro, pas une rencontre clandestine ou va savoir quoi, l'honnête commerçant qui prend un verre avant de rentrer chez lui.

Honnête mon cul.

Oscar endosse sa tête cordiale et s'approche du petit groupe. Carlo reste deux pas derrière, assez loin pour que l'autre ne se sente pas menacé par deux inconnus, assez près pour tout entendre.

« Monsieur Venanzi ? » demande Oscar.

L'autre prend une tête étonnée et dit : « Oui, c'est moi, pourquoi ?

— Bonsoir, monsieur Venanzi, on peut parler deux minutes ? Une affaire urgente. »

Il l'a dit sur le ton gentil et courtois avec lequel on s'adresse aux gens qu'on ne connaît pas, mais avec une nuance qui, elle, voulait dire le contraire, quelque chose comme : pour votre bien, il vaudrait mieux m'écouter.

L'autre saisit tout de suite, lance un regard à ses amis comme pour dire : quelle plaie, excusez-moi un instant, puis il s'éloigne du comptoir. Oscar indique une table avec trois chaises.

« Asseyons-nous, vous voulez bien ? Il y en a pour une minute. »

Et maintenant ils sont assis, Carlo commande un americano, Oscar prend un negroni et l'autre, désarçonné, dit : « Un negroni pour moi aussi », le tour est joué, le contact a été établi. S'ils t'offrent à boire, c'est qu'ils ne sont pas si méchants, pense-t-il, il est même curieux à présent.

« Nous ne nous connaissons pas, commence Oscar, et pourtant je viens vous donner un coup de main. »

L'autre ne comprend pas. Comment ça, un coup de main ? C'est qui ce type ? Ces deux types, même. Carlo joue avec les clés de la voiture, comme si l'affaire ne le regardait pas.

« Vous êtes un homme occupé, monsieur Venanzi, et je n'ai pas envie de vous faire perdre du temps, ni de vous soustraire à vos amis. J'irai droit au but. La semaine dernière on a essayé de vous vendre une bague. C'est une bague très précieuse, très ancienne, qui vaut une fortune et il y a une personne qui la voudrait à tout prix… qui voudrait… l'acheter, disons, mais pas à vous, à la personne qui essaie de vous la vendre. Qu'est-ce que vous en pensez ?

— Mais vous êtes qui ? Je n'achète pas de marchandise suspecte, pour qui me prenez-vous… j'ai l'air d'un receleur ?

— Non, vous n'en avez pas l'air, Venanzi, c'est peut-être pour ça que vous êtes encore dehors et pas en prison, mais cela, croyez-moi, ce sont vos affaires.

— Nous sommes pour la liberté d'entreprendre, vous savez ?, dit Carlo.

— Oui, nous vous proposons une affaire, glose Oscar avec l'air le plus innocent du monde.

— Assurance ?, demande l'autre, hésitant.

— Non, Venanzi, l'assurance serait venue avec cinq ou six policiers en civil, mieux, elle serait venue au magasin et ça aurait mal fini pour vous… Non, nous sommes ici pour vous rendre un service… À la fin de cet apéritif, dit Oscar en levant son verre et en esquissant un toast, vous allez nous remercier, vous savez ?

— Personne n'a essayé de me vendre de bague.

— Oui, je sais, nier toujours, on dit de faire comme ça, mais ce n'est pas toujours une bonne idée… peut-être que ça marche avec la police, les avocats, ce genre-là, mais nous… Vous savez, nous avons des méthodes un peu plus rapides… »

À présent l'autre s'agite un peu.

« Je n'ai acheté aucune bague, dit-il, sec.

— Mais oui, nous sommes au courant, et je peux aussi vous dire pourquoi », dit Oscar. Puis il boit une gorgée de negroni et fait une grimace, parce qu'il l'aime avec moins de vermouth et plus de gin – vous le saviez, non, que c'était un drôle de type ? « Vous, monsieur Venanzi, vous êtes quelqu'un de bien, vous essayez de ne marcher sur les pieds de personne et ça, dans le milieu, c'est très apprécié. En plus vous êtes prudent, vous pourriez rouler avec une belle voiture mais vous avez une BMW vieillotte, votre magasin est petit et vend de la pacotille aux gens du quartier, même si comme couverture vous pourriez vous offrir mieux que ça, mais… vous n'aimez pas vous faire remarquer, voilà, moi je dis que c'est bien joué.

— Je vois que vous économisez aussi sur les cravates, vous avez raison, celles en soie coûtent trop cher », dit Carlo. Ce rôle de gangster avec de l'esprit commence à lui plaire.

« Mais enfin… » L'autre tente de protester. Il lance même un coup d'œil à ses amis qui malheureusement ne le regardent pas.

« Alors, suivez-moi bien, monsieur Venanzi, je vois que vous avez du mal à comprendre et je veux être le plus clair possible, parce qu'il y a certaines choses qu'on ne dit qu'une fois… Vous avez compris, parce que vous êtes alerte, que le gars qui a la bague n'est qu'un lourdaud, un petit escroc… alors que la bague, la bague est une pièce unique. C'est l'idéal, pour quelqu'un qui fait votre travail, parce que le secret du succès c'est d'acheter à bas prix et de vendre cher… mais vous n'êtes pas bête et vous comprenez que c'est risqué… C'est une chose de faire affaire avec des professionnels, et c'en est une autre de faire confiance à des pauvres types, qui peut-être, après, à la préfecture, dès la première gifle, se mettent à table avec entrée plat dessert… C'est pour cela que vous n'avez pas encore dit oui, n'est-ce pas ? Vous avez peur que l'avidité vous perde, n'est-ce pas ?

— Vous voulez quoi, putain ? »

Il a enfin lâché prise, pense Carlo. *Bien.* Il voit qu'Oscar pense comme lui, même s'il a toujours cette tête affable de celui qui essaie de te vendre une voiture d'occasion.

« Nous voulons que vous nous présentiez le vendeur, dit Oscar, peut-être pas tout à fait des présentations formelles avec poignées de mains et cartes de visite, mais bon, vous nous dites quand vous le voyez et puis… hop-là, au lieu de le voir, vous, c'est nous qui le voyons : facile, non ? Personne ne se fait mal et tout le monde est content. »

Monsieur Venanzi est vraiment étonné, là. Il cherche à débrouiller cette affaire mais il n'y arrive pas, donc la chose lui paraît tout à fait bête. Il prend son temps, mais après il aligne tout ce qu'il a pensé au cours de la dernière minute, ce qui ne fait pas beaucoup :

« Mais, excusez-moi… mettons que… je dis ça par pure hypothèse… que j'aie vraiment quelqu'un qui va me vendre pour deux balles un objet volé qui vaut un million, disons… entre commerçants, pourquoi je devrais vous faire cadeau de l'affaire ?

— Parce que nous sommes méchants », dit Carlo avec un sourire à lui fracasser la tête.

Oscar sourit :

« N'écoutez pas mon ami, Venanzi, il regarde trop de films. C'est plutôt moi qui vais vous dire pourquoi, et je vais vous raconter une histoire… toujours par pure hypothèse, bien sûr…

— Faisons ça vite, dit l'autre.

— À toute vitesse, Venanzi… Donc, écoutez-moi bien. Il y a deux ans vous avez acheté, toujours, disons comme ça… auprès de certains vendeurs à la sauvette… une parure de diamants de remarquable facture. Collier, boucles d'oreilles et bracelet, pour une valeur de… cinq cent mille ? Un peu moins ? Ce n'est pas ça qui compte… ça appartenait à un certain *cavaliere* Biraghi…

— Écoutez, je suis désolé pour vous, mais ce fameux vol chez Biraghi, on sait tout, même les journaux ont écrit là-dessus. Le butin a été entièrement retrouvé et…

— Ah, vous lisez les journaux !, dit Carlo.

— Non, Venanzi, ça, ce n'est qu'une partie de l'histoire, vous connaissez aussi l'autre partie, à savoir que le *cavaliere* Biraghi ne pouvait pas signaler le vol de la parure parce que lui aussi l'avait… disons achetée sans garantie, vous voyez comment ?

— Chacun sa merde, non ? On ne dit pas ça comme ça en italien ? » répond l'autre.

En ce qui concerne les diamants de Biraghi, il se sent comme dans un blindé. Carlo pense que si c'était ça la tenaille pour le tenir par les couilles, eh bien, ça ne marche pas tant que ça. Mais Oscar ne se trouble même pas une seconde, au contraire, il pousse un soupir de patience, il prend sur lui et continue avec une voix gentille et on ne peut plus calme…

« Vous ne me suivez pas bien, Venanzi. Vous avez raison, c'est sa merde, à Biraghi. Mais vous voyez, cette parure de diamants qui, si vous voulez mon avis, était même un peu plouc, Biraghi ne l'avait pas offerte à sa femme, mais à une jolie demoiselle d'environ vingt-cinq ans à l'époque, une fille qui lui faisait des petites gâteries… bref, jolie et douée, comme dit Bruno Vespa[1]… »

À présent, le bijoutier de corso XXII Marzo ne joue plus à la sainte-nitouche. *Cela va pouvoir accélérer les choses*, pense Carlo.

« Biraghi peut baiser qui il veut, ça ne me regarde pas, je ne travaille pas pour *Novella 2000*… Il n'a pas signalé le vol, ça me suffit, ça rend ces pierres propres et commercialisables, voilà…

— Oui, mais laissez-moi terminer, Venanzi, parce qu'il y a le coup de théâtre, sinon à quoi bon ?… Donc, cette belle demoiselle qui était l'amante de Biraghi a un nouveau petit copain, un homme qui d'habitude obtient ce qu'il veut, un gars qui n'envoie pas les gens demander, persuader par la douceur, négocier.

— D'habitude, en fait, il m'envoie moi, et je n'ai pas autant de bagout que lui », dit Carlo.

L'autre commence à comprendre.

« Mais cette fois-ci je lui ai dit… chef, pourquoi se compliquer la vie ? En plus dans une ville où les flics sont un peu agités à cause des morts aux cailloux et où il y a des contrôles partout ? Monsieur Venanzi va sans doute comprendre la situation, on ne va pas lui demander les diamants, même si la demoiselle les aimait beaucoup… on est de l'école où

1. Bruno Vespa est un journaliste et présentateur télé italien né en 1944. Il a été directeur du journal télévisé de la première chaîne de la Rai, mais il est surtout connu pour avoir conçu et présenter *Porta a Porta*, talk-show diffusé depuis 1996 sur Rai1. Visage éternel de la télévision publique, il a été accusé, non sans raisons, de favoriser la droite lors de ses émissions et de tenir des propos très sexistes.

les affaires c'est les affaires, et on aime les entrepreneurs dynamiques…

— Ceux qui font repartir le pays », dit Carlo, mais cette fois-ci Oscar lui lance un regard noir, parce qu'il exagère peut-être un peu avec les conneries.

« Bref, vous perdez une affaire sur laquelle vous aviez déjà quelques doutes, plus personne ne viendra réclamer ces diamants que vous avez probablement déjà vendus à l'étranger si vous n'êtes pas bête, et personne ne se fait mal. Vous retournez voir vos amis et nous les nôtres. La seule chose que vous faites, c'est nous dire où et quand vous devez voir le gars de la bague. Point. Vous en pensez quoi, de cet échange ?

— Je ne l'aurais pas prise, de toute façon, la bague, dit le type en avalant la moitié de son negroni en une gorgée. C'est un truc trop gros pour moi, un truc d'expo d'art, de musée… c'est une chose de vendre des bijoux, mais c'en est une autre de faire dans les œuvres d'art… Pour vendre ces trucs-là, il faut quelqu'un qui sait comment bouger, Londres, Berlin… oui, peut-être que je pourrais trouver un intermédiaire, mais ça fait plus de risques et moins d'argent… Oui, je me suis tâté, mais je vois que ça s'ébruite, et ça ne me plaît pas.

— Donc ?

— Donc d'accord, dites-moi comment faire et je vous dis quand le gars se présente… Cela dit, ce serait correct de mettre un petit encouragement sur la table… »

Carlo est éberlué, et rit un peu. Genre, ils vont là-bas lui dire qu'ils pourraient le descendre quand il s'y attend le moins, que malgré tout ils ne lui feront rien parce qu'Oscar a convaincu le chef de ne pas lui arracher les couilles à coups de dents, et lui il demande un encouragement ? Il est sincèrement admiratif.

« On va faire comme ça, dit Oscar. Lorsque le gars arrive, achetez tout le reste. Il y a aussi des bonnes pièces, faciles à vendre. Mais la bague c'est pour nous. La demoiselle y tient beaucoup, et quand elle tient à quelque chose, le chef aussi. Pour l'instant, du moins. Qu'est-ce que vous en dites ? Le reste, ce sont des pièces qui ne brûlent pas, disons même que nous pourrions faire retirer la plainte et que vous pourriez les mettre en vitrine, à ce moment-là.

— Ça me paraît un bon accord, dit l'autre sans cacher sa satisfaction.

— Bien, c'est toujours un plaisir de parler avec des gens raisonnables, dit Oscar.

— Et on ne dérange pas les pompes funèbres », clôt Carlo. Maintenant que l'air est plus détendu, il peut faire le crétin autant qu'il veut, et il sait qu'Oscar ne le grondera pas.

Oscar Falcone écrit un numéro sur une serviette qu'il laisse sur la table, se lève et serre la main du bijoutier Venanzi qui a retrouvé son teint, ça doit être le negroni aussi, et qui semble tout joyeux. Carlo, lui, sort du bar sans rien dire, parce que cette partie-là, sur comment saluent les tueurs, il ne l'a pas encore travaillée.

« D'où tu as sorti l'histoire du boss amoureux ?, demande Carlo quand ils montent dans la voiture.

— Je sais plus, dit Oscar.

— On mange ?

— Non, j'ai un truc à faire… Tu me laisses sur Buenos Aires ?

— À vos ordres.

— T'es quand même sacrément con, dit Oscar en riant, ce que tu as sorti sur le pays qui repart c'était drôle.

— Celle-là, elle fait toujours rire », dit Carlo.

Puis il conduit doucement, jusqu'à ce qu'Oscar, sur viale Regina Giovanni, dise « Ici » et descende de la voiture presque au vol. Carlo doit redémarrer parce que les klaxons retentissent derrière. Au fond, ça ne lui déplaît pas de passer une soirée seul chez lui. Il a les nouveaux disques, Katrina doit avoir cuisiné et laissé ces petits mots d'instructions en italo-moldave qu'elle laisse d'habitude, le printemps arrive, madame Sironi va probablement revoir sa bague. Tout va bien, finalement.

À part le fait qu'il est un homme désespéré, tout va bien. Tout va très bien.

13

Les Calabrais ont organisé la rencontre, donc ce sont eux qui reçoivent. Une cave humide avec des serrures renforcées, quelques chaises, une table en mauvais état, quelques cartons poussés contre les murs qui parlent de trafics pas tout à fait légaux, marchandise en attente d'être écoulée.

Le grand a mis quelques bouteilles de bière sur la table, mais après il est parti. Les nouveaux Africains sont là, ils sont deux, l'un semble être le chef, long comme une perche, noir à faire peur parce que là, dans la pénombre, on ne voit presque que les dents blanchissimes et les yeux qui sautillent. L'autre est un soldat et reste à l'écart.

Lorsque Mafouz arrive, tout le monde se lève. Francesco pense que c'est bon signe, parce qu'il y a quelque chose qui ressemble à du respect, ou du moins à la reconnaissance d'un rôle : c'est le patron de la place, et c'est important que les nouveaux le sachent.

Il est arrivé avec quelques minutes de retard, parce qu'il est d'abord monté chez la vieille du bâtiment C, il a fait le boulot des pilules, il a vérifié qu'elle avait mangé et a remis le cahier de l'oncle dans la boîte du débarras. Il a réfléchi longtemps, c'est dangereux de le garder à la maison, et ça lui semble encore le meilleur endroit. Il pense qu'il aurait dû le scanner, garder la version numérique et le jeter, ce cahier, mais là, il n'en a ni le temps ni l'envie.

Toute cette histoire lui paraît lointaine, un truc du passé, ce qu'elle a toujours été, finalement ; ou peut-être que c'est lui qui a envie qu'elle reste lointaine, ne plus y penser. Comment avait dit maman, déjà ? « Jette tout et on en reste là. »

Ils sont assis. Le grand Africain passe une bouteille de bière à son soldat, l'autre l'ouvre avec les dents et la repasse au chef qui boit une longue gorgée.

Mafouz apprécie, c'est un commandant lui aussi et lorsqu'il voit un autre qui commande, il le reconnaît tout de suite.

C'est à lui de parler :

« Tout le monde sait comment ça fonctionne ici : moins de bordel et les affaires marchent. Plus de bordel et les affaires ne marchent pas. Moi je veux que les affaires marchent. »

Le Calabrais hoche la tête. Les Africains, immobiles.

Francesco connaît la séparation des pouvoirs : Mafouz et ses gars, une vingtaine d'adolescents au couteau rapide, gèrent le trafic du shit et de l'herbe, ils vendent probablement aussi cocaïne et cachets, mais dans ce cas-là, ils prennent le scooter et font les livraisons.

Les Calabrais s'occupent des maisons. Ils ont des feuilles avec les noms, leurs propres classements spéciaux avec écrit combien ils ont encaissé pour défoncer les portes et garantir un minimum de sécurité à ceux qui entrent. Ceux qui se comportent bien, ceux qui peuvent perdre la maison d'un moment à l'autre. Francesco se rappelle que le collectif avait déjà négocié quelque chose, avec eux : qu'au moins ceux qui entraient avec des enfants aient le droit de payer en plusieurs fois, tant par mois jusqu'à extinction de la dette.

Ils s'étaient montrés raisonnables.

Maintenant Mafouz aborde la vraie question :

« Jusque-là tout a marché sans accroc. Eux – il indique le Calabrais – ils nous cassent pas les couilles et nous, on s'occupe pas des apparts. Vous, qu'est-ce que vous voulez ? » Ça, il l'a dit en regardant le grand Africain.

Qui, lui, se tait.

Alors c'est le petit Calabrais, Salvatore, qui parle. Il a une moustache qui semble dessinée, le teint mat, un T-shirt serré qui souligne ses muscles, un âge indéfinissable, mais dans la quarantaine plus que dans la trentaine. Il a une voix de basse qui n'a rien à voir avec sa tête et son corps, va savoir d'où il tire ça.

« On ne veut pas de guerres. Au commissariat du quartier, je suis sûr qu'ils sont au courant de ce qui se passe ici, mais cet endroit est une poudrière, et si personne ne se fait mal, ils font comme si de rien n'était. Quelques expulsions quand c'est vraiment inévitable, sinon ils laissent filer, il y a beaucoup de logements vacants, pas d'argent pour réhabiliter, alors ils laissent couler… mais seulement si personne ne se fait mal… »

L'Africain est toujours immobile.

Son soldat demande ce que veut dire poudrière. Il est plus éveillé qu'il n'en a l'air.

Mafouz traduit :

« Bombe… *rébellion**. »

Tout le monde regarde le grand Africain qui maintenant fait quelque chose auquel personne ne s'attendait.

---

* Les mots en italique suivis d'un astérisque sont en français dans le texte original.

Il se lève, fait une petite révérence et dit :

« Mon nom, Mouhammad Serfaz, de Soudan – une sorte de présentation officielle, très courtoise, Francesco pense : *Presque élégante.* Mes hommes c'est huit, ici pour affaires. Deux autres familles arrivent ce mois, peut-être autre mois, je ne sais pas, mer est très *dangereuse**… difficile, maintenant.

— Quelles affaires ?, demande Mafouz.

— Affaires… business », dit le Noir, avec l'air de clore la discussion. Puis il regarde Francesco comme pour dire : et lui ?

« Il y a un collectif… commence-t-il. *Un groupe politique**…

— *La politique c'est de la merde*, bondit le Noir comme s'il venait de voir un serpent, *ça ne nous intéresse pas**.

— Lorsqu'il y a des expulsions, ou que quelque chose ne va pas, c'est nous qui faisons les manifestations… *de la résistance… à la police**… et nous avons quelques occupants nous aussi… droit au logement… *vous comprenez** ? »

L'Africain éclate d'un rire bruyant :

« Ah… *les communistes** ! » et il secoue la tête, il semble amusé pour de vrai.

Francesco lève un coin de la bouche, comme un sourire. Mafouz intervient :

« Le collectif était ici avant nous, depuis toujours je crois… Il est utile, la police y réfléchit deux fois avant de venir s'ils sont là, parce qu'elle ne veut pas que l'affaire devienne politique… S'il y a des vieux et des enfants qui sont impliqués, les matraques deviennent… impopulaires… Et puis, si je dois être honnête, c'est des gens bien et ils ont même évité quelques injustices… »

Il ne dit pas la chose fondamentale : le collectif n'a jamais entravé les affaires, et ils achètent même un peu de shit, prix d'ami, bonnes relations.

Personne ne sait ce qu'a compris le Noir, mais son soldat s'approche et lui dit quelque chose à l'oreille, il hoche la tête.

« Nous avons besoin d'appartements pour nous, même *petits**, et d'endroit comme ici – il regarde autour de lui – … endroit sûr pour garder marchandise.

— Quelle marchandise ? » Toujours Mafouz, mais la question tombe dans le vide.

Même le Calabrais se tait, ça se voit qu'il est en train de réfléchir. Il calcule la perte de rentrées d'argent, ce n'est pas une blague, et puis, un concurrent sous son propre toit…

« Nous, pas bordel… et on peut… » Il regarde son soldat pour demander de l'aide. L'autre se sent autorisé à parler et dit :

« Contribuer… payer… mais pas argent.

— Payer comment ?, demande le Calabrais.

— Gardes… *sûreté**.

— On en a des gardes.

— Plus de gardes, dit l'Africain.

— Ici, il y a dix bâtiments, dit le Calabrais, toutes les places sont prises, ou presque… »

L'Africain redevient immobile.

« … Mais si les autres cours vous conviennent – il indique vaguement de la main un endroit dehors, au-delà de la place – alors, ça peut se régler. »

Mouhammad regarde son soldat. Il a compris mais il veut en être sûr, et l'autre traduit dans une langue dont personne ne saurait dire ce que c'est.

« *Cinq**… dit le grand Noir. *Ici ou près d'ici, c'est pas un problème**. »

Le soldat traduit, même si tout le monde a compris. Le Calabrais semble moins tendu, maintenant : s'il peut les répartir dans six ou sept bâtiments de la Caserne, ça va, la perte se fractionne et devient supportable. En plus ils ne restent pas unis comme une bande, et ça c'est important.

« Mais le dépôt, on le veut ici, dit le soldat.

— Ça, ça peut se faire », dit Mafouz.

Puis le Calabrais et lui regardent Francesco. Ce n'est pas comme s'il avait un droit de veto, c'est clair, mais ils veulent que tout soit en ordre. Ce qu'ils lui demandent n'est pas exactement une couverture politique, mais… ça a pris du temps de s'entendre avec les gens du collectif et ils ne veulent pas que le nouvel équilibre casse l'ancien.

« Nous devons installer les deux fameuses filles… dit Francesco.

— Les lesbiennes », dit le Calabrais. Il dit ça avec un sourire de connard.

« … Et puis il nous faut deux ou trois autres appartements, mais ce n'est pas pressé.

— Ça devient cher, ton histoire, dit le Calabrais.

— Oui, mais ce n'est pas possible que tout le monde entre et pas nous, dit Francesco. Les nôtres s'énervent, sans compter que vous savez ce que c'est… d'autres Noirs ou familles de Noirs… On ne veut pas une guerre des pauvres, n'est-ce pas ? »

Mafouz ne veut pas de guerre tout court, il n'en a rien à foutre des pauvres. Le Calabrais, lui, est en train de faire ses calculs. Cinq appartements, plus trois pour le collectif, ça fout une belle claque au budget. Alors il décide de tirer un peu.

« Je n'y arriverai pas… La paix, c'est très bien, mais là ça coûte trop cher, on ne fait pas la charité aux cannibales, ici. »

Le Noir se raidit un peu, mais n'ouvre pas la bouche. Il croise le regard de Mafouz, qui dit :

« Si la paix convient à tout le monde, il faut tous la payer un peu… pour les affaires… Je dis qu'on doit mettre quelque chose sur la table… moi je mets trois mille, et les nouveaux trois mille, ça peut suffire ? »

Les yeux du Noir passent de Mafouz au Calabrais, deux ou trois fois. Il veut comprendre si c'est une proposition sérieuse ou s'ils sont en train de l'arnaquer. Puis il dit :

« D'accord, trois mille. »

Francesco se tait parce que le collectif n'a pas d'argent à donner, et il n'en donnerait en aucun cas.

Maintenant, il y a un instant de silence, tout le monde fait le bilan, puis le Noir se lève et tend une main à Mafouz, qui la lui serre. Il fait de même avec le Calabrais et dit :

« *Alors on est d'accord. Demain, vous aurez votre argent**. »

Puis il regarde Francesco et sourit, narquois :

« *Salut, monsieur le communiste*!* » et il sort de la pièce, suivi par son lieutenant.

Ils ne sont plus que trois.

« Putain de merde, explose le Calabrais. Le seul lésé dans votre paix à la con c'est moi !

— C'est pas dit, répond Mafouz.

— Mon cul, c'est pas dit… Cinq appartements pour eux, là, un tout de suite pour leurs bouffeuses de chattes – il indique Francesco du menton – et puis peut-être deux autres… Bref, comment ça, c'est pas dit ?… Et toi, Mafouz, tu t'en sors avec trois mille euros, fait chier…

— Ils font des affaires, dit Mafouz, c'est une bonne chose. Quel genre d'affaires, on verra, ce seront peut-être des bons partenaires… si je me contentais de la tactique, je ne serais pas là depuis trente ans, Salvatore, il faut un peu de stratégie… qu'est-ce que tu en sais ? Ce qui ressemble à de la merde aujourd'hui peut devenir de l'or demain.

— Putain, mais personne sait ce que c'est, leurs affaires ! »

Mafouz rit. Dans la cité, le grand ensemble de la Caserne, plus de six mille appartements, familles, locataires légaux barricadés chez eux, squatteurs, occupants réguliers, occupants sauvages, comme ils les appellent… Là-bas, même les murs ont des yeux et des oreilles, et ce sont les yeux et les oreilles de Mafouz.

« On le saura dans deux jours, ce que c'est, leurs affaires. Calme-toi, vieux. »

Francesco se lève et va vers la porte. Les questions mafieuses de ces deux-là ne l'intéressent pas. Mais il se tourne vers le Calabrais.

« Cette semaine, s'il te plaît. Ça devient ridicule, les deux qui squattent et qui se font squatter l'appart squatté. »

Mafouz rit. Les deux lesbiennes expulsées par d'autres désespérés, en effet, c'est une blague vivante.

« Viens ici », lui dit Salvatore.

Puis il consulte un cahier crasseux, glisse un doigt sur les pages et parle :

« Bâtiment F, troisième étage, c'est même plus grand qu'avant, mais elles l'arrangent toutes seules, hein, on va pas commencer à me casser les couilles parce qu'il n'y a pas d'eau chaude. Demain j'envoie mes gars.

— Bien », dit Francesco. Il salue d'un signe Salvatore et Mafouz et il sort.

Politique, négociations, compromis, donner, avoir. Quel endroit de merde.

Mais ça s'est bien passé, pas de coups de couteau, pour l'instant du moins, on verra si on peut faire confiance au grand Noir.

Lorsqu'il rentre à la maison, Chiara, Fili et Illa sont là. Giovanna sort juste à ce moment-là de la salle de bains. Les mouvements de Filippo sont gênés par son plâtre. Il roule un joint, il y a des bouteilles de bière sur la table et de la musique trop forte.

« C'est quoi, une fête ? » dit Francesco. Il est de mauvaise humeur.

« Alors ?, demande Filippo.

— Vous avez un appart, dit Francesco en regardant l'espèce de Tyson et sa copine de poche, bâtiment F, troisième étage : demain les Calabrais vont défoncer et mettre une serrure, mais pour le reste vous vous démerdez. »

Les deux poussent un petit cri qui couvre la musique et se serrent dans les bras. Chiara sourit et lui passe le joint.

« Non merci, je vais me coucher, dit-il, mais après il se retourne vers Filippo. Les Africains ont l'air corrects, mais méchants, il y a un pacte, Mafouz et les bronzes de Riace vont perdre un peu de thune, mais ça leur va, nous avons un crédit de deux appartements, en plus de celui de Giovanna et Illa, on va nous donner les plus dégueulasses, mais je ne pouvais pas négocier plus que ça… à part le fait que c'est nous qui nous prenons les coups de matraque, je n'avais pas grand-chose à offrir.

— Demain on fait un communiqué, dit Filippo.

— Non, attendons les photos des travaux », dit Giovanna. Illa hoche la tête.

Francesco enlève sa chemise et va dans la chambre, s'allonge sur le lit sans enlever ni pantalon ni chaussures. Il y a encore un peu de musique et de bavardage indistinct, puis il entend les gens qui s'en vont et le claquement de la porte.

Une demi-heure après il est toujours là, immobile. Chiara s'allonge à côté de lui.

« Qu'est-ce que tu as ? Tout s'est très bien passé, non ?

— Très bien ?

— Ben, tu craignais des coups de couteau, tu es rentré avec trois appartements, je dirais que c'est pas mal. »

Il la regarde. Comme d'habitude, il la trouve magnifique, même si là elle a les yeux rouges et les cheveux en bataille. Elle est quand même magnifique.

Très bien ? il aimerait lui dire. Mais regarde-nous, putain. Très bien ? Un taudis, pas de travail, il faut ramper pour se faire payer deux balles pour des projets de merde d'il y a six mois, il faut se faire vendre les moyens de production par les Calabrais – il pense au nouveau Mac. À partir du vingt du mois tu vas déjeuner chez maman parce qu'ici il n'y a plus rien.

Très bien ? Très bien, bordel de cul ?

Il voudrait lui dire ce qu'il a vu ces derniers jours. Les maisons, les voitures, les habits qu'ont ces gens-là, ceux qui habitent l'autre Milan, ceux qui ont gagné haut la main la lutte des classes, alors qu'eux, ils en sont à publier des communiqués pour deux connes qui arrangent de leurs mains le HLM qui tombe en miettes, et qui vont même s'en vanter.

Puis il voudrait lui raconter le ton de mépris qu'il a senti dans les mots du Noir : « *Monsieur le communiste**. » Et qu'ils contenaient tout le sarcasme du monde, une chose qui ne méritait même pas de se transformer en haine, qui n'était que dérision. Un crachat à la figure.

Il regarde sa nuque pendant qu'elle pose une joue sur sa poitrine qui se lève et se baisse doucement avec la respiration.

« Baisons, dit-il.

— Non, mon ami. Travaux en cours, terrain impraticable.

— Alors c'est ton tour, dit-il en baissant la fermeture éclair de son jean.

— Tu es un porc, monsieur Girardi », dit Chiara. Puis elle rit, et elle semble heureuse.

14

Il est vingt et une heures quinze et l'interphone sonne. Le sous-brigadier Tarcisio Ghezzi pose dans l'assiette la pomme qu'il est en train d'éplucher et s'apprête à se lever, mais c'est sans compter sur madame Rosa qui se lance dans un sprint à la Usain Bolt. Ce qui fait que, pendant qu'il est là, le cul en l'air entre la chaise et la position verticale, elle a déjà le combiné à la main, à côté de la porte d'entrée, et dit : « Mais bien sûr, montez. »

S'il devait faire un classement des scènes ridicules qu'il a vues, Ghezzi placerait celle-ci au moins dans le top dix. Sur le paillasson devant la porte de l'appartement, se trouvent le sous-brigadier Selvi et le gardien de la paix Sannucci, l'un avec un gâteau dans les mains, l'autre avec une bouteille de prosecco, et ils saluent Rosa comme s'ils venaient d'arriver à une fête d'anniversaire, il ne manque que le petit chant en chœur, les applaudissements… *Peut-être qu'il y a les bougies, on verra en ouvrant la boîte de la pâtisserie*, pense Ghezzi.

Oui, ces deux-là ont l'air gênés, au moins ça, au moins un peu de pudeur… Mais encore une fois madame Rosa a pris la situation en main :

« D'abord le café, dit-elle, puis le gâteau. »

Et en s'adressant à Sannucci : « Il faut le mettre au frigo ?

— Quoi ? »

Ghezzi rit et déménage dans le salon, c'est-à-dire dans la salle d'opération. Il y a des feuilles qui traînent sur la table et sur le canapé, les CD éparpillés, deux ordinateurs portables ouverts, l'un avec l'écran de veille de la préfecture de Milan, l'autre avec Donald qui gronde Riri, Fifi et Loulou, et ils rient.

Rosa fait un peu de place sur la table, pendant que Ghezzi parle à voix basse à Sannucci, sans se faire entendre :

« À quoi vous jouez, Sannucci ? Aux garçons pâtissiers ?

— Ordres de Carella, dit l'autre, comme pour s'excuser. Eh bon, brig, au moins le gâteau, je n'ai même pas dîné.

— Si tu le dis à Rosa, je t'arrache les couilles, Sannucci, elle est capable de te préparer un osso-buco avec du risotto.

— Si seulement, brig ! »

Un quart d'heure après, Carella arrive aussi, et ainsi l'équipe est au complet.

« Essayons de ne pas y passer la nuit, dit Ghezzi. Qui commence ?

— C'est moi qui commence, vu que j'ai gâché ma journée », dit Sannucci. Ça se voit qu'il est un peu énervé d'avoir perdu son temps avec une fausse piste, mais il tient à montrer qu'il s'est bien cassé le cul, entre la Bocconi et les fichiers de la préfecture, et ça, c'était le travail le plus dur, parce qu'il a dû faire attention à ce que personne ne le voie, Gregori lui a offert Senesi pendant un après-midi, et c'était elle qui faisait les allers-retours, pendant que lui restait caché comme un voleur. Mais est-ce qu'on peut travailler comme ça ?

« Comment ça se passe là-bas ?, demande Ghezzi.

— Bof, d'après ce que je comprends, ils galèrent plus que nous. Le substitut et le chef de l'équipe de Rome ont été en réunion toute la journée, ils en ont conclu que c'est du terrorisme – quelle mouvance, ils seraient incapables de le dire… Le fameux profileur entrait et sortait de la pièce, surtout pour répondre aux questions des journalistes… »

« Bon, vas-y », dit Carella.

Il a l'air fatigué, comme d'habitude, mais avec quelque chose en plus. Pour la première fois dans cette enquête, Ghezzi voit sur son visage une détermination énervée, méchante, une grimace de colère vis-à-vis de la façon dont les choses avancent. Elles n'avancent pas du tout. Il se l'explique par l'absence de sommeil, mais aussi par le fait que Carella a peut-être compris que travailler en cachette, officiellement en vacances, est, de fait, une expropriation politique. Il soupçonne que confier l'enquête à une équipe nommée directement par le ministère est une manière d'éviter les risques : de Crisanti peuvent émerger des éléments gênants pour chaque force politique locale et nationale, pour les banquiers, pour la Bourse, pour les sociétés qui s'accaparent les appels d'offres. Ghezzi pense à comment doit se sentir Gregori, qui a reçu la gifle encore plus fort. C'est la première fois en trente ans de carrière – appelons ça une carrière – qu'il se sent d'une certaine façon solidaire de son chef.

Il arrête d'y penser quand Sannucci commence avec son petit rapport.

« Bon… un bel endroit, là-bas, on dirait une usine à repris de justice. »

Tout le monde le regarde sans rien dire. Interrompre Sannucci est risqué parce qu'à chaque fois, après, il reprend au début pour retrouver le fil et ça n'en finit pas.

« Comme l'a dit le brig – il indique Ghezzi du menton –, j'ai retiré les femmes et j'ai sorti une liste des camarades de classe de Gotti, ceux qui se sont inscrits à la Bocconi en 1981 et qui suivaient les mêmes cours que lui. Je ne parierais pas sur le fait que la liste soit parfaite et complète, mais bon… »

Ghezzi soupire. Madame Rosa en profite pour aller dans l'autre pièce couper le gâteau, mais elle se déplace comme une furie parce qu'elle ne veut rien rater : si elle pouvait, elle laisserait une oreille là, posée sur la table.

« Bon – Sannucci reprend son souffle –, sur les cent soixante-seize qui faisaient leurs études avec Gotti, quarante et un ont eu des problèmes avec la justice… Même à San Patrignano[1] on ne trouve pas un pourcentage pareil… » Puis il sort un calepin et égrène ses statistiques : « Donc, vingt et un visés par une enquête pour délit d'initié, dont quatorze condamnés, des amendes plus qu'autre chose, cela dit, pas de prison, d'ailleurs entre les remises de peine, les amnisties et les trucs dans le genre, ces gens-là, en prison, vous savez… Neuf autres, aujourd'hui entrepreneurs ou profession libérale, ont eu des ennuis pour des pots-de-vin, corruption, faux en écriture comptable, quand ça existait encore, et des choses comme ça… disons des délits liés à la profession. Puis il y en a sept qui ont été poursuivis pour détournement de fonds… ils confondaient les comptes personnels avec ceux de l'entreprise… bref, ils piquaient de l'argent aux partenaires et aux actionnaires. Puis il y en a deux qui ont eu

1. San Patrignano est une communauté de réhabilitation thérapeutique pour les toxicomanes, fondée par Vincenzo Muccioli en 1978 dans la province de Rimini. Elle a été l'objet de nombreuses controverses médiatiques et légales quant aux méthodes coercitives employées par son fondateur et ses collaborateurs pour gérer les pensionnaires.

une enquête préliminaire pour harcèlement sur des employées, un pour comportement antisyndical... Deux seulement ont fait de la prison, l'un a pris deux ans et demi, neuf mois assigné à résidence puis dehors heureux comme un pape... banqueroute frauduleuse ; et un autre qui a tué sa femme et qui est encore en taule... au total quarante et un. Aucun sorti récemment, aucun qui pouvait en vouloir à Gotti pour une raison quelconque, du moins d'après ce qu'on sait... »

Carella fait le numéro habituel du balcon et allume une cigarette :

« Très bien, dit-il. Il fallait essayer... Autre chose ?

— Rien d'autre... mais tout le monde dit du bien de Gotti... du Gotti étudiant, je veux dire. De très bonnes notes, un mémoire sur... – il regarde son carnet – la logistique des marchandises périssables, félicitations du jury, un gars qui avançait tête baissée et travaillait comme une mule, pas de scandales, pas de situations particulières... Sa femme était une fille qu'il avait rencontrée en cours, elle aussi la tête sur les épaules... un ennui mortel, un étudiant comme on en veut là-bas... »

Carella pousse la fumée hors de ses narines et regarde Selvi, comme pour dire : vas-y, c'est ton tour.

« J'ai parlé avec cet Augusto Ferri... dit Selvi qui a sorti lui aussi un carnet, un type qui était très ami avec Crisanti. »

Tout le monde le regarde. Madame Rosa pose sur la table les petites assiettes avec des triangles de gâteau parfaitement identiques, sectionnés au millimètre près comme si elle avait utilisé un laser. Tarte au chocolat. Puis elle part à côté chercher les verres.

« Donc, et ça, on le sait déjà, la famille Crisanti se portait très bien, largement avant qu'il commence ses trafics.

Industriels de l'acier, commandes publiques, fauteuil à la Confindustria, et cætera. Ferri a rencontré le rejeton Crisanti aux États-Unis, plus précisément à Boston. Il était déjà là-bas, faculté de statistiques, alors que Crisanti avait choisi architecture… Deux Italiens riches, jeunes, à l'étranger… le campus ne leur convenait pas et ils ont pris un appartement… j'ai même dû me farcir tous les récits sur les filles…

— Allez, Selvi, avance », dit Carella, qui perd patience.

Madame Rosa le regarde et pense que cet homme-là… ce post-garçon, a quelque chose qui cloche. Il souffre, voilà, et elle qui n'a jamais été mère ressent quelque chose qu'elle ne saurait pas expliquer, mais elle est désolée pour lui.

« Alors, ce qui est étrange, d'après moi, c'est que Crisanti est arrivé là-bas sans rien savoir. D'habitude, ceux qui vont faire leurs études en Amérique se renseignent avant, font des recherches… mais d'après ce Ferri, pas lui. On dirait qu'il a été parachuté en catastrophe. Il se souvient même que les inscriptions étaient terminées et que la famille a lâché un gros paquet – un don à l'université – pour qu'il soit accepté, un peu en dehors des démarches habituelles, bref. Et apparemment il s'en fichait pas mal, des études, le minimum syndical pour ne pas être chassé à coups de pied en dépit de l'argent de papa. Il préférait jouer au basket et briser des cœurs… il avait une Spider Duetto, comme le gars du *Lauréat*… c'était qui déjà, Dustin Hoffman ? Bref, il se la coulait douce…

— À quoi ça nous sert, tout ça ?, dit Ghezzi.

— Ça nous sert un peu, dit Selvi, parce que Ferri, qui est certes un baratineur mais qui n'est pas con, dit que Crisanti ne se limitait pas à mal étudier et bien vivre, mais qu'il fuyait quelque chose. Ou du moins c'est ce qu'il s'était dit. À un moment donné, il avait même pensé qu'il avait déconné avec des filles, en Italie, je ne sais pas, une camarade de lycée qui avait vu son ventre grossir, mais après, ce ne sont que ses suppositions… aussi parce que ces gens-là, ils règlent ce genre d'affaires d'une autre façon, en mettant la main au portefeuille, et pas en faisant émigrer le fils. En tout cas, Crisanti ne disait rien de ce qu'il avait quitté en Italie, il n'en parlait jamais, il voulait juste se payer du bon temps avec l'argent de papa en attendant d'avoir le sien, et il voulait en avoir beaucoup. Bref, mais pour ce qu'en dit ce Ferri – maintenant il est sociologue, il enseigne à la Statale –, il lui avait donné l'impression d'un gars qui changeait du tout au tout et que la vie qu'il menait là-bas, en Amérique, était vraiment une nouvelle vie…

— En 81, quel âge avait Crisanti ?, demande Ghezzi.

— Il était de 58, donc… vingt-deux, vingt-trois.

— Un peu tôt pour tirer un trait sur le passé et se faire une nouvelle vie, non ? »

Carella prend un verre sur la table et boit une gorgée de prosecco. Le gâteau, il n'y a pas touché et il a même hoché la tête quand Sannucci lui a demandé s'il pouvait prendre sa part.

« Là, c'est moi qui ai quelque chose », dit-il.

Tout le monde le regarde. Petit à petit le puzzle prend forme, donc. Très bien.

« Calogero Pirri, dit-il, a quatre-vingts ans, joue à la *briscola* comme un champion et vit dans un deux-pièces à la Barona qui ressemble aux archives de la Bibliothèque nationale. Il s'occupait des faits divers pour *Il Giorno* depuis la fondation, en 56, donc il sait tout sur tout le monde…

— Vous en voulez encore, mon garçon ?, demande madame Rosa à Sannucci, qui a déjà mangé deux parts de gâteau et qui en voudrait encore quinze.

— S'il y en a… dit-il, un peu gêné.

— Donc voilà. Le fils Crisanti était un beau doigt dans le cul pour le père Crisanti, du moins jusqu'en 81. Il avait fait le lycée huppé de Milan, le Parini, et c'était un exalté, là-bas. Comme on disait à l'époque, un franc-tireur… il ne faisait pas partie d'un groupe précis, il entrait, sortait, fréquentait les groupuscules les plus durs, il avait la peau du cul blindée par l'argent de papa, donc il n'avait pas la prudence des autres révolutionnaires avec appart en centre-ville, les bourgeois ordinaires, disons…

— C'est bien d'être journaliste, dit Selvi, mais comment il sait tout ça, ton Pirri ?

— Il sait tout ça parce qu'après, dans les années quatre-vingt-dix, quand Crisanti était devenu l'éminence grise des pouvoirs forts, il s'était mis à écrire un livre sur la spéculation immobilière à Milan et il avait fait quelques recherches… Le livre n'est jamais sorti, mais il a gardé ses notes… »

Carella s'allume une autre cigarette.

Madame Rosa se dit qu'il y a quelque chose qui ne va pas, que le travail ne suffit pas pour avoir à l'intérieur de soi tout cet énervement et ce mécontentement, que ce garçon est… seul, voilà. Et que ça ne lui plaît pas, mais qu'il ne sait pas faire autrement.

« Bref, le jeune Crisanti était un dur, peut-être qu'il devait être encore plus dur pour assommer sa contradiction : pendant qu'il organisait les cortèges contre les patrons, son père siégeait à la Confindustria et était considéré comme un faucon… une de ces situations où le conflit générationnel… bon, ne me laissez pas faire le sociologue de mon cul… pardon, madame. »

Ghezzi a l'air assoupi, mais ce n'est que son air, bien sûr. Il est en train de mettre les choses en ordre et il croit voir une lumière, petite, là, au fond, une lueur presque invisible, ce qui est toutefois mieux que le noir complet. Carella poursuit :

« Bref, le fils était embarrassé par le papa capitaliste, une de ces personnes à qui, selon ce qu'il théorisait, il fallait tirer une balle dans la tête, et le papa était embarrassé par le fils. Pirri raconte l'épisode de la Scala, et en effet c'est drôle… en 78 ou 79, il y avait eu l'assaut traditionnel à la première de la Scala, vous connaissez, cocktails Molotov, vernis sur les fourrures, accrochage avec les CRS… c'était un classique à l'époque. Le jeune Crisanti tirait des cailloux piazza della Scala, via Verdi, via Manzoni, et pendant ce temps son père, avec son épouse habillée en Valentino, entrait par la porte principale, frac et nœud papillon… Pirri avait écrit un petit article d'une colonne là-dessus, le titre était : Pères, fils et barricades, une vingtaine de lignes, mais bien écrites, et amusantes… Bref, pour se débarrasser de lui, le père Crisanti avait d'abord essayé de l'acheter, la voiture, l'argent, les vacances exotiques… Mais l'autre, le fils Crisanti, rien. À dix-neuf ans il avait déjà son petit appartement, via San Marco, un trois-pièces qui était devenu une sorte de repaire de désaxés, la police y était entrée une ou deux fois et avait trouvé quelques barres de fer, des bouteilles, des bidons d'essence, des cagoules… Pirri m'a montré une ou deux photos… instructives… Sur un mur était accroché un Schifano authentique, c'est dire, un truc qui à l'époque valait déjà quelques petits millions, et à côté, écrit à la bombe : Assez baratiné ! Les armes aux ouvriers !

— Mais pas aux ouvriers de papa !, dit Selvi avec une moue de dégoût.

— Non, eux, ils étaient utiles pour s'acheter le Schifano », dit Ghezzi. Il est dégoûté, lui aussi.

« Bref, à un moment donné, après, en 80 ou en 81, ce jeune Crisanti avait disparu d'un coup. Il avait évité le service militaire, typique, on ne sait pas s'il a été quelquefois en garde à vue ou arrêté, je suppose que papa a envoyé des bons avocats pour dire : vous ne savez pas qui nous sommes… bref… Lorsqu'il est réapparu, on était en 1986, et il n'a même pas eu le temps de débarquer de son avion qu'il était déjà un jeune socialiste montant. Puis, personne ne s'est étonné lorsqu'il est passé à droite, mais toujours sous les radars, en tant que… conseiller pour les affaires avec la mairie, pas tout à fait en tant que représentant politique. Il avait ouvert son bureau dans le centre-ville, piazza Cairoli, devant le théâtre Dal Verme, où il recevait untel et untel. Pour Tangentopoli[1], il a été entendu à quelques reprises, mais pas grand-chose ; bref, les enquêtes l'avaient juste effleuré, et en quelques années il était devenu l'homme de confiance de tous les requins de la pierre. Donnez-moi une zone de Milan qui a changé de main depuis… disons à partir de 92-93, eh bien, c'était lui qui faisait jouer ses contacts et sa signature. Bref, la résistible ascension… »

Joli petit tableau, hein ?, pense Ghezzi. Et comme il vient de le penser, il décide de le dire aussi.

« Alors, on a peut-être trouvé un petit lien entre les deux morts… Gotti vingtenaire qui étudie les sciences politiques à la fac et se donne du mal pour la révolution prolétaire assis confortablement sur un petit fief de steaks qui va devenir un empire ; l'autre, Crisanti, qui joue à la justice prolétaire lui aussi… Ils doivent avoir merdé, parce que tous les deux à un moment donné… et au même moment, au milieu de l'année 1981, tous les deux changent de vie d'un coup, comme

---

1. *Tangentopoli* (de *tangente*, « pot-de-vin » et de *poli*, « ville » en grec) est le système de corruption et de financement illicite des partis politiques italiens qui a été dévoilé en 1992 par la série d'enquêtes judiciaires surnommée *Mani pulite* (« Mains propres »).

foudroyés… comme s'ils avaient découvert que le pouvoir au peuple n'était pas une si bonne idée… »

Carella hoche la tête. Selvi reste assis et cogite dans son coin. Il n'y a que Sannucci qui ne pige rien, parce qu'il ne connaît pas ces histoires-là, ou alors il les connaît mal. Il connaît les Brigades rouges, Aldo Moro, les repentis, les bombes sur les trains et dans les gares, même si ça, c'étaient les autres… Bref, l'air de cette époque-là lui échappe, ça lui semble une soupe indigeste dont il ne reconnaît pas les ingrédients. Ça doit être parce qu'il est de 83, et que lorsqu'il allait à la crèche, ce délire absurde était déjà fini.

« Il faut qu'on fouille par là, dit Carella, c'est la meilleure piste qu'on ait.

— La seule aussi, dit Ghezzi, et il sait que maintenant c'est son tour, donc il s'installe confortablement sur le canapé, pose l'assiette vide sur la table et laisse tout le monde bouche bée. J'aimerais donner la parole à la gardienne de la paix Rosa Ghezzi », dit-il.

Les autres écarquillent les yeux.

« Allez, Tarcisio, ne te moque pas de moi », esquive-t-elle. Mais elle se met droite sur sa chaise, enfourche ses lunettes, prend une liasse de feuilles écrites au stylo, très denses, et commence à parler.

« J'ai étudié toutes les vidéos des caméras », commence-t-elle.

Carella, Selvi et Sannucci se regardent comme si Brigitte Bardot était entrée par la porte avec un jaguar en laisse, mais madame Rosa poursuit sans se troubler.

« Donc, via Mauri, où ils ont tué le pauvre monsieur Gotti, la meilleure caméra est celle du magasin, celui du coin, vêtements pour enfants. On ne voit rien du meurtre et les captations commencent à midi, deux jours avant… Ce sont ces disques-là », et elle pose la main sur une petite pile de CD.

Tout le monde la regarde.

« J'ai d'abord vérifié si quelqu'un se promenait ou marchait en regardant autour de lui, mais… rien, du moins rien de suspect, le va-et-vient habituel… Ce n'est pas une rue passante, je crois qu'il n'y a que ceux qui habitent là, ou dans les rues voisines, qui passent par là… en tout cas personne avec le nez en l'air à la recherche de caméras ; même chose via Sofocle. Là-bas, il y a encore moins de piétons et de voitures, juste des gens qui y habitent ou y travaillent… les domestiques… Au bout d'un moment je reconnaissais presque leurs visages, en tout cas ils effacent vite les enregistrements, parce qu'on n'a que ceux du jour du crime… »

Personne n'ose dire « Alors ? » comme ils le feraient avec les autres, mais madame Rosa est tout efficace et absorbée par son rôle et il n'y a pas besoin de la prier.

« Alors j'ai pris les plaques, dit-elle, et elle montre les feuilles avec son écriture serrée. Elles sont presque toutes lisibles, certaines sont incomplètes, mais pas beaucoup… » Elle dit ça comme pour s'excuser. « Voici la liste. Heure, plaque… le petit chiffre entre parenthèses, c'est le nombre de fois où une même voiture est passée, les plaques surlignées sont celles des gens garés dans la rue ou qui y étaient garés et sont partis… »

Carella pousse un sifflement d'admiration. Sacré travail, la dame.

Puis il s'approche et prend les feuilles dans la main. Pas une seule rature, tellement ordonné qu'on dirait que c'est imprimé, alors que c'est écrit en majuscules.

« Les petits cercles rouges ?, demande-t-il.

— Les plaques incomplètes, il manque un chiffre ou deux ; quand je la connaissais, j'ai mis la marque de la voiture… je ne connais pas les modèles exacts.

— Ces “m” et ces “s” ?

— Motos et scooters, dit madame Rosa, qui essaie de comprendre aux regards si elle a fait un bon travail, même si son mari lui a déjà dit que oui, qu'elle a été formidable…

— Madame, c'est du gâchis de vous faire faire les côtelettes », lui dit Selvi, et elle s'illumine comme le sapin de Noël à piazza Duomo.

Maintenant ils lèvent leurs verres dépareillés pour un petit toast. Ils causent encore un petit peu jusqu'à ce que Carella ne dise :

« Très bien, laissons tranquille la famille Ghezzi. Si tout le monde est d'accord, on se retrouve ici demain matin… Neuf heures, c'est trop tôt, madame ?

— Tôt ? Moi je suis debout à sept heures ! » dit-elle. *Fierté de ménagère, il ne manquerait plus qu'elle se mette au garde-à-vous et claque ses talons*, pense le sous-brigadier Ghezzi.

Alors Carella s'adresse à Sannucci et à Selvi :

« Pas vous, vous, vous allez au bureau des immatriculations et vous listez les noms et les adresses qui correspondent aux plaques : essayez de boucler ça dans la matinée. Il y en a… combien, une centaine ?

— Cent soixante-trois via Mauri et cinquante et une via Sofocle, dit madame Rosa. Mais il y en a beaucoup en double ou en triple, enfin… qui sont passées deux ou trois fois. »

Sannucci et Selvi se regardent. S'ils se partagent bien le travail, ils peuvent y arriver dans la matinée, ils s'accordent pour se retrouver à huit heures.

Maintenant que l'appartement est libre et qu'il n'y a plus qu'eux deux, Rosa range les assiettes, le sous-brigadier Ghezzi se verse le prosecco qui reste au fond de la bouteille et commence à se déshabiller. Il pense qu'il lui faut une belle nuit, même s'il sait qu'avec Rosa si prise par sa promotion sur le terrain, si agitée…

En effet, elle le suit sans arrêter de parler.

« Tu pourrais tout de même me dire que j'ai été forte, hein, Tarcisio ?

— Tu sais que je te l'ai dit, Rosa, c'est un peu tôt pour la médaille d'honneur, eh !

— Et puis, tu te plains toujours que c'est dur, ton travail, alors que, tiens, même moi je sais le faire.

— Les enquêtes ne se font pas seulement en regardant la télé, Rosa… Tu as été forte, mais n'exagère pas non plus, là. »

Alors elle boude et se tait. Il pense que c'est mieux ainsi et s'en va dans la chambre à coucher.

Fin 1980, début 1981. Quelque chose est arrivé à ce moment-là, quelque chose de gros… mais quoi ? Il se passait tellement de choses… et surtout : qu'est-ce qui peut foutre la rage à quelqu'un trente-six ans après ? Et foutre une sacrée rage, en plus, parce que, d'accord, la vengeance ça se mange froid et cætera, mais cette vengeance-là, même en admettant que c'en est, elle est congelée depuis un bon bout de temps.

15

María est entrée en se servant des clés et n'a pas fait de bruit. Elle a posé une petite valise près de l'entrée, a enlevé ses chaussures et a parcouru le couloir sur la pointe des pieds, en se débarrassant à chaque pas de ses vêtements, jupe, chemisier, lingerie. Il ne s'est donc rendu compte de rien jusqu'au moment où il a senti le mouvement des draps et le parfum, un mélange de musc et d'herbes sauvages, une chaleur proche qui se posait sur lui. Il a allongé la main et a senti les muscles du ventre plat, doux et tendu… il a eu… comment c'était, un tressaillement ? Une défaillance. Comme dans les rêves, lorsque tu crois tomber et que tu ressens un petit vertige.

Alors Carlo a ouvert les yeux et a regardé à sa gauche. Il a vu son bras et sa main posés sur les draps blancs et rien d'autre…

Il referme les yeux, il les serre même, pour retrouver cette sensation du rêve qui est parti, mais rien. Il n'y a que lui, un filet de lumière qui entre, le réveil qui dit : onze heures dix.

Sauf que maintenant ils sont deux : lui et l'élancement de douleur entre le cœur et l'aisselle gauche, comme une lame, non, une grande épingle, un de ces pics que les grandes dames utilisent pour accrocher leurs cheveux à la tête et se sentir élégantes, et puis aller aux courses à Ascot.

La route vers la douche lui paraît le marathon de New York, et puis il doit en faire un autre jusqu'à la table de la cuisine, où il y a un post-it jaune écrit avec la graphie acérée de Katrina : Monsieur Carlo dort, je laisse dormir. Café suffit d'allumer. Cuisiné beaucoup de choses si monsieur Carlo invite amis pour émission.

Voilà.

Cela lui rappelle qu'on est mercredi, ce soir-là on diffuse *Crazy Love*, et les raisons de se jeter de la terrasse commencent à être nombreuses, s'il les notait toutes sur des bouts de papier comme celui-là, il pourrait remplir un poids lourd. Il a dormi presque douze heures et il est plus fatigué qu'avant, sans compter ce réveil…

Il s'assied à la table de la cuisine et commence à feuilleter les journaux pendant que la moka fait son travail ; dans le frigo il ne prend que le jus d'orange pressé et un yaourt, mais il ne peut pas s'empêcher de s'arrêter un instant, admiratif : on dirait le buffet du Grand Hôtel.

Dans les journaux, les crimes des cailloux battent leur plein. Même les questions politiques habituelles sont reléguées dans les pages intérieures, parce que la une est tout entière pour Milan, le sang versé, le nouveau terrorisme, la menace islamiste. Un article de fond vibrant titre : Années de plomb ?, et Carlo imagine la réunion agitée à la rédaction, dans le bureau du directeur, pour décider de mettre ou non ce point d'interrogation. À la page deux, il y a une longue interview du ministre de l'Intérieur, qui rassure tous les honnêtes citoyens et, en les rassurant, transporte des bidons d'essence vers l'incendie. Quoi qu'il en soit, on a décidé de renforcer la présence de l'armée en ville, comme si on était dans la jungle bolivienne. Puis il y a le point sur les enquêtes et les immanquables hypothèses d'écrivains, chanteurs, présentateurs télé et entraîneurs de foot. Le cardinal de Milan avait organisé une veillée de prière dans la soirée, mais il a fini par la déplacer à demain, parce que ce soir-là il y a la Ligue des champions, le Seigneur ne se vexera pas, et peut-être que lui aussi va regarder le Barça… Bref, la veillée sera en hommage aux victimes du terrorisme en ville, aux victimes « présentes et futures », c'est dire à quel point l'optimisme couve.

Carlo égrène le chapelet des quotidiens.

À présent, il trouve une interview fleuve du profileur israélien. Pouvez-vous nous dresser un portrait psychologique des assassins ? Mais oui, bien sûr : ils ont des troubles mentaux, avec des manies de toute-puissance, difficulté de connexion avec la société, âgés entre trente et cinquante ans, enfance difficile. *Il ne manque plus que la mère salope et l'alopécie*, pense Carlo, *et ils les attrapent.*

L'actualité est ce qu'elle est – peu de faits et beaucoup de questions – mais l'accompagnement, les jacasseries, atteignent des niveaux excellents. Un architecte connu avance son hypothèse, en soulignant qu'il ne s'agit là que d'une hypothèse, mais il parle quand même, comme ça, par hypothèse. À Milan, il n'y a pas de mosquée, à la différence des autres grandes capitales européennes, et ces cailloux signifient : allez, les Milanais, construisez-nous une mosquée, sinon on vous exécute tous, un par un. Même le journaliste a du mal à y croire et répète la question : donc d'après vous ce serait de mouvance islamiste ? Mais dans ce cas-là, pourquoi le boucher ? Et l'autre, en soulignant qu'il ne s'agit que d'une hypothèse, répond que ce n'était pas un boucher halal, et que donc, jeune homme, vous avez déjà votre réponse, même si, naturellement, il ne s'agit là que d'une hypothèse.

Puis tous les quotidiens apportent de l'eau à leur moulin, ou à leur ligne éditoriale, en essayant d'emboîter un gars qui tue des gens dans leur propre empreinte politique. Les suspicieux complophiles se demandent pourquoi l'enquête a changé de main : les petites affaires peu claires de Crisanti y sont-elles pour quelque chose ? La presse économique fait remarquer que c'est la peur, plus que les politiques monétaires, qui fait chuter le PIB, alors que les journaux romains ont du mal à retenir une fine complaisance pour ce qui se passe dans ce grand village du Nord, Milan, qui était censé être un exemple pour la nation, et là…

Sur les journaux de droite, Carlo feuillette des pages et des pages jaculatoires sur la sécurité, une tache d'huile qui se répand. La peur dans le quartier, dans la ville, dans le pays, en Europe, dans le monde. Nous contre eux. Les religions. Les armées. En moins de quarante lignes, deux morts assassinés à Milan sont devenus le premier verset de l'Apocalypse.

Il y a même un écho avec la photo de la divine Flora De Pisis, habillée comme pour une réception à la cour, qui dit : « Ne ratez pas l'émission de ce soir, parce que *Crazy Love* va enquêter sur les terribles meurtres de Milan, avec des invités qui nous raconteront leur deuil et leur terrible perte. »

Et cela, si c'est possible, enfonce l'épingle encore plus profondément dans la poitrine de Carlo, qui se lève et allume la chaîne hi-fi. Là, sur la table du salon avec les canapés blancs, il récupère son téléphone.

Il y a trois appels en absence et un message qui dit : HÉ, RÉPONDS, PUTAIN !

Oscar.

Carlo revient dans la cuisine, finit son café et son yaourt, puis amène le jus d'orange pressé dans le salon, s'assied, baisse le volume de la musique – Bob Dylan, *Live in Eugene*, Oregon, 1999 – et se décide à appeler.

« Dis-moi.

— Putain, t'étais où ?

— Je dormais.

— Vicieux comme toujours.

— Écoute Oscar, je te préviens, ce n'est pas la bonne journée, désolé, vraiment, mais je suis debout depuis dix minutes et je regrette déjà, donc si tu es là juste pour me casser les couilles on se rappelle, hein ?

— Bonjour la bonne humeur… bon, c'est ce soir que j'ai besoin de toi, fais pas ton connard, mieux, essaie de passer à autre chose, j'ai besoin que tu sois lucide.

— Quoi, ce soir ? »

Oui, il a lui aussi la sensation de passer pour un crétin, mais de temps en temps ça fait plaisir de se l'entendre dire.

« T'es con ? Le voleur, la bague… allez, Carlo, réveille-toi ! »

Oui, oui, bien sûr, la bague de la mère de Katia Sironi, son rôle de tueur, il ne peut tout de même pas abandonner le tournage maintenant que ça commence à sentir la Palme d'or.

« Ce soir à quelle heure ?

— Une heure, un bar de joyeuses filles derrière corso Lodi, un dépotoir, mais c'est le voleur qui l'a choisi et on ne peut pas faire les difficiles… Mais nous, il faut qu'on se voie avant.

— Tu sais comment appâter un homme », dit Carlo, qui est en train de se ressaisir. Puis : « Je dois regarder l'émission ce soir, donc si tu passes par ici, on mange et on y va.

— Bien, à toute », dit l'autre, et il raccroche.

À présent, Carlo Monterossi réfléchit à faire un saut là-bas, à la Grande Usine à Merde, et peut-être qu'il devrait parce que, pour un épisode aussi important, son absence sera remarquée. Mais il s'allonge sur le canapé et regarde le plafond, il le regarde longtemps, comme s'il devait le déplacer avec ses yeux. Il a ouvert la porte-fenêtre qui donne sur la terrasse et profite de la pluie de mars qui tape, ennuyeuse, fraîche, fine comme du sable.

Il ferme les yeux. Dylan est en train de chanter doucement :

I thought somehow that I would be spared this fate
But I don't know how much longer I can wait[1].

Puis il laisse la journée lui passer dessus.

Il s'assied à l'énorme table du bureau, allume le Mac et griffonne quelques notes. Il tourne autour du pot, et il le sait.

Parce que c'est très bien ce que Dylan pense et dit de l'Apocalypse, du salut et du blues, et aussi du croisement entre les chemins de fer qui tracent la limite entre là où la musique avait un goût de terre et de merde de cheval et là où il branchait la prise et qu'elle devenait électrique… mais au final, c'est ce qu'il dit de l'amour et sur l'amour, qui fait de lui un vrai maître. Un arc étrusque où chaque pierre soutient l'autre, où l'illusion et la déception se rencontrent et s'étançonnent réciproquement, fureur et tendresse, haine et passion. Rencontre et découverte contre adieu et ressentiment. Entre ces extrêmes, qui n'en seraient pas s'ils n'allaient pas par paire,

1. Bob Dylan, *Can't wait* : « Je croyais en quelque sorte que cette destinée m'aurait été épargnée / Mais je ne sais pas combien de temps je peux encore attendre. »

hostiles entre eux mais indivisibles, se trouve ce que Carlo veut dire dans son petit traité, si jamais il se décide à l'écrire.

Mais comment coucher par des mots, sans musique, ce que le poète nous dit, « *L'amour est la seule chose qui existe, qui fait tourner le monde* » (*I threw it all away*, 1969), et son exact contraire, inconstant et irrité : « *Ne m'embête pas avec ton amour, chacun pour soi, je ne t'ai rien demandé* » ? Dit mieux que ça, naturellement, et chanté à la perfection dans *Fourth time around* (1966) :

Je n'ai jamais demandé ta béquille
Maintenant ne demande pas la mienne.

Même si finalement, se dit Carlo assis devant l'écran de son Mac, sur lequel il n'y a pas une seule ligne écrite, le vers qui compte, qui le regarde, qui le touche vraiment, est toujours celui de l'adieu haineux et fâché de *Don't think twice, it's all right* où, en reprenant sa route, il crache son fiel, vénéneux et aigri :

Tu aurais pu faire mieux que ça mais ça ne m'intéresse pas
Tu as juste gaspillé mon temps précieux.

C'était le début des années soixante, et sa copine de l'époque ne revenait pas de son voyage en Italie, exactement comme María, qui a dit « Je reviens » mais ne revient pas. Un ressentiment que Carlo n'arrive pas à éprouver. Mais après, dans une autre version de ce morceau joué et rejoué un million de fois, précisément dans celle qui sort maintenant de la chaîne du salon, à un volume qui parvient à traverser le couloir et à arriver jusque-là, comme si c'était joué par un groupe dans le bar en bas de chez lui, voilà que cette rage déçue n'est plus que déception. Comme si le sentiment d'injustice venait à manquer, tombait comme une robe de chambre qui glisse sur le tapis, en laissant la solitude nue.

Presque trente ans plus tard, dans cette chanson, les blessures sont devenues une moelleuse mélancolie, affectueuse même. Certes, Dylan ne change pas les paroles de ce vieux succès qui est l'une des meilleures choses qu'il ait jamais faites, les mots sont les mêmes, mais le sens… le sens est entièrement différent. Je suis parti, je t'ai fait mal, mais aujourd'hui tout me semble si… raisonnable, si cohérent…

L'épingle entre le cœur et l'aisselle pique encore plus, à présent.

Carlo sait qu'un temps viendra où cette douleur sera supportable, mais là ça ne l'intéresse pas, il est déjà difficile de se consoler avec le passé, avec le futur n'en parlons pas. Et puis il n'a pas trente ans pour guérir ses blessures, putain. Il veut qu'on lui rende María, c'est tout ce qu'il sait.

Puis il ferme le Mac et va se changer, et peu de temps après Oscar est là, en train de fureter dans le frigo. Carlo met une nappe sur la table du salon, amène assiettes et verres, pendant qu'Oscar se consacre au breuvage.

« Gin ou vodka ?

— Vodka, dit Carlo. Si nous devons mourir, autant le faire vite. »

Sur la grande table se trouvent à présent une énorme assiette de *vitello tonnato*, des énormes cornichons qui, grâce à Katrina, brave soldatesse de l'Est, ne manquent jamais, nachos pour le guacamole, salade de thon et orange et une carafe de vodka-tonic où flottent des glaçons et un demi-citron.

Le téléviseur est allumé et Flora De Pisis, percutée par la lumière ultrablanche qui lui nivelle les rides, est en train de haranguer les foules effrayées. L'écran est si immense et plat, les couleurs sont si vives et vraies, qu'on dirait que là, ils sont trois, à table, Carlo, Oscar et Flora qui, en retenant presque ses larmes, est en train de dire :

« Nous voulons vivre nos vies, qu'elles soient belles ou laides, mais nous voulons les vivre, compris ? Pourquoi vous voulez nous tuer ? »

Elle s'adresse directement aux terroristes hypothétiques, ou à un milliard de musulmans, ou va savoir à qui – elle est probablement la seule à le savoir.

« Ils veulent la tuer ?, demande Oscar.

— J'espère que oui », dit Carlo.

Puis Flora montre le caillou qu'elle a dans sa main. Un caillou. Elle le jette loin, quelque part dans le studio, Carlo espère qu'ils ont répété avant, sinon elle pourrait frapper quelqu'un du public.

« Voilà ce que nous faisons de vos cailloux et de votre haine ! Nous les jetons loin ! Nous les refusons ! Nous voulons la vie ! »

Oscar rit de bon cœur. Carlo se demande comment il a pu se mettre dans une telle saloperie, l'inventer même, merde.

Puis c'est le moment des invités. Entre d'abord la veuve Crisanti, la première femme du second mort.

Elle doit avoir cinquante ans ou quelque chose comme ça, habillée comme une dame de son âge, sans excès, sans fioritures inutiles, mais ses bijoux disent tout ce qu'il y a à dire. Avec un collier comme ça, un fonctionnaire peut se faire virer pour absentéisme le cœur léger et en vivant très bien quand même, lui et sa famille, jusqu'à la troisième génération.

La dame chante les louanges de son mari, qui « s'était fait tout seul », même si tout le monde sait qu'il était l'héritier d'une usine au chiffre d'affaires remarquable et qu'il s'était retrouvé avec une fortune dans les mains. Puis elle dit combien cet homme était bon et gentil, qu'il avait élevé deux enfants avec tout l'amour du monde et qu'il les avait envoyés faire leurs études dans les écoles les plus prestigieuses... Bref, la première dame Crisanti dessine le saint portrait du défunt mari, tué par balle dans la rue comme un chien, mais cette hagiographie prend fin lorsqu'elle arrive au tournant. Parce que ce saint homme, après, avait rencontré, on ne sait pas comment, cette... cette...

« Sa femme actuelle », intervient Flora. Elle ne le fait pas pour arrêter la rage de l'autre, mais seulement parce que ce n'est pas encore le moment. Elle veut le crescendo rossinien, et comment, mais c'est trop tôt, là, il faut chauffer la salle avant. Flora le sait, Carlo le sait, mais l'aimable public pense qu'elle est humaine.

Bref, lui, cet homme affectueux, était parti avec quelqu'un qui « aurait pu être sa fille », en laissant sa femme et ses enfants dans l'indigence : le penthouse corso Sempione, un bel appartement pour chacun de ses rejetons, la villa à Portofino et de l'argent pour vivre six vies sans regarder ses comptes. Mais Flora prend son regard de dégoût, comme si madame Crisanti première du nom venait de sortir d'une mine.

« Mais peut-être qu'il était tombé amoureux, balance Flora, juste pour être démentie.

— Amoureux, et puis quoi encore !, éclate l'autre. C'était juste du sexe ! »

Oscar rit : « Waouh ! juste du sexe ! Ce détail négligeable !

— Va savoir, dit Carlo, peut-être que dans cette indigence ils avaient seulement un jeu de draps et que la dame ne voulait pas le salir. »

Comme si cela ne suffisait pas, après, Crisanti avait eu un enfant avec la nouvelle et l'avait même épousée, deux jours après que le divorce touche à sa fin, comme une maladie en phase terminale pour elle ; comme une libération, une sorte de 25 Avril[1], pour lui.

Maintenant la haine de la première femme est tranchante comme un éclat de cristal, et Flora sent qu'elle peut y aller.

« Nous comprenons tous votre douleur, madame… mais vous avez des soupçons ? Vous avez pensé à qui aurait voulu faire mal à votre… à votre ex-mari ?

— Je ne saurais pas dire… répond la veuve. J'entends tellement de fantaisies, le terrorisme, les mahométans… mais mon Cesare était aimé de tout le monde, gentil et correct au travail… vraiment, je ne m'explique pas… mais c'est sûr que…

— Que ? » la presse Flora De Pisis qui voit une brèche pour sa semonce, celle qui va lui offrir des gros plans si intenses qu'Eleonora Duse en devient une danseuse de troisième rang. « C'est sûr que lorsqu'on décide de trahir les valeurs dans lesquelles on a cru toute sa vie, quand on s'engage sur une fausse route… tout peut arriver… »

Bref, la dame n'a pas la moindre idée de qui a descendu son ex-mari, mais c'est sûr que s'il ne s'était pas laissé embobiner par cette jeune salope… en gros c'est ce qu'elle dit, non ?

1. Le 25 avril est la date choisie par convention pour fêter la Libération de 1945 en Italie. Elle correspond au jour de la libération des villes italiennes de Milan, Turin et Gênes du joug fasciste et de l'occupation nazie.

Oscar rit ouvertement : « Quel numéro, la p'tite dame… elle devrait se maquer avec le profileur israélien, je crois qu'ils s'entendraient bien. »

Carlo aussi rit, mais il arrête tout de suite, parce qu'il sait que maintenant la scène tourne au drame, et que ça ne plaisante pas.

En effet, la dame sort, la publicité démarre, et lorsqu'on revient dans le studio, sur le petit fauteuil blanc face à Flora, se trouve une jeune fille menue, aux traits gentils.

On ne peut pas dire si elle deviendra une belle femme, certainement pas encore à son âge, mais elle est pleine de promesses. Elle se tient bien assise dans une petite robe noire qui fait très veuve adolescente, avec les ouvertures aux bons endroits, pas assez courte pour qu'on appelle ça une minijupe, pas assez longue pour cacher ses cuisses toniques lorsqu'elle croise les jambes. Elle a une paire de boots bordeaux et, en dépit de ce que disent les filles des costumes, ça lui va très bien, les cheveux avec une mèche verte et un petit piercing au nez.

« Salut Greta, dit Flora De Pisis comme si elle parlait à un chaton avant de l'écraser avec un tracteur.

— Salut. » Elle a une voix chaude et un léger accent français, mais pas tout à fait un accent… un arrière-goût, voilà.

Flora se lance dans la présentation de la fille, que la malchance a déjà frappée lourdement, parce qu'elle a perdu sa maman, et maintenant la tragédie du père… Les études en Suisse, chez les grands-parents maternels, puis la terrible nouvelle, l'angoisse, la tristesse infinie d'être restée seule…

« Parce que maintenant tu es seule, n'est-ce pas, Greta ?

— J'ai mes grands-parents… oui… je suis seule », dit-elle, et sa voix est en train de se fêler. Cela provoque un mouvement d'agacement chez Flora De Pisis, comme si elle pensait: Pas déjà, putain! Ne te mets pas à pleurer maintenant!

Alors elle tourne lentement autour du pot:

« Qu'est-ce que tu étudies, Greta?

— Lycée artistique avec spécialité multimédia, je serai réalisatrice, j'ai déjà tourné un documentaire sur un groupe post-punk bruitiste allemand... les Die Stinkenden Lärm, j'avais une histoire avec le guitariste... je joue du piano, je peins... »

Certes, si la fille, si jeune, jouait au docteur avec un animal post-punk bruitiste, maintenant la route pour en faire une petite orpheline à la Heidi devient laborieuse, pense Carlo... Un point pour Alex, le jeune auteur.

« Parle-moi de ton papa, tu veux bien?

— Je veux bien, dit Greta, mais je ne le connaissais pas tant que ça... J'avais sept ans quand je suis allée vivre chez mes grands-parents, et il ne venait que deux fois par an, pendant quelques jours... »

Flora regarde dans la caméra avec des yeux qui disent: tu sais, tout compte fait, ces terroristes...

« Je l'aimais beaucoup, ça oui, continue la jeune fille, nous devions partir en voyage après mon bac, lui et moi, aux États-Unis, vous savez, les motels, les routes secondaires... J'y tenais beaucoup. » Maintenant elle est vraiment au bord des larmes, et elle a même l'air sincère. Mais Flora n'est pas satisfaite:

« Offre-nous un souvenir que tu as de lui, Greta... quelque chose que tu aimes, qui te fait sourire quand tu y penses...

— Il était doué pour les jeux de mots... enfin, il me disait un mot et nous jouions à le déformer, à le changer... c'est difficile à expliquer, mais bon, oui, ça me faisait rire... et puis papa avait un secret... »

Flora devient attentive comme un chirurgien cardiaque lorsqu'il joue au tennis.

« Un secret ?

— Oui, quelque chose qu'il avait fait dans sa jeunesse et dont il ne parlait avec personne... mais il disait toujours de bien réfléchir aux actions qu'on fait, parce qu'après, certaines deviennent un poids pour toujours...

— Et tu ne veux pas nous raconter ce secret ?, dit Flora. Peut-être que ça peut aider les messieurs qui mènent l'enquête... »

Carlo et Oscar dressent les oreilles, en attente, sans doute comme les sept, huit millions de téléspectateurs qui sont en train de regarder *Crazy Love*.

« Non, je ne le connais pas... c'est un secret !, dit l'autre, comme si c'était la chose la plus évidente du monde, et c'est le cas en effet.

— Et quelqu'un le connaît, ce secret ?

— Je ne crois pas... même maman ne savait pas, et je sais qu'ils s'aimaient beaucoup et qu'ils se disaient tout... enfin, presque tout... si elle ne savait pas, non ? Mais je ne sais pas quel genre de secret c'était, peut-être que c'était juste sa façon à lui de dire qu'il faut faire attention, bien se comporter... »

On voit qu'on leur apprend la logique, dans les écoles suisses, pense Carlo.

La divine Flora est vraiment embêtée. Cette histoire de secret ne mène nulle part et l'autre s'est même ressaisie, maintenant ça va être compliqué de la faire pleurer. Mais il ne faut jamais sous-estimer Flora De Pisis...

« Mais, Greta... tu as un frère... tu n'es pas seule... maintenant que papa n'est plus là, ton grand frère sera à tes côtés, non ?

— Non, heureusement… c'est tellement un connard… »

Là, Flora s'approche de la caméra, qui zoome sur son visage inondé de lumière blanche… Elle fait briller ses yeux, bat des cils à plusieurs reprises et prend l'expression de la compréhension extrême, plus encore, de la complicité, de la sororité :

« La douleur… la douleur nous fait dire des choses qu'on ne voudrait pas dire, bien sûr… la fragilité de cette fille, une jeune femme dans ses années de formation, qui a perdu son père, qui a perdu sa mère, que son frère n'aide pas… Qu'est-ce qui adviendra de cette jeune fille ?… Aujourd'hui nous pensons tous à son père sauvagement tué… mais elle ? Quel avenir l'attend ? Comment traversera-t-elle les grands prés de la vie ? »

Elle dit bien ça, Flora : les grands prés de la vie. *C'est dingue*, pense Carlo.

Alors l'autre, pendant un instant, arrête de penser à son connard de frère, aux boots bordeaux et à la petite robe Moschino et elle est saisie par une vraie peur : *Mais oui, et moi ?*

Flora voit l'entrebâillement de la porte et y glisse son pied comme un vendeur d'aspirateurs.

« Comment vois-tu ton avenir, Greta ?

— Je… je ne sais pas…

— Mais oui, tu auras tes amours, peut-être des enfants… Les belles choses arrivent toujours, Greta, même si toi, pour l'instant… »

C'est un coup bas, c'est évident. Mais c'est aussi la raison pour laquelle les gens regardent cette merde à la télé. Et puis Carlo parierait que cette fille-là, millionnaire de dix-huit ans, avec les cheveux verts et les bottes, élevée dans du coton helvétique, ne suscite pas tant de pitié que ça chez le petit peuple du mercredi soir…

« Tout le monde, tôt ou tard, a un coup de chance, un tournant dans la vie… dit Flora De Pisis qui est en train de préparer le coup de poing du K.-O. Certes, lorsque tes grands-parents ne seront plus là… ils sont âgés, n'est-ce pas ? » Elle a sorti son boulier : si le père avait soixante ans, sa femme avait la cinquantaine, donc eux, les vieux dans leur montagne, dans les vallées bleues, les prés, les fleurs, doivent s'approcher des quatre-vingts, et dans pas très longtemps c'est eux qui vont les nourrir, les prés et les fleurs.

La jeune Greta, à présent, se voit déjà orpheline de père, mère et grands-parents, avec un connard comme frère et un avocat qui va probablement l'arnaquer sa vie entière, et donc oui, elle éclate en un déluge irrépressible de pleurs, de vrais sanglots, elle halète, cherche son souffle et lâche tout autour d'elle de grosses larmes qui roulent sur sa petite robe… il n'y a rien de tel que prendre quelqu'un qui vient de subir un malheur et lui dire « Malheureux ! », pour qu'il aille mal.

La jeune fille en contrechamp qui pleurniche comme un veau, Flora tourne sur son fauteuil blanc et regarde droit dans la caméra avec un air contrit parsemé de triomphe :

« Voilà, c'était Greta… une jeune fille seule qui à présent va lutter comme un tigre pour sa vie… Merci Greta, nous sommes tous avec toi, nous sommes tes amis, nous sommes des millions, pense à tous les amis que tu as, tu n'es pas seule ! »

C'est le signal pour lui dire de s'en aller, et en effet la jeune fille se lève, Flora la serre dans ses bras comme si c'était la fille qu'elle avait toujours désirée, elle la garde contre elle pendant une seconde, puis elle dit :

« Publicité. »

16

Le sous-préfet Gregori a commandé un cappuccino au bar en bas de chez lui, du côté de Porta Romana ; il est huit heures du matin et il est là, planté devant une petite vitrine pleine de pâtisseries, hésitant. Son diabète, de concert avec madame Gregori et son médecin traitant, dirait sûrement « Levain nature » ; lui, s'il pouvait voter, il en choisirait une pleine de chantilly jusqu'au dégoût, mais finalement c'est le compromis qui l'emporte, il prend donc une brioche levain miel. À quoi bon s'épargner deux points de glycémie pour ensuite aller là-bas, à la préfecture, et se faire exploser le foie ? Et puis ces rendez-vous à l'extérieur lui filent la jaunisse, enfin, qu'est-ce que c'est que ce petit jeu ? Il parle et pense mieux derrière son bureau, c'est naturel.

À huit heures et cinq minutes Carella entre dans le bar. Il n'y a rien à faire, même s'il est habillé et rasé du jour, on a toujours l'impression qu'il est tombé d'un camion-poubelle, froissé et fatigué.

« Chef », dit-il en guise de bonjour.

Gregori prend son cappuccino et sa brioche et se déplace vers une table. Carella commande un café et le rejoint.

« Alors ? » C'est incroyable, mais c'est Carella qui pose la question.

« Nous sommes entre les mains de fous, dit Gregori.

— Vous voulez dire la presse ? Je n'ai jamais lu autant de conneries en aussi peu de temps.

— Si ce n'était que ça. Chez nous, c'est cette bande d'imbéciles des renseignements qui est aux commandes ; hier à l'aube ils sont allés faire un raid chez les musulmans du côté de Corsico, nous avons eu toute la journée dans les pattes une dizaine d'imams barbus qui ne savaient même pas de quoi on parlait, puis les femmes sont venues pour qu'on leur rende leurs maris… une scène incroyable, s'il n'y avait pas de quoi pleurer…

— Les pistolets ?

— Rien. Le Browning que nous avons trouvé, c'est de la ferraille et il paraît qu'il n'a tué personne avant notre affaire, c'est un de ces machins que tu trouves pour deux cents euros si tu sais où chercher, en priant toujours pour que ça ne t'explose pas dans la main. L'autre, ils disent que c'est fort possible que ce soit un Beretta, vieux lui aussi… mais nous ne l'avons pas trouvé, donc… Les balles étaient trop déformées, les douilles nous disent seulement que c'était une vieillerie.

— Les musulmans n'ont rien à voir là-dedans, dit Carella.

— Mais bien sûr, même un enfant comprendrait ça.

— Bref, on est toujours à zéro ?

— Ils fouillent dans les comptes de Crisanti. Gotti est propre comme une nonne, alors que lui… des comptes à l'étranger, paradis fiscaux, de l'argent qui ne s'explique pas.

— Au fait, il avait beaucoup de cash dans le bateau au mouillage à Stintino, j'ai demandé aux collègues de là-bas.

— Combien ?

— Vingt mille euros et autant en dollars, le bateau était plein d'affaires, comme prêt à partir…

— Bon, un classique de ces gens-là… Ils ont mis les scellés ?

— Oui.

— Bien, comme ça je jette un os à ces crétins qui courent derrière les musulmans », soupire Gregori. Il est en train de penser que cette réunion au bar n'a pas été si inutile que ça. Puis une chose lui traverse l'esprit : « Tu as regardé le programme de la débile, hier soir ?

— Non, quelle débile ?

— Mais si, l'autre, là… De Pisis…

— Et ?

— Et… il y avait la jeune, la fille de Gotti, celle que tu as eue au téléphone… À un moment, elle a dit que son père avait un secret… alors nous sommes allés la chercher, là-bas, dès la fin du direct, et nous l'avons amenée à la préfecture. Les Romains disent que nous l'avons entendue de façon trop molle, alors qu'eux… enfin, ils l'ont un peu pressée. Putain, sacré personnage !

— Comment ça, de façon trop molle ? Une enfant qui se trouvait en Suisse, c'est sûr que c'est pas elle qui a exécuté son père… Elle m'avait juste l'air d'une fille apeurée.

— Hum, maintenant elle doit être encore plus apeurée, parce que les autres l'ont mise sur la sellette, jusqu'à ce que son avocat suisse ne débarque pour faire un tollé… En tout cas, rien, le fameux secret du défunt Gotti n'était peut-être qu'une façon de parler, elle ne savait rien, nous avons posé la question à son frère aussi, par téléphone depuis Londres, mais il est tombé des nues, il a dit que sa sœur était un peu bête et qu'il avait essayé de l'empêcher de passer à la télé…

— Ce n'est pas l'émission de Monterossi, ça ? »

Gregori lève les yeux au ciel. Ils l'ont déjà croisé, Carlo Monterossi, et ils savent aussi qu'il est doué comme personne d'autre pour se fourrer dans des ennuis pas possibles. Le fait qu'à deux ou trois occasions, il avait eu une bonne intuition ne veut pas dire qu'ils veulent de lui dans leurs pattes.

« Il ne manquerait plus que ce con, dit Gregori.

— Je ne m'inquiéterais pas… Ça fait un petit moment que l'émission s'occupe de faits divers, chef, c'est normal qu'avec deux morts comme ça à Milan ils montent leur petit cirque…

— Mais oui… comme tu vois, nous n'avons rien… Vous ?

— Nous avons quelques petites idées, mais que des trucs flous, des intuitions de Ghezzi pour la plupart, des trucs qui tiennent debout, mais seulement des hypothèses.

— Je t'écoute, il vaut mieux une hypothèse farfelue que les conneries de ce crétin israélien… d'ailleurs j'ai découvert que le ministère lui a fait un contrat de consultant avec lequel moi je ferais marcher la préfecture pendant un an… bon, laisse tomber… »

Maintenant Carella ne sait pas jusqu'où s'avancer. Si leur idée convainc Gregori, il se peut qu'il la revende tout de suite pour se dépêtrer des envahisseurs du ministère… Si, au contraire, il pense que c'est une connerie, ils feront piètre figure devant le chef, qui pourrait les envoyer en vacances pour de vrai.

Finalement il décide de jouer franc jeu.

« Il paraît que tous les deux, Gotti et Crisanti, jeunes, ont été des mauvais garçons… politique, autonomie ouvrière, révolution, ces choses-là, mais pas dans des groupuscules, des francs-tireurs, comme on disait à l'époque.

— Tu as quarante ans, Carella, qu'est-ce que tu en sais de cette époque-là ?

— Les Beatles aussi se sont séparés en 1969, chef, ce n'est pas pour ça qu'on arrête d'écouter *Let it be*, hein ! »

Gregori encaisse, il réfléchit.

« Et donc ?

— Ghezzi a pensé que comme il doit y avoir un point de contact entre les deux, c'est là qu'il faut le chercher, parce qu'après ces années-là, 80, 81, ils ont tous les deux changé, le jour et la nuit.

— Et tu en penses quoi ?

— Que Ghezzi a raison, du moins… nous n'avons pas trouvé d'autres liens.

— Et de ce côté-là, quels liens on a ?

— Aucun… je veux dire pas de preuves, ou de gens qui disent les avoir vus ensemble… Mais bon, le milieu était le même, puis l'un est parti faire ses études à la Bocconi et l'autre a filé en Amérique comme une fusée, et après ça, séparés par cent mille lieues, donc…

— J'ai l'impression que c'est léger, dit Gregori qui a fini son cappuccino.

— Toujours mieux que de regarder vers La Mecque, répond Carella, un peu piqué.

— Oui, c'est vrai… Mais vous devez m'amener quelque chose de plus solide… S'ils découvrent que j'envoie en congé quatre hommes pendant ce bordel, et qu'au lieu d'aller à la mer ils mènent une enquête parallèle, ils me coupent les couilles et les mettent dans la pâtée des chiens renifleurs.

— Chef, on fait ce qu'on peut, je vous assure que…

— Je sais, Carella, je sais, ne te vexe pas… seulement, fais attention à Ghezzi.

— Ghezzi est un chic type, chef, comment ça, fais attention ?

— Il est doué, il est doué, je sais… Mais il n'en fait qu'à sa tête, il aime rentrer dans les affaires, ne pas les regarder de l'extérieur… voilà, fais juste attention.

— Nous avons un accord.

— Quel accord ?

— Il fait ce que lui chante sa bite, mais il me prévient d'abord.

— Et ça te semble un bon accord, Carella ?

— Moi, oui, chef… là où on en est, il vaut mieux avoir quelqu'un qui pense plutôt qu'un con qui suit les ordres… parce que là, aussi, j'ai pas beaucoup d'ordres à donner, hein !

— D'accord, mais fais quand même attention… Où est-ce que vous travaillez ?

— Chez Ghezzi, nourris et choyés par madame Rosa.

— C'est une brave femme, je l'ai rencontrée à l'hôpital quand on avait frappé son mari habillé en moine, quelle histoire ! Bon, passe-lui le bonjour. »

Après, Gregori se lève et s'en va en faisant juste un signe de la tête. De toute façon, Carella sait où le trouver.

Le sous-brigadier Ghezzi fait les cent pas dans la salle d'opérations, autrefois son salon. Il y a quelque chose qui ne colle pas. Et puis Carella avait dit neuf heures, il est dix heures et quart et on ne l'a toujours pas vu… Il ne peut pas l'emmerder pour le retard, parce que c'est le chef, mais bon… Le fait est qu'il raisonne mieux s'il y a quelqu'un qui l'écoute, comme il le fait avec Sannucci, comme Carella le fait avec Selvi, mais…

Puis l'interphone sonne et deux minutes après Carella est là, une tasse de café à la main et madame Rosa qui va et vient en cherchant à donner un semblant d'ordre à tout ce bazar de flics.

« Il y a quelque chose qui ne colle pas, dit Ghezzi dès que l'autre s'est assis.

— J'écoute, dit Carella.

— Si l'origine de toute cette histoire remonte à 1981... Trente-six ans, ça ne fait pas beaucoup trop ? Je veux dire, c'est très bien la vengeance, c'est très bien de régler les comptes en suspens, mais trente-six ans... Et puis peut-être que si ceux qui les ont éliminés en sont arrivés là, à leur tirer dans la tête, peut-être qu'avant ils ont cherché d'autres moyens d'être dédommagés...

— Tu penses à du chantage ? Mais tu fais quoi, Ghezzi, tu fais chanter deux personnes... puissantes à leur façon, enfin Crisanti carrément puissant... pour une histoire qui date de trente-six ans ? Un peu absurde, non ?

— Oui, absurde... ça dépend avec quoi tu les fais chanter... En tout cas, ce serait intéressant de savoir si les perquisitions ont montré des choses de ce genre, des demandes d'argent, des menaces... lettres, mails...

— Tout est dans les mains des autres... mais tu as raison, on ne sait jamais, je vais demander à Gregori... d'ailleurs... » Carella s'adresse à madame Rosa qui va et vient au pas de charge et qui, là, tient un coussin dans ses mains : « Le chef vous passe le bonjour, madame.

— Ah, ce bel homme... passez-lui le mien, Carella, je compte sur vous. »

Ghezzi lève les yeux au ciel. *Ce bel homme. N'importe quoi.*

À midi pile, non, trois minutes avant, arrivent Sannucci et Selvi. Ils s'assoient et se retrouvent tout de suite avec une petite tasse à la main.

Puis ils commencent à faire leur rapport, et c'est Selvi qui parle.

« Au bureau des immatriculations, c'était rapide, parce que je connais quelqu'un… ah, soit dit en passant, les autres, l'équipe envoyée par le ministre, ne se sont pas montrés, ils n'ont même pas pensé à étudier les plaques. »

Puis ils mettent des feuilles sur la table.

« Impossible d'être plus précis que ça, dit Sannucci, nous avons aussi récupéré les plaques incomplètes, sauf deux… à côté de chaque plaque il y a le nom et l'adresse du propriétaire. »

Carella et Ghezzi se lancent un coup d'œil puis Carella prend le PC portable qu'il avait laissé là-bas et ouvre Google Maps ; Ghezzi attrape les feuilles apportées par ces deux-là et commence le chapelet.

Ils barrent d'abord tous ceux qui habitent dans le coin. Là-bas, via Sofocle où on a tué Crisanti, ce sont toutes des grosses voitures et citadines ultraluxe – les femmes ou les enfants des riches. Via Mauri, il y a plus de variété.

Ils isolent les choses les plus faciles : fourgonnettes et voitures de service ; il y en a vingt-six, ils en font une liste à part, et la donnent à Selvi et Sannucci qui se la partagent et se collent au téléphone. Il suffit de demander si, tel jour, l'entreprise avait des gens dans le coin pour réparer des vitres, pour installer des lave-linge, enfin, la ville qui travaille.

Ghezzi et Carella poursuivent avec le recensement pour voir s'il y a quelque chose qui cloche. Ils comptent aussi sur le fait que les rues, via Mauri et via Sofocle, ne sont pas des rues très passantes, elles ne comptent presque pas de magasins, pas un seul via Sofocle.

Les feuilles finissent toutes gribouillées, certains noms sont rayés d'un trait, d'autres ont été soulignés, d'autres encore sont entourés d'un petit cercle.

Sannucci s'approche de la table et dit :

« Côté entreprises, tout est bon, chef, des gens qui faisaient des travaux par là, sauf un… on cherche à parler avec le gars qui conduisait. »

Carella hoche la tête et donne un petit coup de coude à Ghezzi en lui indiquant deux feuilles :

« Regarde-moi ça. »

Ghezzi regarde, et après avoir regardé, il sent quelque chose. Il ne saurait pas dire quoi, même si ça lui arrive depuis des années, mais c'est comme une petite décharge, un signal. Il hoche la tête.

Via Mauri, à 19 heures 17 la veille de l'homicide Gotti – ils ont obtenu l'heure précise de la caméra du magasin de vêtements pour enfants riches – une Golf foncée est passée, elle est au nom d'Antonia Caronia, née à Syracuse le 10 juin 1947. Pour ce qui est de via Sofocle, le soir même du meurtre de Crisanti, une heure et demie avant l'événement pour être précis, à 18 heures 02, on note le passage d'une moto Honda au nom de Filippo Bentivoglio, né à Milan le 9 novembre 1988. Les deux, madame Antonia et le jeune Filippo, résident à Milan, au 7, via Giacinto Gigante.

Ghezzi et Carella se regardent. Peut-être qu'ils ont des avis différents sur le hasard et les coïncidences, les farces du destin et l'alignement des planètes, mais…

Madame Rosa, qui est assise à table avec eux, saisit tout de suite et se met à chercher dans les CD, qu'elle a rangés et mis dans les boîtes avec les noms des victimes, Carella tape sur Google Maps via Gigante, Milano, et déplace légèrement l'ordinateur pour que Ghezzi aussi puisse voir. Ce sont les tours HLM autour de piazza Selinunte, zone difficile, une concentration de logements à faire pâlir Hong Kong.

Carella, qui dans une vie précédente, avant de se décider à devenir flic, avait passé quelques examens d'architecture, se souvient de quelque chose, vaguement. Sorti de terre entre 1935 et 1947, lui semble-t-il, ce quartier-là n'avait été arrêté ni par la guerre ni par les bombardements. Une sorte de ville qui s'appelait D'Annunzio au début, mais sans emphases mystiques et sans futurisme : déjà à l'époque, des boîtes pour Italiens pauvres. Un quadrilatère, un losange, si on le regarde sur la carte, des logements, des logements et des logements autour de la place. Seule modification, le chauffage urbain pour tous ces appartements, qui avait produit une énorme cheminée au milieu de piazza Selinunte. Le fait qu'un square ait comme monument central, très haut et menaçant, une espèce de monstrueuse cheminée, lui avait toujours paru une absurdité. Et maintenant la voilà, sur la carte, et via Gigante est une de ces rues qui longent les énormes parallélépipèdes en ciment, certains crépis, d'autres pas.

« Qu'est-ce que peuvent bien foutre deux habitants de la casbah de San Siro via Mauri et via Sofocle ?, demande-t-il à présent.

— Ils y foutent ce qu'ils veulent, dit Ghezzi. C'est sûr que ça paraît bizarre… »

C'est un fil tout fin, oui. Mais maintenant qu'ils ont découvert ça, en regardant à nouveau ces feuilles, une rue comme celle-là, et qui n'a rien à voir avec les zones des meurtres, ça saute aux yeux, on dirait une anomalie, voilà. Après quoi, vu que les anomalies existent, comme les tigres blancs et les chats sans poils, ils se promettent tous les deux de ne pas trop y croire.

« Sannucci, hurle Ghezzi même si l'autre ne se trouve qu'à un mètre et demi.

— Pas besoin de crier, brig, je suis là !

— Vérifie-moi ces deux noms, vite !

— Tout de suite, brig… Au fait, l'entreprise qui manquait, c'est un plombier, un jeune, il devait aller via Ravizza mais il a fait un détour, il est passé par via Polibio, faire un coucou à sa copine… Il a demandé de ne pas le dire à son chef…

— Voilà pourquoi il n'arrive jamais, le plombier, dit Ghezzi, c'est qu'il va tirer son coup entre deux clients.

— Tarcisio ! » et ça c'est madame Rosa qui sourit toutefois, parce qu'elle se rappelle lorsque le coup, c'était lui qui venait le tirer, à la maison, il y a quelques siècles de cela.

Sannucci est collé au téléphone et parle avec le gardien de la paix Olga Senesi, puis il raccroche et dit :

« Faut attendre, brig.

— S'il faut attendre », soupire Ghezzi.

Carella aussi est en train de parler dans le portable, la ligne directe de Gregori.

« Chef, qu'est-ce que vous dites de via Gigante ?

— Du nouveau, Carella ?

— Qu'est-ce que vous dites de via Gigante ?

— Quelle merde tu veux que je te dise, Carella, tu n'as pas un ordi ? Je crois que c'est vers le stade.

— Oui, chef, ça je sais… je veux dire, il y a ces HLM, ces tours… des dizaines et des dizaines… vous savez si quelqu'un au commissariat de secteur connaît la situation ?

— Je te rappelle, Carella.

— Dès que vous pouvez, chef.

— Non, je pensais aller au ciné d'abord », et il raccroche.

Il est seize heures quinze, madame Rosa disparaît dans la cuisine, elle revient avec une grande soupière pleine de salade de fruits, des verres et des petites cuillères.

« Le goûter », dit-elle, pile au moment où Sannucci coupe la communication avec l'agente Senesi qui a fait la vérification pour lui.

Tout le monde se sert, Selvi regarde la carte sur l'ordinateur, Sannucci fait son petit rapport :

« Nous ne savons rien de madame Caronia. Seulement qu'elle habite là, retraitée ; la voiture est à elle mais on n'a trouvé ni vignette ni assurance. L'autre, Bentivoglio, on le connaît un peu, il a fait deux ou trois gardes à vue pour bagarres, des histoires d'occupations, expulsions, toujours là-bas dans les HLM, parfois ça part en couilles, ça arrive, peut-être bien qu'on l'a matraqué, une fois on a essayé de lui coller un délit de rébellion, mais ça n'a pas marché, classé sans suite avec un coup de pied dans le cul… excusez-moi, madame. »

Madame Rosa ne se limite pas à l'excuser, elle lui tend un verre rempli de petits cubes de fruits colorés.

Puis le téléphone de Carella sonne.

« Carella ! »

C'est le sous-préfet Gregori qui hurle. Et même si l'autre a le téléphone collé à l'oreille, tout le monde entend. Sannucci rit, Selvi est toujours penché sur l'écran du PC et étudie la carte.

« Je suis là, chef.

— Au commissariat de San Siro, il y a un ancien de chez nous. Perini, il s'appelle, sous-brigadier Carlo Perini… Ils disent qu'il sait tout sur cet endroit… zone difficile, si vous avez besoin de quelque chose, parlez avec lui… Du nouveau ?

— Non.

— Carella, ne me cherche pas !

— À plus, chef, j'y vais.

— Carella ! »

Mais cette fois-ci c'est lui qui raccroche, et il dit :
« Ghezzi, on y va ! »

Aller du fond de via Farini, où habite la famille Ghezzi, jusque via Novara, où se trouve le commissariat de San Siro, en milieu d'après-midi, ça peut prendre quarante minutes, trente-cinq si tu conduis vite, trente si tu es un voyou qui imite Fangio et vingt si tu es Carella, que tu as mis les gyrophares sur ton Alfa gris taupe et que tu ne lésines pas sur la sirène. Ghezzi se tient à la poignée de la portière en espérant qu'elle ne lui reste pas dans la main ; entre-temps il a appelé son pair Perini, lui a annoncé sa visite et lui a demandé s'il y a un bar dans le coin, parce qu'ils voudraient lui parler.

Peu après, ils sont donc assis à une table en terrasse, sur le trottoir à l'extérieur d'un local où ils sont les seuls Blancs, mis à part le patron chinois qui tire vers le jaune et les sert avec tous les honneurs, parce que Perini est en uniforme.

Ils jouent un peu avec les politesses, la météo, les services, le tout rapidement et seulement parce que ça se fait et qu'on doit le faire.

Puis c'est Carella qui commence :

« On nous dit que tu sais tout de via Gigante.

— Tout ? Si seulement ! Mais oui, je connais un peu… ce n'est pas seulement via Gigante, enfin, ça c'est l'entrée… mais il y a plus de six mille appartements autour de la place, je parle de celle avec la cheminée…

— Voilà, là-bas.

— Et qu'est-ce que vous voulez savoir ?

— Je ne sais pas, ambiance, trafics, si c'est un endroit où nous pouvons aller et poser des questions ou si on va nous lancer des briques par les fenêtres… nous voudrions que ça reste discret.

— C'est juste une idée, dit Ghezzi, on veut pas foutre le bordel.

— Ce n'est pas un endroit facile, si vous voulez je vous accompagne.

— Non, non, dit Carella, pour le moment on veut juste se faire une idée…

— Et comment ça se fait que vous voulez vous faire une idée de cet endroit ?

— Ça, on ne peut pas te le dire, Perini », dit Ghezzi qui perd patience. Enfin, c'est bien qu'il connaisse le coin, mais ce n'est pas non plus sa propriété, hein !

L'autre sourit. C'est un ancien du métier et il pige vite ce genre de choses.

« Je ne dis pas ça pour me mêler de vos oignons. C'est que là-bas, il y a des… équilibres, voilà, et nous on n'aime pas voir débarquer un éléphant dans le magasin de porcelaine… Je vais vous expliquer, comme ça vous comprendrez pourquoi je vous ai demandé ça. »

Puis une pensée soudaine le traverse :

« Mais c'est pour l'histoire des cailloux ?

— Mais non, dit Carella, comment tu peux penser ça ?

— Je ne sais pas, moi ; si vous, les gars du centre, vous venez jusqu'ici dans le Bronx, d'habitude c'est qu'il y a du gros en jeu, et aujourd'hui il n'y a que ça de gros.

— Sache que le Bronx maintenant c'est un endroit cool, hein ! » dit Ghezzi, qui a vu ça à la télé… Il y a de ces maisons !

« Pas celui-ci, je vous assure », dit l'autre, qui est en train de rire.

Puis le sous-brigadier Perini commence toute l'histoire. Les HLM autour de piazza Selinunte étaient une sorte de bastion ouvrier, à une époque, c'était au parti communiste, logements pour travailleurs, foyers familiaux, prolétariat d'après-guerre qui visait l'entrée dans la petite bourgeoisie, et n'y arrivait presque jamais.

Le policier ne le dit pas exactement comme ça, mais Carella et Ghezzi savent traduire.

Il y a plus de six mille appartements, des petites ou moyennes surfaces, fourrés dans un tas de parallélépipèdes – rien de recherché, mais bon, un toit au-dessus de la tête –, édifiés bien avant les Trente Glorieuses.

Aujourd'hui, à l'intérieur, il y a les vieux habitants, presque toujours seuls, plus rarement en couple.

« Et quand je dis vieux, je veux dire vraiment vieux, dit Perini, retraités au RSA, des gens qui vivent avec cinq cents euros par mois, et qui dépensent presque tout en médicaments. »

Puis il y a l'immigration. Celle du sud du pays est tout à fait absorbée, c'est de l'histoire ancienne.

« Oui, il y a encore quelques familles qui font clan, mais je les considère comme des Milanais… et là aussi, il n'y a que les vieux qui sont restés… Puis il y a les étrangers, presque tous du nord de l'Afrique, comme partout ; d'abord sont arrivés les Marocains et les Tunisiens, puis des gens d'un peu plus au sud, mais je tiens à préciser que ce ne sont pas eux qui posent problème… Au contraire, réfléchit un instant le sous-brigadier Perini, ceux qui habitent là ne sont presque jamais un problème, ce sont des gens qui font leur vie et s'en sortent comme ils peuvent… J'ai vu des familles avec deux ou trois enfants dans quarante mètres carrés, très dignes, les pères travaillent, les jeunes vont à l'école, du moins les années obligatoires… ce n'est pas un délit d'être pauvre.

— Qui commande ? » Carella y va franchement. Ce n'est pas à lui qu'il faut donner des leçons sur les pauvres, et à Ghezzi non plus, d'ailleurs.

« Pour l'instant la situation ressemble à ça. Il y a un vieux de l'endroit, il s'appelle Mafouz Djebraïl, libanais, mais il est là depuis cinquante ans, il avait une épicerie, mais il a dû fermer. Il a une bande de jeunes, ils vendent du haschich et de la marijuana, plutôt du haschisch, parce que je crois qu'il a encore des connexions avec le Liban ou le Maroc. Ils dealent aussi sûrement autre chose, mais sans faire trop de bruit, pas trop d'argent non plus d'après moi, parce que ce Mafouz n'est pas quelqu'un de friqué… Mais il tient à ce que tout file droit… il faut croire que deux ou trois fois, ce sont les siens qui nous ont appelés…

— La raison ?, demande Carella.

— Une fois parce qu'un gars tapait sa femme comme un tambour… Ce sont des choses qu'on sait, mais si on les sait trop il vaut mieux arriver avant que les gifles deviennent des coups de couteau… Une autre fois pour un porc qui embêtait les enfants. Cette fois-ci c'est Mafouz en personne qui a appelé et qui a dit : soit vous venez le prendre, soit demain matin on le pend à un lampadaire. Nous sommes allés le chercher et ça s'est arrêté là.

— Et sur le trafic ?

— Qu'est-ce que tu veux que je te dise, Carella ? Du trafic, il y en aurait de toute façon… il vaut mieux que ce soit dans les mains d'un gars qui ne fait pas trop de conneries que dans celles de gangs qui se font la guerre pour un mètre de trottoir…

— Putain, Perini, on dirait le paradis… dit Ghezzi.

— Non, non, tu parles d'un paradis… les coups de couteau volent comme partout… vous m'avez demandé qui commande…

— Tu as raison, pardon, continue, dit Carella.

— Ensuite il y a les Calabrais. On les appelle comme ça mais ils ne sont pas tous calabrais, enfin, les chefs oui, Santo et Salvatore. Parfois ils vident quelques magasins, bien évidemment si on est au courant on fonce… On en a chopé un pour des télés il y a quelques mois, mais on n'a pas trouvé la marchandise, c'est rare que ce qui entre là-bas refasse surface… puis, voilà, disons que soit on y va en force et on fait une… rafle… C'est moche, n'est-ce pas ? Soit il vaut mieux laisser tomber… en tout cas ça fait des années qu'il n'y a pas eu de mort ni de révolte, et c'est déjà pas mal, comme bilan, pour un endroit comme celui-là.

— Les appartements ?

— Toujours les Calabrais. Ils défoncent et installent des gens, entre trois et cinq mille euros, et après c'est difficile de les virer, donc ceux qui entrent savent très bien qu'ils peuvent être tranquilles trois ou quatre ans, minimum, et puis s'ils ont des enfants c'est encore plus compliqué… De temps en temps il y a du grabuge parce qu'il arrive qu'ils occupent des appartements déjà occupés, mais en général ils règlent ça entre eux…

— Mais… les listes d'attente ? l'Aler[1] ? » Ça, c'est Ghezzi.

« La situation officielle est la suivante : beaucoup de logements sont vides parce qu'ils doivent être rénovés et pour les rénover il n'y a pas d'argent, donc on les ferme… mais plutôt que dormir à la gare ou dans une voiture, mieux vaut un taudis, non ? et voilà, c'est fait… Oui, on en fait, des travaux, mais il y

1. Voir note p. 60.

a plus de quarante tours : une fois qu'on en finit une, le temps d'arriver à la dernière, il faut refaire la première… c'est comme vider la mer à la petite cuillère. Certains de ces bâtiments ont quasiment un siècle, ils datent de 1935, et ce n'est pas Renzo Piano qui les avait faits, hein !

— Et la situation non officielle ?

— Tu veux vraiment savoir, Carella ? C'est mon opinion, mais il faut savoir que ça fait trente ans que je traîne là-bas, j'y ai même habité…

— Allez Perini, on est collègues, hein, pas des petites sœurs de l'Assomption.

— Moi je dis qu'on laisse courir pour ne pas empirer la situation. Le vrai défaut qu'ont ceux qui habitent là-bas, c'est qu'ils sont pauvres… un gars avec sa femme enceinte et deux enfants, tu fais quoi, tu le fous dehors ? Et après ? Quand il nous est arrivé de faire ça, parce qu'on ne pouvait pas l'éviter, on s'est tapé les lacrymos et les lanceurs de cailloux, et si c'est une question de logement, il sera de quel côté, tu crois, le gars avec la femme enceinte et les deux chiards, pas vraiment du nôtre, tu sais ?

— Politique ?

— À une époque, il y avait le comité des locataires, je parle d'il y a vingt, trente ans… Maintenant il y a toujours des petites associations, des gens bien… puis il y a ce qu'on appelle le collectif pour le droit au logement, ils doivent être trente ou quarante, presque tous des jeunes qui ont squatté ou qui étaient déjà là… Ce sont les seuls, après avoir squatté, qui le disent, ils font des pancartes, disent qu'eux, ils rénovent et pas l'Aler, et ils ont raison, d'une certaine façon… Certes, ils raccordent de façon pas tout à fait légale, mais nous on n'est pas des électriciens, n'est-ce pas ?

— Islam ?

— Vous voyez que c'est l'affaire des cailloux ! » dit à présent le sous-brigadier, qui fait un signe au barman pour avoir un autre spritz. Carella fait trois avec les doigts et le Chinois hoche la tête et disparaît à l'intérieur du bar.

« Mais quoi, les cailloux ? Seul un imbécile peut croire que les musulmans ont quelque chose à voir avec les morts des cailloux !, explose Carella.

— Alors il y en a beaucoup dans les journaux, rit l'autre, narquois.

— Belle découverte », dit Ghezzi. Qui a sur le visage une grimace qui laisse entendre : allez, on ne va pas y passer la nuit.

« Islam, autant que vous voulez, des barbes et des femmes voilées, oui, même entièrement recouvertes. Mais jamais de grosses embrouilles. L'imam sur place, c'est quelqu'un de bien, un ami du curé de la paroisse, bref, si vous cherchez les types de l'État islamique, d'après moi, il n'y en a pas là-bas… hé, on parle de vingt mille personnes, donc il y a toujours quelques têtes de bite, mais pas de ce genre-là, Dieu merci, pour l'instant. Plutôt…

— Plutôt ?

— … On m'a dit que depuis peu, quelques semaines, il y a un nouveau groupe, des Africains, qui font des affaires… mais quelles affaires, on n'a pas encore compris, et personnellement, je fais confiance à Mafouz ; si c'est quelque chose qui peut casser l'équilibre, il s'en occupera tout seul, ou, si c'est une trop grosse affaire pour lui, il nous préviendra ou nous fera prévenir…

— Une dame qui s'appelle Antonia Caronia, tu connais ?

— Jamais entendu, elle est là-bas ?

— C'est ce que dit le bureau des immatriculations, elle a une Golf, pas de vignette, pas d'assurance, vieille comme Moïse.

— Je peux me renseigner.

— Oui, voilà, rends-nous ce service, Perini, renseigne-toi. Sans alerter personne, hein, juste une visite de courtoisie… un truc du genre, chère madame, vous savez que votre voiture garée en bas n'a pas d'assurance ? Quelque chose comme ça.

— Là, je deviens curieux, hein !

— Oui, on sait, intervient Ghezzi, mais ne le deviens pas trop et on te promet que le moment venu on te racontera tout.

— Je vous le répète, il vaut mieux ne pas faire de grabuge, là-bas… c'est une poudrière. »

Ghezzi ouvre les bras.

Carella trace son chemin comme un train : même si c'est un guide indien très honorable, ce Perini, ce n'est pas lui qui mène l'enquête, on n'est tout de même pas une assemblée, là.

« Un gars qui s'appelle Filippo Bentivoglio, tu connais ?

— Celui-là oui. Il fait partie des gens du collectif, là… les révolutionnaires. Pas parmi les pires, il doit avoir dans les trente ans…

— Vingt-neuf », dit Ghezzi. Il veut lui faire comprendre qu'ils ne sont pas tout à fait nés de la dernière pluie. Carella hoche la tête.

« Ah, je vois que vous le connaissez aussi… il a fait quelque chose ? Quelque chose que je dois savoir ?

— Non, à ce qu'on sait, il n'a rien fait.

— Sûrement pas dernièrement, parce qu'il a le bras emplâtré de la clavicule au poignet, tombé de moto, dit-il, va savoir.

— Depuis quand ?

— Bah, ça doit faire deux ou trois semaines. »

Ghezzi et Carella se regardent. Ce n'est certainement pas lui qui conduisait la Honda, via Sofocle.

Puis ils se lèvent, se serrent la main. Carella entre dans le bar pour payer les consommations et Ghezzi en profite :

« Si je veux un appartement là-bas, un de ces trucs miteux à squatter, à qui je m'adresse ? »

Maintenant son collègue en uniforme le regarde en penchant un peu la tête.

« C'est une opération autorisée ?

— Mais quelle opération ! Tu me dis ou pas ?

— Tu demandes à voir Salvatore, le Calabrais. On l'appelle Petit Bronze, tu sais, les bronzes de Riace... »

Ghezzi sourit, les flics de rue lui plaisent toujours. Il le remercie et rejoint Carella dans la voiture, qui démarre doucement, sans sirène cette fois-ci.

« On va faire un tour au paradis des pauvres ? » demande Carella. Ce n'est pas une vraie question.

« Non, pas tout de suite, dit Ghezzi.

— Tu as quelque chose en tête, selon notre accord tu dois tout me dire.

— Et je te le dis, justement. Je veux entrer là-bas, mais pas en flic.

— Et comment tu y entres, Ghezzi ?

— Je n'ai pas assez la tronche du pauvre, Carella ? Bordel de merde, le logement est un droit, non ? Un pauvre homme de mon âge peut tout de même en avoir marre de dormir dans une voiture ou sous les ponts, tu ne crois pas ? Occupation ! »

Carella fait partir un rire qui ne s'arrête plus, il en a presque les larmes aux yeux... Il s'interrompt et recommence, bref, un *fou rire**...

« Tout le monde le dit, Ghezzi, que tu es dingo, enfin je vois ça en vrai.

— Tu ris, tu ris, mais demain tu m'accompagnes chez ce Calabrais qui fait l'agence immobilière des pauvres diables.

— D'accord… Si Gregori apprend ça…

— Ce n'est pas le prévôt, Gregori, on n'a pas à tout lui dire.

— C'est vrai aussi », dit Carella. Qui après a comme une idée soudaine, et freine, résolu, devant une station de métro. « Alors, vu que tu es un pauvre diable, tu rentres chez toi en tramway… allez, descends, je dois aller quelque part.

— Où ça ?

— De quoi je me mêle, Ghezzi, moi aussi j'ai une vie privée, non ?

— Ben, ça me fait plaisir, à vrai dire j'aurais dit que non », dit-il en sortant de la voiture.

Carella redémarre et pense : *En effet, non, je n'en ai pas, putain.*

Mais il est toujours en train de rire.

17

« Tu ne serais pas en train d'en faire trop ? »

Carlo a mis un pantalon élégant, une chemise foncée et une veste foncée elle aussi. À la place du verre, qui lui paraissait un système artisanal, il a glissé dans la poche intérieure de la veste un étui à lunettes pour simuler l'artillerie, et ainsi, avec cet effet je-te-vois-je-ne-te-vois-pas, un type à la conscience sale et au cul morveux peut penser que c'est le renflement d'un vrai pistolet.

« C'est que je vise l'Oscar, Oscar, et je sens que c'est ma grande occasion. »

Puis il éteint le moteur et s'apprête à sortir, mais l'autre l'arrête :

« Tu me laisses parler.

— Comme d'habitude, chef.

— Et ne fais pas le con. »

Le bar n'est pas vraiment un bar, ça a plutôt l'air d'un club privé, mais quand ils entrent, personne ne demande de carte ou de choses de ce genre. Seulement, celui qui semble être un gérant, debout à côté de la porte, les dévisage pour savoir si ce sont des gars qui ont de quoi dépenser, et il décide que oui.

« On cherche un copain, dit Oscar.

— Ici on cherche surtout des copines.

— Ça, c'est pour après, dit Carlo, il y a un coin tranquille ?

— Les paravents sont presque tous libres, il est tôt. »

Oscar se dirige vers une table de laquelle on voit la porte et ils s'assoient. Paravent, ça veut dire qu'il y a un petit panneau en bois et en crêpe qu'ils peuvent déplacer à leur guise pour cacher ce qu'ils font, mais pour l'instant ils laissent ouvert, de façon à observer l'animation, qui entre et qui sort. Il est une heure moins dix et ils savent qu'on n'arrive pas en avance à un rendez-vous comme celui-là, donc ils se mettent à l'aise et commandent à boire.

« Deux Oban 14, dit Carlo à une demoiselle habillée d'un simple T-shirt moulant et d'une large ceinture, ou peut-être que c'est une minijupe courte, qui sait ? – avec de l'eau glacée à part. »

La serveuse sourit et s'en va vers le bar. *C'est une ceinture*, pense Carlo, *de derrière on comprend mieux.*

« Ne te laisse pas distraire », lui dit Oscar.

Trois minutes plus tard, la même demoiselle revient avec un plateau et des verres.

« Quarante, dit-elle en posant un bout de papier sur la table.

— D'accord, dit Carlo, mais on ne se marie pas, hein ! »

L'autre rit, des belles dents blanches, ramasse le billet de cinquante euros et s'en va comme elle était venue, c'est-à-dire en se déhanchant beaucoup. Carlo sait qu'il ne verra jamais la monnaie, mais que sont dix euros devant certains spectacles de la nature ?

À une heure dix, la porte s'ouvre et laisse entrer un gars qui regarde autour de lui. L'énergumène de tout à l'heure l'arrête d'un geste poli et lui pose une question presque à voix basse :

il n'est pas si sûr que le nouveau venu soit aussi solvable qu'il le souhaite. Alors Oscar se lève et les rejoint près de la porte.

« Monsieur est l'ami qu'on attendait », dit-il au videur en smoking et nœud papillon. L'autre sourit et s'écarte ; ainsi Oscar escorte le nouveau venu à leur table, lui indique la chaise libre d'un signe de tête et déplace un peu le paravent de façon que personne ne puisse les voir.

« À vrai dire j'avais rendez-vous avec quelqu'un d'autre.

— Monsieur Venanzi ne peut pas venir mais il nous a délégué la tâche, dit Oscar.

— Et ce qui est surprenant c'est qu'il est toujours vivant », dit Carlo.

L'autre prend la tête du j'ai-vraiment-pas-de-bol et se dégonfle comme une montgolfière en chute libre.

À présent ils se regardent. C'est un homme d'environ quarante-cinq ans, peut-être quarante mal portés, habillé comme l'avait décrit lady Adele Bellini veuve Sironi, la mère de Katia, un costume bleu auquel il manque juste la petite étiquette du prix – on voit qu'il garde ça pour les grandes occasions, et on voit aussi qu'il n'en a pas beaucoup.

« Je ne bois pas ?, dit-il.

— Bien sûr que si ! » dit Carlo. Il lui suffit de tendre une main hors de cette paroi mobile aux dessins abstraits et la demoiselle à la ceinture se matérialise la seconde d'après.

« Une vodka, dit le gars.

— Suédoise ou polonaise ?

— Glacée. »

Carlo lui passe un autre billet de cinquante et dit :

« Apportes-en deux, il va en avoir besoin. »

Ils se taisent jusqu'à ce que deux verres opaques de buée arrivent, l'homme en descend un d'une seule gorgée, comme le font les hussards avant la charge à cheval et certaines paysannes ukrainiennes des plaines, puis il se décide à parler :

« J'avais un autre accord. »

Carlo s'apprête à sortir une de ses boutades de tueur de cinéma mais Oscar l'arrête d'un regard.

« Tu es ici pour conclure une affaire, nous te proposons une affaire. Ça t'est égal, toi, avec qui tu conclus, non ?

— Je ne dirais pas tout à fait égal, si vous êtes des policiers ou des détectives de l'assurance, ce n'est pas exactement la même chose que de parler à un revendeur. »

Carlo prend une tête vexée, Oscar, lui, est content, le gars a l'air éveillé, ça va rendre tout plus simple.

« Maintenant je te raconte une histoire et tu me dis si je me trompe. Puis je te fais une proposition, OK ?

— J'écoute », dit le gars. Il n'a pas encore touché à la deuxième vodka.

« Bon, tu fais un coup dans l'appart d'une vieille riche. Un beau coup, il y a pas à dire, technique ancienne, mais bon, c'est justement parce que c'est des trucs déjà vus qu'il faut savoir les faire, la dame dit que tu as un bon bagout…

— Oui, d'habitude elles tombent dans le panneau, le plus difficile c'est d'entrer, après…

— Mais en plus d'être sûr que tu es bon, on soupçonne aussi que tu es con, parce que dans cet appartement il y avait un coffre-fort ouvert avec des certificats au porteur qui se revendent facilement, et même des chèques circulaires, sans parler des deux ou trois tableaux de poche qui peuvent valoir beaucoup… mais toi, tu as pris seulement quelques billets que tu as vus là, même pas cachés, et une poignée de bijoux… qu'est-ce qu'il y a, ça te dégoûte, l'argent ?

— Ça ne s'est pas passé comme ça. »

Il dit ça comme s'il se sentait piqué au vif, comme si quelqu'un faisait une remarque sur son professionnalisme.

« Et comment ça s'est passé ?

— L'autre avait une envie folle de parler, ça devait être qu'elle était seule, je n'en sais rien… J'avais préparé un truc pour l'endormir, deux rohypnol, écrasés en poudre fine, j'espérais du thé… Le thé, c'est l'idéal, c'est chaud, et ça fond tout de suite… mais elle est arrivée avec deux gin-tonics bien chargés… en plus elle était vraiment vieille, même si plutôt *beat*… Enfin, deux gorgées et elle s'est endormie d'un coup… j'ai essayé de sentir son pouls, mais il n'y avait rien, même sous la gorge… enfin…

— Tu t'es chié dessus.

— Oui… j'ai cherché dans la chambre à coucher, j'ai pris ce qu'il y avait dans la boîte à bijoux et l'argent qui se trouvait là, à l'entrée… j'ai pensé qu'elle devait en avoir beaucoup, si elle laissait deux mille euros comme ça, en vue, mais la priorité, c'était de sortir rapidement sans que personne ne me voie, parce que si la vieille avait clamsé pour de bon… il y a une certaine différence…

— Disons une différence entre quatre ans et perpète ?

— Sans préméditation, disons entre quatre ans et quinze ans bien tapés… mais d'après ce que je sais elle va bien, non ? Il n'y avait rien dans les journaux, donc…

— À combien de personnes tu as proposé la marchandise ?

— Trois.

— Un peu imprudent, non ?

— Je n'avais pas pris en compte la bague… Lorsqu'ils la voyaient, ils fuyaient tous comme des lièvres, c'est après que j'y ai pensé, et j'ai fait des recherches… mais elle est bête, l'autre, à laisser un truc comme ça dans la boîte à bijoux comme si c'était une babiole ?

— Et le reste ?

— D'autres bagues, intéressantes, mais pas comme celle-là… deux colliers, un en perles, et des boucles d'oreilles, deux bons diamants et deux autres qui ont l'air anciens. Ensuite je me suis renseigné sur la bague, une pièce comme ça… j'ai compris pourquoi personne n'en voulait. Ce n'est pas un truc pour moi, en effet… c'est comme voler un Picasso. »

Oscar réfléchit. Oui, ça colle, le gars ne ment pas, pas sur le magot en tout cas. Carlo tend encore une fois la main et miss Merveille apparaît comme si elle sortait du plancher.

« Deux autres. » Il indique les verres de whisky et tend un autre billet. Elle sourit comme si elle vivait au bord d'une piscine au Sheraton de Nassau et disparaît. Ils se taisent à nouveau jusqu'à l'arrivée des boissons.

« Hormis la bague, finalement, le coup s'était plutôt bien passé, dit Oscar.

— Oui, pas mal du tout.

— Combien te donne Venanzi pour les autres trucs ?

— Il a fait une offre à cinquante mille, j'ai tiré à soixante, mais ensuite, quand il a vu la bague, il a pris son temps et a demandé un autre rendez-vous… celui-ci.

— Tu as la marchandise avec toi ?

— Soyons sérieux, je ne vais pas me balader la nuit chargé de diamants.

— Et où est-ce que tu l'as ?

— Tu me prends pour un con ?

— Oui, tu as raison. »

Oscar fait semblant de réfléchir, comme s'il évaluait différentes options. L'homme a un bon contrôle des nerfs, mais on voit qu'il commence à transpirer. Il commence aussi à se demander qui sont ces deux-là, celui qui parle et celui qui fait le bouffon. Maintenant c'est clair qu'ils ne sont pas envoyés par Venanzi, mais c'est évident qu'ils ont parlé avec lui. Il boit une gorgée de vodka. Petite, cette fois-ci.

Oscar soupire et se décide à parler. Il donne l'impression qu'il le fait après avoir longuement pesé le pour et le contre.

« Je te propose une affaire.

— Je vois déjà venir l'enculade, dit l'autre.

— Moins que ce que tu crois et plus que si ça dépendait de moi, dit Carlo, mais mon ami, ici présent, est un pacifiste.

— Écoutons cette affaire.

— Donc, demain tu vas voir Venanzi, disons à quatre heures, au magasin. Je l'appelle à quatre heures pile et je lui dis que la dame a retiré sa plainte, ça veut dire que tu lui vends du propre et que tu peux même demander soixante-dix… Tu sais ce que ça veut dire, ça ?

— Oui, qu'il n'y a pas eu de vol.

— Bravo, tu vois, quand tu fais un petit effort… Mais ne va pas chez quelqu'un d'autre en demander cent avec l'excuse que c'est du propre, ne joue pas au connard avec nous, tu as compris ? Nous avons un accord avec Venanzi, c'est moi qui le convaincs pour qu'il monte jusqu'à soixante-dix.

— Si c'est du propre, il peut toucher trois cent mille, putain !

— Tu n'as peut-être pas compris qu'on te sort des emmerdes, dit Oscar.

— Quel ingrat, dit Carlo.

— Et en échange… je parie que…

— Tu as gagné. En échange tu nous donnes la bague et on ne s'est jamais rencontrés.

— Putain de merde, mais comme ça pour vous c'est l'affaire du siècle.

— C'est exact, mais tu vois… c'est nous qui t'avons trouvé, pas le contraire… Regarde ça sous un autre angle : tu as fait un coup à soixante-dix mille presque sans courir de risque, c'est royal pour toi. Quand tu as touché le pouls de la vieille, là-bas, corso Magenta, tu aurais signé dix fois pour une fin comme celle-là… ce n'est pas le moment de faire ton difficile, si ? En plus cette bague-là, toi, tu n'arriveras pas à la vendre, même pas en rêve, et je dirais même plus, tu as couru un sacré risque, parce que Venanzi est avide… S'il ne l'était pas, il aurait passé un coup de fil à l'assurance et ils lui auraient filé quelque chose, tu sais ?

— Oui, j'y ai pensé après…

— Et donc ? »

Le type fait semblant de réfléchir. D'un côté il comprend que c'est une bonne offre, de l'autre il ne veut pas faire celui qui cède tout de suite. Oscar comprend tout ça et lui lance :

« Si tu veux, je te dis les alternatives… Une fois dehors, on t'amène à la préfecture, et c'est encore ce qu'il y a de mieux… ou alors je te laisse seul avec lui – il indique Carlo –, tu craches tout en mode lama péruvien et dans un quart d'heure on tient la bague et les autres bijoux.

— Il y aurait le désagrément du corps à faire disparaître, dit Carlo, mais ce sont des choses faciles à résoudre.

— Tu le sors d'où celui-là ?, demande le voleur à Oscar, en indiquant Carlo.

— De l'orphelinat. Je l'ai bien élevé et maintenant il fait tout ce que je lui dis.

— Y compris les trous dans les vestes de chez Tati, sourit Carlo.

— D'accord », dit enfin le gars. Il voulait le dire depuis un bon moment, mais il aurait eu l'air de quoi… Bon, ce n'est pas comme si là…

« Par contre la bague, tu nous la donnes tout de suite, ajoute rapidement Oscar, parce qu'on est peut-être drôles et de bonne compagnie, mais on n'est pas totalement bêtes. »

Oui, il s'y attendait.

« Vous allez devoir me suivre, j'habite un peu loin.

— Disons qu'on va utiliser notre voiture.

— Mais j'ai la mienne juste devant.

— Tu viendras la chercher demain, tu verras, personne ne va te la voler. »

Et ainsi, ils se lèvent tous ensemble, Carlo déplace le paravent et ils vont vers la porte. Le videur les salue d'un signe. La fille des boissons, elle, les effleure en passant, un plateau à la main, et dit :

« Vous partez déjà ? Quel dommage. »

Carlo la regarde. Elle est vraiment mignonne.

« Peut-être que je reviendrai sur un cheval blanc », lui dit-il.

L'autre rit : « Je suis bien sans selle aussi.

— Oui, ça se voit. »

À présent, ils vont droit sur corso Lodi, dépassent le périphérique et Rogoredo, puis la via Emilia jusqu'à ce que le type indique une rue sur la gauche et ils s'enfoncent dans San Donato Milanese – une espèce de Queens, si vous connaissez New York, mais avec moins d'Italiens.

Droite, gauche, droite, gauche, puis la grille d'un immeuble rouge avec des dizaines de bâtiments et d'appartements, puis les escaliers et puis un salon minuscule.

Carlo fait asseoir le type sur le canapé et Oscar fait un tour de l'appartement, deux pièces, une cuisine et des chiottes, donc il revient tout de suite.

« Nous n'avons pas fait les présentations, dit-il, comment tu t'appelles ?

— De Caro, dit l'autre, Franco De Caro… et vous ?

— Machin, dit Oscar.

— Truc, dit Carlo, notre ami Bidule a fini sous le tramway.

— Putain, qu'est-ce que c'est drôle, dit Franco De Caro en se levant, je vais chercher la bague. »

Carlo le suit : « Tu ne te vexes pas, hein ? »

L'homme va dans la chambre à coucher, s'agenouille devant le placard, cherche avec ses doigts et déclenche un bouton. On entend un petit déclic mécanique et une porte dans le socle du meuble posé au sol s'ouvre. Il y glisse une main, en extrait un sachet violet, en cuir, qu'il amène dans la cuisine, toujours suivi par Carlo.

À présent, ils sont assis autour de la table. Oscar retourne entre ses mains la bague de la veuve Sironi et retient son souffle. C'est vraiment une pièce magnifique, la photo de l'assurance ne lui rend pas justice. C'est une croix de diamants montée sur un cercle de pierres vertes et rouges enchâssées dans une intrigue d'or ancien. Oui, c'est un truc à exposer dans un musée, pas à mettre pour aller jouer à la canasta avec ses copines.

Une fois que le gros du travail est fait, Oscar s'appuie contre le dossier de la chaise, détendu. Il regarde le voleur, Franco De Caro, comme s'il le voyait pour la première fois.

« Ben, tu ne nous offres pas à boire ? »

L'autre se lève et revient avec trois verres et une bouteille de vodka sortie du congélateur. *Alors c'est vraiment un vice, ça, de boire de l'essence*, pense Carlo.

« Vas-y, raconte », dit Oscar.

Carlo le regarde comme s'il était devenu fou. *Mais quoi, on ne s'en va pas à toutes jambes ? On ne quitte pas en courant*

Culver City pour revenir à Los Angeles en filant à toute vitesse sur Venice boulevard ?, pense Monterossi qui a du mal à sortir de son rôle. Mais il sait qu'Oscar adore les histoires et qu'un type comme celui-là a tout de même son charme, même si à cette occasion il n'avait pas tout à fait l'air d'Arsène Lupin.

« Qu'est-ce que tu veux savoir ?

— Ben, si t'es bon, par exemple. »

L'autre n'a pas l'air surpris. Il a compris qu'ils étaient des voyous et donc d'une certaine façon, il prend ça comme une causerie entre collègues.

« Je dirais que oui, mais avec des limites… certaines choses, comme vous voyez, j'arrive pas à les vendre… Mais le coup des petites vieilles, c'est rare que je fasse ça… Dans ce bâtiment-là, c'est juste parce que le gardien a un faible pour une amie, elle tapine en appartement, via Rembrandt, mais elle fait aussi des déplacements, et une fois elle a amené de la cire et elle a fait un double de la clé de la porte de l'immeuble. »

Carlo note qu'il faut qu'il en parle à Katia.

« Ma spécialité serait l'effraction, pas d'armes, jamais : si tu en portes, tu finis toujours par les utiliser, c'est une connerie, ça ne vaut pas le coup.

— Un gars judicieux », dit Carlo. Oscar écoute puis pose une autre question :

« Tu travailles sur commande ?

— Si ça se présente, mais je dois vraiment faire confiance au client : plus il y a de gens au courant et plus il y a de gens qui parlent, il vaut mieux faire ça seul… j'avais pensé à ces tableaux, là-bas… Depero, n'est-ce pas ?

— Oui, études au crayon.

— Eh… dommage.

— Retente pas le coup avec la vieille, hein, joue pas au con. »

L'autre rit : « Peut-être un peu bête, mais pas tout à fait fou, hein ! » et puis : « Pourquoi ces questions ?

— Parce que quelqu'un de bon peut toujours s'avérer utile… quelqu'un qui pense vite et parle bien… et qui sait ouvrir les serrures.

— Oui, mais n'allez pas penser que je suis Fantômas… avec les coffres-forts ça prend du temps, je ne suis pas rapide… mais les serrures ce n'est pas un problème, même les difficiles, il suffit que je les voie avant pour avoir le bon matériel… J'ai comme règle de voyager léger et je ne trimballe pas la boîte à outils. »

Oscar hoche la tête.

Carlo, lui, doit avoir le visage de celui qui voit Charles Manson faire la queue devant lui au distributeur de billets : mais où est-ce que j'ai atterri ? Cependant, il note que le voleur aussi est en train de se ressaisir, que la pression le quitte et qu'il est à présent détendu et tranquille. Ce doit être la vodka.

« C'est bien que cette histoire se termine, dit-il à présent, parce que l'affaire des morts des cailloux c'est des sacrées emmerdes.

— Mais qu'est-ce que tu as à voir avec l'histoire des cailloux ?, demande Carlo. Ils ne cherchent pas les monte-en-l'air.

— Non, bien sûr, mais tu sais comment ça se passe… Tous les policiers de Milan sont sur leurs indics, et eux, peut-être pour qu'on leur foute la paix, ils finissent par dire quelque chose, même si ça n'a rien à voir avec les morts des cailloux. Genre : tu sais quelque chose sur ces meurtres ? Non, mais hier un type m'a offert deux colliers… Des trucs comme ça, c'est une période où il vaut mieux rester dans son coin, si Venanzi lâche l'argent, je change d'air pendant un moment. »

Oscar hoche à nouveau la tête, et l'autre poursuit. Il a envie de parler, maintenant :

« D'ailleurs d'après moi ils sont complètement paumés… la piste islamiste, quelle connerie… La vérité, c'est que ces deux-là l'avaient bien mérité, et ça, je le sais de source sûre. »

Vous le voyez, là, Carlo Monterossi ? Eh bien, regardez-le bien, parce qu'il dresse ses oreilles, il devient raide sur sa chaise et penche un peu la tête sur le côté pendant qu'il regarde fixement l'homme qui vient de parler.

« C'est-à-dire ? Qu'est-ce que tu sais de source sûre ? »

Même Oscar a plissé un peu les yeux, mais il n'est pas comme Carlo, c'est un type plus froid et il dissimule bien.

« J'ai été en prison… deux fois… et vous savez comment c'est, Radio Cabane… personne ne parle mais tout le monde est au courant de tout. »

Là, Carlo et Oscar se taisent. C'est l'autre qui a commencé et c'est lui qui doit finir, d'habitude c'est comme ça que ça marche.

« Une fois, dans ma cellule à Vercelli, j'avais un gars qui avait tourné un peu partout en Italie… pas en train, en prison, je veux dire… meurtre, donc un client fidèle… et il connaissait quelqu'un qu'il avait rencontré quelque part, qui racontait l'histoire de ces deux types qui se sont tirés d'affaire, alors que leur complice tirait ses trente ans… Je n'y ai plus pensé, vous savez, là-bas on en entend tellement… Mais après, quand j'ai lu leurs noms, je m'en suis souvenu. C'était une sorte de conte moral… genre le loser en taule et les deux riches dehors à s'en payer une tranche…

— Et le loser n'avait pas parlé… bizarre…

— Pas si bizarre que ça, parce que c'était un truc politique, et ceux-là… certains d'entre eux… quelques-uns à vrai dire, n'ont jamais parlé. Mais après la rumeur courait que lui, le loser, avait eu une sorte de crise mystique et était devenu je ne sais plus quel putain de… chrétien né de nouveau, ou pentecôtiste, ce n'est pas mon rayon… enfin, il avait pardonné et fin de l'histoire.

— Et comment il s'appelle, ce poissard né de nouveau du Septième Jour, tu sais ? »

Oscar, là, a les yeux qui brillent. Informations. Son pain.

« Mais non, je ne sais même pas dans quelle prison il était, et puis c'est un truc d'il y a tellement d'années, et même celui qui me racontait ça… il venait des Pouilles… sympathique… il racontait ça comme une espèce de légende de cachot, va savoir si c'est vrai. Mais les noms, oui, Gotti et Crisanti, je m'en souviens… ce n'était pas une légende, si ?

— Politique de droite ou de gauche ?, demande Oscar.

— Bah… ça compte ? » Il dit ça comme s'ils étaient tous pareils pour lui… un sale truc, le désengagement.

« Et tu sais s'il est toujours dans les parages, ce détenu politique qui a fini enfant de chœur ?, demande Carlo.

— Non, je crois qu'il est mort en prison. Tumeur, ou leucémie, un truc comme ça… Vous savez ce que c'est, en taule, tu peux carrément pisser du sang, ils te donnent une aspirine.

— Et tu sais même pas quelle prison ?

— Non… les rumeurs… je crois dans le Nord, mais je ne suis pas sûr…

— Mais les noms étaient bien ceux-là.

— Oui.

— Quand est-ce que tu étais en taule ?

— Onze mois en 2004 et encore seize et demi à partir de 2009, c'est là que j'ai entendu cette histoire. »

Oscar finit sa vodka et Carlo l'imite, parce que c'est comme un signal. Puis ils se lèvent et se serrent la main comme de bons amis.

« Merci pour ta collaboration », dit Oscar. Carlo ne dit rien, parce qu'à l'heure actuelle même un enfant ne pourrait pas croire qu'il est un meurtrier féroce et il n'y a plus besoin de faire le spectacle de Noël.

De Caro hésite un instant et parle à nouveau :

« Est-ce que vous pourriez me rendre un service ?

— On t'écoute.

— Vous pouvez l'appeler tout de suite, Venanzi ? Maintenant que tout est réglé, je ne dis pas que je ne vous fais pas confiance, mais… voilà, si je suis là pendant l'appel, je préfère. »

Oscar réfléchit un instant puis il sort le téléphone de sa poche et cherche un numéro dans les contacts. À l'autre bout, ça sonne trois ou quatre fois et ensuite on entend un « Allô ? », entre endormi et énervé. Il est quatre heures vingt, ce n'est pas une heure pour appeler les gens bien.

« Venanzi.

— C'est qui ?

— Celui qui t'a rendu service au bar, là-bas, via Lomellina. »

On sent que l'autre se réveille.

« Qu'est-ce qui se passe à une heure pareille ? Le connard ne s'est pas pointé ?

— J'ai deux nouvelles…

— Tu me saoules, une bonne et une mauvaise, je parie.

— Non, Venanzi, une bonne et une très bonne.

— Alors j'écoute…

— La très bonne, c'est que toute la marchandise que le type t'apporte demain… demain à quatre heures, est propre comme de l'eau de source. Avant midi on retire la plainte et plus personne ne la cherchera.

— Bien, j'écoute la bonne.

— C'est que tu lui files soixante-quinze mille sans broncher. Je l'ai vue, la marchandise, tu en tires trois cent mille facile, hors taxe, ça me paraît un bon prix.

— Putain, soixante ça lui paraissait très bien.

— Oui, mais il nous a offert à boire et il faut indemniser.

— Et vous indemnisez avec mon argent ? C'est quoi cette histoire ?

— Cette histoire, c'est que tu fais une affaire, monsieur est sous notre protection et mon ami méchant a gagné un voyage à la plage, il revient seulement si tu joues au con.

— Soixante-quinze mille, pas un euro de plus.

— Crois-moi, Venanzi, si on voulait un euro de plus, je t'aurais dit soixante-quinze mille un.

— Tu me saoules.

— Dis-moi que tu es d'accord et que tu es content.

— Je suis d'accord et je suis content.

— Bien, bonne nuit. »

Ils sont en train de revenir à Milan. Il est cinq heures du matin et dans la rue il n'y a que les gens qui travaillent à cette heure-là, policiers, putes et ceux qui vont nettoyer les bureaux.

« Le mystère des cailloux devient une histoire de condamné à perpète », dit Oscar. Il l'a dit comme à lui-même, pas pour lancer une discussion.

« Va savoir si c'est vrai.

— Pourquoi il aurait sorti un mensonge pareil ?

— Je ne dis pas ça pour lui, mais peut-être l'autre, le type des Pouilles à la langue bien pendue.

— Oui, mais le prénom et le nom de famille, si tu les connais avant, c'est difficile de penser que c'est une invention… »

Ça aussi c'est vrai, pense Carlo.

Puis ils sont presque arrivés, ils sont sur les bastions de Porta Venezia.

« Je descends ici, dit Oscar, et il glisse dans la poche de la veste de Carlo la pochette violette avec cette bague de princesse à l'intérieur. C'est toi qui la gardes, demain on l'apporte à la dame, au cours d'une touchante cérémonie.

— Alors je préviens Katia.

— Il vaudrait mieux, au moins elle l'amène à la banque, la mère serait capable de la porter pour faire la vaisselle.

— Qui sait à qui ça appartenait il y a deux cents ans, dit Carlo.

— D'après moi, à quelqu'un comme ta serveuse, mais plus habillée, du moins en public.

— Tu es quelqu'un de mauvais, Oscar, rit Carlo.

— Oui, tu n'es pas le premier qui dit ça. »

Et il disparaît dans la nuit en descendant les marches des bastions et en se perdant dans le labyrinthe du Lazzaretto.

18

« Et tu es qui, toi ?
— Diego. »

Le sous-brigadier Tarcisio Ghezzi, assis sur un lit de camp qui couine sous son poids comme un wagon de troisième classe, est en train d'évaluer son nouveau logement HLM, obtenu en lâchant deux mille euros à Salvatore, le Petit Bronze de Riace. Carella a géré la négociation à la perfection, en arrangeant la chose comme un vrai voyou : mi-entendu, mi-menaçant, avec un zeste de mystère.

Bref, ce vieux – Ghezzi – sans un sou en poche ni un lieu où crécher lui avait rendu un service, et il le lui retournait en lui trouvant un toit. Il n'avait pas demandé de réduction ni négocié le prix, mais avait dit « L'histoire de quelques mois, c'est sûr, pas plus ». Le Calabrais avait posé quelques questions : On est sûr qu'il n'attirera pas les ennuis ? Il est recherché ? Nous on ne cache pas les fuyards. Carella avait ri pour toute réponse, parce que Ghezzi, accoutré de la sorte, pantalon de travail, une chemise déchirée à un coude et un petit gilet synthétique qui criait « crève-la-faim » depuis chaque maille de ce tricot industriel, n'avait pas l'air d'un fuyard. Ou peut-être que si : fuyant la vie, qui semblait avoir déjà frappé durement.

Salvatore s'était dit qu'il pouvait lui lâcher le local en haut du bâtiment G, qui faisait partie de ceux qu'il pensait garder pour les blaireaux du collectif – quelques mois de plus, quelques mois de moins, les gauchos n'allaient pas protester.

« Qui t'a dit de t'adresser à moi ? » avait-il demandé, en guise de dernier soubresaut de prudence. Et Carella l'avait regardé comme s'il était le mur décrépi derrière lui, et c'était comme s'il répondait : certaines choses se savent, me casse pas les pieds. Puis il avait donné une tape dans le dos de Ghezzi, avait dit quelque chose comme « Merci, l'ami » et était reparti à pied, en descendant via Gigante, sans regarder derrière lui.

Dix minutes après, deux jeunots avaient défoncé la porte – quatrième étage, pas d'ascenseur – et avaient jeté là un sommier et un matelas sale, Ghezzi avait posé sa valise usée sur le sol et s'était assis sur le lit.

« On revient tout à l'heure mettre une serrure », avait dit l'un des deux, et Ghezzi avait hoché la tête en les entendant descendre les escaliers en riant et en se poussant comme des ados.

Et maintenant, voilà qu'à la porte est apparu ce gosse, qui le regarde sans rien dire.

« Et tu es qui, toi ?

— Diego.

— Tu es sûr de t'appeler Diego ?

— Oui, Diego Kahamil, dit l'autre en se blottissant sur ses talons près du mur.

— Et comment ça se fait que tu n'es pas à l'école, Diego ?

— Parce qu'on est ici depuis pas longtemps – il indique l'étage du dessous – et maman dit qu'elle m'inscrit l'année d'après… L'italien je le prends avec Illa, la maîtresse, dit-il en indiquant vaguement la cour.

— Je l'apprends.

— Toi aussi ?

— Non, on dit "Je l'apprends" », explique Ghezzi. Il pense que Rosa serait attendrie, un gosse comme ça…

« Tu es arrivé aujourd'hui, vrai ?

— Juste à l'instant… comment on se sent ici ?

— Bien. Avant on a été dans un centre… moche… papa attend asile. » Et il rit.

« Pourquoi tu ris ?

— Maman rit de ça… elle dit "Tu es fou, tu vas l'avoir ton asile". Maman dit comme ça à papa : "Mon vieux fou." »

Maintenant le sous-brigadier Ghezzi rit aussi. Le petit se met debout :

« Je vais, maman dit de pas parler aux étrangers. »

Ghezzi rit encore plus : ce serait lui l'étranger, en voilà une bonne.

« Maman a raison, Diego, vas-y », et l'autre disparaît dans l'escalier.

Il y a un soleil constipé, dehors, mais il fait chaud pour la mi-mars. Ghezzi touche le mur exposé sud, ciment, pas d'enduit à l'extérieur, de la peinture bas de gamme toute crevassée à l'intérieur : il doit faire une température dantesque là-dedans. Déjà là, l'air est lourd, mais en juillet ça doit être vraiment l'enfer. Dans ce trou de quelques mètres, ce qu'il y a de mieux, c'est la fenêtre, large, d'où on voit bien la cour, un peu comme au cinéma. Les chiottes sont dans une pièce d'un mètre sur deux avec la cuvette, un lavabo, une de ces baignoires sabots, pleine de poussière et d'insectes morts.

Puis arrivent les deux garçons de tout à l'heure et ils mettent un verrou à la porte, lui donnent une clé. Avec eux se trouve Salvatore, le petit Calabrais, qui est debout près d'un mur, attentif à ne pas s'appuyer.

« Règles de la maison », dit-il.

Ghezzi se tait, alors l'autre continue.

« Pas d'emmerdes, pas de colocataires. Il y a la bouilloire électrique, mais je ne parierais pas qu'elle fonctionne, on peut te raccorder au gaz, mais la chaudière c'est toi qui la paies, même si pour quelques mois ça ne vaut pas le coup, et puis c'est bientôt l'été. »

Ensuite il actionne l'interrupteur de la lumière et l'ampoule qui pend du plafond s'allume.

« Il y a l'électricité, tu as de la chance… tu as rendu quel service au type de tout à l'heure ? Il n'a pas l'air de quelqu'un qui a besoin de tes services.

— Je ne peux pas en parler, dit Ghezzi.

— Tous ces mystères, ça ne me plaît pas trop, hein !

— J'ai vu quelque chose mais j'ai dit que je ne l'avais pas vu. »

Le Calabrais rit et s'en va sans saluer.

À présent, le sous-brigadier Ghezzi, occupant illégal d'un HLM qui pourrait être évacué à coups de matraque par ses collègues, approche son unique chaise de la fenêtre, se met à califourchon, avec le dossier qui touche sa poitrine et pose les coudes sur le rebord. Il regarde de haut les terre-pleins sableux au milieu de la cour, il compte les bâtiments : du A au L, dix, il observe le va-et-vient, il est midi, et c'est plutôt animé.

Vieux, pense-t-il. *Tous des vieux.* Il les voit crapahuter dans la cour, entrer dans les halls, traîner des sacs et des caddies de courses, se saluer comme s'ils se connaissaient depuis toujours, et c'est probablement le cas. Les gosses doivent être à l'école, il ne peut donc pas savoir combien ils sont et de combien ils font baisser la moyenne d'âge, mais il est probable que ceux qui ont moins de quinze ans, là-dedans, ne sont pas nés ici… en Italie, il veut dire. Deux femmes voilées, une avec un simple foulard et une recouverte entièrement par un drap noir, discutent près de la grille d'entrée. Le reste, ce sont des sons de cour de HLM, et des odeurs, aussi, on sent que quelqu'un cuisine. Les jeunots du Calabrais fument assis dans un coin où sont garés motos et scooters. Ghezzi se dit que tout à l'heure il ira voir si la Honda de via Sofocle est là, ou peut-être dans les cours voisines, mais il décide qu'il est tôt pour qu'on le voie fouiner. Il sait comment faire, tu dois d'abord te fondre dans le paysage, puis personne ne prêtera attention à toi.

Pour l'instant le petit cinéma d'en bas lui suffit, et pendant ce temps il se dit que ce n'est peut-être qu'un grand quiproquo. C'est toujours comme ça, lorsqu'il a une intuition. Il la suit par instinct, lui court après comme un chien, puis commence à y réfléchir. Une Golf qui passe via Mauri, une moto qui passe via Sofocle, toutes les deux appartiennent à des gens qui habitent là. Cela ne prouve rien. Mais il se souvient encore de la sensation au moment où il a remarqué ça sur ces feuilles, à la maison, le hérissement des poils sur la nuque, quelque chose à l'intérieur qui lui disait : bingo ! la voilà, la piste !

Maintenant il pense à Rosa, seule à la maison, avec les autres qui vont et viennent pour consulter papiers et fadettes et documents, ou seulement pour faire le point sur la situation. Elle les gavera comme des cochons : les pâtes, le café, le petit gâteau… Il secoue la tête : *Tu vieillis, Ghezzi… la nostalgie au bout de trois heures à peine, c'est n'importe quoi.*

Il va aux chiottes, vérifie que l'eau sort, et en effet elle arrive, couleur rouille, puis un peu plus claire, puis apparemment propre. Il boit directement au robinet et est en train de revenir dans la chambre lorsque, dans une poche de son pantalon, le téléphone sonne.

Il lit sur l'écran et lève les yeux au ciel.

« Allô ! »

19

« Je ne parle plus de Dieu avec vous, jeune homme. La dernière fois vous avez été si ennuyeux que je me suis endormie, et vous m'avez même pris une bague… Qu'est-ce que c'est que ces manières, hein ? »

Katia Sironi soupire et ouvre les bras, mais ça se voit qu'elle est contente comme quelqu'un qui a gagné au loto.

« Ce n'était pas lui, maman ; lui, c'est celui qui a retrouvé la bague. »

Oscar Falcone sourit, parce que cette vieille dans la lune, habillée comme une princesse de l'épopée *beat*, l'amuse énormément. Carlo, qui cette fois-ci est moins timide, passe en revue tous les murs pour bien voir ces tableaux qu'il avait regardés distraitement la dernière fois. Le Balla – il s'en souvient à présent – s'appelle BALLAFIORE, 1924 ou un truc dans le genre, une huile sur toile qui pourrait éclairer le grand salon à lui tout seul tellement il est radieux. Puis, sans demander la permission, il se balade dans l'appartement pour voir aussi les dessins au crayon de Depero que le voleur n'a pas emportés. Remarquables, eux aussi.

Lorsqu'ils sont entrés, Oscar a posé soigneusement sur la table un petit chiffon en velours vert et, par-dessus, la bague. Katia l'a serré contre elle dans une de ces accolades qui font penser à ces documentaires sur les boas constrictors, et il s'est libéré à grand-peine, pendant que madame Adele Bellini veuve Sironi s'est limitée à faire la grimace et à proclamer d'une voix forte :

« Bien, il était temps, et ne vous permettez plus, jeune homme ! »

Le soulagement de Katia était tel qu'elle a lâché un rire à en faire trembler les vitres. Carlo n'a pu que rire, lui aussi : ce prodige de femme, cette tonne concentrée de détermination et de puissance, sait aussi libérer de la bonne humeur, sauf que quand elle fait ça, on dirait que c'est l'annonce d'un tremblement de terre.

« Celle-là, c'est moi qui la prends, a-t-elle dit en enveloppant la bague dans le tissu et en la rangeant précautionneusement dans son sac Prada, tout à l'heure j'irai à la banque et elle va finir dans un coffre de sécurité. »

Sa mère l'a regardée avec un soupçon de tristesse sur son visage : à quoi bon avoir un si bel objet si c'est pour le garder caché ? Mais elle n'a pas osé le dire.

Puis Katia s'est isolée quelques minutes avec Oscar, elle a signé un chèque et lui a serré chaleureusement la main – cela signifie qu'elle aurait pu lui broyer quelques phalanges – en le regardant droit dans les yeux et en lui adressant un merci qui venait du cœur.

Oscar, en contrevenant à son style, semblait presque bavard. Il n'a rien dit de ses enquêtes, naturellement, mais il semblait, enfin… moins mystérieux que d'habitude.

La vieille a saisi l'air de jubilation et a bondi comme un grillon de son fauteuil – fauteuil Lady, Marco Zanuso, Italie, 1951 – et a applaudi comme une enfant :

« Bien ! Célébrons ! Je prépare les drinks !

— Mon cul les drinks, maman, il est dix heures et demie du matin ! Et aujourd'hui je te présente une dame qui sera ici avec toi, elle t'aidera, tu verras.

— Je me les trouve toute seule, les amies, Katia. Toi tu es capable de m'amener quelqu'un qui n'a même pas lu Whitman ! »

Carlo a pensé que, même si dans cette maison il n'y a pas de problème d'argent, eh bien, trouver un garde-vieux qui a lu Whitman… mais ses pensées ont été interrompues par madame Adele qui l'a mesuré du regard comme si elle le voyait pour la première fois :

« Quel bel homme, Katia, c'est ton petit ami ? »

Carlo a ri, Katia a secoué la tête avec l'air de celle qui perd tout espoir.

Puis tout le monde sort. Katia court à la préfecture pour retirer la plainte pour vol. Oscar a recommandé de le faire avant quinze heures, ce sont les accords, et elle ne doit pas poser de questions. Elle n'en pose pas, enfin, si, une :

« Qu'est-ce que je dis à la police ?

— Dites que la vieille mère cinglée a tout inventé et que les bijoux ont été retrouvés par la femme de ménage, sous un meuble, dit Oscar.

— Ils ne vont jamais y croire.

— Non, ils ne vont pas y croire, mais on leur enlève un poids et on leur allège le travail, donc ils vont décider d'y croire. »

Vous le savez, vous, qu'on est dans une ville pragmatique ?

« Et puis, ajoute Oscar, comme ils sont en train de devenir fous avec l'assassin des cailloux, ils ne pourront qu'être contents de voir qu'une affaire se résout toute seule. »

Voilà, l'assassin des cailloux.

Quand Oscar et Carlo atteignent un bar cinq étoiles sur largo Cairoli, ils se rendent compte qu'on ne parle que de ça. Ce ne sont pas seulement les titres des journaux, les hypothèses absurdes des commentateurs, la piste islamiste, les marathons télévisuels, les émissions pour les voyeurs du crime, la peur répandue à pleines mains par les italiques des grandes signatures qui invitent à ne pas avoir peur. Même les chalands, les barmans, les caissières, les serveurs, ne parlent que de ça. Là, dans la ville ultramoderne, une chose aussi prémoderne que poser un caillou sur les morts assassinés est un argument trop alléchant. Sans compter qu'on n'a pas encore trouvé de lien entre les deux victimes, et cela pousse chacun à penser qu'il pourrait finir comme ça, flingué, sans raison, d'un moment à l'autre, avec une pierre sur le ventre.

Paranoïa.

Assis à une table en terrasse, ils regardent le mouvement affairé de Milan. Carlo aborde le sujet.

« Tu sais qu'il faut qu'on le dise à quelqu'un, n'est-ce pas ? »

Oscar joue les innocents :

« Quoi ?

— Comment ça, quoi ? Allez, fais pas le con… ce que nous a dit le voleur. Ça peut être une piste.

— Et depuis quand tu travailles pour la police ?

— Allons, Oscar, qu'est-ce que tu racontes ! C'est évident qu'ils pigent rien, si ça se trouve c'est un truc important… Il y a quelqu'un qui se balade pour tirer sur les gens, si on peut filer un coup de main…

— Ton sens du civisme me touche. Mais peut-être que tu sous-estimes l'extraordinaire habileté du profileur israélien », dit Oscar.

Il a parlé avec un petit sourire que qualifier de sarcastique serait peu dire, c'est plutôt son mode « tête à claques », et ça lui réussit vraiment bien.

« Bref…

— Et raconte-moi comment tu t'y prendrais, allez, décris-moi la scène… tu te présentes à la préfecture, tu demandes à voir ces génies envoyés par le ministère, ceux qui font les raids d'imams au Giambellino, à la Barona, qui fouillent dans les caves où prient les Arabes, qui suivent la piste du terrorisme… tu arrives… “Chers messieurs, vous savez quoi ? Quelqu'un, je ne sais pas qui c'est, qui est mort en prison, mais seulement peut-être, et je ne sais pas quand, avait prononcé le nom des victimes avant qu'elles meurent, parce qu'il faisait de la taule pour eux aussi, mais dans quelle taule, ça non plus, je ne sais pas… mais je ne peux vous dire qui me l'a dit, parce que lui c'est un voyou et que vous êtes la police…” je m'en sors comment, bien ? »

Carlo réfléchit.

Dit comme ça, en effet, c'est une histoire sur laquelle il est écrit EMMERDES en néon bleu ciel comme les enseignes des hôtels art déco de Miami Beach. Et il doit faire une tête qui dit exactement ça, parce qu'Oscar rit :

« Tu vois ? »

Puis il se lève et salue avec un signe de la tête. Qui sait quelles affaires mystérieuses il a sur le feu, à part courir à la banque déposer le chèque que Katia Sironi a signé.

À présent donc, à la table de largo Cairoli, Carlo est assis tout seul. Il regarde passer les Milanais rapides et affairés, un flux où se glissent les touristes qui font la navette entre le Dôme et le Château. Ça doit être le *genius loci*, ou peut-être qu'ils se font contaminer, mais ils ont eux aussi l'air pressés et affairés.

Ce que dit Oscar est vrai : c'est une histoire qu'il faut raconter, oui, mais aucun moyen de la raconter sans attirer sur soi une quantité infinie d'ennuis, interrogatoires, PV, questions…

Et puis il a une idée. Après tout, il a bien un ami policier. Il doute qu'il s'occupe de l'enquête, parce qu'à en croire les journaux elle a été confiée à une *task force* hyperperformante, technologique, on ne peut plus moderne, alors que le sous-brigadier Tarcisio Ghezzi, lui, est un type plutôt à l'ancienne, et surtout il se trouve en bas de l'échelle, pas au sommet, là où on visse des ampoules[1].

Mais Ghezzi n'est pas seulement un policier. Leurs routes se sont croisées deux ou trois fois, c'est quelqu'un qui a goûté à son whisky, qui a été tenu en haleine avec lui par une affaire compliquée… Bref, il ne s'agit pas exactement de jouer aux indics, mais de causer avec un ami… pourquoi pas ?

Vous savez comment ça marche, les idées, non ? Elles pointent leur tête pendant un instant et puis elles disparaissent dès que vous les frappez avec une rafale de « Non, non, mais qu'est-ce que je m'imagine ». Puis elles font salut avec leur petite main et se penchent un peu plus en avant. Puis tu fais semblant de ne pas les voir et elles sont là et elles te disent : « Ben, tu m'as oubliée ? » Et tout cela peut se passer aussi en l'espace d'un deuxième café, un regard au téléphone pour voir

1. En Italie, les policiers, et notamment les *carabinieri*, sont le sujet de nombreuses blagues. Ici l'auteur fait un clin d'œil à l'une des plus drôles du répertoire : « Combien de policiers faut-il pour visser une ampoule ? Cinq, un qui tient l'ampoule et quatre qui font tourner la chaise. »

s'il y a des messages de la divine Flora De Pisis, un entracte de regard dans le vide sur l'humanité qui défile devant lui, sur le trottoir.

Finalement Carlo Monterossi se secoue. Au pire ce sera une perte de temps, mais si l'alternative c'est soit d'aller au bureau, à la Grande Usine à Merde, recueillir des ragots sur les prochains invités pleurnicheurs, soit boire un verre avec le sous-brigadier Ghezzi… Et une minute plus tard il entend cette voix ronde qui dit :

« Allô ! »

Mais le fait est qu'elle ne dit pas seulement « Allô ! », mais aussi « Monterossi, lorsque votre nom apparaît sur ce téléphone, il y a une petite voix intérieure qui me dit : emmerdes en vue.

— Moi aussi je suis content de vous entendre, Ghezzi. »

La dernière fois qu'ils se sont vus, ils ont fait quelques kilomètres pour aller dans un cimetière de province, Ghezzi lui a raconté comment s'était terminée une sale histoire, il pleuvait et Carlo était plongé dans son blues jusqu'au cou, et il cherchait un trésor.

« Ne faites pas semblant, Ghezzi, je sais qu'au fond vous êtes content de m'entendre. Madame se porte bien, j'espère, cette femme est la meilleure partie de vous, vous le savez, n'est-ce pas ?

— Elle va bien, elle va bien… Qu'est-ce que vous voulez, Monterossi ? Dites-moi vite parce que je suis au travail et je n'ai pas tant de temps que ça. »

C'est un timide, Ghezzi, ce n'est pas un homme à politesses.

Alors Carlo lui propose de le retrouver, parce qu'il pourrait lui dire des choses qui… lui-même ne sait pas… bref, est-ce qu'il a dix minutes à lui consacrer ou il fait son difficile ?

Il veut une invitation par écrit ? Il faut qu'il lui envoie ça avec un cuirassier à cheval ?

De fait, il sent que l'autre hésite, qu'il réfléchit.

« Vous connaissez le bar qui se trouve à la sortie du stade, celui qui est près de l'hippodrome de trot ?

— Vous parlez de celui qui est devant la billetterie ronde ?

— Oui, celui-là… on dit dans une demi-heure ? Mais je n'ai pas de temps à perdre, hein, Monterossi, ne m'apportez pas une de vos affaires de timbrés riches, j'ai du boulot par-dessus la tête. »

En réalité, il doit juste regarder la cour d'en haut et se fondre dans le paysage, mais ça aussi c'est du travail, non ?

Carlo est un peu étonné, mais il est midi trente, il a sa voiture à côté et…

« OK, je peux y arriver, Ghezzi : si j'ai cinq minutes de retard, ne vous immolez pas par le feu, hein ?

— Non, Monterossi, si vous avez cinq minutes de retard, c'est vous que j'immolerai. »

Vingt-neuf minutes plus tard, Carlo se gare comme Mesrine sur un stationnement terriblement interdit sur un coin de piazza Axum et marche vers le bar de parieurs, de supporters quand il y a match, de désœuvrés souvent, de lecteurs de la *Gazzetta* toujours. Ghezzi, lui, a traversé deux ou trois mondes : depuis les HLM, en quelques kilomètres, il a parcouru à pied des rues de bonne classe moyenne, puis d'appartements cossus, puis de villas de luxe, parce que le quartier San Siro contient tout ça, mais d'ailleurs dans le Paris plein de gueux de Zola aussi, n'allait-on pas des Halles au Palais Royal en dix minutes ?

Et donc ils arrivent presque en même temps devant le bar, qui compte quelques tables mal en point à l'extérieur et deux parasols avec une marque de bière imprimée dessus, chacun d'eux est occupé à regarder autour de lui pour voir si l'autre est déjà là en train d'attendre.

Seulement, Carlo a du mal à le reconnaître. Oui, d'accord, Ghezzi est un policier peu gradé, le salaire est ce qu'il est, mais il l'a toujours connu décent, parfois même en costume cravate. D'accord, il y a eu la crise, mais ça… pantalon vert, informe, avec quelques taches qui ressemblent à de la peinture et un gilet tricoté qui serait trop moche même pour épousseter la voiture.

Sa tête doit raconter ce qu'il est en train de penser, parce que Ghezzi le saisit par un bras et le guide vers la porte du bar :

« Me cassez pas les couilles, Monterossi, la prochaine fois je serai plus élégant, mais là je suis en train de travailler et… il vaut mieux entrer, je ne voudrais pas que quelqu'un me voie en terrasse avec un homme aussi chic que vous. »

Alors Carlo comprend très vite, enfin, il entrevoit. Il sait que Ghezzi a cette passion pour les missions sous couverture… *Sauf que là*, pense-t-il… *n'est-ce pas un peu trop ?*

Ils s'assoient sur deux tabourets un peu éloignés du comptoir où on sert les sandwichs.

« Sûr que tout va bien ? » demande encore Carlo, mais comme l'autre s'impatiente, il décide de laisser tomber. Pour le reste, le sous-brigadier Ghezzi a son regard vif habituel, sa bonne répartie et surtout un certain empressement.

« J'écoute », dit-il lorsque les deux bières arrivent et qu'il en a déjà bu une gorgée, parce que la balade qui lui a fait couper les classes sociales milanaises comme du beurre lui a donné soif.

Et à présent, Carlo Monterossi se met à marcher sur une tripotée d'œufs. Il ne sait pas si ce qu'il va dire peut être utile, mais il ne sait pas à qui le dire sinon. Naturellement tout est aléatoire et approximatif. D'ailleurs, il s'est même demandé s'il allait lui dire ou non… bref, tout un tas de jérémiades qui finalement atteignent un seul but : faire s'impatienter Ghezzi, qui a beau avoir l'air d'avoir été renversé par l'avalanche du destin, n'a pas viré con pour autant.

« Bon, c'est fini ? Vous parlez ou pas ? »

Voilà c'est fait. Carlo met de côté sa prudence et raconte tout. Presque tout.

« Et depuis quand vous fréquentez les ex-détenus, Monterossi ?

— Ça, je ne peux pas vous le dire, Ghezzi, mais je peux vous assurer que ça n'a pas d'importance, parce que cette… personne, hum… rapportait un ouï-dire d'un ouï-dire, bref, des bavardages de taulards, voilà.

— Mais les noms étaient bien ceux-là ? Vous êtes sûr ? Gotti et Crisanti ?

— Oui.

— Je résume, donc, Monterossi… voyons si j'ai tout compris… Une prison, probablement du Nord… un détenu politique condamné pour un crime grave qui ensuite est mort en taule… des informations qu'on peut dater d'environ sept, huit ans, donc c'est une affaire d'avant… peut-être même de longtemps avant… quelqu'un des Pouilles en taule pour homicide qui a raconté ça autour de lui mais qui ne sait plus trop exactement où il l'a entendu ou qui ne l'a pas dit… c'est tout ?

— Si ça peut servir, il y aurait aussi la conversion… enfin, le type qui disait avoir fait de la taule aussi pour les deux morts des cailloux est devenu à un moment donné une espèce d'ultrachrétien, un mystique, ou quelque chose dans le genre… mais ça aussi c'est vague… et oui, je crois que c'est tout.

— Vous croyez ?

— C'est tout.

— Mort en prison ?

— Oui… je ne sais pas, peut-être à l'hôpital, peut-être à l'infirmerie… mort détenu, voilà, ça oui, apparemment.

— Et le gars qui vous a raconté cette histoire, vous le connaissez bien ?

— Mais non, Ghezzi, qu'est-ce que vous dites !

— Je veux dire… est-ce qu'il avait des raisons particulières de vous raconter une histoire pareille, qu'est-ce que j'en sais, il voulait faire le beau pour votre émission pour débiles à la télé… vous avez des histoires de fric en suspens…

— Non, Ghezzi, il n'avait rien à perdre et rien à gagner, je ne sais pas comment il s'appelle – ici Carlo dit un petit mensonge – et il m'a paru tout à fait sincère… D'ailleurs il racontait cette histoire pour souligner combien vous êtes cons, à chercher des Arabes pour l'affaire des cailloux. »

Là Ghezzi le regarde, mais il ne regarde pas vraiment, il est plus juste de dire qu'il le transperce des yeux, comme s'il n'existait pas, parce qu'il est en train de réfléchir.

« D'accord, Monterossi… Je ne sais pas à quoi ça sert, ce truc que vous m'avez dit… mais je l'enregistre et je vois si ça peut être utile d'une façon ou d'une autre… Naturellement je ne m'occupe pas de l'affaire des cailloux, vous savez qu'il y a une équipe dédiée et que c'est une affaire nationale, ministère, renseignements… »

Une autre pause. *Tu ne t'occupes pas de l'affaire*, se dit Carlo, *mais tu es en train d'y penser…*

« Maintenant, Monterossi, vous me promettez solennellement quelque chose.

— J'écoute.

— Vous allez rentrer là-bas, dans les beaux quartiers, vous faites votre travail, vous écoutez votre… comment il s'appelle, celui sur lequel vous faites une fixette, qui gagne des prix et ne va pas les chercher… Bob Dylan, oui, vous faites vos cochonneries à la télé, la belle vie, et vous oubliez cette affaire.

— Quelle affaire ?, dit Carlo avec l'air de celui qui a déjà tout oublié, et il sourit.

— Jouez pas au con, Monterossi, je parle sérieusement. Ce n'est pas une de vos putains d'aventures d'où on doit vous arracher par les cheveux, vous et votre ami, là, celui qui joue au détective… Ce truc, c'est du lourd, et les pros envoyés par Rome ressemblent à des enfants à la maternelle, il ne manque plus que les amateurs en balade…

— Non seulement je le promets, Ghezzi, mais je le jure. Les miens, là-bas à la télé, interviewent quelques veuves en larmes tout au plus, mais ça, vous aussi vous le savez, c'est du pipeau… »

Il a l'air sincère. Ghezzi décide de lui faire confiance, et d'ailleurs qu'est-ce qu'il pourrait faire d'autre ?

Alors il descend du tabouret et lui serre la main.

« Payez les bières, Monterossi, parce que s'ils voient quelqu'un fagoté comme je le suis qui paie à boire à quelqu'un comme vous, ils vont m'arrêter pour racolage. »

Puis il sort du bar dans le soleil pâle de deux heures de l'après-midi et il commence à marcher d'un pas rapide. Carlo Monterossi le regarde s'éloigner et se rend compte qu'il ne le voit déjà plus. Il n'a fait que cent mètres, le sous-brigadier Ghezzi déguisé en vieux pauvre, et il se fond déjà dans le paysage, rien à voir, rien à signaler.

C'est une ville méchante, vous savez ? Si vous venez ici, prenez de l'argent avec vous.

Quant à Ghezzi, il marche et réfléchit, réfléchit et marche ; maintenant qu'il est revenu dans le quartier populaire il se sent plus à l'aise, un retraité au RSA dans son habitat naturel. Il faut dire que ce Monterossi le surprend toujours. Ce n'est pas qu'il est bête, mais bon… Il entre dans la cour sur laquelle donnent les grands bâtiments gris, il est quatorze heures tout juste passées et il n'y a presque personne dans les parages. Alors qu'il arrive à la porte du bâtiment G, son téléphone sonne et il répond sans même le regarder.

« Allô.

— Ghezzi, Carella. » La voix a un goût d'alarme, donc il se tait et attend.

« Nous en avons un autre, Ghezzi, un autre mort, avec son beau caillou dessus.

— Merde !

— Exact. »

20

Assis à la place du conducteur de sa Lexus, la tête posée sur le volant, les bras abandonnés, l'un entre le siège et la portière, l'autre près de la boîte de vitesses automatique, la tête étonnée, un petit trou dans la nuque, d'où part un filet de sang désormais noir et sec.

Et un caillou posé sur ses genoux.

Giorgio Campana a été retrouvé comme ça, dans le grand parking souterrain d'un bel ensemble d'appartements sur via Solari. Un des habitants l'a vu – « J'ai pensé qu'il se sentait mal » – et a appelé le 17.

Neuf heures du matin, une minute de plus, une minute de moins.

Après quoi, le chaos.

Le sous-préfet Gregori est arrivé sur les lieux après la première patrouille, avec le substitut du procureur et les titulaires de l'enquête. Il a étudié la scène, a laissé le mort aux médecins, est monté chez la victime avec les clés trouvées dans la poche de la veste du cadavre. Une première inspection sur les lieux, et tout de suite la perquisition, les scellés, le trifouillage rapide de la scientifique sur la scène du crime, les lumières bleues habituelles des voitures, le brouhaha des copropriétaires descendus pour fouiner.

À dix heures les journalistes sont arrivés.

À dix heures vingt-cinq, les principaux journaux en ligne ont bousculé leur page d'accueil avec des tons de fin de l'humanité : Le tueur au caillou frappe encore. Milan a peur. Sang sans fin. Assez. Des choses comme ça.

Avant onze heures, Gregori a prévenu Carella en lui disant de ne pas y aller, de se rappeler qu'il est en vacances, il lui a donné rendez-vous à midi au parc Solari, près de la piscine, et il lui a dit ce qu'ils avaient découvert pour le moment, c'est-à-dire très peu de choses : identité de la victime, détails et hypothèses concernant la dynamique, premiers mouvements engagés par les enquêteurs. Il lui a dit que l'agente Senesi était déjà occupée à tout photocopier, à intercepter chaque détail de façon à le faire parvenir à l'équipe clandestine, qu'elle fera un double des CD des caméras du parking souterrain lorsqu'elle les aura entre les mains.

Gregori était nerveux et en colère, mais aussi – Carella a eu cette impression – inquiet de devoir jouer ce double jeu étrange.

Puis Carella a appelé Ghezzi, qui a dit seulement : « Merde ! »

Et maintenant ils sont là, dans le petit salon de madame Rosa, Carella plus froissé que d'habitude, Selvi silencieux, Sannucci qui se tord les mains, un peu parce qu'il se rend compte qu'ils ne s'en sortent pas, un peu parce qu'il a peur que la couverture de Gregori ne soit pas une si bonne chose, et que si on finissait par apprendre que lui et les autres jouent à leur compte en faisant semblant d'être en vacances, adieu carrière – et lui, il y tient.

Lorsque le sous-brigadier Tarcisio Ghezzi arrive, toujours habillé en réfugié, occupant illégal, sous-prolétaire, madame Rosa porte les mains à la bouche. Son Tarcisio, dans cet état… Il s'excuse et disparaît dans la salle de bains où il prend une douche chaude, cinq minutes et le voilà, avec les autres, une tasse de café dans la main.

Carella fait le point sur la situation.

La victime : Giorgio Campana, courtier, quarante-huit ans, aisé, marié sans enfants. Sa femme a été prévenue, elle était dans un grand hôtel sur le lac et elle a couru à Milan tout de suite, accompagnée par le chef de la sécurité de l'hôtel, parce que c'est un de ces endroits ultraluxe où on traite et on respecte les clients comme des nobles de cour. La dame n'a pas pleuré mais elle était troublée, sous le choc, accompagnée par un médecin, examinée et bourrée de tranquillisants, maintenant elle est chez une amie.

Ce Campana était une sorte de pourchasseur d'affaires, dit Carella, des constatations sont en cours, papiers, trafics. « On verra ce qui en sort. »

L'arme. Carella rapporte ce que lui a dit Gregori, qui a vu le corps. Le trou était petit, un .22, presque sûr, mais ils attendent la balistique et l'autopsie, tir à bout portant en tout cas. Le plus probable, c'est que le meurtrier a attendu sur le siège arrière, allongé, tout sage, et que dès que l'autre est monté, avant qu'il ne démarre, boum. Nerfs solides. Dans le parking il y a une seule caméra qui filme l'entrée de la rampe. D'après le médecin, Campana est mort vers sept heures, sept heures et demie, il était de ceux qui vont tôt au bureau. D'autres habitants sont sortis après mais ils n'ont rien remarqué, parce que la place réservée à Campana se trouvait dans un coin, donc le fait que l'autre était là, gisant sur son volant, n'a été remarqué que par un type qui sortait tard et qui avait sa voiture à côté.

« Entrer dans un parking souterrain, le matin, quand il y a un certain va-et-vient, attendre, sortir sans se faire repérer… un gros risque, dit Ghezzi.

— Pas plus gros que tirer via Mauri à vingt-trois heures, dit Selvi.

— Oui, peu importe qui c'est, le meurtrier est peu prudent et très chanceux. »

Maintenant ils doivent se partager les tâches.

Selvi part jeter un coup d'œil à la scène, dès qu'elle sera dégagée ; il doit d'abord comprendre comment on peut entrer et sortir de là sans être vu et sans être filmé par les caméras : étant donné son habileté à les esquiver lors des deux premiers homicides, ils tiennent pour acquis que l'assassin n'apparaîtra sur aucune image.

Sannucci restera là, chez madame Rosa, à attendre tout le matériel que Senesi arrivera à lui envoyer, ils sont d'accord pour qu'elle l'appelle toutes les heures pour lui rapporter développements et nouveautés.

Carella s'en va essayer de reconstituer qui c'est, qui c'était, ce Campana, et Ghezzi revient à son logement squatté, parce que ça, c'est la seule piste qu'ils tiennent et qu'ils ne veulent pas la lâcher, pas encore.

Mais avant il dit quelque chose, et tout le monde y avait un peu pensé sans pour autant l'avoir vraiment saisi :

« Il y a un truc qui cloche.

— Explique, dit Carella.

— Quel âge il avait, ce Campana ?… Quarante-huit, j'ai bien compris ? »

Personne ne souffle mot.

« Donc en 1980, en 1981, quel âge avait-il ? Douze ? Treize ? Un peu jeune pour faire la révolution prolétaire avec les deux autres morts. C'est une faille dans notre hypothèse.

— C'est un peu tôt pour le dire, Ghezzi – Carella aussi pense à voix haute –, peut-être qu'il savait quelque chose, peut-être que… on va voir, si ça se trouve cette fois-ci un lien avec Gotti ou Crisanti apparaîtra, si ça se trouve…

— La modalité aussi est différente – Ghezzi continue sur ses rails – un .22 n'est pas un pistolet de meurtrier… mais nous avons vu que ce connard tire avec ce qu'il trouve, vieilles armes, armes de demoiselle… Ça confirme que ce n'est pas un professionnel, ça nous donne raison, mais évidemment ça peut être un hasard.

— On marche sur des nuages, dit Carella, il nous faut plus d'éléments. On se voit ici ce soir, d'accord ? Vers sept heures. »

Ils acquiescent tous et s'en vont. Ghezzi met quelques vieux habits dans un sac, Sannucci s'installe confortablement et attend les appels de la préfecture où Gregori fera son travail d'espionnage en les tenant au courant de ce que trouve l'équipe envoyée par Rome. Madame Rosa commence son chapelet de recommandations à son mari :

« Mais Tarcisio, mais là-bas tu as de l'eau chaude ? Pourquoi tu ne prends pas deux draps aussi ? »

Oui, c'est une bonne idée, les draps.

Puis Ghezzi s'approche de Sannucci.

« Pendant que tu es là à rien foutre, Sannucci…

— Hé, c'est quoi ces manières, brig !

— Oui, ces manières… rends-moi un service. Tu te colles au téléphone et tu cherches quelqu'un qui connaît bien l'administration pénitentiaire, à Rome. Voilà ce que je veux savoir : les décédés pour maladie en prison… disons entre 2000 et

2009, noms et raisons de la peine. Pas les suicides, hein, Sannucci, sinon on n'en finit plus… »

L'autre le regarde avec la tête de celui qui ne comprend plus rien.

« Fais-moi confiance, Sannucci, je t'expliquerai après, mais rends-moi ce service… Attention, ça ne va pas être un truc facile, parce que, à supposer qu'ils aient ces données, ils ne les filent pas volontiers, invente un truc…

— Je vais essayer.

— Bien. »

À présent Ghezzi s'apprête à sortir pour de bon et à revenir à sa mission clandestine mais il change d'avis, allume la télé et balaie rapidement les chaînes. Toutes les émissions de l'après-midi parlent du troisième homicide des cailloux. Des images du parking de via Solari, Gregori qui repousse les micros d'une main, le substitut du procureur qui, lui, se met devant la caméra et dit : « Espérons que ce troisième homicide viendra consolider les pistes que nous suivons », c'est-à-dire aucune. Puis les micros défilent sous le nez des passants et habitants de la résidence, et là, c'est une seule et unique ligne : peur et rage. « Ils sont en train de nous tuer comme des chiens, dit une dame élégante, qu'est-ce qu'on attend pour tous les renvoyer chez eux ? »

Tous qui ? pense Ghezzi. *Tous les meurtriers ? Quelle idiotie.*

Mais le concept, à quelques variantes près, est répété par une majorité pas si silencieuse que ça, des gens modestes et des grands revenus, des citoyennes qui vont au marché avec un caddie à petites roues et des propriétaires de BMW qui sortent en vrombissant de ce parking sous la terre, des passants quelconques et des dames haut placées. Toujours la même histoire. Donnez-nous un ennemi à haïr, disent-ils.

Lorsque le sous-brigadier Tarcisio Ghezzi revient via Gigante, la cour est envahie par un soleil pâle. Le printemps intimidé et circonspect est là mais il ne se montre pas.

Il se dirige vers la porte de son bâtiment, fait un signe aux jeunots des Calabrais qui sont assis là, près de la grille, l'un sur un scooter, l'autre sur une chaise en bois, penchée, le dossier appuyé contre le mur. La garde. Ils ne répondent pas. Plus loin il y a un garçon noir, assis par terre, *On dirait un autre garde*, pense Ghezzi, mais il ne sympathise pas avec les deux Italiens. La chose lui paraît étrange, mais il continue tout droit. Se fondre dans le paysage, devenir invisible.

Mais après, quand il passe devant la porte du bâtiment C, il voit un petit attroupement, trois personnes, une vieille dame qui peine à tenir debout, soutenue par une fille, et un autre jeune qui se tient droit et discute.

« Excusez-moi ! » C'est la fille. Ghezzi comprend qu'elle s'adresse à lui. Il s'arrête et la regarde comme pour dire : moi ? qu'est-ce qu'il y a ?

« Vous nous aidez ? »

Elle lui explique que la dame ne peut pas se servir de ses jambes, vraiment elle n'y arrive pas. Ils l'ont accompagnée chez le neurologue, et maintenant c'est un problème de la remonter à la maison. La fille indique en haut : « Quatrième étage, dit-elle, nous deux on n'y arrive pas. »

Ghezzi étudie la situation un instant. La vieille se tient debout avec une grimace de douleur, ou de gêne, ou qui sait, maintenant elle s'agrippe au garçon. La fille ne sait pas quoi faire.

Alors Ghezzi revient vers l'entrée de la cour et s'adresse au type qui se balance sur la chaise.

« Tu me prêtes ta chaise ?

— Hein ?

— La chaise, je te la ramène dans dix minutes, on aide la dame », dit Ghezzi.

L'autre, celui qui est assis sur le scooter, rit, mais celui de la chaise se lève, peut-être parce que dans le ton du nouvel arrivé, il y a quelque chose…

« Dix minutes », dit-il, parce que d'une certaine façon, tout en cédant, il doit jouer le dur.

Ghezzi revient avec la chaise vers le petit groupe, ils font asseoir la dame, puis il fait un signe au garçon, qui prend la chaise par le dossier, tandis que lui se met devant.

Ainsi ils commencent l'ascension et ils se tapent quatre étages en transportant ce palanquin qui grince, genre pape en procession.

Lorsqu'ils entrent dans l'appartement, Ghezzi sent une chaleur âcre, ça pue le renfermé et la nourriture rance. Ils mettent la vieille sur le lit, allongée. Le garçon dit qu'il doit partir, alors Ghezzi lui indique la chaise :

« Amène ça au connard en bas », dit-il. Et à la fille, en pointant du doigt la dame qui maintenant a l'air harassé, la tête sur l'oreiller, la robe genre marché-du-coin un peu relevée sur les jambes : « Et qu'est-ce qu'elle fait, ici, elle, si elle ne peut pas marcher ? »

La fille hausse les épaules :

« De temps en temps quelqu'un passe, soit des nôtres, soit les autres vieilles du bâtiment. »

De temps en temps, pense Ghezzi.

« Vous êtes nouveau, n'est-ce pas ?, dit la fille.

— Oui.

— Je m'appelle Chiara.

— Moi, Franco », dit Tarcisio Ghezzi. Puis il a une idée.

« Il y a des urgences près d'ici ?

— Oui, celles de San Carlo.

— T'as une voiture ?

— Non, mais elle, oui – elle indique la dame –, c'est une carcasse, mais ici tout le monde s'en sert un peu.

— Viens avec moi », dit Ghezzi. Certaines choses, il faut les saisir tout de suite : si tu réfléchis, après tu ne les fais plus, mais lui il sait que parfois il faut laisser tomber le bon sens. Donc cinq minutes plus tard, ils sont à bord d'une Golf qui perd des morceaux, Chiara au volant, lui sur le siège passager en train de lui expliquer son idée. Aux urgences, il y a une queue interminable. Aux admissions, c'est elle qui parle. Son père a fait un malaise. Il s'est évanoui, il a la tête qui tourne, pourraient-ils l'examiner ?

« Carte vitale ?

— Je ne l'ai pas ici, nous sommes venus en courant.

— Mettez-vous là, on vous appelle. »

Ils s'assoient donc dans la salle d'attente et étudient la situation. Ils ont un code jaune, c'est donc possible qu'ils soient obligés de rester là pendant quelques heures, il y a un va-et-vient d'infirmiers, des patients qui patientent, des gens qui se plaignent, un type avec une main qui saigne enveloppée dans un torchon déjà presque tout rouge, une dame avec un enfant dans les bras, qui pleure tout bas. Elle, pas l'enfant. Les portes s'ouvrent et se ferment sans cesse, l'une donne sur la salle des admissions, l'autre sur un passage pour les ambulances. Personne ne fait attention à eux. Ghezzi se lève, sort par la porte des ambulances et s'installe sur un fauteuil roulant. Chiara le rejoint, il la regarde. C'est une jolie fille, elle a une mèche de cheveux violets, un sweat bleu et un jean clair. Un petit anneau doré qui pince son sourcil.

« Pas encore, lui dit Ghezzi, va à l'intérieur, reviens dans dix minutes. »

Se fondre dans le paysage, devenir invisibles. Brancardiers et infirmiers, en effet, passent sans le voir. Dix minutes après, Chiara sort et commence à pousser le fauteuil vers la sortie des ambulances. Doucement, comme si elle amenait le malade prendre l'air, ou peut-être qu'elle veut fumer en attendant qu'on l'appelle pour la visite. Personne ne les remarque, ils atteignent la voiture, plient le fauteuil et le mettent sur le siège arrière, ils montent et ils démarrent.

À présent madame Antonia, bâtiment C, quatrième étage, est assise sur la chaise roulante volée à l'hôpital, essaie de bouger, apprend les gestes, les angles, les trajectoires, les mains sur les roues du fauteuil.

Ghezzi déplace un peu la table de la cuisine de façon qu'elle passe, qu'elle n'ait pas d'obstacle. Il s'assied et demande : « Ça va un peu mieux, madame ?

— Au moins je peux aller aux chiottes », dit-elle. Elle ne va pas dire merci, Ghezzi le sait et ça lui est égal. C'est Chiara qui le dit, qui ne retient pas sa curiosité :

« Joli coup, Franco… vous êtes où ?

— Bâtiment G, quatrième étage.

— Les Calabrais ?

— Oui.

— Je dois y aller… merci.

— Pourquoi merci ? Je reste un peu ici pour récupérer et je m'en vais, moi aussi. »

Elle sourit et se dirige vers la porte. Avant de sortir, elle met la clé de la Golf sur le meuble de l'entrée, mais il l'arrête :

« Excuse-moi, Chiara…

— Oui ?

— La voiture de la dame… si je devais en avoir besoin, comment je fais ?

— Tu viens ici et tu prends les clés… Elle laisse la porte ouverte, comme ça quand quelqu'un vient pour vérifier que tout va bien elle n'a pas à se lever… Mais dis-lui… on l'utilise presque tous, ici, mais elle n'a pas d'assurance, attention, si on t'arrête c'est chaud…

— Prenez-la quand vous voulez, Franco – et ça, c'est la voix de madame Antonia –, au moins pour la voiture, c'est le socialisme ici… de toute façon maintenant moi aussi j'ai des roues », et elle rit pendant qu'elle sillonne son minuscule deux-pièces avec sa nouvelle chaise roulante. Elle a l'air contente.

Alors il se lève lui aussi, il salue et descend l'escalier.

La voiture. La Golf qui était passée via Mauri la veille de l'homicide Gotti.

Tout le monde s'en sert.

Bingo.

Lorsqu'il remonte dans son trou, il est dix-sept heures passées. Il reste deux heures avant le rendez-vous chez lui, avec les transports ça lui prend plus ou moins une demi-heure, donc il a un peu de temps. Alors il sort les draps de son sac, il couvre ce matelas taché. Puis il prend le nettoyant, les éponges et les torchons et se met à récurer la salle de bains. À dix-huit heures trente il sort, ferme la porte et descend lentement l'escalier. Dans la cour, il y a des gosses qui jouent au foot, trois contre trois, empoussiérés et transpirants, deux sont vraiment tout noirs, les autres olivâtres, ou à peine un peu plus foncés. Il y a Diego aussi, qui le salue de la main.

Les deux qui montent la garde sont toujours là, il baisse la tête comme pour saluer, mais les autres ne le voient même pas.

Faire partie du paysage, comme un buisson, comme un mur.

Tarcisio Ghezzi sourit et se dirige vers la station de métro.

Lorsqu'il arrive à la maison, Rosa l'accueille comme s'il était un réfugié, il manque seulement la couverture en aluminium qu'on donne à ceux qu'on a sauvés en mer et la scène pourrait être parfaite. Ghezzi disparaît sous la douche et quelques instants plus tard ils sont tous là.

Sannucci s'approche de lui.

« Toujours rien, brig. Ils m'ont mis en lien avec un service, puis un autre, puis un fonctionnaire qui m'a renvoyé vers une association qui collabore avec eux, puis à l'association on m'a dit que je devais parler avec quelqu'un qui n'était pas là…

— Ne lâche pas, Sannucci, ça pourrait être important.

— Bien sûr, brig. Vous m'expliquerez après, hein !

— Quand nous aurons les noms je t'expliquerai, Sannucci, tiens-toi sage. »

Carella est au téléphone. Selvi est assis sur le canapé, il attend que le chef arrête de parler dans le portable, puis il commence :

« Il y a trois façons d'arriver au parking. Par la rampe, bien sûr, mais c'est le seul endroit où les caméras peuvent te voir ; par le bâtiment, naturellement, il y a des escaliers et un ascenseur pour y arriver, mais pour emprunter ce chemin il faut d'abord entrer, et la porte cochère n'est pas facile à ouvrir sans clés… c'est un endroit de riches, plutôt bien surveillé… Puis il y a un passage entre la rampe et un mur, là il faut escalader et les caméras ne te voient pas… il suffit d'un petit saut et on est à l'intérieur, il doit être passé par là, facile.

— Mais il faut ouvrir la voiture, dit Sannucci.

— Ça, tout le monde sait faire. »

Carella ouvre la porte-fenêtre qui donne sur le petit balcon et fume, comme toujours.

« L'autopsie confirme : calibre .22 droit dans la nuque, à bout portant, peu de sang et peu de bruit, même si à l'intérieur on a dû entendre la détonation, mais pas de témoin. Campana est mort vers sept heures, ça aussi c'est confirmé, mais personne ne l'a trouvé avant neuf heures, soit ils ne l'ont pas vu, soit c'est des gens qui ne s'occupent que de leur cul. Entre sept heures et neuf heures, six voitures sont sorties du parking, mais elles étaient un peu loin, ils peuvent très bien ne pas l'avoir vu. »

Personne ne souffle mot, sauf madame Rosa qui dit : « Je mets les pâtes à cuire, vous en voulez ? »

Toujours Carella :

« Ce Campana était un fils de pute. Ce sont les papiers qui nous racontent ça, et sa femme aussi. Enfin, elle n'a pas dit ça, mais selon elle les choses n'allaient pas très bien avec son mari. Une dame élégante, enfin, je dirais friquée même… belle femme. Bref, depuis quelque temps elle s'arrangeait pour être ailleurs, au lac, dans ce grand hôtel, et elle a un appartement à Rome. Ça ressemble à une séparation non dite, même si d'après elle c'est plus compliqué que ça… une période pour réfléchir… une pause dans la relation… ces trucs-là.

— Pourquoi tu dis fils de pute ?, demande Ghezzi.

— Un partenaire a porté plainte contre lui pour escroquerie, beaucoup de gens lui ont confié leurs économies et l'ont eu dans le cul… excusez-moi, madame… quelques menaces aussi, dans son téléphone il avait le numéro de plusieurs putes, putes de luxe, et puis un truc plus grave, mais ce sont les autres qui travaillent dessus et j'attends que Gregori me raconte quelque chose, pour l'instant il reste bouche cousue.

— Argent ?

— Beaucoup. L'appartement à Milan est une place d'armes de deux cents mètres carrés, puis il avait un domaine dans l'Oltrepò avec des vignes, un bateau quelque part, naturellement, quatre ou cinq comptes en banque qu'on est en train d'étudier et deux coffres de sécurité qu'on est en train d'ouvrir à l'heure où je vous parle.

— L'appartement de Rome ?

— Il est à la dame, elle ne manque pas d'argent non plus, à vrai dire la riche c'était elle. Famille de banquier, mannequin dans sa jeunesse, puis elle a épousé le gus et n'a fait que mener la belle vie. Quant à lui, master en école de commerce et beaucoup de trafics. À la maison ils faisaient chambre à part. Celle de la femme ressemble à la chambre d'une intellectuelle, des livres partout. La sienne est pleine d'ordinateurs, apparemment il tradait sur tous les marchés, donc la nuit aussi.

— Joli couple, dit Selvi.

— Oui, la belle et la bête, dit Carella.

— Donc pas mal d'ennemis… – et ça, c'est Ghezzi qui pense à voix haute, comme d'habitude.

— Oui, mais aucun lien avec les deux autres… », dit Carella, qui s'éloigne du groupe pour répondre au téléphone ; il sort sur le balcon, on l'entend parler, mais pas ses mots.

Les pâtes arrivent – *ragù* à la bolognaise – et tout le monde commence à manger. Madame Rosa surveille son Tarcisio.

« Mais tu as un frigo, là-bas ? » demande-t-elle.

Il secoue la tête.

Puis Carella revient et dit :

« Ça, c'est vraiment gros. »

Ils le regardent tous avec un point d'interrogation sur le visage, comme pour dire, allez, vas-y, qu'est-ce que tu attends ?

Alors il raconte :

« Ils ont convoqué un type, un plombier, la quarantaine, et ils l'ont cuisiné comme il faut. Raison : il a une fille de quatorze ans qui a été hospitalisée il y a deux mois pour des coups. Deux côtes cassées, le nez fracturé, des traces de violence... je fais court, mais c'est moche. » Carella ne dit pas tout parce que madame Rosa a déjà mis les mains sur son visage. « Dans le téléphone de Campana, ils ont trouvé des messages. Menaces, allusions à des vengeances et à la fille. Bref, il paraît que le connard s'amusait avec les petites, et qu'il a exagéré avec celle-là. Des trucs violents...

— Donc ils l'ont cuisiné, normal... dit Sannucci.

— Quatre heures d'affilée. Mais le type a dit que ça s'était terminé avec un virement de Campana... cinquante mille pour ne pas porter plainte, et peut-être aussi pour ne pas avoir la gueule cassée. Ce n'est pas lui qui l'a flingué, en tout cas, parce qu'il avait un travail à Mantoue, l'installation d'une laverie, et il a un alibi solide. Les deux autres, il ne les connaissait même pas, ils sont en train de vérifier s'il a un alibi aussi pour les autres meurtres mais apparemment oui... ils ont convoqué sa femme aussi, la mère de la fille... Bref, finalement la petite était tombée dans l'escalier et c'est tout, ils ont dû les laisser partir.

— Quel bâtard », dit madame Rosa. On ne sait pas si elle parle de Campana qui baisait la petite fille ou du père qui la vendait, fractures incluses, pour cinquante mille euros. Probablement des deux, ou du monde, ou de l'espèce humaine, notamment mâle.

« La dame ? » demande Ghezzi. Il veut dire la veuve Campana.

« Elle est tombée des nues, horrifiée… Elle dit que oui, elle savait que son mari pouvait être violent, mais pédophile aussi, non, elle n'aurait jamais dit… sincèrement émue, en colère, dit Gregori, on lui a promis que ça n'allait pas sortir dans la presse, mais je ne miserais pas là-dessus.

— Le caillou ?

— Rien, un caillou. »

Il est tard, maintenant. Senesi a passé un dernier appel à Sannucci pour la mise à jour, et il transmet. Ils sont en train d'éplucher les papiers, des menaces à l'encontre de Campana, ils en ont beaucoup, même deux lettres anonymes, probablement des gens arnaqués avec des fonds, des obligations, des titres qui étaient censés rapporter comme une mine d'or et qui se sont écroulés dix minutes après l'achat. Ils suivent la piste des petites filles centimètre après centimètre : s'il a fait ça une fois, peut-être qu'il l'avait déjà fait ; ils cherchent des virements comme celui pour le plombier qui vendait sa fille. Mais, ajoute Senesi, ils n'y croient pas trop, parce que ça ne s'emboîte pas bien avec leurs hypothèses… enfin, ils n'ont pas de vraies hypothèses, mais les deux autres morts n'ont rien à voir avec ces trucs-là, ça c'est sûr, donc… ils n'ont pas encore trouvé de lien…

Bref, il pourrait s'agir d'un péché privé qui n'a rien à voir avec le meurtre, si ce n'est pour dire qu'il méritait ça, voilà. Rien de nouveau, telle est la conclusion, sinon qu'à la préfecture ils ont subi le siège des journalistes pendant toute la journée, que Gregori est hors de lui, que…

Lorsque Ghezzi revient dans sa tour, il est presque vingt-deux heures et les gardes ont changé, il y a d'autres garçons, apparemment nord-africains. C'est la première fois qu'il revient quand il fait noir, donc ils le regardent plus attentivement, mais s'ils s'alarment d'une façon ou d'une autre, ils ne le laissent pas voir. Ghezzi monte dans son trou, ouvre la fenêtre et se met là avec sa chaise. La nuit, la cour est presque déserte, mais il voit quand même quelques mouvements furtifs. Trois Noirs, très noirs, sortent de la porte du bâtiment D et empruntent les escaliers qui descendent aux caves. Puis l'un reste dehors et les deux autres sortent par la grille principale. Ils reviennent quelques minutes après avec une caisse, et ils la descendent par l'escalier où l'autre fait toujours la sentinelle. Puis les deux sortent à nouveau et ils s'en vont tous les trois. Ghezzi pense que ce doit être les Africains dont lui a parlé l'autre, le policier du commissariat de San Siro, et oui, en effet, c'est évident qu'il y a des trafics, là-bas… mais lesquels ?

Puis il s'allonge sur son lit. Les draps propres sont une consolation. *Un point pour Rosa,* pense-t-il, et il s'endort comme un enfant.

21

Carlo Monterossi ouvre les yeux à une heure impudique – qui pour lui veut dire aube, monde souterrain, gel de l'âme, bref, trop tôt – parce qu'il est neuf heures moins le quart et trois étages plus bas, dans la rue déjà bondée, un marteau-piqueur joue la valse de la douleur. *De ma douleur*, pense Carlo, et après s'être retourné à plusieurs reprises dans son lit, il décide que la journée commence mal, autant lui faire face, le taureau par les cornes, son courage à deux mains et toutes ces conneries-là.

Comme si cela ne suffisait pas, sur la table de la cuisine se trouve l'habituelle pile de journaux que Katrina monte tous les matins, sans jamais lui faire le cadeau de manquer à cette obligation.

En s'asseyant, donc, il pousse un gémissement et elle, la Moldave ligneuse, s'ouvre en un de ses petits sourires qui contiennent de l'affection mais aussi un léger sarcasme pour « monsieur Carlo », contraint à se réveiller si tôt, alors qu'elle est debout depuis des heures, qu'elle a déjà dit ses neuvaines, a déjà affronté les dures épreuves de la vie, arrosé les plantes dans la cour de la copropriété et qu'elle est en train de lutter en corps-à-corps avec l'immense réfrigérateur de la maison Monterossi.

« Travaux ça dure une semaine, dit-elle en faisant allusion aux bruits qui viennent de la rue.

— On va voir si j'arrive à la fin de la semaine », dit Carlo, qui se sert le café de la moka. Puis, comme il le fait de temps en temps – pas assez souvent pour que cela devienne une habitude, mais assez pour que cela n'ait pas l'air d'une cérémonie – il prend une autre tasse blanchissime et la pose sur la table.

« Allez, Katrina, tiens-moi compagnie pour le café.

— Monsieur Carlo encore trois émissions, dit-elle, même pas un mois. Vous avez pensé quoi faire après ? Si monsieur Carlo travaille, il ne fait pas bêtises, nous savons tous ça. »

Tous qui ? C'est normal, ça, à peine levé, de se faire psychanalyser par sa gouvernante moldave ? Mais elle a acheté des myrtilles et les a mises là, dans un bol, pour qu'il puisse verser le yaourt dessus, et Carlo décide que ce coup-là n'est qu'une trouvaille cynique pour se faire tout pardonner, ce qu'il ferait de toute façon.

« Ce truc de cailloux ne finit plus, dit-elle en indiquant les journaux, maintenant la faute est à Arabes, je ne crois pas à ça, mais Arabes ont beaucoup de fautes et une en plus…

— Ne t'y mets pas, toi aussi, Katrina… D'après moi, le type des cailloux, ils ne vont pas l'attraper, à en juger par ce qu'on raconte, ils ne savent pas où donner de la tête.

— Monsieur Carlo parle de justice d'hommes, mais quand viendra jour de vraie justice…

— Mouais, attendons, Katrina, attendons et espérons.

— Et prions », clôt-elle.

Non, là, il n'a pas envie de se laisser rouler sur le versant millénariste de Katrina, pas tôt le matin, avant son orange pressée, pas avant de se rendre compte que la journée sera longue et identique aux autres. Elle, on le sait, elle est supporter du Dieu des armées, féroce et vindicatif... parce qu'elle a vécu de l'autre côté du rideau de fer quand elle était petite fille, et elle sait que la vengeance, du moins celle de l'Histoire, c'est quelque chose qui arrive pour de vrai. Ce n'est pas comme si ça allait mieux après, mais le plaisir de voir les géants tomber dans la fange, eh bien, au moins ça vaut le prix du billet.

Alors Carlo arrête de parler et fait face au calvaire des journaux.

Le troisième assassinat des cailloux occupe presque toutes les pages. Et d'ailleurs, avec une telle affaire en cours, qui lit les critiques de films, les contorsions de la rubrique politique, les mauvaises nouvelles de l'économie ?

Le troisième mort est ce Giorgio Campana. Les journaux ne le disent pas ouvertement – et d'ailleurs, comment le pourrait-on, d'un mort ? – mais on comprend que parmi les trois victimes du tueur, c'est celui qu'on va pleurer le moins. Carlo sait lire entre les lignes, et entre ces lignes qu'il sait lire on comprend qu'on ne dit pas tout du troisième mort. La veuve ne pleure pas, les amis sont introuvables, en tout cas pas disposés à dire que c'était quelqu'un de bien. Il ressort de certains détails financiers que le gars n'avait même pas la noblesse du requin, plutôt la voracité rapide du piranha. Et puis il y a des allusions voilées à des « *vices inavouables* », à une « *conduite condamnable* », à des « *habitudes abjectes* ». Pour faire court, cette fois-ci le mort est un véritable connard, on ne vous le dit pas mais on vous le fait comprendre. Carlo comprend et il s'en fiche complètement, alors il passe des faits aux commentaires, et c'est le délire habituel.

Il y a même un titre qui remplit entièrement la une : Réagir, mais après on ne comprend pas à quoi réagir – à des gens qui te flinguent dans ta voiture dans un parking ? Eh, bien sûr, si on pouvait… En général c'est l'inquiétude qui prévaut, elle glisse vers la terreur et se mue en panique. Un par un, c'est le titre d'un commentaire qui préfigure des scénarios apocalyptiques, où à peu près tous les Milanais aisés se seront fait descendre, un caillou sur le ventre. Mais si la ville réagit avec un mouvement de fierté, alors oui, alors il y a de l'espoir.

Carlo secoue la tête. L'irrationnel prend le dessus. Et puis, au vu de la piètre figure que sont en train de faire les chasseurs, il vaut mieux se concentrer sur la proie. Qui peut bien être le mystérieux assassin ? Un maniaque, un tueur en série ? Voilà, c'est comme ça qu'on apprend à se faire coloniser par les États-Unis, et c'est un réalisateur de navets pour analphabètes qui dit ça, un type qui écrit et tourne des gags sur les homos et les femmes grosses, qui conteste avec indignation l'imaginaire des De Niro et des Tarantino, bref, le pou à l'assaut du tigre.

Puis il y a tout le côté politique de l'affaire. On insiste encore sur les musulmans, la mosquée, la signification des cailloux, avec des théories qui pédalent dans la semoule et des penseurs du vide qui argumentent de façon absurde. Ce ne sont pas les juifs qui posent des cailloux sur les tombeaux de leurs morts ? Et alors, pourquoi ce truc des cailloux ne serait pas une provocation antisémite de quelque groupuscule d'intégristes musulmans ? Une soubrette d'un certain âge dit qu'elle a peur de sortir de chez elle, mais elle réfléchit aussi au fait que « *c'est justement ça que veulent les assassins* » et alors elle sortira quand même : mieux, elle a décidé d'organiser une fête. La droite est déchaînée, les leaders racistes demandent à revoir la loi sur les armes, de façon que chacun puisse avoir un pistolet dans sa poche et ne pas se faire tuer par le type des cailloux. Une autre théorie avance que les morts sont tous aisés, voire riches, et que donc nous sommes en présence d'une guerre des classes qui n'épargne personne, « *Mais si la faute c'est d'avoir des bons revenus, des belles maisons, des voitures puissantes, où va-t-on ?* ».

Et la foi ? On ne veut vraiment pas prendre en considération la crise de la foi, des vocations, des mariages à l'église, le déferlement du péché ?

Dans les pages économie on fait remarquer que ça ne sert à rien de se décarcasser pour attirer capitaux et investisseurs étrangers si après on tue les citoyens possédants comme des mouches : qui va venir ici avec ses dollars, hein ? Qui va en avoir envie ?

En fond sonore, dans chaque ligne, dans chaque titre, dans chaque commentaire, même chez les plus absurdes, même chez les plus raisonnables et modérés, même chez ceux qui arrivent à ne pas perdre tout à fait la petite boussole du bon sens, on ne lit que cela : justice. Dure. Implacable. Tout de suite.

Carlo réfléchit à cela. Trois morts assassinés de façon aussi éclatante, de façon aussi spectaculaire, éveillent dans la nation plus de fureur que mille autres injustices, même plus grandes, quantitativement immenses, cadrées chaque jour dans des petites brèves cachées à la page vingt. Mais ça aussi – il s'en rend compte –, c'est bête comme discours. Une injustice est une injustice, grande, petite, minuscule. C'est un truc qui démange. Et pourtant… Et pourtant il sait que dans la demande de justice il y a quelque chose qui détonne toujours, que distinguer la soif de justice de l'envie de potence est une opération ardue, toujours. Une idée lui traverse l'esprit, il se lève et cherche un livre dans la bibliothèque du salon. Ce n'est pas qu'il ait besoin d'une citation au petit déjeuner, mais il veut voir s'il se souvient bien. Puis il trouve le pseudo-roman de Dylan – ce n'est certainement pas pour ça qu'on lui a donné le Nobel –, il feuillette, cherche, tourne les pages. Oui, parfait.

Pourquoi s'en faire pour les magouilles des autres ? c'est simplement se torturer / non mais incroyable ! le monde est fou de justice[1].

Voilà, se dit Carlo Monterossi. Le monde est fou de justice. Exactement. Et pendant qu'il se félicite d'avoir trouvé la citation qu'il cherchait, pendant qu'il pense que le *white boy* du Minnesota, le Zelig du blues, a souvent raison et sait trouver les mots qui lui échappent, le téléphone sonne, et l'écran dit la dernière chose qu'il voudrait lire dessus : Flora De Pisis. Il appuie sur la touche de réponse et ne dit rien, c'est donc elle qui parle, la reine de *Crazy Love*.

« Mon auteur préféré va daigner se présenter, aujourd'hui ? »

La voix est la même que d'habitude, un mélange de séduction et prière, qui cache des ordres secs. Elle devrait parler en allemand, Flora De Pisis, tout serait plus clair.

« Le temps de me faire beau et j'arrive.

— Mmm – elle feint de gémir – un jour ou l'autre…

— Allons, Flora, j'arrive, donne-moi une petite heure », dit Carlo en coupant la communication. *Un jour ou l'autre…* Rien que d'y penser, même pour rigoler, l'idée le fait frissonner de dégoût. Mais après, pendant qu'il choisit une chemise, une cravate, et qu'il cherche une veste légère mais pas trop, il pense

1. Bob Dylan, *Tarantula*, tr. fr. Daniel Bismuth, Paris, Fayard, 2018.

que pour passer un appel comme ça, Flora doit avoir quelque chose en tête. Le protocole standard, en effet, c'est de le faire appeler par quelqu'un, jeunes auteurs, assistants, secrétaires, et ne jamais composer le numéro personnellement, au risque terrifiant de s'ébrécher un ongle.

Lorsqu'il monte dans la voiture, donc, il est encore en train de se demander ce qui se passe.

Et étant donné que prendre un bain dans le bassin de l'orque tueuse n'est pas une priorité pour tout homme doué de bon sens, Carlo ne va pas tout de suite dans le bureau de la divine. Il passe sa tête par la porte de celui de la productrice, Bianca Ballesi, et il dit :

« Café ? »

Elle le suit vers la machine du couloir et se pare d'un sourire sarcastique.

« Qu'est-ce qu'il y a ?, demande Carlo. Quelque chose qu'il vaudrait mieux que je sache ?

— Tu vas vite le savoir », rit-elle. Mais comme elle voit qu'il est impatient, elle cède tout de suite : « Flora a découvert qu'à la fin de la saison tu quittes le navire. »

Il fait une tête comme ça, mais il ne se trouble pas tellement : garder un secret là-dedans, c'est comme attacher un éléphant avec un fil de barbe-à-papa.

« Et comment elle a pris ça ?

— Elle n'a pas l'air furibonde, mais je crois que d'une façon ou d'une autre elle va te le faire payer…

— Tu sais que ça fait des années que je veux prendre le large, non ?

— Je sais, Carlo, et si je pouvais… enfin, si tu vas sur une île déserte, tu peux essayer de m'inviter.

— Si je suis là, elle n'est plus déserte, Bianca.

— C'est vrai aussi, mais toi, appelle quand même, hein ! »

Elle a dit ça avec un ton faussement aguicheur, puis elle a jeté le gobelet à la poubelle et s'est dirigée vers son bureau, en le laissant là, à réfléchir… Tout compte fait, qui sait comment il s'en sortirait avec les noix de coco…

Lorsqu'il entre dans le bureau de Flora De Pisis, qui est grand comme un terrain de foot, avec les murs qui sont d'immenses fenêtres, la table en cristal luisant comme une plaque de glace, des plantes d'entreprise qui ont l'air d'arbres centenaires et des revues de mode éparpillées de façon très étudiée sur les tables basses, Flora De Pisis est à moitié allongée sur un canapé, deux ou trois téléphones près d'elle, les quotidiens désassemblés, deux écrans gigantesques allumés sans le son, l'un sur une émission d'info en continu, l'autre sur l'enregistrement du dernier épisode. C'est quelqu'un qui se regarde en replay, Flora, mieux, qui ne ferait que ça.

Elle pointe son index sur lui, genre Oncle Sam, mais sans haut-de-forme :

« Traître, mais en le disant elle sourit aussi.

— Allez, Flora, ne fais pas la reine vexée… Tu sais depuis combien d'années on fait ce truc ? » Carlo indique l'écran où la jeune fille suisse, l'orpheline Gotti, fond en larmes. « Tu es la diva et tu n'en as jamais assez, mais moi j'en ai un peu marre…

— Je traduis du Monterossi à l'italien : tu es la crétine droguée à l'audience, alors que moi je suis un artiste sensible fatigué de cette merde. »

C'est une connasse irréductible, mais elle n'est pas bête.

« Ce qui m'énerve, dit à présent Flora, c'est que je n'ai pas été la première à savoir, et même, je crois, la dernière.

— Normal, dit Carlo qui décide de passer à l'attaque, j'allais te le dire une fois la décision prise, tu ne mérites pas mes hésitations. »

Elle secoue la tête :

« Qu'est-ce que tu mens mal... D'accord, c'était beau, et cætera, mais maintenant tu m'en dois une, donc je te demande d'être au taquet pour ces trois derniers épisodes... Tu sais combien il a eu, le dernier ? Trente-deux pour cent, huit millions six cent mille. Avec le pic de la jeune Suisse qui montrait ses cuisses en pleurant son pauvre papa, trente-six quarante. Comme une finale de coupe du monde, Carlo, comme Sanremo.

— Les gens vont mal, Flora.

— Pas autant que toi, Carlo. »

Bref, des petits couteaux volent, mais Carlo se dit que les lames qu'il a à l'intérieur font plus mal, et que ce qu'il reçoit, là, ce ne sont que des égratignures de chaton.

À présent elle cherche quelque chose dans les journaux, trouve une page qui flotte sur cette mer de feuilles froissées et tapote son index dessus.

« Je veux celle-là. »

Carlo prend la page et regarde. C'est la veuve Campana, trois photos en séquence, prises là-bas, à l'extérieur du parking, dans le soleil pâle de onze heures du matin, via Solari. Une femme magnifique, même si la définition des photos sur le papier du quotidien ne lui rend pas justice. Cheveux attachés mais désordonnés juste ce qu'il faut, une petite robe noire au-dessus du genou, presque à coup sûr du Chanel, un trench léger de Marni, les chaussures sont signées Roger Vivier, le sac il ne sait pas...

« Valextra, dit Flora, elle n'est pas du genre Prada. »

Sur un autre cliché, la dame regarde dans l'objectif, sans le vouloir, ou peut-être que si. Elle a un regard endolori mais intense, comme si elle disait : même avec le coup du mari raide mort ici dans le parking, me voilà, je suis toujours debout, vous ne me verrez pas pleurer. La troisième photo la montre pendant qu'elle monte dans une voiture, une Mercedes noire luisante comme un piano à queue, les vitres teintées, un genou plié dans une pose élégante, comme si monter et descendre de ces fiacres à un million de dollars était pour elle un geste quotidien, ses exercices de Pilates personnels, et c'est peut-être le cas.

« Belle femme, dit Carlo. Elle n'a pas l'air de quelqu'un qui s'en va pleurer à la télé… sans compter que pour ce mari-là, personne ne pleurerait.

— C'est pour ça que je te demande à toi et pas aux jeunes d'à côté, dit Flora en faisant un geste vague de la main vers les bureaux des auteurs.

— Et pourquoi tu la veux si fort ?

— Regarde-la, Carlo. »

Il fixe à nouveau les photos. Oui, bien sûr, il comprend. Flora veut dans son émission, pour la première fois, une vraie dame, quelqu'un qui sait choisir les bons escarpins, qui ne demandera pas d'habit cadeau, qui éloignera d'un geste de majesté les filles du service costumes comme la comtesse de Champagne congédierait les femmes de chambre. Mais pas seulement. Une femme forte, soumise à une dure épreuve et pourtant fière, qui endosse même un air de défiance : ce gros plan avec ses yeux rivés sur l'objectif, les petites rides autour des yeux, la bouche parfaitement habillée de rouge à lèvres, le col de son trench soulevé avec la nonchalance de celle qui ne prête pas attention à ce genre de choses et qui y prête donc énormément attention. Une dame qu'on dirait sortie d'un film français, même si elle vit entre Milan, Rome et le lac de Côme. Une espèce de reine qui pourrait porter un jean et une chemise et tout le monde ferait quand même la révérence. Carlo ne saurait pas dire pourquoi, mais il la trouve belle, bien sûr, et dangereuse.

« Tu as compris ? »

Oui, il a compris. Flora veut à l'antenne, assise devant elle, dans la splendeur des lumières blanches qui l'éclairent en direct, quelqu'un qu'elle juge à sa hauteur. *C'est qu'elle surestime sa propre hauteur*, pense Carlo, parce que la veuve Campana, elle, elle a une autre envergure, et elle est à Flora De Pisis ce que les jardins du Luxembourg sont au square de quartier.

« Âge ?, demande-t-il.

— Trente-huit, master en philo, doctorat à la Sorbonne, mannequin dans sa jeunesse, pour Yves Saint Laurent… Un peu de conseil dans la mode, après, mais plutôt comme passe-temps, je crois, parce que son papa est banquier, sa famille a quelques quartiers de noblesse et, bref, on ne parle pas de nos bonnes femmes habituelles.

— C'est sûr et certain… Mais comment ça se fait que quelqu'un comme elle ait épousé un connard pareil, une demi-portion, un voleur de poules ?

— Tu sais quelque chose que je ne sais pas, Carlo ?

— Seulement ce qui est écrit dans les journaux… d'habitude il n'y a pas ce… ce mépris retenu, voilà… pour les victimes de meurtre.

— Oui, j'ai remarqué aussi… c'est une bonne question, mais c'est un peu tôt pour écrire le texte. Essayons d'abord de l'approcher. Vends-lui ce que tu veux. Épisode spécial, seule invitée, vol privé si elle vient de Rome, bref, à toi de voir… *Unlimited budget*. Je la veux. »

Carlo soupire.

« Ça pourrait être une mission impossible, Flora.

— Oui, je crois aussi… mais tu ne veux pas décevoir ton amie Flora, si ? Et puis… tu m'abandonnes, seule, ici, avec cette bande d'amateurs… tu peux bien me faire un cadeau de départ, je le mérite, qu'est-ce que tu en dis ?… »

Il dirait que non, naturellement. Mais ce qui compte à présent, c'est de sortir de là avant que l'autre ne commence ses minauderies de diva.

Alors il dit :

« OK, Flora, je te promets que je vais me donner à fond… mais ne t'énerve pas si le coup n'aboutit pas.

— Donne-toi à fond, Carlo, promets-le.

— Promis. »

Lorsqu'il se montre à nouveau dans le bureau de Bianca Ballesi, Carlo Monterossi a la tête de celui qui a vu la vague géante à six mètres de son zodiac.

« Bordel de cul ! »

Elle rit :

« Alors, tu es à la recherche de la femme mystérieuse ? » et elle lui tend une feuille.

Dessus sont imprimés une dizaine de noms accompagnés de numéros de téléphone. Beaucoup d'avocats, deux ou trois agences de mode qui ont peut-être encore le contact de la dame, la rédaction d'une revue d'études philosophiques pour laquelle la belle veuve fait parfois des traductions, et le nom d'une femme, Olga Fioroni Casti.

« Et celle-là ?

— L'amie chez qui elle s'est réfugiée après l'horrible drame », dit la productrice. Ici, on ne consomme pas le cynisme, on le fabrique.

« Je n'y arriverai jamais comme ça, j'ai besoin d'un numéro direct, d'une approche humaine, cœur ouvert, tu sais, ces trucs…

— Moi, il me faut la ligne directe d'Obama, dit-elle, je le cherche depuis son premier mandat, maintenant qu'il a autant de temps libre, peut-être…

— Mais tu sais bien qu'il a Michelle, lui… rit Carlo.

— Je ne suis pas du tout jalouse ! » dit-elle et elle lui fait signe de partir, parce qu'ici on travaille.

Maintenant, pendant qu'il roule à pas d'homme dans les embouteillages de l'heure du déjeuner, Carlo pense à la femme mystérieuse. La trouver, l'appeler, lui demander d'aller faire le spectacle du deuil à la télé. Ce n'est pas son genre, elle va l'envoyer au diable avec un rire de mépris. Ou c'est du moins ce qu'il imagine. Au feu de piazzale Loreto, qui dure autant que la guerre de Trente Ans, il prend en photo la feuille que lui a donnée la productrice.

Puis il dit à sa voiture d'appeler Oscar Falcone et trois secondes plus tard il entend la tonalité :

« Salut, Carlo.

— Salut Sherlock, tu es dans le coin ? Je te croyais déjà aux Caraïbes, avec le chèque de Katia Sironi.

— Les Caraïbes sont pour les parvenus comme vous, Carlo ; dis-moi ce que tu veux et fais vite, on est très occupés, nous les riches. » Il rit.

« Vu que tu retrouves des œuvres d'art perdues, j'aimerais te confier une mission, j'ai besoin d'un numéro de téléphone.

— Mon Dieu, quelle banalité.

— Je suis sérieux, la veuve Campana, madame Isabella De Nardi Contini, je t'envoie quelques contacts qu'on m'a conseillé d'appeler… Je paie, ne t'inquiète pas.

— Tu plaisantes ? Je ne veux pas de ton argent, tu le sais.

— La divine Flora a dit *unlimited budget*, donc…

— C'est toi qui la cherches ou c'est cette connasse ? »

Carlo reste interdit. C'est une question qu'il ne s'était pas posée et à laquelle il ne sait pas répondre. Certes, il a eu une mission précise, enfin, une sorte d'ordre, mais… C'est elle qui la veut ? C'est lui ? Et si c'est lui, pourquoi ? Il s'est fait une certaine idée de cette femme, et si jamais il arrive à lui parler, il ne pense pas que les choses iront comme le souhaite Flora…

« Je ne sais pas.

— Qu'est-ce que tu es chiant, Carlo. »

Là, pensez ce que vous voulez, mais Monterossi a lui aussi ses limites et, en une seule journée, se faire psychanalyser par sa gouvernante moldave et par son ami mystérieux, eh bien, c'en est trop…

« Trouve-moi ce numéro et personne ne se fera mal. »

L'autre rit.

« Allez, envoie ta liste, je vais travailler dessus.

— Voilà, c'est bien. »

Puis il dit à la voiture d'interrompre la communication. Il attend le rouge suivant et il envoie à Oscar la feuille avec les numéros, via WhatsApp.

Mais il n'arrive pas à se sortir cette conversation de la tête. Pour elle ? Pour l'émission ? Pour lui ? Et dans ce cas-là, pourquoi ? Pour dire à la dame, « Écoutez, n'allez pas dans cette foire télévisuelle. Je suis là pour vous y amener, mais dans mon cœur c'est pour vous dire non, ne faites pas ça, ne cédez pas… » Est-ce possible ? Ne passerait-il pas pour un crétin hors pair ? Mais qu'est-ce qu'il est après tout ? Est-on vraiment sûr qu'il n'est pas bête ?

Puis il se demande s'il existe une strophe de Dylan avec une situation aussi absurde, et il fouille dans sa mémoire. Mais oui, bien sûr. Il tripote son téléphone et cherche cette chanson vigoureuse, cette pierre angulaire. Il la déniche dans un disque des séries bootleg, un concert de 1967, le tournant, la révolution, la traîtrise. Et on entend bien le moment où un imbécile lui crie « *Judas !* » du public, parce que Dylan a commencé à jouer électrique, et que cela ne plaît pas aux puristes.

Qu'ils aillent se faire foutre, les puristes.

Il s'adresse à son groupe et dit : « *Play it fucking loud* », et il attaque, furibond, jusqu'au vers que cherchait Carlo, et qu'il chantonne lui aussi à présent :

You've gone to the finest school
all right, miss Lonely.
But you know you only used to get juiced in it
And nobody has ever taught you how to live on the street
And now you find out you're gonna have to get used to it[1].

Même si, naturellement, il sait très bien qu'à cette Isabella De Nardi Contini, auréolée de Chanel, il ne pourra rien apprendre.

Lui. Tu parles.

1. Bob Dylan, *Like a Rolling Stone* : « Tu as été dans les meilleures écoles / très bien, mademoiselle Solitaire / Mais tu sais que t'avais l'habitude de te saouler / Et personne ne t'a jamais appris comment vivre dans la rue / Et maintenant tu comprends que tu vas devoir t'y habituer. »

22

Chiara est allongée sur le lit, à plat ventre, elle lit un livre, crayon à la main, et souligne quelque chose. Dehors il y a une pluie fine qui tombe, tranquille, silencieuse, et qui fait un voile dans l'air que l'on voit depuis la fenêtre grande ouverte. Francesco est sorti tôt, sans rien dire. Elle le trouve bizarre depuis quelque temps, un peu distant, ombrageux. Elle pense que la mort de sa mère... enfin, ce sont des choses qui marquent, et c'est quelqu'un qui garde tout pour lui.

Il lui a parlé d'un nouveau travail à rendre avant la fin du mois, donc elle sait qu'elle le verra plié au-dessus de son Mac. Elle aime le regarder travailler, il est doué, précis, rapide, pas comme elle, qui improvise.

À présent elle se lève et se met à la fenêtre. Elle porte une jupe courte et son soutien-gorge, même s'il ne fait pas chaud, mais c'est justement ce petit froid sur la peau qui lui plaît, et elle sait qu'ici, quand il fera vraiment chaud...

Dans la cour, il y a l'animation habituelle du matin : les vieux des bâtiments sortent pour les courses, lents comme des insectes partis en reconnaissance. Chiara pense que si on pouvait tracer ces mouvements avec des lignes – des vecteurs, voilà – ils seraient toujours les mêmes et formeraient un dessin futuriste d'angles et de trajectoires.

Elle voit l'homme d'hier. Il débouche de la porte de son bâtiment et traverse la cour pour sortir de la grille principale. Puis il hésite devant le bâtiment C, comme s'il pensait à quelque chose, il prend la porte et disparaît.

Elle a parlé avec Francesco de la trouvaille géniale de la chaise – ils l'avaient toujours montée à bout de bras, la vieille, quels crétins – et puis le coup de l'hôpital, avec le fauteuil roulant, comment madame Antonia semblait revivre. Là, elle parierait que le vieux monte chez elle.

Francesco avait ri du vol, « On doit vous avoir vus sur des dizaines de caméras », a-t-il dit, mais il avait haussé les épaules en concluant que si on ne te donne pas de protection sociale, c'est à toi de la prendre, et qu'un fauteuil roulant, ce n'est pas différent d'un logement… un droit, non ?

« Bravo, Chiara ! » avait-il dit en la serrant dans les bras, en lui faisant la fête.

Et bravo le vieux.

Mais Francesco semblait aussi troublé, suspicieux. C'est qui ? D'où il vient ? Comment ça se fait qu'un type qui vient d'arriver soit déjà là en train d'aider, même de prendre des risques, pour une dame qu'il n'a jamais vue ? Comment c'est possible ? Qu'est-ce qu'on sait sur lui ?

Ils avaient eu une petite discussion : mais putain, pourquoi ne pas accepter qu'il puisse y avoir aussi des gens bien dans le monde ? Parce qu'il n'y en a pas, avait-il répondu.

Et maintenant le voilà, il entre. Il a pris une brioche pour elle, il la pose sur la table avec le journal et la rejoint à la fenêtre, il pose le menton sur son épaule et regarde lui aussi en bas, dans la cour :

« Il est comment, le spectacle, aujourd'hui ?, demande-t-il.

— Le gars d'hier est monté chez madame Antonia.

— Tu ressembles au type d'Hitchcock », dit-il.

Fenêtre sur cour. Oui. Chiara rit.

Mais elle le trouve encore bizarre, comme s'il avait, collée sur lui, une agitation calme, comme s'il feignait la normalité alors qu'à l'intérieur…

« Qu'est-ce qu'il y a, Francesco ?

— Rien. »

Bien sûr. Elle s'attendait à quoi ? Alors elle change de sujet :

« Tout le monde parle de cette affaire des morts des cailloux, c'est devenu une espèce d'obsession. C'est drôle, d'ailleurs… Hier j'ai entendu un des Africains qui en parlait avec deux vieilles du bâtiment B, un truc irréel. D'un coup, tout le monde est criminologue. Délinquants et sous-prolétaires qui parlent de faits divers… Comme s'ils en avaient quelque chose à carrer de quelques richards qui se font tuer… au lieu de fêter ça ! »

Francesco sourit. Il est sorti tôt justement pour ça. Prendre le petit déjeuner, lire les journaux. Le troisième mort, c'est dingue. Puis il a rigolé un bon coup des hypothèses des grands maîtres de la presse nationale. Les Arabes, la mosquée, le tueur en série… L'interview de la jeune Suisse, la fille de Gotti, à peine majeure, dont à présent le problème sera de devoir gérer avec son frère un héritage considérable. *Ça n'a pas de sens*, pense-t-il, *il en meurt un et il en pousse deux, la lutte des classes n'a pas pris en compte les histoires d'héritage.* Et puis il y a l'autre con, le profileur israélien, qui parle de symboliques franc-maçonnes pour les cailloux sur les cadavres… quelle blague.

Pendant ce temps, Tarcisio Ghezzi est assis dans la cuisine de madame Antonia. Il a fait le café et l'a mis dans deux verres, et là ils le boivent, tranquilles, la fenêtre ouverte et le bruit imperceptible de la pluie. Elle semble fière de son fauteuil roulant, Ghezzi ne serait pas étonné si elle lui disait qu'elle avait passé la nuit dessus. Le reste n'est que du bavardage entre des gens qui n'ont rien à faire.

Elle est là depuis toujours, aussi loin que remontent ses souvenirs. D'abord avec ses parents arrivés de Sicile, elle était au bâtiment A, puis elle s'est mariée et a changé de logement. Puis son mari est parti – Ghezzi ne demande pas, elle n'explique pas – et elle est toujours là, du moins jusqu'à ce que sa vie miséreuse ou la vieillesse… Elle a fait un peu tout, Antonia, même la caissière au supermarché. Pendant cinq ans. Elle dit que pendant cinq ans, une fois à la maison, elle entendait encore ce *plïn* de la caisse enregistreuse qui lisait les codes-barres. *Plïn, plïn, plïn*, c'était devenu une torture et elle n'en pouvait plus. Dès qu'elle a eu l'âge de la retraite, elle a fui comme un chat effrayé, et maintenant ça fait des années qu'elle reste là sans rien faire et qu'elle vit avec six cent trente-huit euros par mois, la moitié part en médicaments, le logement ça fait deux ans qu'elle ne le paie plus, le fameux phénomène des loyers impayés, mais de toute façon ils ne peuvent pas la jeter dehors, si ? Elle demande ça comme si elle voulait qu'il lui confirme, qu'il la rassure.

Et lui ?

Il reste vague, mais il fait attention à ne pas jouer au mystérieux. Elle n'insiste pas et sans qu'il lui demande – enfin, sans s'apercevoir qu'il lui demande – elle lui raconte les dynamiques de la Caserne. Mafouz et ses gars vendent de la drogue. Mais oui, quand elle était jeune, elle aussi elle fumait des joints, il n'y a rien de mal, et puis, qu'est-ce qu'ils peuvent faire, pauvres enfants ? Du travail, y en a pas. Ils maintiennent l'ordre, ça oui, même s'ils affichent cet air de patrons des lieux, finalement ils sont inoffensifs, comme les Calabrais, d'ailleurs. Puis il y a les jeunes. Elle les appelle comme ça, les gens du collectif, il en a vu deux, non ? La fille d'hier et l'autre, celui qui l'a aidé avec la chaise. Il y en a une trentaine encore, dans toutes les tours.

« C'est des gens qui continuent de s'énerver, dit-elle, moi je ne m'énerve plus, je sais que ce n'est pas beau, mais bon, c'est leur tour, non ? »

Elle a eu ses luttes, lorsqu'elle était jeune. Dans des groupuscules, puis dans la Fiom[1], lorsqu'elle était ouvrière, mais ça n'a pas duré longtemps, elle pliait des tôles chez Singer, oui, les machines à coudre… Elle ne supportait pas le *clang* sec de la presse, alors elle est allée au supermarché, ça lui paraissait un saut de qualité, mais là-bas elle ne supportait pas le *plïn* de la caisse.

« On voulait tout et qu'est-ce qu'on a eu ? Que dalle. » Elle rit.

Elle rit d'elle-même, pense Ghezzi, et une tristesse infinie s'abat sur lui.

Alors il finit son café et salue.

Il descend l'escalier et débouche dans la cour sous une petite pluie fine qui le trempe. Il n'y prête pas attention et va vers la grille, cette fois-ci il sort pour de bon.

À la fenêtre, Chiara le suit des yeux jusqu'à ce qu'il disparaisse au coin. Francesco est assis devant l'ordinateur et déplace

1. La Fiom (Fédération des employés et ouvriers métallurgistes) est un syndicat de gauche italien.

la souris avec des gestes chirurgicaux, comme si son poignet savait toujours quoi faire. Le volume de la radio est bas, ça parle du tueur des cailloux. Et si c'était une femme ? Une secte ? Quelqu'un a pensé à la piste de l'espionnage international ?

Chiara dit :

« Voilà notre ami qui sort.

— Madame Antonia a trouvé un petit copain, rit Francesco.

— Joli couple, elle qui ne peut pas marcher et lui qui vole un fauteuil roulant pour elle, très romantique.

— Oui, dit-il sans détacher les yeux de l'écran, le romantisme aux temps du choléra. »

23

« Mais vous dormez, parfois, jeune homme ? »

Madame Rosa tend un café au brigadier Carella, qui est arrivé chez les Ghezzi avant les autres, s'est assis sur le canapé et a fermé les yeux. Elle ne l'a pas dérangé et elle a attendu qu'il les rouvre une petite demi-heure plus tard pour allumer le feu sous la moka. Puis elle s'est assise à côté de lui, pendant qu'il prenait une petite cuillère de sucre, en la remerciant.

« Parfois », dit-il avec un sourire de guingois.

Mais regardez-le, Carella le dur, gêné devant les questions maternelles d'une dame en pantoufles roses qui s'inquiète pour lui. Il n'a pas l'habitude, voilà. Alors il se cache en buvant son café.

« On ne progresse pas beaucoup, hein ?, dit-elle.

— C'est toujours comme ça, madame… On dirait qu'il ne se passe rien, puis les choses s'accélèrent. Peut-être que votre mari découvrira quelque chose, là où il est.

— Eh, si seulement ! comme ça il reviendrait à la maison… Qui sait comment il va, là-bas, qui sait dans quelle saleté…

— Allez, madame, ce n'est pas l'enfer qu'on raconte… des gens normaux y habitent, vous savez ? »

Elle soupire. Même si son Tarcisio était au Hilton, ce qui compte c'est qu'il n'est pas là, et donc elle l'imagine d'office en danger… alors qu'il n'est jamais là, toujours à la préfecture, ou à se balader, et elle s'est retrouvée plusieurs fois, en pleine nuit, endormie sur ce canapé, devant la télé, comme Carella tout à l'heure.

Puis Selvi arrive, il a rencontré Gregori dans un endroit reculé, loin de la préfecture et oui, il a des choses à dire, mais pas de révélation décisive.

« Attendons tout le monde, alors », dit Carella.

Selvi aussi a son café, puis les autres arrivent, Sannucci et Ghezzi qui entre en dernier et file se doucher. Les voilà donc tous là.

C'est Selvi qui commence.

« Alors, les nouvelles nous viennent de la balistique et des gens qui s'occupent du dernier meurtre, celui de Campana. Le pistolet était en effet un calibre .22, les douilles sont des Remington, quarante grammes, récentes, dix-sept euros la boîte de cent, pratiquement impossibles à tracer… Le type a abandonné les pistolets d'époque et maintenant il se balade avec un revolver de sac à main… Ça on le sait grâce à la douille qui se trouvait dans la voiture, parce que la balle a ricoché dans le crâne du mort et elle est trop déformée pour la moindre analyse… »

Ghezzi s'impatiente. C'est clair que l'autre jette son arme après chaque coup et donc, même s'ils retrouvaient le pistolet, ça ne les aiderait pas beaucoup.

« Cela dit, continue Selvi, il y a du nouveau sur la victime. Les filles agressées ou d'une certaine façon… séduites, on va dire ça comme ça, il y en a trois, du moins les cas qu'on a découverts, il y en a peut-être d'autres. Tous les parents ont été convoqués. Un couple avait porté plainte pour agression sexuelle mais il l'a retirée – de l'argent là aussi, dix mille euros. Une autre fille, seize ans, vivait seule avec sa mère, qui l'envoyait faire le trottoir. La mère dit que Campana payait bien, qu'il était gentil et faisait des cadeaux en bonus à sa fille. Dénoncée pour proxénétisme sur mineur et cætera, mais la fille est majeure là et…

— C'était un bel enfoiré, mais ça ne nous amène pas aux deux autres.

— Non. »

Puis c'est au tour de Carella.

« Senesi m'a envoyé toutes les recherches sur l'argent. Les comptes croisés des trois, aucun lien. Même là, Campana est le plus sale, ses affaires sont assez inextricables, mais bon, au point où on en est, on peut dire clairement que c'était un arnaqueur. Même Crisanti avait ses trafics, mais tout est déclaré en tant que conseils, virements d'entreprises immobilières, de grands groupes… rien qui nous amène aux deux autres. Gotti est propre comme un nouveau-né, ce qu'il gagnait c'était avec ses steaks, beaucoup mais sans magouilles… En 2011 il s'est même trompé et a payé deux fois la taxe d'habitation. D'après le comptable, lorsqu'il s'en est aperçu il a ri un bon coup… c'était quelqu'un de bien… mais… »

Là, tout le monde le regarde. Si quelqu'un lâche un *mais* comme celui-là, en l'air, on attend qu'il le reprenne tout de suite et qu'il continue.

En effet.

« Mais j'ai parlé avec un… comment dire, expert des mouvements, c'est comme ça qu'il dit. Moi je dis plutôt un type qui restait en marge de la révolution, à cette époque, et qui a ensuite construit là-dessus une sorte de carrière d'historien, en recensant les acronymes, les agrégations, les groupes… Il se souvient bien de Crisanti parce que c'était le fils d'un gros industriel et qu'il jouait au bolchevique. Il dit qu'il avait des amis chez Prima Linea mais qu'il créait surtout des groupuscules volants de cinq ou six personnes, qu'ils s'inventaient un nom de bataille, faisaient quelques dégâts et se dissolvaient aussitôt. Puis il recommençait. Le type se rappelle que dans un de ces groupes il y avait aussi le fils d'un boucher – on l'appelait justement comme ça, *le Boucher* –, mais il ne sait pas s'il s'agissait vraiment de Gotti. Crisanti, c'était bien lui, pas de doute.

— Frappe et fuis, dit Ghezzi, tactiques de guérilla, c'est bien ça ?

— Oui, plus ou moins… il y a du travail pour toi, là, Sannucci. »

Sannucci devient attentif, pas besoin de lui dire.

« En 79 ou 80, il n'a pas pu être plus précis, il y a eu un hold-up dans une armurerie, à Milan, via Pier della Francesca, et le bruit courait dans le mouvement que le jeune Crisanti savait quelque chose, voire que c'était lui et ses camarades du moment qui avaient fait le coup. Rien de certain, mais à l'époque on disait ça et lui ne faisait rien pour démentir, au contraire… C'était un enfoiré déjà à ce moment-là, un frimeur… Sannucci, vois si on a encore la plainte et la liste des armes volées, si ça se trouve…

— D'accord, brig, même si c'est une plainte qui a presque quarante ans…

— Essaie quand même. »

Maintenant ce serait à son tour, au jeune Sannucci, mais on voit bien qu'il hésite, qu'il ne sait pas quoi faire. Il se penche vers Ghezzi et murmure à son oreille. Ghezzi hoche la tête et parle.

« Sannucci a fait une petite recherche pour mon compte, dit-il. Je n'ai rien dit parce que ça me paraissait un truc de rien du tout et sans trop de sens…

— On était d'accord que je devais tout savoir, Ghezzi », dit Carella. Il est énervé et il ne le cache pas. Là, il y a de la tension. Ça doit être parce qu'ils n'ont pas avancé d'un millimètre, et que la frustration commence à se faire sentir.

« Oui, c'est vrai, mais il n'y avait rien à savoir, Carella. Maintenant, il y a peut-être quelque chose. »

Et il explique en quelques mots ce que lui a dit Monterossi, le détenu en prison pour les deux autres, les noms qui étaient bien ceux-là, Gotti et Crisanti, la seule chose certaine, le type qui était mort en prison, et le fait que c'est une chose absurde et toute légère, certes, mais qu'au point où ils en sont c'est mieux que rien…

Puis il regarde Sannucci et lui fait un signe pour l'autoriser à parler.

Carella est encore énervé mais Ghezzi secoue la tête comme pour lui dire : écoute d'abord, tu me casseras le cul après.

« Donc, je cherchais les détenus morts en prison entre 2000 et 2009, comme m'a demandé le brig – il indique Ghezzi, comme s'il voulait dire en même temps qu'il a exécuté les ordres et qu'il n'a rien à voir avec cette insubordination, cacher des choses à Carella. Mais l'administration pénitentiaire ne lâche pas les infos. Enfin, ils font de la résistance… un bureau, un autre bureau, le chef n'est pas là, et cætera. Finalement ils m'ont renvoyé à une association qui collabore avec eux, comme s'ils voulaient se débarrasser de moi…

— Allez, Sannucci, tu nous raconteras ton calvaire une autre fois, coupe Ghezzi.

— Bref, les infos que j'ai vont de 2002 à 2012, avant c'est difficile de savoir quoi que ce soit. Le brig m'a demandé les noms et les raisons de la peine, mais le type de l'association, là, un militant du parti Radical ou un truc dans le genre, m'a dit qu'il n'a pas les condamnations, pour eux un mort en prison est un mort en prison, et ce qu'il a fait pour finir là-dedans, ça leur est égal.

— Et donc ? » Cette fois-ci c'est Carella qui presse.

« Et donc, sans ceux qui sont morts dans les centres pour étrangers ou les assignés à résidence, si l'on exclut les overdoses et les suicides… nous avons presque deux cents morts pour maladie en prison, brig, en dix ans, cent quatre-vingt-trois pour être précis… Le type dit qu'il y a une autre centaine de cas pour lesquels une enquête a été ouverte, mais bon, ceux qui sont de façon certaine morts de maladie en prison, ce sont ceux-là. » Il montre des feuilles imprimées à l'écriture dense.

Madame Rosa se couvre les yeux avec les mains. Presque deux cents morts de maladie. Elle comprend elle aussi ce que ça signifie : pas soignés, laissés crever.

Ghezzi et Carella se regardent. Là, il n'y a plus l'agacement de tout à l'heure, plus de tension. Il y a seulement l'énormité de ce chiffre. Et eux deux, qui sont des policiers, pas des bourreaux ou des justiciers, en comprennent la portée. Ils les arrêtent, ils se font du mauvais sang pour les attraper, ils y perdent sommeil et santé, mais ils ne veulent pas être complices d'homicide, et si tu ne soignes pas un malade, c'est de ça qu'il s'agit : un homicide. C'est ce qu'ils pensent tous les deux et ils se le disent avec un long regard.

« Putain, c'est beaucoup !, dit Selvi.

— C'est vingt pour cent des morts en prison, dit Sannucci. Les autres, c'est presque tous des suicides, et là oui, il y en a vraiment beaucoup. »

À présent il y a un silence moche, lourd, comme si tout le monde était en train d'observer au microscope quelques pauvres types qui se roulent sur leur lit de camp dans un trou à la con de deux mètres sur trois. Le premier qui se ressaisit est Carella.

« Sannucci, prends ces feuilles, élimine ceux qui sont morts après 2009, puis fais une liste à part avec tous les étrangers. Pour ceux qui restent, cherche les inculpations, d'accord ? Tu as compris ? Selvi, toi tu fais le boulot de l'armurerie.

— D'accord. » Ça, c'est Selvi.

« Compris, brig. » Ça, c'est Sannucci.

« Le plus vite possible, noms, crime et domicile ou résidence qu'ils avaient lorsqu'on les a attrapés… avant que l'État les rééduque si bien… au nom du peuple italien[1]. » Il a craché cette dernière phrase avec colère.

Puis il s'adresse à Ghezzi :

« Monterossi ? » Il a lui aussi eu affaire à ce con et il ne lui a pas plu du tout, même s'il faut dire qu'il lui a servi un assassin sur un plateau d'argent.

« Oui, mais cette fois-ci il n'est pas entre nos pattes. C'est un truc qu'il a entendu dire et il me l'a rapporté tout de suite… je dois dire qu'il s'est bien comporté. »

Carella fait une grimace.

« Tu me caches autre chose, Ghezzi ?

— Rien d'autre, mais même ça, ce n'est pas une piste solide, hein… voyons ce que ça donne…

1. « *Au nom du peuple italien* » est l'expression utilisée dans tous les tribunaux lorsqu'une sentence doit être prononcée.

— Et là-bas ?

— Là-bas, c'est en cours. La propriétaire de la voiture, la Golf qui passait via Mauri, est presque mon amie, mais la voiture, qui veut la prend, surtout les jeunes du collectif… Il y a une sorte de… protection sociale alternative… on peut dire ça ? Bref, dans la poisse noire qui règne là-bas, ceux qui ne sont pas des voyous s'entraident un peu. Ils sont tous vieux, elle a la voiture mais elle ne peut même pas marcher, alors les autres s'en servent pour les courses, ou pour amener les malades à l'hôpital de temps en temps… La moto Honda, pareil, même si un peu moins… le propriétaire est emplâtré en effet, et si quelqu'un a besoin de bouger rapidement, il lui demande.

— On l'attrape et on lui casse l'autre bras, dit Selvi.

— Non, dit Ghezzi, pas besoin. La moto n'est pas attachée, en gros, qui veut s'en sert et pas dit qu'il soit au courant… Et puis faire un truc comme ça, là-bas, en choper un et lui poser des questions à la dure, tout le monde serait au courant au bout de cinq minutes et on risque de ne rien pouvoir en tirer, ni de lui, ni des autres après.

— On n'a pas tout ce temps, hein, Ghezzi, tôt ou tard Gregori nous fera revenir de vacances.

— Oui, c'est vrai, mais tant qu'on a le temps… puis là-bas, il y en a des trucs à découvrir…

— D'accord, attendons, mais maintenant tu me fais un rapport tous les jours, Ghezzi. » Il l'a dit d'une manière sèche, presque offensante, mais ensuite il change d'avis et s'adoucit : « Je sais que pour l'instant toutes nos avancées, maigres, c'est toi, Ghezzi… les plaques, les caméras, ce truc des morts en prison… d'accord. Mais tu comprends… je dois tenir Gregori au courant, lui dire qu'on n'est pas en train de rien foutre. Si je ne sais pas où on en est, comment je fais, putain, tu m'expliques ?

— D'accord, mais de toute façon le travail de Sannucci, on aurait dû le faire même si je te l'avais dit… Tu sais ce que je pense, Carella ? Tu veux vraiment que je te dise ?

— J'écoute.

— Je pense que Gregori est énervé parce que le ministère lui a chouré l'enquête, et qu'il a hâte de leur mettre dans le cul, à ces génies venus de Rome, et peut-être que pour le profileur israélien il utiliserait un tronc de sapin… Mais je ne voudrais pas qu'il se laisse prendre par l'empressement et que, à peine quelque chose dans les mains, il se mette à découvrir son jeu, avec pour résultat d'être lui-même celui qui se fait enculer… Crois-moi, Carella, donnons-lui un poker d'as, à Gregori, mais quand nous l'aurons, ça ne sert à rien de lui filer une paire de sept, il pourrait tout miser pour faire le beau et se faire avoir… avec nous, d'ailleurs… tu as compris l'idée ? »

À présent, Carella regarde le sous-brigadier Tarcisio Ghezzi avec de nouveaux yeux. Oui, c'est une analyse qui se tient, et lui non plus il n'aimerait pas se casser le cul à couper du bois et voir ceux du ministère se chauffer et prendre tout le mérite. Mais bon…

« Oui, tu n'as pas tort, dit-il, mais je ne suis pas Gregori, il faut me dire les choses, moi, putain !

— Tu as raison, désolé. »

Maintenant, ils sont liés par un autre regard. C'est un pacte, une poignée de mains, un lien solide entre hommes qui veulent la même chose, prendre le connard qui tue les gens et qui pose un caillou dessus.

Puis madame Rosa entre dans la pièce, elle tient une gigantesque soupière.

« *Pasta e fagioli*, annonce-t-elle, d'habitude ça me réussit bien… mais pendant qu'on mange, on ne se dispute pas et on ne parle pas travail ! »

Les quatre hommes rient, et parmi les quatre, celui qui l'a épousée secoue la tête.

« Regardons le show, alors », dit-il, et il allume la télé parce que c'est l'heure des journaux télévisés.

Dès que l'image arrive, la pièce s'emplit du visage effilé du substitut du procureur et de sa voix grave qui annonce un tournant important de l'enquête. Un jeune d'origine algérienne, résidant à Milan, s'est livré aux autorités en s'accusant des crimes des cailloux et en avouant tout. Ils sont en train d'évaluer sa position. Non, il ne peut pas encore communiquer son nom. Son âge ? L'âge oui, il a vingt-six ans. Il y a des vérifications en cours. Antécédents ? Oui, pour vol. On ne peut pas en dire plus. Les questions des journalistes restent en l'air, les appareils photos se déclenchent en rafale et on voit les éclairs des flashs.

Ghezzi éteint la télé.

Carella porte à sa bouche une cuillérée de pâtes et dit : « Mais quelle bande de cons. » Puis, plus convaincu : « Ça vous réussit vraiment bien, madame ! C'est délicieux !

— Eh, Rosa ça reste Rosa », et ça, c'est Ghezzi qui la taquine, mais ses yeux brillent un peu.

24

Carlo Monterossi est assis à la table gigantesque de son bureau, à présent coupée par une lame de soleil qui passe par les volets entrouverts. Il pense à cette histoire de verre à moitié vide et à moitié plein. Dans la partie vide, il y a tout son blues et l'étrange inertie de la période : attendre, ne rien programmer, gravir ces trois derniers épisodes de *Crazy Love* qui le séparent de sa Libération personnelle. Dans la partie pleine se trouve la maigre consolation que, investi par Flora De Pisis de la mission impossible de convaincre la belle veuve d'aller pleurer le mort à la télé – ou de ne pas le pleurer du tout, ce qui est plus probable –, il n'a pas besoin de se montrer là-bas, dans le gratte-ciel bleu clair du mensonge.

Maintenant qu'il est onze heures passées, que le rite du petit déjeuner a déjà été célébré, que Katrina l'a mis à jour sur son entretien quotidien avec la Vierge de Medjugorje – pas celle accrochée au frigo grâce au miracle de l'aimant, non, celle de son petit autel d'en bas, dans la guérite de la gardienne de l'immeuble – et que les journaux ont été feuilletés, il décide qu'il est temps de se mettre au travail. Aussi parce que Katrina l'a dégagé de la cuisine où ont commencé les grandes manœuvres pour le remplissage du réfrigérateur, l'organisation des cuissons, la prise de décisions délicates : viande ou poisson ? Et les ailes de poulet à laisser pour toute éventuelle nécessité nocturne de monsieur Carlo, combien de piments ? Et la salade de harengs, avec quelle variété de pommes ?

Carlo s'est alors déplacé dans le bureau, il a allumé son Mac, pas le portable, celui avec l'écran qui ressemble à un cinéma de première vision, et il a empilé un tas de matériel pour essayer de coucher par écrit au moins un plan général, une trace, des petits cailloux de Petit Poucet pour retrouver son chemin, s'il devait s'aventurer dans cette forêt. Il a donc une pile de livres à ses côtés, les incontournables essais critiques de Carrera, la fameuse biographie d'Anthony Scaduto, les notes embrouillées de Dylan sur lui-même, des études et des recherches, des volumes gigantesques avec la traduction des paroles en regard. Il a choisi dans l'étagère des vinyles un échantillon d'albums, ceux qu'il conserve comme des reliques, parce que lire les notes d'accompagnement sur la pochette est toujours un plaisir, comme regarder la boussole quand on s'est perdu. En fond sonore, à bas volume, on entend, presque imperceptible, l'un des derniers disques de Dylan, *Tempest*, qui lui paraît être un nuancier de désenchantement et qui, là, s'accorde avec son humeur.

Mais il n'arrive pas à se concentrer, parce qu'il sent que dans la pièce quelque chose tourne, comme une mouche indolente, quelque chose d'inachevé.

Oscar Falcone s'est pointé tard dans la soirée, peu avant minuit, sans préavis, comme il le fait, incroyablement composé avec costume et cravate, moins *urban bad boy* que d'habitude.

« De passage, a-t-il communiqué, pressé. Je dois aller quelque part. » Il n'a pas dit où, naturellement, et Carlo n'a pas demandé.

Ainsi ils ont bu un whisky sur les canapés blancs, la fenêtre ouverte, la musique basse, détendus, presque apaisés, comme si cette demi-heure était une espèce d'oasis avant de replonger chacun dans son désert.

Oscar a posé sur la table basse recouverte de journaux un petit papier plié en quatre. Dessus, au stylo, deux numéros de portable et une adresse mail.

« Les contacts de la belle veuve, a-t-il dit.

— Déjà ? Mais comment… »

Oscar a souri sans répondre. Mais il a parlé, et pas qu'un peu.

« Un truc qu'il faut que tu saches.

— J'écoute », a dit Carlo en apportant la bouteille d'Oban 14 de la cuisine : quand Oscar a des choses à raconter, en général un verre ne suffit pas.

Les journaux ont écrit des tartines sur la belle veuve Campana, Isabella De Nardi Contini, mais ils se sont rendu compte qu'ils ne savaient pas trop quoi écrire. Carlo a lu attentivement, bien sûr, et le résultat n'a été que mystère. Loin de la presse, du bavardage et – plus que jamais – du bête potin *people*, la dame s'est toujours tenue à l'écart des feux des projecteurs et de la mondanité. Une vie simple – si on peut appeler simple l'existence de ceux qui ont ces richesses depuis des générations –, quelques allusions à ses études, la thèse sur Nietzsche, de vieilles photos de l'époque où elle défilait pour Yves Saint Laurent et quelques images de cérémonies qu'elle ne pouvait évidemment pas manquer, des obligations sociales qu'elle affrontait avec un stoïcisme plein de sarcasme, comme en témoigne le sourire indéchiffrable sur son beau visage irrégulier.

C'était tout, rien d'autre à déclarer. Le mot juste, en somme, s'il n'était pas souillé par l'usage commun, serait : charme.

Oscar, lui, a d'autres nouvelles. Il raconte à Carlo ce que les journaux n'ont pas écrit sur le troisième mort des cailloux, mais qui n'est pas un mystère au commissariat. Lui qui traîne, qui sait toujours tout, qui collecte des informations dans on ne sait trop quel but, fait un bref compte rendu. Les arnaques, les affaires peu claires, l'argent – beaucoup, trop – accumulé en quelques années, lui, fils d'une famille petite-bourgeoise. Quelqu'un pour qui l'ascenseur social ressemblait plutôt à une fusée : de zéro à presque tout en l'espace d'une décennie. Et ce mariage incompréhensible, d'ailleurs, qui détonne comme un édredon Ikea sur un lit à baldaquin au château de Versailles. Bizarre, hein ?

« Et puis il y a l'histoire des petites filles, qui est vraiment moche », dit Oscar en laissant Carlo stupéfait, les yeux en point d'interrogation, l'expression de celui qui découvre une souris sous les draps fraîchement lavés.

Donc violence et pédophilie, des choses que la préfecture est parvenue, pour l'instant, à ne pas ébruiter, mais qu'on gazouille ouvertement là où Oscar soutire nouvelles et informations. De l'argent pour retirer les plaintes et éviter les vengeances, des familles dévastées par l'indigence sociale et la cupidité qui s'ensuit, des petites victimes sacrifiées pour le plaisir de l'ogre à la main leste. Dégoût et pitié. Pitié uniquement pour elles, bien sûr, les petites filles.

Carlo a écouté, ahuri.

« La dame a été interrogée, naturellement, avec toutes les précautions nécessaires, parce que, avec ces gens-là, le ministère prend ses gants blancs et devine tous les subjonctifs, mais ils n'ont pas tiré grand-chose d'elle. Peu de douleur, beaucoup de mépris, et toujours une nette distinction entre sa vie et son histoire à elle et la vie et l'histoire de son mari, qui est clairement en passe de devenir ex.

— Plus ex que là, c'est difficile », dit Carlo.

Puis Oscar est parti, en le laissant avec un goût amer dans la bouche et les choses qui se compliquent : avec ces nouvelles, inviter la dame à la télé et la soumettre à la sororité gluante de Flora De Pisis devient vraiment mission impossible. Et puis : raconter à Flora l'indicible qu'il vient d'apprendre ? Le taire ? Et si, après, ça sort dans les journaux – ça arrivera, aucun doute là-dessus –, qui pourra la retenir, cette hyène ?

Mais surtout : comment contacter la belle veuve ? Avec quels mots ?

Dans ces cas-là – Carlo le sait – on s'en remet à l'alcool et aux heures qui passent. L'un arrondit les angles de la pudeur et induit le parler franc, les autres rendent les choses chaque minute plus urgentes, accélèrent les décisions.

À trois heures du matin, il s'était donc résolu à franchir le pas. Un e-mail très sincère, sans calcul, presque un aveu d'impuissance, et un message sur les téléphones pour la prévenir de lire son courrier. Le tout écrit pendant la nuit, laborieusement, pour ces quelques lignes, et envoyé le matin dès le réveil, vers neuf heures et demie.

La substance : une courte présentation de lui-même, mesurée et sans trop de détails, une esquisse de condoléances sans parfum de fleurs ou de bonnes œuvres, et puis le noyau brûlant de son dilemme : en tant qu'auteur et professionnel, il devrait l'inviter à faire quelque chose qu'en tant qu'être humain il lui déconseillerait de tout cœur. C'est peut-être idiot ce qu'il fait, là, se montrer nu et avec ses doutes éthiques, tout en pensant que si Flora De Pisis lisait ce courriel – je vous demande de faire ça mais je vous en supplie, ne le faites pas – elle l'écorcherait vif avec des instruments médiévaux.

Puis il feuillette mollement les textes sacrés avec l'idée de chercher une porte pour entrer dans ce labyrinthe dylanien qu'il connaît à la perfection et dans lequel il se perd toujours. N'est-ce pas à ça que servent les labyrinthes ?

Et après, distraitement, en regardant l'écran du Mac, il voit qu'une réponse est arrivée, il l'ouvre, lit :

Cher monsieur Monterossi,

Votre lettre est vraiment impressionnante, et je ferai comme si j'en avais reçu deux. Celle qui m'invite dans la fosse à fumier de pensée faible pour laquelle vous travaillez sera écartée avec un « oubliez cela » amusé ; l'autre est plus intéressante, elle semble avoir été écrite par un être humain.

Comme vous devez le savoir, demain à Milan auront lieu les funérailles de mon regretté époux, c'est pourquoi je serai dans mon appartement romain. Si vous souhaitez une rencontre – disons vers l'heure du déjeuner ? – vous pourrez m'y trouver et je ne me déroberai pas, mais venez uniquement dans la version humaine, le pourchasseur de vierges pleureuses télévisuelles, lui, je ne le ferai même pas entrer.

Cordialement (à moitié),

Isabella De Nardi Contini

Suit une adresse à Rome, piazza Perin del Vaga, quartier Flaminio, entre le Lungotevere, l'Auditorium et le musée d'Art contemporain.

Et maintenant, Carlo Monterossi met de côté le fruit douloureux de son travail et commence à penser ce qu'il pense habituellement. Qu'il n'aurait pas dû se retrouver dans ce pétrin, et que si la réponse est non, ou plutôt, un « *Oubliez cela* » amusé, pourquoi il irait jusqu'à Rome ? Mais après, il se dit aussi que la franchise spontanée de la veuve Campana mérite – comme le disent les guides touristiques – un détour ; et depuis combien de temps n'est-il pas allé à Rome ?

Alors il répond seulement : Merci, à demain, et ouvre le site internet des Ferrovie dello Stato pour s'acheter un billet.

25

Le brigadier de police Pasquale Carella marche d'un pas nerveux sur corso di Porta Romana, et pendant ce temps il pense au sous-brigadier Ghezzi, à son flair pour les enquêtes, mais surtout à ce qu'il lui a dit sur Gregori. Il s'agit de politique, après tout, et il n'a jamais compris ces choses-là, ou plutôt, il n'a jamais voulu les comprendre. Mais c'est vrai : mis en difficulté ou en situation de devoir sauver son cul, Gregori n'hésiterait pas à faire passer les progrès de l'équipe clandestine pour les siens, pour tenir le beau rôle devant le ministre, et eux, en plus, devraient aller le remercier parce qu'il a assuré leurs arrières. Quelle situation de merde. Et maintenant qu'il est assis dans son bar habituel du petit matin, voilà, il le voit entrer, commander son cappuccino, faire son éternelle petite méditation devant la vitrine des pâtisseries. Carella a déjà son café, il est assis à une table et fait un petit signe qui dit : je suis là. Donc Gregori s'assoit aussi. Son visage est sombre.

« Alors ils l'ont attrapé, c'est le Tunisien, c'est ça ? Nous pouvons rentrer de vacances, chef, affaire résolue. » Il ne voulait pas être agressif, peut-être juste un peu sarcastique, mais il voit que ces mots font sur Gregori l'effet de la térébenthine sur une plaie.

« Va te faire foutre, Carella, je te le dis du fond du cœur.

— Ah, ce n'était pas lui ? » – une voix d'angelot cette fois. Gregori lui filerait une claque.

« Quelle bande de crétins. Mais moi je dis, il suffisait de regarder sa tête, à celui-là, une sorte de *minus habens* avec un casier pour vol, mais quand on creuse… il avait volé un déodorant dans un supermarché. Il fait des allers-retours à l'asile, comment on dit maintenant ?… centre de santé mentale, cent pour cent inadapté. On a convoqué les parents, ou plutôt, on est partis les chercher avec la sirène, ils ont ri : Mais qui ? Notre fils ? Il ne peut pas faire ses lacets, alors tirer sur trois personnes… En tout cas, à la fin, ils étaient presque déçus qu'on ne l'ait pas gardé, tellement il est bête.

— On passe pour des cons. »

Gregori ne dit rien, mord dans sa brioche comme si c'était la jugulaire du profileur israélien. Puis il devient sérieux, prend un ton grave et regarde Carella.

« Vous avez une semaine, pas plus.

— Putain, chef, une semaine c'est court.

— Carella, ça commence à devenir ridicule, je vous ai couverts en disant que l'équipe qui enquêtait, se voyant dépossédée comme ça, s'était offusquée et s'était mise à faire chier le monde, et donc que je l'avais envoyée en congé, mais au commissariat on commence à se demander pourquoi quatre hommes valides ne sont pas ventre à terre sur l'affaire de l'année…

— Et on est censés revenir pour faire quoi, chef, exécuter les ordres de gens qui arrêtent un attardé qui dit "C'est moi qui l'ai fait ?" Allons…

— Une semaine, Carella.

— Nous tenons quelque chose, chef, une ou deux ficelles que nous tirons, si vous nous interrompez au milieu…

— Une semaine, après vous revenez avec vos ficelles dans les poches et on voit s'il y a quelque chose accroché dessus… D'ailleurs j'aimerais bien les connaître, ces développements…

— Oui, chef, deux ou trois jours et je vous dis tout… Je ne veux pas vous donner de faux espoirs.

— Tu ne veux pas me donner de faux espoirs, Carella ? Je ne suis pas une putain d'ado à qui tu roules des pelles au ciné !

— Laissez-moi faire, chef, vous n'avez pas confiance ? »

Ce truc du « *vous n'avez pas confiance* » est l'arme du désespoir, Carella le sait. Leur boulot, c'est un boulot difficile, la confiance n'a rien à foutre là-dedans, on a besoin de preuves, de retours, de théories qui peuvent coller…

« Loin de mes couilles, Carella. Une semaine, puis vous retournez tous à la base ; d'ailleurs, faites-vous bronzer un peu, comme ça mes conneries seront crédibles. »

Alors que Carella se lève de table et part sans dire au revoir, Tarcisio Ghezzi, sous les traits de monsieur Franco, monte lentement les escaliers du bâtiment C. Le café chez madame Antonia est en train de devenir une tradition, et en plus, il n'aime pas du tout le bar en face. Et puis, il se l'avoue sur les marches entre le deuxième et le troisième étage, cette femme lui plaît bien, c'est une sorte de mémoire historique. De ces bâtiments, du quartier, peut-être même de la ville et du monde. Il pense que sa façon d'accepter les défaites de la vie, sans se rendre, mais aussi sans ressentiment, devrait être une leçon pour tout le monde.

Quand il entre dans le petit appartement – « Je peux ? » – il se rend compte que, d'une certaine manière, elle l'attend, et il sourit.

Aujourd'hui, le sujet c'est les morts des cailloux, pour changer. C'est le jour des funérailles de la troisième victime, Giorgio Campana, et les journaux ont déjà longuement brodé sur le fait que la belle veuve ne sera pas là. Trop de stress, dit un communiqué de son avocat, même si Ghezzi connaît l'histoire et sait que la raison est toute autre : la veuve ne voulait pas avoir affaire à ce type-là de son vivant, alors maintenant qu'il est mort et assassiné n'en parlons pas. Madame Antonia, qui ne lit pas les journaux, sait tout par la télévision, même pour le jeune Arabe attrapé et relâché.

« Pauvre garçon », dit-elle.

Ghezzi acquiesce et met une cuillère de sucre dans un verre rempli de café.

« D'ailleurs, continue-t-elle, moi je dis que les Arabes n'ont rien à voir avec ça, ce ne sont pas des gens qui tirent dans la tête, ils se font exploser, eux, ou ils tirent à la mitrailleuse, sinon ils peuvent s'asseoir sur leurs vingt-sept vierges… Et puis quel est le plaisir d'avoir des vierges ? Il faut tout leur apprendre…

— Moi je dis que c'est quelque chose qui vient du passé, dit Ghezzi, une sorte de vengeance… Mais allez savoir, les gens tuent pour tellement de raisons, même les plus stupides…

— Oui, les raisons sont peut-être stupides mais le gars qui tue, pas trop, sinon ils l'auraient déjà attrapé. »

Ça ne fait aucun doute, pense Ghezzi.

Puis, alors qu'ils en sont à ce point de la discussion, un garçon passe la porte, un jeune homme en fait, parce que Ghezzi ne supporte pas cette manie d'appeler « *garçon* » un type qui a la trentaine passée, c'est quoi ces conneries ? Et lui, à cinquante ans bien sonnés, il serait quoi, un jouvenceau ?

« Salut, Francesco », dit madame Antonia. Puis elle fait les présentations, à sa manière, et s'adressant à Ghezzi, elle explique : « Lui, c'est le petit ami de la nana avec les cheveux violets, Chiara, ils sont de l'autre côté de la cour, bâtiment A. » Elle dit ça comme si elle récitait nom, prénom et matricule.

« Lui, c'est monsieur Franco, celui du fauteuil roulant », dit-elle en tapant les paumes sur les roues de sa chaise.

Francesco fait un signe de tête au nouveau venu et dit :

« Oui, Chiara m'a dit, joli coup… Ils ont des caméras aux urgences, vous savez ?

— Je sais, mais je ne crois pas qu'ils vont lâcher la police sur nous pour un vieux fauteuil roulant, ils en ont probablement des dizaines en stock… Les gens paient des impôts pour ça, non ?

— Oui, je crois que oui. »

Maintenant Ghezzi le regarde mieux, le garçon est hargneux, il semble embêté qu'il soit là, mais ce n'est qu'une vague intuition, aussi parce que le gars n'a pas l'air d'aller avec plaisir chez madame Antonia.

Puis il ouvre un tiroir de la cuisine comme s'il était chez lui, et en sort quelques boîtes de médicaments. Il les pose sur la table et commence à sortir les pilules des plaquettes.

« Celui-là juste après le déjeuner, dit-il en montrant un tout petit comprimé blanc, et un autre pareil juste après le dîner. »

Ghezzi hoche la tête comme si la leçon était pour lui, et peut-être que…

« Celui-ci, le rose, par contre, avant de se coucher : c'est pour les jambes, et pour dormir aussi, des trucs du neurologue… Je lui mets sur une assiette, mais peut-être que si je n'arrivais pas à passer, vous pourriez le faire » – cette fois-ci il s'est adressé directement à Ghezzi.

« D'accord, les petites blanches après les repas et l'autre pour dormir, avant d'aller se coucher.

— Prends du café, Francesco, tant qu'il est encore chaud », dit madame Antonia. Alors il prend un verre dans l'égouttoir, se verse le fond de la moka et s'assoit avec eux.

« Tu viens d'arriver, alors », dit-il à Ghezzi. Ce n'est pas une question.

« Oui.

— Et d'où ?

— De là où j'étais avant », dit Ghezzi. *Il faut qu'il se calme, le jeune*, pense-t-il, *ce n'est pas parce que tu es gentil avec la dame que tu es quelqu'un de bien*. Mais l'autre n'insiste pas.

« Nous parlions des cailloux, dit madame Antonia en allumant une cigarette.

— Tu ne dois pas fumer, Antonia, tu le sais.

— Me fais pas chier, Francesco. Plus vite je crève, plus vite je libère cet endroit, disons que c'est mon cadeau pour les Calabrais… Peut-être que dans mon testament je dirai de le donner à vous, les jeunes du collectif – ma contribution à la cause. »

L'autre grimace et dit :

« Quels cailloux ?

— Ceux des morts, tu ne lis pas les journaux ? »

Ghezzi observe la tranquille chamaillerie de ces deux-là, ils pourraient être mère et fils, ils ont une familiarité à eux, presque affectueuse, même si à première vue, ce Francesco n'a rien d'affectueux.

« Oui, je les lis de temps en temps. Assez pour comprendre que s'ils descendaient trois retraités au RSA à coups de pistolet, une brève aurait suffi, et pas tous ces trucs qui sortent depuis des jours.

— Nous, les retraités au RSA, pas besoin de nous tirer dessus, dit madame Antonia, on se casse de nous-mêmes. »

Là, Ghezzi se sent en droit d'intervenir, et il dit la chose la plus policière qu'il puisse dire dans ce contexte.

« En tout cas, tuer des gens ce n'est jamais très intelligent, en général ça n'apporte que des emmerdes, à ceux qui prennent la balle et à ceux qui l'ont tirée. »

Mais il a dû le dire sur un ton moins neutre qu'il ne le souhaitait, parce qu'il a donné l'impression de le savoir par expérience, et il voit que le garçon le regarde d'une manière étrange. Et en effet, il demande :

« Vous vous y connaissez ? »

C'était une erreur, pense Ghezzi. Cette question lui fait comprendre qu'à ce moment-là, il ne fait pas partie du paysage, il n'est pas invisible… et alors il essaie de s'en sortir :

« J'ai lu quelques livres… et des gars qui ont fait de la prison, j'en connais quelques-uns… ce n'est pas comme s'ils en étaient sortis heureux.

— De toute façon, je crois que c'étaient tous un peu des connards, les morts, d'après ce qu'on lit », dit Francesco.

C'est un commentaire étrange, pense Ghezzi, parce que personne n'a écrit que les morts étaient des gens mauvais, et pour le troisième cadavre, Campana, le fait que c'était un gros connard, ce n'est pas sorti dans les journaux. Mais il ne dit rien, il veut redevenir invisible le plus vite possible. Madame Antonia, en revanche, non, elle n'a pas ce problème-là.

« Oui, peut-être des connards, mais il y a quand même pas la peine de mort pour les connards, sinon on serait pas beaucoup », et elle rit de sa blague.

Ghezzi pense que là, autour de cette table, il y a quelque chose qui ressemble à de la rage. Mais pas une rage déchaînée, fumante, pas de la fureur, non. Il y a la rage sourde des vaincus, de ceux qui n'ont rien à perdre, de ceux qui ont compris comment marche le monde et qu'il marche presque toujours contre eux.

« Et tu fais quoi, toi, Francesco ? » demande-t-il, en partie pour changer de sujet, parce qu'il voit que l'autre est mal à l'aise, et en partie parce qu'il pense qu'un locataire qui vient ici pour prendre un café et bavarder poserait cette question.

« Des boulots de graphisme.

— C'est un artiste », dit madame Antonia, qui s'est tournée vers l'évier d'une virevolte agile de sa chaise roulante et s'est mise à laver les verres.

Pour la première fois, le garçon rit. C'est un bel homme, peut-être un peu nerveux, mais on voit bien que lorsqu'il est détendu, il a son charme sauvage, c'est quelqu'un qui doit plaire aux filles, sa Chiara va devoir le garder près d'elle.

« Bon, moi j'y vais », dit Francesco. Il se lève et s'adresse à la vieille dame : « Te plante pas avec les comprimés. »

Puis il quitte la cuisine. Ghezzi entend qu'il ne va pas directement à la porte d'entrée. Il ouvre d'abord une autre porte et la referme aussitôt, puis il sort dans l'escalier.

« Eh bien, j'y vais moi aussi, Antonia, dit maintenant Ghezzi.

— Tu peux me rendre un service, Franco ?

— Si je peux, oui…

— Si tu passes devant la supérette, en bas ou ailleurs, prends un paquet de café… tiens », et elle lui tend un billet de cinq euros.

Il s'apprête à refuser l'argent, mais elle le foudroie du regard :

« N'essaie même pas, Franco, chez moi c'est moi qui offre le café. Être pauvre c'est une chose, crève-la-faim c'en est une autre, prends ça. »

Il prend l'argent et descend les escaliers.

Dans la cour, il y a le petit Diego qui s'agite autour d'un vélo d'enfant.

« Et ça ?, dit Ghezzi.

— Un des nouveaux Africains me l'a donné, dit-il pendant qu'il ponce la rouille sur le guidon au papier de verre. Ils ont vidé une cave et ils allaient le jeter. »

Ghezzi regarde la chaîne du vélo, sèche comme le Sahara en été.

« T'auras besoin d'huile. »

Le gamin montre une petite tasse :

« J'en ai déjà, je l'ai volée à maman, faut pas rapporter.

— Qui, moi ? », et il s'en va en riant. Ce n'est pas un mauvais endroit, cette Caserne.

À présent, ils sont chez les Ghezzi et leur tête fait six pieds de long.

Carella leur a raconté l'ultimatum de Gregori : une semaine. Ghezzi s'y attendait, il sait comment ça fonctionne, le bavardage des collègues, il connaît le tam-tam des couloirs : Où est Carella ? En vacances. Et Ghezzi ? Aussi. Et Selvi ? Sannucci ? Congé. Saloperie.

Selvi est le premier à changer de sujet, il parle à tout le monde mais regarde Carella.

« Ton professeur n'est pas un mec précis. Le vol de l'armurerie n'a pas eu lieu en 79-80, mais en 81, le onze janvier. On n'a plus la plainte, à ce moment-là on n'avait pas encore d'ordinateurs et les archives… laisse tomber… Mais j'ai cherché des trucs dans les journaux de l'époque… »

Il sort deux photocopies très sombres, tachées d'encre.

« Là, il est écrit qu'ils ont emporté six pistolets et un peu de munitions. Ils sont entrés par l'arrière, par la cour, il n'y avait pas d'alarme, un coup facile. Dans le *Corriere d'Informazione*, par contre, l'article était un peu plus long, ça dit que des pistolets, il y en avait sept, et il y a une photo du tag qu'ils ont laissé sur le mur. » Il plisse les yeux pour lire sur ces feuilles tachées et il récite : « On a des P.38 / on a des munitions / on est prêts / à parler aux patrons.

— De vrais poètes, dit Ghezzi.

— Ça pourrait aussi rimer avec "couillons", hein », dit Sannucci.

Carella n'est pas d'humeur à plaisanter.

« Et alors ?

— Alors j'ai retracé la famille… enfin, le type qui avait l'armurerie est mort… c'était il y a trente-six ans… Le fils vit près de Brescia et dit que oui, dans la cave il a des vieux papiers de son père, il ne peut pas dire s'il y a aussi une copie de la plainte, si je vais là-bas pour voir, peut-être que je tomberai dessus, mais lui, il ne peut pas dire… Le vol, il se souvient vaguement, il avait six ans et on en a parlé pendant longtemps chez lui…

— Oui, va là-bas, on doit tout essayer, dit Carella qui pose ensuite une question à Sannucci avec ses yeux.

— On est un peu en retard, chef, on n'est même pas à la moitié de la liste… C'était le jour de repos de Senesi et… mais Gregori lui a un peu botté le cul, je crois, parce qu'elle m'a appelé et m'a dit qu'elle était disponible… D'ailleurs, si c'est pas elle qui le fait, ben, pour les archives il faut être là-bas… Ce soir je devrais tout avoir… En tout cas, j'ai séparé les étrangers juste en regardant les noms, il y a quatre-vingt-dix-sept Italiens… Bien sûr, si le type qu'on cherche est mort avant 2002, on l'a dans le cul… désolé, madame. »

Madame Rosa sourit.

Et maintenant, ils sont bloqués.

Selvi dit qu'il a créé un groupe WhatsApp qui s'appelle « cailloux »: si tout le monde s'inscrit, ils peuvent échanger des informations sans traverser la ville ou passer des appels téléphoniques à la chaîne. Tout le monde tripote son téléphone portable, puis c'est encore Carella qui parle:

« Donc demain matin ici, sauf s'il se passe un truc et qu'on doit se voir avant.

— Je fais des pâtes ou vous partez tout de suite?, demande madame Rosa.

— Mais oui, mangeons quelque chose », dit Ghezzi.

Carella sort sur le balcon du salon et s'allume une cigarette pendant qu'il passe un coup de fil. Sannucci appelle la préfecture pour avoir des nouvelles de Senesi, Selvi ouvre l'exemplaire du *Corriere* qui est posé là sur la table et se met à lire les pages actualités, il secoue la tête, puis il a une idée.

« Ghezzi, mais toi qui te balades toujours déguisé, tu aurais une barbe ou un truc dans le genre?

— Oui, je m'en suis servi pour faire le moine, dit l'autre.

— Prête-la-moi, tiens, je vais jeter un coup d'œil à l'enterrement de Campana, c'est à trois heures, là-bas, piazza del Rosario, via Solari... Il y aura la moitié de la préfecture, il vaut mieux y aller incognito... De toute façon le gars de Brescia n'est pas chez lui avant l'heure du dîner. »

Ghezzi disparaît dans l'autre pièce et au bout de deux minutes Selvi a une barbe épaisse et très soignée, presque de la couleur de ses cheveux, plutôt crédible si on ne le regarde pas de près. Tout le monde rit, même lui. Mais pas Ghezzi:

« Maintenant, enlève-la et mange tes pâtes, sinon tu vas me la salir avec la sauce », dit-il.

Madame Rosa entre avec la soupière habituelle :

« Raviolis beurre sauge », proclame-t-elle.

Ses quatre hommes applaudissent.

26

« Asseyez-vous, madame arrive tout de suite. »

Carlo Monterossi ne s'était pas encore remis de l'extérieur qu'il est déjà face à cet intérieur vaguement intraduisible.

Le train, comme prévu, un enfer de bavardages et de bruit, au point qu'il s'était résolu à un sommeil léger, une sorte de coma éveillé qui ne l'avait pas empêché de connaître en détail toute la vie de la dame deux sièges plus loin. Les études des petits-enfants, la prostate du père de son gendre, et puis la maison à la plage à retaper, c'est embêtant, et ce truc de la voiture, là, comment ça s'était terminé ? Est-ce qu'Ettore l'avait très mal pris ? Pauvre Ettore… Et tout ça dans le wagon « silence », au point que Carlo s'était demandé si par hasard, dans les autres wagons, les « non silence », les gens étaient en train de danser le merengue sur les tables, ivres comme dans un roman d'Erofeev.

Puis la gare, la queue pour les taxis et la voiture blanche d'un âge indéfinissable. Tout le monde a une anecdote sur les taxis romains, et voilà celle de Carlo : une fois l'adresse communiquée, le chauffeur n'a plus ouvert la bouche jusqu'à la destination, et il a dit « Quatorze », Carlo a payé et est sorti.

Même pas un « *dottò*[1] » lancé là, rien, seulement courtoisie et silence, un peu léger, non ? Que la littérature est décevante.

Le bâtiment, en revanche, non.

Piazza Perin del Vaga est une petite ellipse parfaite, les maisons aux façades concaves ont des ouvertures, des galeries, des parastates, des lésènes, surveillées de près par deux petites fontaines avec quatre dauphins, le tout symétrique et parfait, un peu décoloré par le temps, l'ancienne inscription Institut Logements Sociaux, un truc des années vingt. Le baroque romain, en somme, quelque chose de magnifique, et le jardin, après, ravissant, un peu fané, mi-sauvage mi-urbain.

À l'intérieur, beaucoup de lumière et rien d'étudié, des meubles anciens et des pièces modernes mêlés avec une fausse nonchalance, des livres et des feuilles posées ici et là, du moins dans l'entrée et dans le grand salon où on accompagne Carlo. La dame qui l'accueille est une femme élégante entre deux âges, aucune inflexion dialectale, une gentillesse de châtelaine, sans cérémonies. Le monsieur était attendu et elle l'attendait, c'est tout.

Dans le salon, Carlo ne s'assied pas.

Il fait quelques pas sur un beau tapis posé sur le parquet d'époque qui grince, confortable, chaud. Là aussi, des bibliothèques débordantes, des feuilles posées sur un bureau ancien,

1. En Italie, on désigne souvent par leur profession les gens ayant des métiers ou des diplômes socialement valorisés, comme dans « ingénieur Rossi » ou « notaire Nardulli ». Le *dottore* n'est pas seulement attribué aux médecins mais aussi aux personnes ayant fait des hautes études. À Rome, on adresse la forme abrégée *dottò* à n'importe qui, souvent avec beaucoup d'ironie.

des fauteuils en cuir qui font lieu habité, peut-être même aimé. Sur un mur se trouve un Morandi, comme d'habitude Carlo ne se souvient pas du titre, même s'il sait qu'il le connaît.

« Voici notre homme double », dit une voix.

Isabella De Nardi Contini a une de ces allures qui te font te lever même si tu es déjà debout, elle porte un chandail en cachemire beige décolleté et souple, une jupe en flanelle légère, des bas d'un gris un peu plus clair, des chaussures à petits talons. Ils se serrent la main, elle sourit comme si sa visite était la bienvenue.

« Mes condoléances, dit Carlo.

— Ne dites pas de bêtises, dit-elle avec un petit rire, puis-je vous offrir à boire ?

— La même chose que vous.

— Ah, vous allez regretter. »

Quelques minutes plus tard, ils ont à la main une mystérieuse boisson centrifugée, glacée, délicieuse, dans des verres en cristal effilés que la dame de tout à l'heure a déposés avec un plateau d'argent sur la table basse devant les fauteuils. Carlo est là depuis cinq minutes et se sent comme un habitué, pas de gêne, pas de bégaiement, un air de chez-soi, de salon d'antan où la dame reçoit amis et connaissances, parfaite et distante.

« Alors, dites-moi, monsieur… Monterossi, c'est ça ? Je vous appellerai Carlo, ça ne vous vexe pas ?

— Désolé de vous décevoir, mais vous savez déjà tout. Mon objectif est de vous inviter à cette émission que vous connaissez, et ce serait ma mission secrète. Puis il y a une mission privée, personnelle, je dirais inavouable : ne faites pas ça… Isabella, ça ne vous vexe pas, si ? »

Elle rit, un rire ouvert, naturel, rien d'artificiel. Carlo pense avec un frisson que pendant qu'ils sont là, à faire cette petite escrime entre inconnus, le mari de la dame est sur le point d'être enterré. Ou peut-être qu'elle s'attendait à un fonctionnaire banal, une sorte d'employé télévisuel, et qu'elle se retrouve face à un type… mais peut-être que ce n'est là que son espoir à lui. Vaniteux.

« La première partie, je l'imagine si bien que je la connais, Carlo, et elle ne m'intéresse pas du tout. J'ai suivi cette affaire des cailloux jusqu'à en être écœurée… J'ai vu votre chef-d'œuvre, la première femme du deuxième mort, la deuxième enfant du premier mort… Je comprends que cela puisse être une drogue pour beaucoup de gens… Je préfère… des émotions plus sincères, disons…

— J'ai vu tout ça aussi, dit Carlo, et aussi absurde que cela puisse vous paraître, je décline toute responsabilité. »

Là, elle croise les jambes, un geste des plus naturels, rien de séducteur, même si Carlo pense qu'il y a tout un catalogue de fantasmes pour mâles dans un geste aussi fluide, et qu'il ne doit pas être le premier homme à le remarquer.

« Eh bien, passons à la deuxième partie.

— Je crains que vous ne trouviez cela banal également… »

Et donc Carlo explique dans les grandes lignes, de peur d'être ennuyeux, son odyssée sur le radeau désespérant de *Crazy Love*, l'intuition qui était sincère, la transformation de cette petite idée romantique, presque à la Gozzano, en cette saloperie qu'on regarde aujourd'hui et qui, comme si cela ne suffisait pas, est passée des affaires sentimentales aux faits divers, des larmes d'amour – aussi domestiquées et « peignées » soient-elles – aux larmes des parents de victimes.

« Le reste, ce ne sont que des questions d'argent bien prosaïques, conclut-il avec un sourire amer, et puis le pari un peu malhonnête qu'il vaut mieux vivre bien avec quelques péchés que vivre mal… avec d'autres péchés, probablement…

— Vous savez, Carlo, que la différence entre un cynique qui fait semblant de ne pas l'être et un non-cynique qui s'efforce d'en avoir l'air est inexistante, n'est-ce pas ? »

Il hoche la tête, et elle continue :

« Je crois que vous êtes un peu malhonnête avec moi aussi… mais je vais vous aider. Vous pourrez apporter à votre reine Flora De Pisis deux nouvelles – comme d'habitude, une bonne et une mauvaise. La mauvaise, c'est que, dans ce studio, elle ne me verra même pas en photo ; la bonne, c'est que je n'irai jamais, même enchaînée, chez quelqu'un d'autre, pas de concurrence, pas d'adversaires… Je crois que si vous insistez sur ce deuxième point en le présentant comme une victoire, vous ne serez pas fusillé. Mentez donc, dites que vous m'avez dissuadée d'aller sur une autre chaîne, dans une autre émission trempée de larmes, et vous verrez que vous serez acquitté. Je ne démentirai pas, ce sera notre secret. »

Carlo penche un peu la tête sur le côté. Jusqu'à présent, il l'a regardée, avec une certaine admiration ouverte, même. Là, il l'étudie.

« Touché et coulé par ma propre sincérité… Je trouve que c'est toujours une bonne arme entre personnes intelligentes. Mais… supposons qu'il me reste encore une certaine curiosité… très humaine, voilà. Qu'il y ait quelque chose qui m'échappe, que j'aie envie d'oser quelques questions indiscrètes…

— Je peux vous faire confiance, Carlo ?

— Vous savez très bien que si vous ne pouviez pas me faire confiance, je vous dirais quand même oui… C'est une question qui n'a pas de réponse… Mais oui, pour ce que ça vaut, ou alors vous préférez des trucs très vingtième siècle comme : vous avez ma parole ?

— Tous les trucs du vingtième siècle ne sont pas si mesquins, vous savez ? »

Maintenant c'est au tour de Carlo de faire le petit rire d'homme du monde.

« Eh bien, dites-moi alors, et excusez la brutalité… comment est-ce possible qu'une femme comme vous – il fait un geste autour de lui comme pour dire : vous, votre histoire, vos livres, ces meubles, cette conversation sincère et agréable – … que quelqu'un comme vous ait épousé cet… cet homme si… différent, disons ? »

Elle refait son rire.

« Mais quelle indiscrétion !… Et quel manque de tact, le jour des funérailles de mon cher disparu ! » Là, elle rit ouvertement, avec plaisir. « Bien sûr, Carlo, je vous le dis. Chacun dévoile ses cartes, c'est bien cela ? Vous votre émission maudite, moi mon maudit mari… »

Et ainsi, madame Isabella De Nardi Contini, veuve Campana, raconte. Elle dit. Elle aligne des mots qui sonnent aussi élégamment qu'une belle calligraphie. Elle avait tout et aurait eu encore plus. Sa famille presque noble, ses études, sa bohème parisienne, les défilés, les fêtes, les petites transgressions de celle qui se sait précieuse et qui considère l'ennui comme un accessoire indispensable, comme un sac Hermès, une ceinture Gucci. Lui – elle l'avait rencontré tout à fait par hasard – était un arriviste sorti d'un roman russe, un petit-bourgeois ignorant et trépignant, quelqu'un pour qui l'avenir n'était qu'une opportunité… quelqu'un qui voulait tout et tout de suite. Il lui racontait ses petites arnaques, ses succès de boutiquier de la finance, son mépris pour ceux qui étaient tombés dans ses pièges.

« Il était… si inconvenant, si… sans principes… mais drôle, vous savez ?

— Assez drôle pour imaginer partager votre vie avec lui ?

— Dans ma famille, ils sont devenus fous. Mon père a menacé de me mettre sous tutelle, de me déshériter, de me désavouer. Ma mère en a fait une maladie. J'avais vingt-huit ans, j'avais l'impression de tout avoir, il ne me manquait que ça : me gâcher un peu. Vous ne trouvez pas ça, d'une certaine manière… sublime ?

— Un peu tordu, dit Carlo, ou peut-être une façon tordue de dire que vous l'aimiez…

— Ah ! Comment osez-vous, insolent ! » dit-elle. Elle renverse sa tête en arrière et rit.

Puis elle se lève et lui tourne le dos, se penche vers une bibliothèque, passe son index sur les tranches des volumes, pioche un petit livre jaune et se réinstalle dans son fauteuil, en s'asseyant sur une jambe repliée. Elle trouve tout de suite le passage, parce qu'il y a une marque, et lit, en scandant bien les mots :

« L'AMOUR FAIT DE NOUS DE GRANDS CRIMINELS À L'ÉGARD DE LA VÉRITÉ, IL NOUS TRANSFORME EN RECELEURS ET EN VOLEURS CHRONIQUES QUI LAISSENT PASSER POUR VRAIES PLUS DE CHOSES QUE NOUS N'EN CONSIDÉRONS COMME TELLES… »[1]

— Maintenant, je vais passer pour celui qui ne reconnaît pas l'auteur et vous me chasserez comme un garçon d'écurie de votre domaine à la campagne, dit Carlo.

---

1. F. Nietzsche, *Aurore*, tr. fr. Éric Blondel, Ole Hansen-Love et Théo Leydenbach, Flammarion, Paris, 2012.

— Nietzsche, *Aurore*… Peut-être que j'aurais mieux traduit, mais contentons-nous de ça.

— Et ensuite tout ce… sublime, ça a fondu, n'est-ce pas ?

— Pas lentement, vous savez ? Presque tout de suite et presque d'un coup. C'était un jeu, et après ça ne l'était plus. Dix ans, Carlo, dix ans pour une espèce de caprice, et pourtant, être là, même si nous étions rarement ensemble… être là me paraissait une expiation, une punition infligée à moi-même… d'une certaine façon sublime aussi, vous ne trouvez pas ?

— Vous avez une étrange relation avec le sublime.

— Ne soyez pas vulgaire, Carlo, c'est la seule chose que je n'autorise pas.

— Excusez-moi si j'abuse de notre… intimité, si on peut dire ? Mais violer et battre des jeunes filles mineures c'est très vulgaire. »

Pourquoi il a dit ça comme ça ? Peut-être parce que le fait qu'elle étale sa vie devant un étranger l'a d'une certaine manière irrité ? Parce que cette sincérité de princesse qui n'a rien à craindre, de rien ni de personne, l'a mis mal à l'aise ? Mais elle ne cille pas, ne s'assombrit pas, n'encaisse pas le coup. Il a le sentiment, tout simplement, qu'il n'y a pas de coup qui puisse l'ébranler.

« Quelle déception, Carlo, sans parler de la colère. Avec ces histoires dégueulasses… oui, violentes et dégueulasses, même ce semblant d'explication que je m'étais donné a volé en éclats… C'était une bourde, et d'un coup ça devenait une erreur. La canaille petite-bourgeoise de roman russe, celle qui célébrait ses escroqueries en achetant une nouvelle parcelle viticole, s'avérait être un banal, un ridicule animal. La même différence qui existe entre l'obscénité déclarée d'un tableau de Schiele et un porno amateur… Mais il y avait autre chose… »

Carlo se tait. Maintenant qu'elle est lancée, il n'a pas l'intention de l'arrêter, pas même avec d'autres questions.

« Et l'autre chose, c'étaient ces petites filles, Carlo. Jamais dans ma vie je ne me suis souciée des autres, jamais. Je souriais à cette idée de solidarité, de charité, d'engagement social, comme devant les petits chiffons humides avec lesquels on soignait la fièvre à une époque… Suffisance, supériorité… Mais ces familles qui demandaient de l'argent, le frisson de Giorgio à l'idée d'une plainte… J'ai vu une de ces… petites filles… J'ai voulu la voir, oui, en cachette, à l'hôpital. J'ai décidé qu'il y aurait enfin quelque chose d'intense entre lui et moi, et que ce quelque chose ne serait que haine. Pure. Cristalline.

— Sublime ?

— Je vois que vous avez compris.

— Vous auriez pu le quitter… et avec de très bonnes raisons en plus, un divorce commode, ça lui aurait fait mal…

— J'y ai pensé, oui… mais dites-moi : est-ce que ça aurait suffi ? »

Quelle étrange réponse, pense Carlo, mais ça ne dure qu'un instant.

« Et malgré cela, quand vous avez appris la nouvelle, vous avez couru à Milan.

— Un réflexe conditionné. Je n'étais pas dans ma chambre, je revenais de… d'une promenade, et ce bel homme, le chef de la sécurité de l'hôtel, a couru vers moi. Il m'a fait asseoir dans le hall, il m'a donné un verre d'eau, m'a rapporté la nouvelle et m'a dit qu'il m'accompagnerait sur place… Je n'ai demandé qu'un moment pour me changer, comme si je voulais me mettre sur mon trente-et-un… et me voilà, comment me trouvez-vous dans le rôle de la veuve ?

— Je vous trouverais parfaite dans n'importe quel rôle, Isabella, merci pour votre sincérité, je n'en espérais pas tant, je sais très bien que je n'ai pas le droit…

— Oh, les droits ! C'est vous qui êtes très vingtième siècle ! Plutôt, confidence pour confidence… maintenant c'est votre tour.

— Moi quoi ? – Carlo sourit – … Je n'ai rien de… sublime à raconter.

— Parlez-moi de l'enquête. Est-ce qu'ils vont l'attraper, ce tueur au caillou ? Ça ne me dérangerait pas qu'il s'en sorte, vous savez ? Mais, d'une certaine manière, j'aimerais que la boucle soit bouclée. Les morts, l'assassin, un bon feuilleton, je fais mieux que vous, vous voyez ? Je suis même dix-neuvième siècle !

— Je pense qu'ils… comment on dit dans les romans ? ils tâtonnent ? La fameuse piste islamiste c'est une connerie pour les journaux, c'est gros comme le nez au milieu de la figure… Personne n'a compris ce truc des cailloux, et je crois que sauf coup de chance…

— C'est clair qu'il doit y avoir un lien entre les trois morts… Giorgio avait plus d'ennemis que de cheveux sur la tête, il suffit de les croiser avec les ennemis des deux autres, non ?

— On peut dire que c'est un croisement qu'ils n'arrivent pas à faire.

— Eh oui. »

Isabella De Nardi Contini semble pensive à présent, elle se mord doucement une lèvre, se lève et remet le livre jaune sur l'étagère, mais cette fois-ci, elle ne retourne pas à son fauteuil.

« Vous m'excuserez… Je ne veux pas être impolie, mais… »

Elle prend congé, bien sûr. Il se lève et s'approche. Il lui tend la main.

« Vous avez été très aimable de me recevoir et de me supporter », dit-il.

Elle ignore la main, se dresse sur la pointe des pieds et lui donne deux petits baisers sur les joues, de ces baisers de réception, de fête au bord de la piscine, de ceux que tu ne refuses même pas aux étrangers.

« Vous pouvez me rendre un service, Carlo ?

— Si je peux, volontiers…

— Vous devez avoir des contacts avec les enquêteurs, là-bas dans cette… cette émission de faits divers, je me trompe ?

— Cela arrive parfois.

— Enquêtez un peu pour moi… tenez-moi au courant… Je sais que tôt ou tard cette chose terrible avec les petites filles se saura, j'en ai parlé au substitut du procureur, il m'a promis que ça ne sortirait pas dans les journaux, mais je ne me fais pas d'illusions. Cela dit j'ai une certaine curiosité, et s'il y avait des développements… Voilà, j'aimerais les connaître avant de voir à nouveau mon nom imprimé à côté de celui de mon mari. »

Ça lui semble un truc raisonnable, une lueur de normalité chez cette femme si distante de tout.

« Demain je retourne à Milan, quelque chose me dit que nous nous reverrons, Carlo. Bientôt.

— Oui, ça me ferait plaisir.

— Je sais. »

Irritante, pense-t-il. *Trop confiante. Non… trop habituée à la confiance pour s'intéresser.*

Il sort de la maison, traverse le jardin qui, à présent, avec la lumière de fin d'après-midi, est encore plus beau, comme si même les ombres étaient un peu baroques. Avec cet air qu'il y a à Rome avant l'été, comme s'il l'appelait, l'été, l'entraînait le long du fleuve, parce que ce printemps a un parfum insoutenable.

Il n'y a rien de plus incongru qu'un Milanais à Rome d'ailleurs, et rien de plus ridicule que quelqu'un qui descend de la capitale de l'argent à celle des papes, et qui s'étonne de rester bouche bée à chaque coin de rue, même en traversant distraitement, comme le fait Carlo à présent. Au point que quelqu'un freine à côté de lui, le frôle avec le flanc de la voiture et crie par la fenêtre ouverte :

« Ho, tu fais quoi, t'es sorti faire pisser le mort ? » Puis il repart sur les chapeaux de roues en criant d'autres choses que Carlo ne comprend pas.

Il hèle un taxi sur le Lungotevere et avant vingt-trois heures il est à Milan. Il a essayé de lire, dans le train, mais il n'y est pas du tout arrivé, même pas une ligne. Isabella De Nardi Contini a rempli chacune de ses pensées, mais quel genre de pensées, il ne pourrait pas le dire.

Quand il entre chez lui, il ouvre le frigo et amène de la nourriture dans le salon, il allume la chaîne et laisse la musique s'échapper *pianissimo*.

She's got everything she needs
She's an artist, she don't look back
She can take the dark out of the nighttime
And paint the daytime black[1].

---

1. Bob Dylan, *She belongs to me* : « Elle a tout ce qu'il lui faut / C'est une artiste, elle ne regarde pas en arrière / Elle peut tirer l'obscurité de la nuit / Et peindre la journée en noir. »

27

Le sous-brigadier Tarcisio Ghezzi a éteint la lumière de sa chambre, a rapproché sa chaise de la fenêtre et à présent il regarde en bas, dans la cour, son cinéma privé. Il fait sombre, mais on voit quelques mouvements. Près de la grille se trouvent les deux jeunots habituels, des gens de Mafouz ; les Africains ne sont pas là, peut-être qu'ils se sont mis d'accord et qu'ils ont rationalisé leurs horaires. *Ils sont plus efficaces que nous*, pense Ghezzi.

Puis, soudain, un mouvement. Un homme âgé s'approche des deux et leur parle, sa posture est celle du chef : même de là où il est, d'une fenêtre du quatrième étage, Ghezzi voit qu'il ne parle pas pour parler : il donne des ordres. Ça doit être Mafouz, Ghezzi ne l'a jamais vu mais il l'imagine comme ça. L'homme âgé et les deux garçons se mettent donc en route, décidés, et traversent la cour, ils vont vers l'un des escaliers des caves, celui où Ghezzi a vu les Africains aller et venir l'autre soir. Ils ont l'air aux aguets. Mafouz, si c'est lui, et l'un des jeunots descendent les escaliers, l'autre s'assied dehors, il fait le guet, c'est évident. Il est vingt-trois heures passées et personne ne traverse la cour.

Ghezzi pense que cela a tout l'air d'une invasion de terrain : qu'est-ce qu'ils vont faire, ceux-là, dans les caves des autres ?

Mais il se dit aussi : *Conjectures*, parce qu'il a l'habitude de ne pas trop faire confiance aux intuitions, il les laisse là à creuser. Oui, mais tout de même… d'après ce qu'il a compris pendant ses observations nocturnes, les caves de la bande de Mafouz sont ailleurs, de l'autre côté. Il les voit sortir quelques minutes après, presque en courant. Les garçons retournent à la grille et s'assoient là comme s'ils étaient deux types qui aiment se coucher tard, et le vieux disparaît. Tout est étrange, rapide, silencieux. Ghezzi pense qu'il devrait jeter un coup d'œil lui aussi dans ces caves.

Puis le téléphone sonne. Carella.

« Oui.

— Du nouveau », dit-il. Il est essoufflé.

« Balance !

— Ils ont trouvé le pistolet, le troisième, celui qui a tué Campana.

— Sans blague, où ?

— À la sortie de Milan, près de Lainate, dans le canal Villoresi. Pas exactement dans le canal, dans les buissons à côté, sur la rive, impossible à trouver.

— Et comment ils l'ont trouvé, alors ?

— Cet après-midi… des enfants qui vont là pour jeter des pierres sur les ragondins… c'est pas tout, t'es assis ?

— Allez, Carella ! » Ghezzi est en train de perdre patience.

« Le pistolet était le sien… le sien, à Campana, un Glock Issc M22, pratiquement neuf, jamais utilisé, il manque un coup, pas d'empreintes, naturellement.

— Et les autres ne savaient pas que Campana avait une arme ?

— Non, on savait pour le port d'armes, mais le pistolet n'était pas déclaré... Ils ont contacté la belle veuve, qui était dans le train pour Milan, et elle est tombée des nues. Mon mari ? Un pistolet ? Mais elle n'était pas si surprise que ça... en tout cas, il ne lui en avait jamais parlé, ils sont allés la chercher au train pour l'emmener à la préfecture et l'entendre un peu mieux, mais rien, s'il avait acheté un flingue, il ne l'avait pas dit à sa femme. »

Ghezzi réfléchit un instant avant de parler. Puis :

« Le canal Villoresi... ça nous amène assez loin d'ici, encore quelque chose qui ne colle pas.

— Oui, mais c'est vrai aussi que quelqu'un qui fait disparaître un pistolet ne le ramène pas près de chez lui, hein, Ghezzi !

— Oui, mais, regardons... le premier, celui qui a tué Gotti, on ne l'a pas trouvé, d'accord. Le deuxième était dans une fontaine dans le centre de Milan, même pas caché... Celui-ci, par contre, il a été jeté dans un endroit où nous n'aurions peut-être jamais pu le trouver, je me trompe ?

— Non, continue.

— Alors disons que ça s'est passé comme ça. Le type entre dans le garage en escaladant là où Selvi a dit, il monte d'une façon ou d'une autre dans la voiture de Campana et attend. Pendant qu'il attend, il fouille dans la voiture et trouve le pistolet... peut-être que l'autre était assez bête pour le laisser dans la boîte à gants... alors il décide de lui tirer dessus avec. Peut-être qu'il pense qu'il est petit et qu'il fera moins de bruit... peut-être qu'il a apporté un autre de ses pistolets, vieux, quasiment de la rouille, il a toujours peur que ça lui explose dans la main, et qu'il se dit, hum, j'ai vraiment eu du bol.

— Oui, c'est possible…

— Mais, Carella, s'il lui tire dessus avec son pistolet, pourquoi il ne le laisse pas là ? Pourquoi il ne le jette pas à côté… pourquoi le cacher ? Allez, dis-moi.

— Tu as raison, Ghezzi… mais tu ne prends pas en compte la pression, le moment, l'agitation… quelqu'un qui tire dans la tête d'un gars a un contrecoup émotionnel, tu le sais très bien, et nous savons que ce n'est pas un professionnel…

— D'accord, tu n'as pas tort… mais ce serait la première chose irrationnelle qu'il fait. Si tu attends quelqu'un allongé dans sa voiture, que tu restes calme pendant qu'il monte, que tu lui poses le pistolet sur la nuque et que tu tires… Disons que tu fais preuve d'une certaine rationalité, non ? Et puis tu la perds d'un coup au moment où tu dois lâcher l'arme ? Et puis… combien de temps il faut pour aller de via Solari à Lainate à sept heures trente du matin ? Une demi-heure ? Tu gardes l'arme du crime dans ta poche… et aussi celle que tu avais apportée, pendant une demi-heure ? En pleine journée ? À Milan ?

— Et donc ?

— Et donc rien, j'aligne les choses, je pense juste que… rien, le troisième crime ne colle pas avec les deux autres.

— Peut-être, mais tu fais trop confiance au tueur… je veux dire… c'est écrit nulle part qu'il doit toujours tout faire de la même manière, peut-être qu'il improvise.

— Oui, c'est possible aussi… »

Puis ils se disent au revoir. Ghezzi retourne à la fenêtre et réfléchit. Il y a autre chose qui ne colle pas pour lui… Si Campana était vraiment le gros connard qu'on sait… oui, c'est possible qu'il s'achète un pistolet, bien sûr, avec tous ces ennemis… Mais il s'achète un .22 ? Une sorte de pistolet d'athlétisme ? Il semblait plutôt du genre gros calibre. Mais va savoir ce qui traverse l'esprit des gens… De ces gens-là, n'en parlons pas…

Maintenant il est tard et il décide d'aller se coucher, il n'est pas comme Carella, c'est un dormeur, lui.

28

« C'était belle Rome, monsieur Carlo ? »

Katrina traverse le couloir avec un énorme panier de linge et se dirige vers la petite buanderie de la maison Monterossi, elle aussi une sorte de festival de l'équipement domestique, et lance sa question alors qu'il est dans le grand bureau, assis à sa table.

« Comme toujours, Katrina, et au printemps, n'en parlons pas…

— Mais vous êtes pas allé à Saint-Pierre, pas vrai ? » Elle l'a dit sur le ton de celle qui secoue la tête devant un infidèle. Il rit :

« La prochaine fois, Katrina… et pour quoi faire, d'ailleurs ? Je n'ai pas de péchés à expier, moi… malheureusement. » Mais elle a déjà disparu vers ses tâches de parfaite gouvernante.

Il est quatre heures de l'après-midi et Carlo a déjà débriefé Flora De Pisis au sujet de sa mission. Un coup de fil plutôt orageux, mais mieux que prévu. Il ne lui a pas parlé du *Non* sans espoir que la belle veuve lui avait lancé à la figure, mais il a insufflé avec malice qu'elle avait déjà été contactée par la concurrence. Flora semblait au bord de la crise de nerfs mais il l'a ranimée :

« Je dois la revoir… Si elle ne veut vraiment pas venir chez nous, j'espère au moins pouvoir l'empêcher d'aller ailleurs…

— C'est le minimum, Carlo… Si elle va chez ces enfoirés d'*Alerte Rouge*, on passe vraiment pour des cons. » *Alerte Rouge* est le concurrent redouté, deux émissions qui se cherchent des noises.

« Attends avant de te jeter du balcon, Flora, je m'en occupe.

— Je compte sur toi. »

Voilà, c'est fait.

Et maintenant il est à nouveau là, en train de ranger ses notes. C'est clair que ce n'est pas facile de démêler Dylan de ses pirouettes religieuses, chrétien ultra pendant deux ou trois ans, puis proche des juifs ultraorthodoxes… bref… et toujours la Bible. C'est clair que le Dieu bon qui pardonne tout le monde ne lui plaît pas, il croit plutôt au Dieu vengeur, celui qui envoie Abraham égorger son fils… Mais après, y croit-il vraiment ? Ou n'est-ce pas plutôt Dieu qui doit enfin se décider à croire en Bob Dylan ?

Il est au milieu de ce délire de sacré et de profane quand il entend le téléphone, et il répond à la deuxième sonnerie.

« Encore un jour comme ça et je pars faire la hippie à Goa. »

C'est la voix d'Isabella De Nardi Contini.

« C'est à votre tour de sortir une veuve toute fraîche de la dépression, Carlo, vous pourriez m'inviter à dîner. »

Carlo sourit. Ça, il sait faire, oui.

« Choisissez le lieu et l'heure et je serai un parfait chaperon, Isabella.

— Hum, je ne sais pas… Bien sûr, me montrer avec un homme le lendemain de l'enterrement… c'est vous l'expert en potins, vous ne voyez pas les gros titres ?... Qui est l'homme mystérieux qui console la veuve Campana ?... » Elle rit encore, elle semble nerveuse, ça ne lui ressemble pas.

« Alors, venez ici. Je garantis de la bonne nourriture et pas de paparazzi, mais je vous préviens que je n'ai pas de Morandi accroché dans le salon.

— Pour cela, je pourrais vous pardonner... disons neuf heures ?

— Disons, mais faisons aussi. » Répertoire.

Il lui donne l'adresse et rejoint Katrina qui programme la machine à laver.

« Vous me dites à cette heure, monsieur Carlo ?

— Eh, je viens de l'apprendre, Katrina...

— Combien de personnes ?

— On serait deux, peut-être même trois, si Oscar est par là... »

Deux. Trois si l'ami vient aussi, qui donc n'est pas l'un des deux. Katrina est un limier pour ces choses, pas besoin non plus d'avoir la science infuse... Elle le regarde comme une mère regarde son fils adulte qui gambade encore à la maison et avec l'éternel espoir qu'il se range...

« Une personne femme ? » demande-t-elle.

Carlo rit, il ne s'y fera jamais.

« Oui, oui, femme, Katrina, mais ne te fais pas d'illusions, il ne s'est rien passé et il ne se passera rien, tu ne te débarrasseras pas de moi si facilement. »

Puis l'après-midi s'est écoulé. Lui a continué à ne pas trouver le fil dans les histoires mystiques de mister Zimmerman, elle s'est enfermée dans la cuisine pour les grandes manœuvres, probablement en dialogue étroit avec le Saint Magnet. Oscar a dit qu'il ne savait pas, qu'il devait peut-être aller quelque part, qu'il passerait pour le café ou l'alcool nocturne, pourquoi pas, mais qu'il ne pouvait pas le dire maintenant.

« Et puis, je ne voudrais pas déranger.

— Ne fais pas l'imbécile, il n'y a rien à déranger. »

À vingt et une heures quinze, madame De Nardi Contini, veuve, et cætera, a passé la porte, et Carlo s'est étonné qu'elle n'ait été annoncée que par l'interphone, et pas par un palefrenier en grand uniforme. Un jean slim un peu court, des baskets, un pull en cachemire sous un trench Burberry déboutonné qu'elle enlève tout de suite, parfaite. Pas de minauderies. Elle pose son sac sur le meuble de l'entrée, avec ses clés de voiture, et elle est déjà dans le grand salon.

« Joli, dit-elle, je m'attendais à un endroit plus tanière de loup. »

Il disparaît dans la cuisine et revient avec une bouteille de champagne.

« Vous avez quelque chose contre les bulles ?

— Si ce n'est pas un soda, certainement pas. »

Le ballet habituel, en somme. Elle n'a qu'un maquillage léger et aucun bijou, ou plutôt si, une chaîne en or très fine, presque invisible, qui disparaît sous son pull, elle s'assoit sur un canapé à sa manière étrange, une jambe repliée sous les fesses, et ferme les yeux.

« Alors, dure journée ?

— Le train à l'aube à dix heures, un coup de fil de la préfecture pour une convocation, une voiture avec la sirène à la gare et une bonne heure d'interrogatoire, c'est suffisant ?

— Je suppose que oui. Qu'est-ce qu'ils voulaient encore, les fins limiers ?

— Il avait un pistolet.

— Qui ?

— Giorgio… je ne savais pas, ils l'ont trouvé dans une sorte de rivière, de canal, je ne sais pas, ils m'ont dit le nom, mais je ne me souviens pas, à la sortie de Milan, à… Lainate, je crois.

— Il avait un pistolet et il l'a perdu une fois qu'il était mort ? Bizarre !

— Ils l'ont tué avec. Ils voulaient savoir si je l'avais déjà vu, si par hasard il le gardait dans sa voiture… tué avec son arme, je me dis, le ridicule est en train de franchir les berges.

— Et vous ne saviez pas qu'il avait une arme ?

— Franchement non, mais en y réfléchissant maintenant, j'aurais été surprise du contraire… avec ce que j'ai découvert sur cet homme ces derniers mois, je ne suis plus surprise de rien.

— C'est tout ?

— Non, ce n'est pas tout ! » Elle a eu un petit tressaillement, mais elle s'est reprise tout de suite. « Un million de questions : est-ce que je savais où il gardait ses affaires ? Est-ce que je connais le contenu des coffres-forts ? Combien de temps je passe à Milan ? Combien à Rome ? Savait-il que j'étais au lac cette nuit-là ? Depuis combien de temps j'étais là-bas ? Est-ce que j'ai d'autres hommes ? Est-ce que j'allais souvent au domaine à la campagne ? Des questions qu'ils m'avaient déjà presque toutes posées… »

Carlo réfléchit. Il sait que c'est à lui de parler, mais il ne sait pas trop quoi dire.

« Eh bien, donc vous avez déjà une réponse à la question que vous m'avez posée sur l'enquête… S'ils vous demandent pour les autres hommes, ça veut dire qu'ils tâtonnent, non ?

— Oui, j'y ai pensé aussi…

— Et alors, vous avez un autre homme, Isabella ? Avec un mari comme ça, que vous voyiez peu et à contrecœur, une femme comme vous… difficile de penser qu'il n'y a pas quelqu'un d'autre.

— Qu'est-ce que c'est que ça, Carlo, vous me faites vous aussi un interrogatoire ? Ou vous me demandez pour tâter le terrain ?

— Mais voyons, je suis un ange ! Vous ne voyez pas mon auréole ? C'est pour ça que je n'ai pas de décapotable… elle s'envolerait… Vous avez faim ?

— Les deux œufs habituels de vous, mâles solitaires ?

— Plus ou moins », dit Carlo en disparaissant dans la cuisine.

Puis il fait de nombreux allers-retours, étend une nappe immaculée, assiettes et verres, couverts, tout l'attirail des grandes occasions, beaucoup de petits bols et de plats, il met une serviette sur son bras et fait une révérence de serveur cinq-étoiles.

« Madame, si vous voulez bien passer à table… le vin, c'est vous qui le choisissez, je m'orienterais vers le blanc.

— Ce serait trop trivial de continuer avec les bulles ?

— Certainement pas. »

Après les crevettes en entrée, le bar en croûte de sel, une salade russe légère comme un soupir et le saumon norvégien qui enveloppe des petits médaillons d'ananas, la conversation devient plus décontractée. De retour sur les canapés blancs, ils parlent de tout et de rien : elle veut se détendre et il ne veut rien lui donner d'autre. Elle lui confie ses problèmes de logistique. La maison d'ici, celle de Milan, elle ne veut pas y revenir, naturellement, elle a pris une chambre d'hôtel pour deux ou trois nuits, peut-être qu'elle retournera quelques jours là-bas, au Grand Hôtel sur le lac, ou à nouveau chez son amie, qui insiste pour l'avoir comme invitée.

« Vous n'auriez pas besoin d'un domaine dans l'Oltrepò par hasard, quarante hectares de vignes, une maison coloniale restaurée, des écuries et une piscine ? Comment je me débrouille, je fais une bonne héritière ?

— Je doute que je puisse me le permettre. »

Puis c'est son tour : il lui raconte les trois épisodes – maintenant presque deux, parce que demain c'est mercredi – qui restent avant la fin de son calvaire, les études sur Dylan qui l'occupent et les détails dont il n'arrive pas à venir à bout, les rebondissements religieux, le soupçon que le type ne cherche pas un Dieu auquel ressembler, mais une sorte de système de valeurs furibond qui lui ressemble. Mais bon, il n'a même pas commencé et il est déjà bloqué. Et puis, il s'était attaqué aux mots, mais les mots ne peuvent pas être séparés de la musique, et puis il était revenu aux mots, mais pas seulement aux mots des chansons, parce que Dylan en a écrit d'autres, beaucoup d'autres, même un pseudo-roman, *Tarantula*… Et là, il s'est vraiment enlisé, parce que…

« Mais je vous ennuie encore plus que les gens de la préfecture !

— Pas du tout, dit-elle – et pour montrer que ce n'est pas seulement de la politesse, elle rit et ajoute : Vous voulez voir comment je vous aide ?… *Tarantula*… c'est un titre étrange, vous ne trouvez pas ? Vous avez un exemplaire de *Zarathoustra* à la maison ?

— Mon Dieu, non. Je perds beaucoup de points ?

— Environ un million – elle rit encore, un très beau rire, ses yeux brillent – mais ne vous inquiétez pas, moi je l'ai. »

Elle disparaît un instant dans l'entrée pour fouiller dans son sac et revient avec un iPad, elle l'allume et cherche quelque chose pendant qu'il leur sert à nouveau du champagne. « Tenez, écoutez-moi ça ! "*Tarentule !… ton venin fait tourner les têtes, par la vengeance qu'il instille… Je déchire votre toile, je veux que la colère vous pousse hors de vos cavernes de mensonge et que la vengeance qui vous hante jaillisse derrière ce mot que vous dites, 'justice'…*[1]" Qu'est-ce que vous en dites ? Mon Friedrich est assez dylanien pour vous ? »

Là, vous devriez le voir, Carlo Monterossi. L'expression de la stupéfaction absolue, un mélange d'admiration et de désarçonnement. Il ne s'attendait pas du tout à un truc comme ça, non. La phrase de Dylan sur le « *monde fou de justice* » qu'il a lue quelques jours plus tôt lui vient à l'esprit, il lui dit, et elle sourit :

« Il ne serait pas un peu voleur, votre ami Bob ?

— Ah, aucun doute là-dessus… mais vous ne m'aidez pas, Isabella. Maintenant je vais devoir étudier cet Allemand fou, à cause de vous… »

Mais ensuite une idée le traverse et il décide de la dire. Pourquoi se retenir ? La ligne semble tracée désormais, la complicité acquise, et Carlo sent qu'il peut se le permettre.

« Une veuve toute fraîche avec le mari qui est mort assassiné, et dont on ne trouve toujours pas l'assassin, ne devrait pas manier le mot vengeance de cette manière, vous savez ? »

À présent, son rire est ouvert, fluide, avec un son sincère.

« Vous posez un problème insoluble, Carlo. Si la veuve toute fraîche parle de vengeance, elle amoncelle sur elle les nuages de la suspicion… Si elle n'en parle pas, en donnant

1. F. Nietzsche, *Ainsi parlait Zarathoustra*, tr. fr. Maël Renouard, Paris, Payot & Rivages, 2002.

peut-être l'impression qu'elle a évité le mot, voilà que les nuages s'amoncellent quand même. Alors ? »

Cette femme a le pouvoir de compliquer les choses, pense Carlo.

« Mais je vais aller plus loin, poursuit-elle, cette histoire de cailloux. Ce n'est pas mal pensé, vous savez ? Ils sont tous là à parler de complots et de symbolismes, de signatures, de significations abstruses, de rituels et de mythes de la pègre, et personne ne regarde tout près… c'est sous leur nez et ils ne le voient pas, aveuglés.

— Quoi ?

— Un dicton on ne peut plus banal, Carlo, la langue du peuple. “*Metterci una pietra sopra.*” Mettre une pierre dessus. Une affaire à régler. Un point c'est tout. On tire le rideau et on en reste là. Qu'est-ce que vous en pensez, je fais mieux que le profileur israélien ?

— Beaucoup mieux… je n'avais pas pensé à ça.

— Personne n'y a pensé… c'est mal… c'est une sorte de surenchère. Ce n'est pas que de la vengeance, je pense. C'est aussi de la libération. Comme si le meurtrier avait dit : voilà c'est fait, le travail est terminé, n'en parlons plus et oublions cette affaire… C'est ce que je vais faire moi avec mon… mari. » Elle a prononcé le dernier mot avec un sourire qui aiguise la lame du sarcasme.

« Je répète… une veuve toute fraîche…

— Oui, oui, vous me l'avez déjà dit. »

Il aimerait insister sur le concept, mais le téléphone sonne. Oscar. Il passe ou il dérange ? Est-ce qu'il interrompt quelque chose ? Ils sont toujours habillés ?

Carlo rit :

« Attends, je demande à la dame… Un ami, qui est dans le coin, me demande s'il serait importun en venant boire un verre.

— Il est mignon, au moins ?

— Plutôt, plus jeune que moi.

— Je ne vous fais pas confiance, Carlo, je dois le voir en personne. Dites-lui de venir, il a peut-être une meilleure culture générale que vous. » Elle l'a dit avec un sourire amusé et Carlo le prend comme une blague.

Dix minutes plus tard, Oscar est là, un verre à la main, lui aussi disposé à quelques bavardages de délestage.

Jusqu'à ce que Carlo dise :

« Voilà, lui, oui, il pourrait vous mettre à jour sur l'enquête, c'est quelqu'un qui fricote avec les faits divers… une sorte de détective…

— Mon ami plaisante », dit Oscar.

Mais même s'il fait semblant de s'y mettre à contrecœur, il fait son petit rapport. C'est vrai, ils n'y comprennent rien, mais ils ne sont pas complètement idiots, la piste islamiste est une couverture pour les journaux, même si au début ils y ont vraiment pensé. Ils savent maintenant qu'il s'agit de quelque chose qui vient du passé, qui concerne les liens entre les victimes. Mais il y a un problème, parce qu'on ne trouve rien dans le passé récent, et le passé lointain est trop lointain pour qu'on puisse fouiller dedans, et puis Campana… il était jeune pour un passé trop lointain, bref… quelque chose ne colle pas.

Pendant qu'Oscar parle, Carlo ne quitte pas la femme des yeux. Il se dit qu'elle est très belle, et maintenant que la fatigue accentue un peu ces petites rides autour de ses yeux, encore plus. Mais il se dit aussi qu'elle est devenue attentive, qu'elle a un peu plissé les paupières. Elle ne fait pas qu'écouter avec intérêt, elle est aussi… en train de réfléchir, oui.

« Mon Dieu, dit Oscar d'une voix alarmée, j'ai laissé mon téléphone dans la voiture !

— Tu attends un appel ?

— Non… sauf que oui… ça se pourrait, mais je n'ai pas envie qu'on casse une fenêtre pour piquer mon téléphone… vous ne partez pas, hein ? Je reviens tout de suite. »

Il prend la porte et sort. Il sonne à l'interphone quelques minutes après et remonte, visiblement soulagé, en montrant l'iPhone qui a échappé au vol.

Ils boivent encore, parlent encore. Carlo dédie une vieille ballade de Dylan à la dame et lui propose d'être son professeur particulier si elle a envie d'étudier un peu. Elle répond qu'elle pourrait faire de même avec l'Allemand fou. Oscar s'assure, cette fois-ci directement et par des mots, qu'il n'a pas interrompu une quelconque idylle, mais Carlo et Isabella rient de bon cœur : ce n'était ni l'ambiance, ni l'intention, ni le risque… Ils ne deviendront pas amants, c'est sûr, et ils ne deviendront pas non plus amis… pourquoi définir quelque chose d'aussi absurde ? De si… ben, oui, pourquoi mettre une étiquette là-dessus ?

À une heure trente, la dame annonce qu'elle part. Non, elle ne veut pas être raccompagnée, elle a sa voiture en bas et l'hôtel est en centre-ville, tout près.

Elle salue Oscar avec un clin d'œil et fait une blague sur l'intrus qui a gâché sa soirée, en riant, puis elle s'approche de Carlo et lui donne ses baisers habituels de cocktail party.

Alors les deux restent là pour le dernier whisky, Carlo ouvre la fenêtre de la terrasse et laisse entrer un air frais et humide, peut-être qu'il a plu.

« Tu en penses quoi ?

— Femme magnifique, dit Oscar.

— C'est tout ?

— Qu'est-ce que tu veux entendre, Carlo ?

— Quand tu parlais de l'affaire des cailloux, elle est devenue aussi attentive qu'un chat qui s'apprête à sauter. »

Oscar sourit.

« Qu'est-ce que tu fais demain, Carlo ?

— Demain, c'est mercredi et la divine Flora est à l'antenne. Je donnerais n'importe quoi pour être à mille kilomètres de là.

— Hum… mille c'est un peu beaucoup, et si c'était cinquante ? »

Qu'est-ce que ça veut dire ? Carlo regarde son ami. Où veut-il en venir ?

L'autre se lève du canapé blanc, pose son verre après la dernière gorgée et rassemble ses affaires :

« Voyage au lac. Je passe ici à neuf heures, mais c'est toi qui conduis.

— Hein ?

— Neuf heures. »

Puis il sort et ferme la porte. Carlo éteint la musique et les lumières et se dirige vers la chambre à coucher. Il se regarde dans le miroir en se déshabillant. Le coin droit de sa bouche se plie imperceptiblement vers le haut en une petite grimace de perplexité.

29

Les choses avancent lentement, puis elles partent comme des fusées, comme si quelqu'un avait lâché le frein. Et maintenant, dans le petit salon de la maison Ghezzi, il y a une agitation particulière, comme une fièvre.

Sannucci a terminé le travail sur les morts en prison. Ils ont procédé par exclusion, ils ont éliminé ceux qui y étaient pour des crimes courants, puis ceux qui ont pris une petite peine, puis ceux du Sud. Il restait donc, pour Milan et ses environs, quatre noms. Deux de droite, deux de gauche, ils se sont concentrés sur ces derniers. L'un d'eux a été incarcéré pour un hold-up d'autofinancement qui a mal tourné, avec un mort – un agent de sécurité –, puis le procès, la sentence, vingt-huit ans, la prison et le cancer. Fin de la course en 2004. L'autre, même chose : il avait tué un contremaître de l'usine Alfa Romeo d'Arese, arrêté, n'a jamais parlé de ses complices, procès, trente ans, prison et cancer lui aussi. Même fin de course, 2007.

« Nous devons creuser ces deux-là », dit Carella. Ghezzi acquiesce, il sent qu'ils s'approchent.

Puis Selvi arrive, nerveux comme un artificier.

« Grosses nouvelles, dit-il, et il se dépêche d'expliquer, parce que tout le monde le regarde, en attente. Le gars de

Brescia, le fils du type de l'armurerie cambriolée en 81... il avait des papiers à la cave, et oui, il y avait une copie de la plainte. Six pistolets, munitions, numéros de série et tout. Donc ce matin tôt je suis allé faire des vérifications. Parmi ces pistolets, deux sont compatibles avec celui du meurtre de Gotti que nous n'avons pas trouvé, et un autre est le Browning 7.65 qui a tué Crisanti. »

Tout le monde se regarde, voilà le lien. Voilà le fil.

« Et maintenant, le coup de théâtre, dit Selvi.

— Allez, putain ! » Ça, c'est Carella.

« Parmi ces six pistolets, l'un a été utilisé le 9 juin 1981, il a tué un petit chef de chez Alfa Romeo... contremaître – il regarde ses notes –, Franco Rocchini... Pour ce meurtre-là on a jugé Fulvio Pratti, vingt-deux ans au moment des faits, il n'a jamais parlé, il n'a jamais dénoncé ses complices. Muet. Au procès, il a lu un communiqué sur la justice prolétarienne et ces conneries-là et ensuite il n'a plus ouvert la bouche. Ils lui ont donné trente ans secs, il est mort en 2007 à la prison de Novara. Cancer. »

Sannucci dit : « C'est un des deux qu'on a. »

Ghezzi : « Mais... je comprends qu'au bout de quelques années, on jette les PV des plaintes, mais on a une base de données avec les armes qui circulent, non ? Pourquoi le Browning n'était pas dedans ?

— Je ne sais pas, dit Selvi, peut-être que lorsqu'ils ont trouvé celui de l'attentat de 81, ils ont viré tous ceux volés à l'armurier... »

Ghezzi ouvre les bras. Il y a toujours une erreur, il y a toujours un truc qui ne marche pas.

Carella soupire lui aussi, mais ne perd pas le fil.

« Où vivait ce Pratti ?

— Milan, au Giambellino, ouvrier métallurgiste.

— Allez, vite ! Tout savoir, parents, amis, relations de l'époque, s'il y a un truc qui est apparu pendant le procès. Sannucci, Selvi, partez, vous attendez quoi, bordel ? »

Ils sortent en courant. Ghezzi et Carella se regardent, ils sont agités comme des mouches dans un verre. Madame Rosa ne sait pas quoi faire, elle bouge, fébrile elle aussi, contaminée. Alors elle va dans la cuisine faire du café, une sorte de réflexe conditionné.

Carella ouvre le PC portable qui se trouve sur la table et se met à chercher. Au bout de deux minutes, il lit de vieux articles, en ne disant à voix haute que des phrases choisies.

« Franco Rocchini, trente-neuf ans, femme, fils en bas âge. On lui a tiré dans les jambes à six heures quarante du matin, le 9 juin 1981… il sortait de la voiture… ici on dit qu'ils voulaient juste l'estropier, mais artère fémorale et ciao. »

Ghezzi, assis sur le canapé, écoute.

« Fulvio Pratti, arrêté deux semaines après les faits, il a laissé une empreinte sur la voiture de la victime… le con, ils le connaissaient déjà pour des petits antécédents, toujours des trucs politiques… ils étaient trois, dans le commando, l'un conduisait et deux ont tiré, ils ont trouvé les douilles de deux pistolets, mais il n'y en avait qu'un qui avait touché Rocchini… Pratti s'est déclaré détenu politique et il n'a jamais parlé des deux autres.

— Ils ont dû le frapper comme un tambour, dit Ghezzi.

— C'est sûr, mais il n'a quand même pas parlé.

— Bon camarade.

— Bel abruti, il aurait pu faire dix ans et il en a fait trente… un peu moins, vu qu'il est mort en taule. »

Ghezzi secoue la tête. Cette époque, il s'en souvient, mais il ne la comprend pas, il n'a jamais réussi.

« Il y a un compte rendu du procès… on lui a donné toutes les circonstances aggravantes possibles, seulement… à la lecture de la sentence il a crié des slogans, ils ne disent pas lesquels…

— J'essaie ?, dit Ghezzi.

— Vas-y.

— En janvier, ils font le coup à l'armurerie, ils se retrouvent avec six pistolets sur les bras. Comment on disait à l'époque ?… Le saut de qualité, élever le niveau du combat, ce genre de choses. Ils attendent un moment, peut-être pour trouver comment faire, pour choisir la victime. Puis ils se décident et vont à l'usine Alfa d'Arese, à l'aube, pour le premier service. L'un d'eux reste dans la voiture, je ne sais pas pourquoi mais j'imagine que c'est Gotti. Crisanti et Pratti sortent et tirent, Pratti laisse l'empreinte qui le perdra. Puis ils s'en vont. Deux semaines plus tard, on va chercher Pratti, et avec l'empreinte de quelqu'un déjà connu aux archives sur la voiture du mort, eh bien, même la Vierge ne peut pas le sauver. Mais il ne parle pas. Les deux autres comprennent que leur connerie est allée trop loin, que c'était une chose de jouer à la révolution et que c'en était une autre de prendre perpète… Soudain, ils n'ont plus envie… comme quelqu'un qui a pris de l'acide et qui au réveil, quand il comprend ce qu'il a risqué, dit plus jamais, plus jamais… »

Carella écoute en jouant avec son briquet. Madame Rosa a l'air hypnotisée.

« Alors l'un a comme un rejet de tout, il abandonne les sciences politiques, les assemblées, le mouvement… on dit comme ça, non ?… Il s'inscrit à la Bocconi, jure qu'il filera droit, avec toujours en lui l'angoisse que Pratti parle ou qu'on le torture comme il faut, mais ça n'arrive pas, et il continue ses études. Crisanti va voir son père industriel et lui dit : ça suffit, je veux aller en Amérique, et papa n'en croit pas ses oreilles, il lui trouve une université et le fiche là même s'il est trop tard pour les inscriptions… argent. Pratti continue à ne pas parler et pourrit en prison… littéralement. Fin de l'histoire. Tout est facile, tout est simple, d'accord… Mais ça ne nous dit pas qui, trente-six ans après, décide de tuer les deux qui s'en sont sortis, ni pourquoi. Et puis ça ne nous dit rien sur Campana… En 81, il avait douze ans, il ne pouvait pas être là pour tirer lui aussi.

— C'était un putain de magouilleur, peut-être qu'il a entendu l'histoire ou qu'il faisait chanter l'un des deux et que le tueur a décidé de se débarrasser de lui aussi.

— Tu en demandes trop, Carella, je ne suis pas non plus devin… attendons. »

Ils attendent une heure et demie.

Puis Selvi et Sannucci reviennent. C'est Selvi qui parle.

« Fulvio Pratti, né à Milan, 4 mars 1958. Il a grandi au Giambellino avec ses parents, institut technique industriel, puis ouvrier chez Borletti, fauteur de troubles, grèves sauvages. Une garde à vue pour des affrontements à la Scala, 1977, puis pour le passage à tabac d'un contremaître en 80. Prisons : d'abord Milan, isolement de jour, puis Ascoli, puis Novara, il est mort là-bas. Parents morts tous les deux pendant qu'il était en prison, autorisation pour les enterrements refusée. À son enterrement à lui, il n'y avait que sa sœur, Caterina Girardi – un fils, son mari s'est envolé dès qu'elle est tombée enceinte –, puis je ne sais pas, entre le nom de famille d'un assassin et celui d'un connard, elle a décidé de garder celui du connard…

— Et elle est où, cette sœur ?

— Elle était où, parce qu'elle aussi elle est morte – Selvi regarde ses notes – il y a quatre mois, en novembre, du même cancer que son frère.

— Et elle était où alors ? Allez, Selvi, putain ! » Ghezzi sent l'odeur.

« Au 8, via Abbiati, Milan. »

Carella, qui a le PC ouvert devant lui, regarde les cartes, fait une drôle de tête mais ne dit rien, il déplace l'ordinateur sur la table pour que Ghezzi puisse voir. Via Abbiati est une perpendiculaire de via Gigante.

Maintenant, ils devraient être heureux. À la place, c'est une chape de silence qui s'abat. Le seul à exulter, c'est Sannucci, parce qu'il est jeune, parce que c'est quelqu'un qui voit du sang, oui, mais qui en a vu trop peu pour comprendre vraiment de quoi il s'agit. Carella ferme les yeux : les choses sont toujours tellement banales.

« Cherchons le fils et allons l'arrêter. Il est là-bas, c'est sûr, dit Carella.

— Non », dit Ghezzi. Tout le monde le regarde. « Pas encore. Gardons notre avantage. Je retourne là-bas et j'essaie de comprendre quelque chose, comme ça, on débarque à coup sûr et on le prend demain matin tôt… On l'apporte à Gregori déjà emballé, pour qu'il n'y ait pas de malentendu. »

Carella réfléchit, Ghezzi le voit, alors il dit :

« Il ne s'échappera pas.

— D'accord », acquiesce Carella. Puis il s'adresse à Selvi et Sannucci : « Vous m'écrivez bien toute l'affaire, les vérifications, les numéros de série des armes, le tout avec précision, comme ça, en plus de l'assassin, on lui apporte aussi toute l'histoire, à Gregori… achetez peut-être du papier cadeau et un ruban rose. »

Les deux hommes saluent madame Rosa et sortent. Carella regarde Ghezzi.

« C'est un sacré risque.

— Pas tant que ça… s'il n'a pas fui jusque-là…

— Pas pour ça… je ne voudrais pas qu'il fasse des conneries en attendant.

— Ça m'étonnerait… et puis il nous reste le truc de Campana… peu importe l'angle qu'on prend, l'histoire ne colle pas.

— Il va nous le dire.

— J'espère. »

30

« Monte, prenons le petit déjeuner.

— Non, descends, dépêche-toi. »

Voilà, une journée qui commence comme ça, c'est déjà une malédiction du Seigneur. Carlo descend, il est neuf heures cinq, et ils prennent un café au bar. Puis ils vont au parking, remontent avec le char d'assaut luisant et Oscar indique le chemin. Ils passent sous les gratte-ciel, à côté de la gare de Porta Garibaldi, puis par piazza Firenze, prennent à gauche sur le périphérique et ensuite à droite, vers les lacs. Il n'y a pas beaucoup de circulation, rien à voir avec le flux lent dans la direction opposée, avec la queue de ceux qui vont travailler à Milan ; Carlo peut pousser un peu. Oscar lui dit :

« C'est bien, rapide mais dans les limites, reste en dessous du seuil des radars. »

Ils ne parlent pas, ils écoutent la radio, il y a un débat sur l'affaire des cailloux. Un sociologue affirme que la société est devenue plus amère, quelle découverte. Il y a un directeur de journal, le genre *law and order*, qui propose de mettre à prix la tête du meurtrier, il annonce une souscription des lecteurs qui « *ne veulent pas être tués dans la rue* ». Mot pour mot. Oscar rit : « Ils sont tous devenus fous », dit-il.

Carlo ne veut pas lui donner le plaisir de demander ce qu'ils font, et Oscar ne le dit pas. Seulement, à la sortie de Côme, il lui donne d'autres indications, ils contournent la ville, ils prennent la promenade du lac vers Cernobbio, la rive ouest. Puis Oscar dit : « Ralentis », et regarde plus attentivement la route.

« Ici. »

Carlo ne l'avait pas vu parce qu'il y a une grille le long d'un mur couvert de lierre. C'est un grand hôtel du début du vingtième siècle, art nouveau majestueux et tiré à quatre épingles ; en descendant lentement l'allée, ils voient des tables blanches sur une pelouse parfaite, des serveurs en veste blanche qui portent des plateaux avec les petits déjeuners. Ils laissent la voiture sur le parvis et ils sortent. Carlo regarde Oscar comme pour dire : et maintenant ? Mais l'autre lui fait un signe de tête et commence à se promener par là, comme s'il était un touriste qui étudiait l'endroit pour décider s'il est à son goût. Il fait quelques pas sur la pelouse tondue à l'anglaise, contourne la grande structure, jusqu'à la jetée privée où sont amarrés deux bateaux à moteur portant le nom de l'hôtel, puis il rebrousse chemin et fait un tour de l'autre côté. Il y a une rampe avec une barrière. Le parking.

« Tu te tais, tu me laisses parler », dit-il.

Le hall est un immense salon, très élégant. Fauteuils et canapés en cuir, un grand bar au fond avec un immense miroir et des bouteilles alignées, quelques vieux qui préfèrent prendre leur petit déjeuner à l'intérieur, à l'ombre. Les sols sont en marbre, anciens, foulés par des générations de riches Milanais qui aiment l'infinie tristesse du lac. Il y a une élégance d'un autre temps, même si les voitures à l'extérieur sont bien des temps actuels, beaucoup de SUV astiqués, quelques séries limitées, même une Ferrari bleu nuit.

Oscar et Carlo s'approchent du bar de la réception, il n'y a personne, mais une jeune femme en tailleur bleu apparaît tout de suite, un badge accroché au revers de sa veste qui dit : Cristina.

« Bonjour… Cristina, dit Oscar, amical, détendu. Si cela ne vous dérange pas trop, nous aurions besoin de parler à quelqu'un en charge de la sécurité. »

Si Cristina est étonnée, elle ne le donne pas à voir.

« Puis-je savoir pourquoi ? Et ces messieurs sont… ?

— La raison, non, désolé, c'est confidentiel. Je suis Oscar Falcone, je suis mandaté par madame De Nardi Contini ; lui, c'est l'avocat de la dame, maître Monterossi. »

Cristina décroche un téléphone et parle pendant quelques secondes. Puis :

« Monsieur Veraldi, le responsable de la sécurité, est absent en ce moment… il y a son adjointe, madame Trezzi. »

Elle n'a pas fini de parler et dans le hall, derrière eux, apparaît une femme dans les cinquante ans, petite, un peu rondelette, elle aussi en tailleur, mais pas celui d'ordonnance. Elle se présente. Beatrice Trezzi, adjointe au chef de la sécurité, veulent-ils bien la suivre dans son bureau ? Bien sûr qu'ils veulent, ils sont là pour ça.

Lorsqu'ils sont tous assis, elle derrière un bureau et eux sur deux fauteuils confortables en face, la dame range quelques papiers pour prendre son temps, puis elle parle.

« Madame De Nardi est une de nos fidèles clientes et nous lui sommes fidèles, si vous voulez bien lui présenter mes condoléances. Une histoire terrible, une tragédie… c'est mon chef qui lui a annoncé la nouvelle… Comment puis-je vous être utile ?

— La dame aime cet endroit, dit Oscar, votre chaleur en cette triste occasion a été très appréciée, croyez-moi… Nous sommes ici pour une question… La dame a perdu un collier, assez précieux. Elle se souvient vaguement de l'avoir laissé dans sa voiture le soir… le soir avant le crime, voilà, et elle nous a demandé de jeter un coup d'œil, mais il se peut qu'elle l'ait oublié dans sa chambre… enfin, c'est juste une tentative.

— La dame a-t-elle peur que quelqu'un ait ouvert sa voiture, ici, dans notre parking ?

— Non, la dame nous a dit de chercher ce collier, et elle se rappelle l'avoir laissé dans la voiture, mais dans cet état de confusion… Nous n'accusons personne, madame, nous cherchons quelque chose que la dame a laissé traîner…

— Ce n'est pas tant la valeur, dit Carlo, mais c'est un bijou de famille…

— Je comprends, dit madame Trezzi, on va voir… – et elle déplace la souris, les yeux sur l'écran d'un ordinateur allumé qu'elle a sur son bureau. Notre parking est équipé de nombreuses caméras, donc j'exclurais le vol, mais on va vérifier les enregistrements… La nuit avant la tragédie, vous m'avez dit, non ? Ça va prendre un peu de temps… En attendant… La barrière est équipée d'un détecteur de mouvements qui enregistre les entrées et les sorties, on va essayer de réduire le laps de temps… » Efficace, rapide.

Puis elle fronce un peu les sourcils, comme si elle était surprise.

« La dame est sortie avec la voiture le jeudi après-midi… à 17 heures 41… la voiture n'est plus revenue dans le parking… Donc, la nuit de jeudi à vendredi, la voiture n'était pas là… une Range Rover Evoque blanche, c'est ça ?

— C'est ça, dit Oscar, la plaque est EF 459 GR. »

Carlo regarde Oscar : *Mais comment…*

« Mais… attendez… le jour… de la tragédie du mari de madame De Nardi Contini, nous avons ramené la voiture à Milan… une simple politesse pour une hôte comme elle… une bonne cliente, voilà. » Elle décroche le téléphone : « Cristina ? Vous m'envoyez Saverio, s'il vous plaît ? »

Puis, s'adressant à nouveau aux deux hommes :

« Pourriez-vous me décrire le collier que la dame a perdu ? Si on devait le trouver…

— Bien sûr, dit Oscar, des pierres dures, vertes, montées sur de l'or blanc… pas de grande valeur, comme je vous le disais, mais… »

À ce moment-là, un homme d'une quarantaine d'années entre : il frappe doucement sur le montant de la porte ouverte.

« Viens, viens, Saverio… c'est toi qui as amené la voiture de madame De Nardi à Milan… Quand, vendredi dernier ?

— Oui, dans l'après-midi… Une amie de la dame nous a demandé si nous pouvions lui rendre ce service, prendre les bagages de sa chambre et les ramener avec la voiture.

— Et c'est toi qui t'en es occupé ?

— Oui, avec la femme de chambre de la suite.

— Et où était la voiture ? Pas dans le parking ici, n'est-ce pas ?

— Non, elle était garée au village, la dame a dû la laisser là la veille.

— En effet, il y a pas mal de manœuvres à faire pour se garer dans le parking, dit madame Trezzi en s'adressant à Carlo et Oscar. Peut-être que la dame n'a pas voulu… ou qu'elle est allée se promener… C'est sûr qu'elle était ici la nuit de jeudi, parce que c'était une soirée un peu… particulière, nous avons accueilli le concert d'un pianiste allemand remarquable et la dame nous a aidés… elle a traduit un peu pour nous, voilà. »

Puis elle s'adresse de nouveau à l'homme, Saverio :

« Tu n'as pas regardé s'il y avait un collier dans la voiture, sur le siège ou sur les tapis ?

— Non, rien de tel, j'en suis sûr parce qu'avant de la ramener à Milan, je l'ai fait nettoyer, intérieur et extérieur… en ma présence, bien sûr. »

Cet hôtel a des attentions remarquables pour ses clients, se dit Carlo. Mais il se dit aussi qu'une nuit là-bas doit coûter aussi cher qu'une bonne voiture familiale, donc…

« Je suis désolé, messieurs… la suite est à la disposition de madame De Nardi jusqu'à la fin du mois mais elle a été rangée, naturellement, si vous voulez quand même y jeter un œil… »

Carlo s'apprête à dire : non, merci, mais Oscar le devance.

« Eh bien, juste au cas où, si ce n'est pas un problème pour vous… » Puis il secoue la tête comme l'employé qui critique aimablement le patron : « Qui sait où elle a pu le laisser, le collier, dans un moment comme celui-là…

— Je vous accompagne. »

La suite Renzo et Lucia est un appartement de deux pièces, un grand salon et une chambre à coucher princière, une salle de bains avec jacuzzi, une baie vitrée qui donne sur l'arrière de l'hôtel, sur une pelouse à l'anglaise. Oscar et Carlo ne jettent qu'un coup d'œil rapide, puis Oscar s'adresse à la dame :

« Nous sommes vraiment désolés pour le dérangement, madame ; comme je vous l'ai dit, c'était une tentative… le collier va réapparaître quelque part… vous savez, ce sont des moments difficiles pour la dame… Désolé encore une fois.

— Il n'y a pas de quoi, la dame est notre hôte, et nous sommes toujours à sa disposition… après une histoire comme ça, vous imaginez bien… Comment va-t-elle, si je puis me permettre ?

— Très prostrée…

— Oui, ç'a été terrible de lui annoncer la nouvelle, mais… D'ailleurs, nous avons tenté de la joindre par téléphone dès que nous avons été alertés depuis Milan, mais elle l'avait laissé dans sa chambre… Elle revenait à pied de sa promenade matinale, avant le petit déjeuner, et nous l'avons accompagnée dans un coin discret, dans le hall… »

Carlo et Oscar hochent la tête, compréhensifs, un remerciement dans les yeux. Douleur légère, cordialité, la petite complicité de ceux qui ont affaire aux lubies des riches. Puis viennent les poignées de mains, les au revoir, et finalement ils partent. Avant de remonter dans la voiture, Oscar fait un nouveau tour de l'hôtel, va à l'arrière et regarde, de l'extérieur, la porte-fenêtre de la suite qu'ils viennent de voir de l'intérieur. Puis il rejoint Carlo sur le parvis.

« Allons-y », dit-il, et il s'installe confortablement sur le siège passager. Maintenant, il n'a pas d'indications à donner. Mais il fait une chose étrange : il détache le boîtier de télépéage du pare-brise, où il était attaché par un autocollant en plastique, sous le rétroviseur, et le met dans la boîte à gants.

« Qu'est-ce que tu fous ?, demande Carlo.

— Expérience scientifique, dit Oscar. Maintenant, on prend le ticket, OK ?

— Mais du coup on fait la queue, c'est quoi cette connerie ? »

Oscar ne répond pas et allume la radio. Il y a un débat sur le tueur des cailloux et un journaliste économique dit que la Bourse souffre, que ces meurtres ont déjà brûlé plusieurs milliards à Piazza Affari.

Oui, bien sûr, un grand feu de joie.

Plus personne ne parle. À présent, Carlo a une vague idée de ce qu'Oscar voulait faire, mais il ne veut toujours pas lui donner ce plaisir. Puis, lorsqu'ils sont presque arrivés, sur le dernier tronçon d'autoroute, Oscar lui dit de rester sur la voie de droite et de ralentir.

Un semi-remorque long d'un kilomètre klaxonne et fait des appels de phares parce que ce char d'assaut qui va si lentement sur l'autoroute, enfin… mais Oscar ne bronche pas et, après quelques centaines de mètres, il indique quelque chose sur sa droite.

« Regarde là-bas, Carlo, joli, hein ?

— Mais quoi ? La rivière ?

— Mon Dieu, quelle ignorance ! Ce n'est pas une rivière, Carlo, c'est un canal. Tu aimes ? Le canal Villoresi… OK, tu peux y aller, je voulais juste te montrer les beautés de la Lombardie. »

Carlo appuie sur l'accélérateur, le char d'assaut fait un bond en avant et un rugissement gentil, alors il le ramène sur la voie de gauche.

Pendant ce temps, il réfléchit. Ôputain. Ôputain. Ôputain.

Monotone, hein ?

31

Le sous-brigadier Tarcisio Ghezzi sort du métro à piazzale Segesta, ligne cinq, la violette, qui a été terminée avant la ligne quatre, les mystères de la métropole. Il parcourt viale Mar Jonio, puis la place avec la grande cheminée. Pendant ce temps, il pense à beaucoup de choses à la fois, sans les mettre en ordre. Oui, ces histoires-là sont toujours tristes, mais celle-ci elle l'est encore plus.

Il pense aussi à Rosa qui l'a vu au travail, et maintenant qu'elle sait combien de merdes il gère, combien de douleur et de vies gâchées, peut-être qu'elle ne se plaindra plus s'il rentre tard le soir, ou s'il est dans ses pensées et ne complimente pas son *polpettone*.

Puis il se dit que tout le monde a tort. Oui, c'est une histoire dans laquelle ils ont tous tort. Pratti, là, qui tirait sur les gens pour faire la révolution, et qui laissait sa sœur veuve avec un bébé. Frapper le capital ? Et puis quoi encore, couillon, il laissait un orphelin qui allait lui aussi s'encorner avec le capital, sinon pire, et sans le salaire de papa.

Mais alors, n'était-ce pas là un parfait conte moral ? Le prolétaire, ouvrier chez Borletti, qui fait trente ans de prison et meurt seul comme un chien, et les deux autres, le fils du commerçant et le fils de l'industriel, qui avancent dans leur vie comme si de rien n'était, pire, font carrière, achètent des villas, envoient leurs enfants étudier à l'étranger… Dit comme ça, Pratti, et les idiots comme lui, auraient raison : il faut une révolution, oui. Mais ça veut dire quoi ? Tuer d'autres pères de famille et finir comme ça ? Il y a tout, là-dedans, les injustices des siècles et les injustices de ces folles années. Et ce n'est pas comme si les années actuelles…

Et lui, il sait comment ça se termine. Encore un pauvre type qui fera trente ans, voire plus, perpétuité sûre comme l'or. Et pour quoi ? Pour faire justice ? Pour se venger ? Pour régler les comptes ? Quelle connerie. Il y a des comptes qui ne se règlent jamais…

Il est arrivé à la grille. Il fait signe aux gars qui sont là et qui font semblant de flâner et de fumer un joint – non, ça, ils le fument vraiment – en réalité ils montent la garde et ils ne le voient même pas. Il a réussi, finalement, à se fondre dans le paysage… Maintenant il doit faire quelque chose et il ne sait pas si c'est juste de le faire. C'est toujours comme ça, même quand les choses coulent dans le bon sens, il y a toujours des décisions à prendre.

Lorsqu'il arrive à la hauteur du bâtiment C, il décide de monter. Il est un peu plus de vingt-deux heures, il n'est peut-être pas trop tard. Il monte lentement les quatre étages de marches, rumine à voix basse ce qu'il a à dire, mais sans construire de discours.

« Je peux ? »

Madame Antonia est dans son fauteuil roulant, elle a l'air heureuse de le voir.

« Pas de petit déjeuner ce matin, hein ? On tire au flanc ? »

Ghezzi pose sur la table un sachet de café de deux cents grammes et soixante-dix centimes de monnaie.

« Désolé, Antonia, j'ai été occupé… c'est tard ? »

Elle le remercie pour le café, range les pièces et dit :

« Mais quoi, tard ! Je tiens debout au moins jusqu'à minuit… je reste beaucoup trop sur ce lit.

— N'oublie pas le comprimé.

— Mais oui, oui, dans une demi-heure. »

Maintenant, il est assis à la table de la cuisine et tambourine avec ses doigts sur le formica bleu.

« Je suis fatigué, dit-il.

— Franco, que veux-tu, on est tous fatigués. » Elle fait un geste ample d'une main qui dit : on est fatigués de ces murs, de ces fenêtres, on est fatigués de nos jambes qui ne nous tiennent plus, on est fatigués de voir ces jeunes qui ne foutent rien du matin au soir, parce qu'il n'y a rien à faire. On est fatigués depuis des siècles, Franco, depuis des millénaires, on est fatigués depuis qu'ils ont inventé le monde. Ses yeux sont humides.

Tu ne m'aides pas, pense Ghezzi. Mais qu'est-ce qu'elle en sait, elle ?

« Ce Francesco… c'est un bon garçon, n'est-ce pas ? »

Elle ne semble pas surprise qu'il parle de ça.

« Oui… un peu grincheux… il a perdu sa mère récemment, ça devait être en… octobre ? Novembre ? On voit qu'il s'efforce de ne pas changer, de rester le même qu'avant, mais nous qui sommes passés par là, par ces choses-là, nous savons que ça nous change. Ce n'est qu'un garçon, Chiara le dévore des yeux. Le truc de sa mère a duré longtemps, avec de l'argent ça aurait été différent, mais là… »

Ghezzi hoche la tête.

« Parfois, il laisse des choses ici, n'est-ce pas ?

— Oui, la dernière fois, quelques télés… six, je crois. Puis ils les ont reprises une par une. Il m'a donné trois cents euros, pour le stockage, il a dit. Moi je m'en fous, Franco, il faut bien qu'ils vivent, non ?

— Je sais », dit-il. Il n'arrive pas à se décider, alors il sort tout d'un coup.

« Non, Antonia, je veux dire, est-ce qu'il laisse des affaires à lui ici, pas des trucs à vendre.

— Il y a une boîte blanche dans le débarras. Je ne l'ai jamais ouverte. Je pensais que c'était des trucs qu'il ne voulait pas que Chiara voie.

— Je peux ? »

Elle ne dit rien. Elle se passe les mains sur le visage, mais dans les yeux elle n'a plus l'eau qu'elle avait tout à l'heure.

Alors Ghezzi se lève, se dirige vers l'entrée. Dans le petit couloir qui relie la cuisine à l'unique chambre et à la salle de bains, il y a une porte pliante, blanche, en plastique. C'est celle qu'il a entendu Francesco ouvrir la fois où ils étaient là ensemble. Il y a de vieux objets, une cireuse pour le sol – Ghezzi n'en avait pas vu depuis cinquante ans –, des chaussures, des cadres cassés, des choses qu'on n'a pas le courage, ou le temps, ou les deux, de jeter pour toujours. Il y a une boîte blanche, plus grande qu'une boîte à chaussures, plus petite qu'un carton, ça pourrait être celle d'une paire de bottes.

Ghezzi l'ouvre. Il n'y a presque rien à l'intérieur. Une ceinture avec une boucle en métal, quelques photographies, quelques cartes postales. Il regarde et lit. Les photos sont anciennes, un garçon dans les vingt ans, cheveux longs, pantalon pattes d'éléphant. Une photo qui vient du passé. Les cartes postales sont d'un peu partout en Italie, Venise,

Florence… adressées à Fulvio Pratti, prison d'Ascoli Piceno, ou de Novara. Des salutations affectueuses signées Caterina, et une signature enfantine, Francesco. Il y en a une dizaine, de cartes postales, la signature de Francesco s'améliore avec le temps, elle devient adulte… Il y a un cahier d'école, marque Pigna, quadrillé, avec une couverture bleue, un peu usé. Ghezzi le feuillette, l'écriture est très serrée, en majuscules, avec des stylos différents, on voit qu'il a été écrit au fil du temps, la date au début de chaque paragraphe. La première, c'est le 12 avril 1998, la dernière, le 6 février 2007. Il le plie en deux et le glisse dans la poche intérieure de sa veste, remet la boîte à sa place, revient dans la cuisine. Antonia n'a pas bougé.

« Comment ça va avec la chaise ?, demande Ghezzi en indiquant le fauteuil roulant.

— Ah, je suis une experte ! » dit-elle. Elle tente un rire, mais ça lui réussit très mal, c'est juste une grimace.

« Bon, j'y vais, Antonia, prends soin de toi, je compte sur toi pour les comprimés. »

Puis il fait un geste auquel lui-même ne s'attendait pas. Il fait le tour de la table, lui pose une main sur l'épaule et se penche pour lui embrasser la joue.

« Sois sage. »

Elle ne dit rien, prend ce baiser et se tait. Ce n'est que lorsqu'il est sur le point de quitter la cuisine qu'elle l'appelle.

« Franco. »

Ghezzi se retourne pour la regarder. Elle a une larme qui coule sur une joue.

« Ne lui faites pas mal, c'est un bon garçon. »

Il sort en fermant la porte derrière lui et descend les escaliers. Entre le deuxième et le premier étage, dans l'obscurité, il s'arrête un instant et s'appuie contre le mur.

« Putain de merde, Ghezzi, dit-il à mi-voix. Putain de merde. »

Là, il est dans son trou au sommet du bâtiment G. Il se sent sale et prend une douche, même si l'eau est froide et la petite baignoire très inconfortable, et puis il n'y a pas de rideau et il fout de l'eau partout. Il se rhabille, se jette sur le lit et commence à lire.

Il lit tout, lentement, ligne par ligne, sans rater un mot.

Lorsqu'il a commencé à écrire son journal, Fulvio Pratti était en prison depuis dix-sept ans, une vie. Mais il se souvient bien des années précédentes, car il en parle lucide et apaisé, comme s'il s'agissait de l'histoire de quelqu'un d'autre.

Celui à qui ils allaient tirer dans les jambes avait été choisi après une réunion inter-usines entre les groupuscules les plus extrêmes. Les camarades de chez Alfa se plaignaient de ce petit patron minable et arrogant, quelqu'un qui rapportait même si vous n'aviez dévié que d'une minute sur les temps de production. Lui donner une leçon, c'était Crisanti qui avait proposé ça, mais il n'avait pas contesté ce choix, au contraire, et son avis de camarade ouvrier avait pesé dans la balance. Bien sûr, Crisanti était un putain de bourgeois avec le cul au chaud, il était allé chez lui, là-bas, via San Marco, la maison avec les tags sur les murs et les meubles de luxe. Mais Lénine n'était-il pas lui aussi un putain de bourgeois ? Et Che Guevara ?

Dans certains passages, il y a aussi de l'ironie, se dit Ghezzi. Mais le métallurgiste Pratti, avec ses études précaires, avec son ignorance de pauvre, utilise toujours des mots simples et directs.

C'était Gotti, Crisanti et lui. Gotti était resté dans la voiture, mais il avait lui aussi un pistolet pris parmi ceux volés à l'armurerie, pour parer à toute éventualité.

On sent que lorsqu'il avait commencé à écrire, la phase de colère contre ces deux-là était derrière lui, ou peut-être qu'il n'en avait jamais ressenti. Mais dans le journal, il y a des feuilles volantes, des coupures de journaux jaunies. Les articles racontent la carrière de Crisanti, sur l'un d'eux il y a la photo d'une régate avec lui qui sourit, la cinquantaine, boucles au vent, la côte en arrière-plan. Pour quelqu'un qui était en prison, ça devait être un coup de poignard. Mais, en lisant la suite, il semble que non.

Il y a aussi une lettre de Crisanti. Ghezzi s'étonne qu'il ait osé lui écrire, et il se demande pourquoi l'administration pénitentiaire n'a pas mis la main sur ce cahier. Dans la lettre, naturellement, il n'y a rien pour l'incriminer, juste une question pour savoir si le gars avait besoin de quelque chose – quelle question de connard – et quelques considérations banales.

DES CAILLOUX, FULVIO. NOUS AURIONS DÛ JETER DES CAILLOUX, EN RESTER LÀ, AUX PREMIÈRES DE LA SCALA, AUX MANIFS CHAUDES. VOILÀ, ON POUVAIT ALLER JUSQUE-LÀ, JUSQU'AUX CAILLOUX. TOUTE LA SUITE A ÉTÉ UNE ERREUR...

Et comme ça, se dit Ghezzi, *on sait aussi d'où viennent les cailloux*. Il avait raison. Ce n'est pas une signature, c'est un pied de nez, un méchant affront, mais cela ne lui donne aucune satisfaction.

Beaucoup de choses, dans le journal, racontent la vie dans la prison. Les étrangers, d'abord une rareté au début des années quatre-vingt, puis une chose normale. Humanités diverses, cellules étroites, promiscuité, violence. Petits trafics, matons corrompus, coups pour ceux qui créent des problèmes.

Il raconte tout avec une écriture élémentaire, peu de mots, un vocabulaire restreint, et il le dit souvent : Je sais que je ne sais pas écrire… je sais que je n'ai pas fait d'études.

Sur Campana, pas un mot, il n'est jamais mentionné, il n'existe pas.

On sent ensuite les effets de la conversion. Il ne dit jamais qu'il est devenu chrétien, mais les phrases toutes faites de la révolution prolétarienne des crève-la-faim commencent à disparaître et viennent celles de l'Évangile. Les « prolétaires » deviennent « les derniers », parfois les mots en disent plus que ce qui est écrit dans le dictionnaire. Ainsi, ce silence issu du militantisme, ne pas parler, ne pas trahir ses camarades, devenait un silence plus sacré, celui du pardon, de l'allez en paix, c'est moi qui paie, c'est ce qui est juste. Le grand jugement révolutionnaire, celui qu'il attendait, avec les fusillades sur la place et les pauvres qui commandent, son Octobre espéré et rêvé, devenaient petit à petit, dans ces notes écrites à la main, en majuscules, denses, presque sans corrections, le Grand Jugement, le vrai et le dernier, où tout le monde sera appelé à répondre.

Il n'est pas question de prêtres, de messes, de saints… juste un changement de direction, mais toujours dans une sphère extrême. D'abord tout punir, puis tout pardonner.

Deux folies parallèles, pense Ghezzi.

La dernière partie concerne la maladie. Certaines notes ne comportent qu'une seule ligne.

8 novembre 2006 – Aujourd'hui, mal.

6 décembre 2006 – Aujourd'hui très mal, j'ai chié du sang.

La dernière page porte la date du 7 février 2007, c'est une lettre à sa sœur :

Caterina, je n'ai pas beaucoup de temps. Ne viens pas jusqu'ici, ce n'est pas la peine. J'ai été un connard pendant vingt-deux ans et peut-être un peu mieux pendant vingt-six, même si ici il n'y a personne pour le voir. Mais celui qui voit tout sait, ne t'inquiète pas. Tu trouveras une boîte, si elle est encore là, dans les caves de via Giambellino, où on était avec maman et papa, quand on se cachait, tu te souviens ? Peut-être qu'avec toutes les années qui ont passé elle est perdue, qui sait. Si tu ne la trouves pas, ce n'est pas grave, si tu la trouves, fais disparaître ce qu'il y a dedans. Je te ferai donner ce carnet par quelqu'un qui sort de prison, les gardes ferment les yeux parce que je suis un ancien de la prison, je ne fais pas d'histoires et j'ai même aidé quelquefois... quel bon petit frère ! Je te demande une seule chose : fais-le lire à Francesco quand ce sera le moment, c'est à toi de décider, qu'il ne fasse pas les mêmes conneries que moi, mais qu'il sache pourquoi j'ai fait ça. Tu me dis que c'est un bon garçon, un bon garçon doit savoir les choses, ne pas avoir honte.

Je vais te dire au revoir maintenant.

Ton frère Fulvio.

Ghezzi pose le cahier sur le sol, à côté du lit. Il a un poids sur la poitrine et il en est surpris. *Tu en as vu beaucoup, Ghezzi, allez, ne joue pas les vierges effarouchées.* Il se le dit trois fois avec des mots différents mais ça ne marche pas. Il regarde sa montre, quatre heures moins le quart. Puis il prend le téléphone et appuie sur une touche d'appel rapide. Carella.

« Dis-moi, Ghezzi.

— Tu ne dormais pas, hein ?

— Non.

— Moi non plus. »

Silence.

« Je sais tout, Carella, j'ai trouvé un journal intime.

— Bien.

— Viens tôt ici, disons à six heures et demie, on l'attrape tous les deux, il n'est pas armé… c'est un bon garçon, Carella.

— Bon garçon mon cul, Ghezzi, il a tué trois personnes.

— Oui, c'est vrai… je sais où il est, je t'attends à la grille, six heures et demie… dors un peu, moi je vais essayer.

— Pas moi, Ghezzi, après. »

Le sous-brigadier Tarcisio Ghezzi se lève du lit, éteint la lumière et revient s'allonger. Il laisse la fenêtre ouverte, se tourne sur un côté et ferme les yeux.

32

Carlo Monterossi a opté pour la soirée solitaire. Trop de choses à la fois, trop de questions. Las, avec une légère sensation de nausée, il s'est allongé sur l'un des canapés blancs de son palais et a regardé l'émission, son châtiment divin du mercredi soir. Flora De Pisis y est allée fort : Que font les enquêteurs ? Pourquoi ne résolvent-ils pas l'affaire ? Et surtout, pourquoi ne nous tiennent-ils pas au courant de l'avancement de l'enquête ? Cela lui semble plus grave que les morts, que les cailloux, que tout.

Les invités sont la gouvernante de la maison Gotti, qui dépeint le boucher comme une sorte de saint qui ne pensait qu'à ses enfants et à son entreprise, plus à l'entreprise, à vrai dire. Il était si gentil et – maintenant qu'il est mort on peut en parler, de son vivant il ne voulait pas – il faisait aussi du bien, des bourses, des dons, des choses comme ça. La dame verse même quelques larmes, mais le vrai pathos, celui qu'exige Flora, n'arrive jamais.

Bien sûr, avec la belle veuve, cela aurait été autre chose.

Pour parler du troisième mort, Giorgio Campana, en revanche, il n'y a que des détracteurs : deux arnaqués qui racontent comment il semblait dégourdi, dynamique et convaincant, et qu'eux, ils avaient tout perdu. Il n'y a pas l'ombre d'une émotion pour le mort, mais toutes les tentatives de Flora pour arracher quelques détails à ces deux-là – ont-ils été surpris par cette fin ? En sont-ils en quelque sorte heureux ? Pensent-ils que sa mort est liée à ces arnaques ? – tombent dans le vide. Un épisode mou, en somme, ravivé seulement par une interview enregistrée : un expert du ministère expliquant que le pays ne peut pas se permettre un retour du terrorisme. Ce qui revient à dire : zéro progrès, zéro nouvelles, et un non-dit qui gronde comme le tonnerre dans la nuit : on attend un autre mort. Personne ne le dit, bien sûr, mais c'est une éventualité qui plane. Flora l'espère peut-être un peu.

Vers vingt-trois heures, il a appelé Oscar Falcone.

« Tu as lu le mail ?

— Non.

— Tu fais chier, Carlo, lis-le, je te rappelle. »

Alors Carlo s'est déplacé dans le bureau, a allumé le Mac et a lu. Puis il a ouvert la pièce jointe et l'a lue aussi. Ses mains tremblent un peu et il reste là à regarder l'écran sans arriver à s'en détacher. Il comprend maintenant le geste d'Oscar avec le boîtier de télépéage, là, avant la sortie de Côme. Et il comprend aussi pourquoi il est parti une minute l'autre soir, disant qu'il avait oublié son téléphone dans la voiture. Ce n'est pas à sa voiture qu'il est allé.

Quand il se reprend, il attrape son téléphone et rappelle.

« J'ai lu.

— Qu'est-ce que tu en dis ?

— Je ne sais pas, Oscar, je ne sais vraiment pas… qu'est-ce qu'on fait ?

— Comment ça, qu'est-ce qu'on fait ? Rien. »

Carlo est revenu dans le grand salon avec un sentiment de vide collé au corps, puis il est retourné dans le bureau et a imprimé la pièce jointe, une feuille de quelques lignes. Il est allé dans la cuisine, a pris la bouteille de whisky et l'a apportée dans le salon, avec deux verres et une bouteille d'eau glacée. Boire n'est peut-être pas la meilleure solution, mais vous savez ce que c'est : *il n'y a aucun problème qui ne soit soluble dans l'alcool.* Qui a dit ça ? Il ne s'en souvient pas, le jeu des citations n'est pas si amusant quand on y joue seul.

Il ouvre le petit Mac qui trône sur la chaîne et choisit une playlist, celle des moments difficiles. La porte-fenêtre de la terrasse est ouverte, il pleut doucement après une journée de soleil incertain, il pense que tout le monde a tort, même lui qui ne sait pas quoi faire, même Oscar, si sûr qu'il n'y a rien à faire.

Il attend que l'Oban 14 fasse son œuvre, d'abord une légère euphorie, puis la lourdeur des paupières, puis le sommeil.

La musique et les paroles sont comme un souffle lointain :

In Scarlet Town, the end is near
The Seven Wonders of the World are here
The evil and the good, livin' side by side
All human forms seem glorified
Put your heart on a platter and see who will bite[1].

---

1. Bob Dylan, *Scarlet Town* : « À Scarlet Town, la fin est proche / Les sept merveilles du monde sont ici / Le mal et le bien vivent côte à côte / Toutes les formes humaines semblent glorifiées / Mets ton cœur sur un plateau et observe qui va mordre. »

33

Le sous-brigadier Tarcisio Ghezzi descend lentement les escaliers. Il a dormi presque deux heures, même si dormi n'est pas le bon mot. Il est maintenant six heures vingt et il est en bas, à la grille, Carella est déjà là à l'attendre.

« On y va ?

— Prenons d'abord un café, Carella, ça pourrait être long, ne faisons pas ça l'estomac vide. »

Le bar qu'il n'aime pas est à quelques centaines de mètres, il ouvre très tôt, ça, il le sait, ils l'atteignent sans dire un mot. Ghezzi pense que ce truc de boire un café ressemble à un petit ajournement, le report d'une affaire qui sera close quoi qu'il advienne, ça ne presse pas tant que ça. Et puis, après une nuit comme celle-là, il a vraiment besoin d'avaler quelque chose.

C'est une de ces aubes qui ne dit pas ce que sera la journée. Pendant la nuit il a plu mais là on peut voir des petites trouées de bleu, les nuages sont presque roses, le quartier se réveille et dans le bar il y a déjà quelques désœuvrés qui ont décidé de ne pas œuvrer de la journée, et qui se lèvent bien avant elle pour lui signifier.

Puis ils reviennent à la grille. Carella est impatient et ne le cache pas. Ghezzi pense qu'il est jeune, que sa colère peut encore le maintenir debout sans dormir et sans manger, mais que ça ne durera pas éternellement, tôt ou tard il s'apaisera, comme ça lui est arrivé, à lui. Il verra les choses d'une manière... plus mélancolique, voilà, plus humaine.

Pas ce matin.

« On y va, allez ! »

Ils montent les marches de l'escalier A deux par deux, jusqu'au troisième étage. Ils frappent.

« C'est qui ?

— Police. »

Ils entendent des voix à l'intérieur, la porte s'ouvre moins d'une minute après. C'est Francesco, en caleçon, avec un T-shirt bleu. De l'entrée, ils voient l'autre pièce, Chiara est en train d'enfiler quelque chose, et elle arrive aussi.

« Qu'est-ce qu'il y a, qu'est-ce que vous voulez ? »

Ghezzi la regarde et peut-être qu'elle comprend quelque chose, mais il détourne tout de suite les yeux.

« Habille-toi, Francesco, viens avec nous. »

Le garçon ne dit rien, il met un jean et une paire de vieilles Adidas usées, enfile un blouson. Puis il embrasse Chiara et dit : « Je reviens tout de suite, ça doit être les conneries habituelles des flics », mais il le dit d'une voix incertaine. Elle esquisse une petite protestation, mais le regard de Carella la fait renoncer immédiatement.

Ils l'escortent simplement dans les escaliers, Ghezzi devant, le garçon au milieu, Carella qui ferme la marche.

« Où est-ce que t'as ta voiture ?, demande Ghezzi.

— Juste devant. »

Mais quand ils arrivent dans la cour, il y a quelque chose de bizarre. Mouvements étranges, deux hommes près de la grille, l'un a un émetteur radio à la ceinture, on entend ce croassement que Ghezzi et Carella connaissent bien. Policiers. Puis ils voient aussi que devant la grille, il y a un blindé bleu, gyrophare allumé.

Quelque chose ne va pas.

Carella attrape Francesco par le blouson et le pousse à nouveau par la porte du bâtiment A, Ghezzi va voir. L'un des deux près de la porte est Carlo Perini, le sous-brigadier du commissariat de San Siro, celui à qui ils avaient posé des questions sur le quartier.

« C'est quoi ce bordel, Perini ? » demande Ghezzi.

Maintenant qu'il est près de la grille lui aussi, il voit qu'en fait, il y a six blindés – quatre de la police, deux de la brigade financière. Des agents en sortent, beaucoup, en tenue antiémeute, silencieux, leur casque accroché à la ceinture.

« Qu'est-ce que tu fous ici, Ghezzi ?

— Je travaille sur un truc. C'est quoi ce cirque ?

— Je t'ai dit qu'en cas de gros problème, Mafouz nous préviendrait… Il nous a appelés hier soir, il dit que ce nouveau groupe d'Africains garde des trucs dans les caves, vraisemblablement des armes, du gros.

— Et vous venez ici pour faire la guerre ?

— Ordre du préfet. Chercher les armes, si elles sont vraiment là, et attraper les nouveaux Africains, nous avons déjà le chef, arrêté cette nuit. Ensuite, nettoyer, se débarrasser des squatteurs… Les gens de l'Aler vont arriver avec la liste des appartements qui sont censés être vides mais qui sont pleins.

— Ce sont des pauvres gens, Perini.

— Me fais pas chier, Ghezzi, tu sais ce que je pense, mais il y a des ordres, et les ordres disent nettoyage, sans se poser de questions. Avec cette histoire de cailloux, tout le monde est nerveux, laisse-moi tranquille, laisse-moi travailler, sois sympa. »

Devant la grille, les collègues en tenue fument et discutent doucement, ils se mettent en formation, deux rangées pour bloquer la route, un petit groupe se rassemble au milieu de ces deux barrières d'hommes, ils seront les premiers à entrer.

Ghezzi tourne le dos et marche rapidement. Il revient à la porte du bâtiment A, Carella est là où commence l'escalier, il tient Francesco par le bras, le garçon semble sonné.

« On ne peut pas sortir maintenant, tout le monde va nous voir, ça va être la merde pour Gregori », dit Ghezzi. Carella réfléchit, il est en train d'évaluer la situation, mais Ghezzi est plus rapide : « Montons chez moi. »

Ils traversent la cour jusqu'au bâtiment G, ça doit faire cinquante mètres, puis l'escalier, Ghezzi devant, Carella derrière, le garçon au milieu qui obéit comme un automate, pas besoin de le pousser. Ils entrent dans le trou du quatrième étage, Carella fait asseoir Francesco sur l'unique chaise, brutalement.

« Tu restes sage. »

Ghezzi ouvre la fenêtre et regarde dehors. Ils sont entrés, une douzaine, ils vont tout droit, au pas de course, descendent l'escalier des caves, celui où Mafouz est allé fouiner l'autre soir. Ghezzi voit les chefs, en civil, avec des casques, ils parlent à la radio.

« Ça va prendre du temps, dit Ghezzi, on attend », puis il s'assied sur le lit.

Carella se tient debout, appuyé contre la porte de la salle de bains. Dehors, beaucoup de fenêtres s'ouvrent, les gens regardent ce qui se passe, la cour est remplie d'uniformes.

Maintenant, Ghezzi se tourne vers Francesco.

« Pourquoi t'as fait une connerie pareille ? »

L'autre se tait, il est pâle, il tremble un peu.

« J'ai tout lu… le journal de ton oncle… on connaît toute l'histoire. Pourquoi faire une connerie pareille trente-six ans après, Francesco ? »

Le garçon ne parle pas, il a juste eu un petit tressaillement quand il a entendu parler du journal.

« Eux, ils faisaient ça pour la révolution, c'était une bêtise aussi, mais c'était l'époque… d'accord. Mais toi, pourquoi ? »

Carella allume une cigarette et parle pour la première fois.

« Où est-ce que tu as mis le pistolet ? Celui qu'on n'a pas trouvé, celui qui a tué Gotti.

— Dans une bouche d'égout près de là, presque à l'angle de via Giovio. »

Carella prend le téléphone dans la poche de sa veste et appuie sur un bouton, il attend.

« Selvi, une bouche d'égout via Mauri au coin de via Giovio. Le pistolet… je sais qu'on a déjà regardé mais on regarde de plus près, appelle les gars de la mairie. »

Ghezzi est à la fenêtre. Des hommes en uniforme montent et descendent des caves, ils ont sorti des caisses en bois qui ont été posées à même le sol, fermées. Par groupes de deux, ils escortent vers la grille des gens menottés, deux d'entre eux sont noirs, les Africains, un autre est le petit Calabrais, ils les rassemblent en un groupe, entouré d'uniformes bleus, surveillés de près.

De la fenêtre, on ne voit pas les blindés à l'extérieur mais on peut deviner le bleu des gyrophares, on entend des cris, des slogans. Peut-être que les gens du collectif sont arrivés des autres bâtiments, des autres cités, un cordon de policiers les tient sûrement à distance.

« Où est-ce que tu as pris les pistolets ? La boîte de l'oncle ? Combien il y en avait ? Parle-moi, Francesco », dit Ghezzi. C'était censé être un ordre, mais c'est quasiment une prière.

Carella se tait, mais on voit qu'il se retient, il le giflerait bien, le petit merdeux.

Ghezzi, lui, ressent le poids de toute cette situation. Un monde qui s'écroule. Dans la cour, les ratissages ont commencé à partir des bâtiments A et B, qui se font face, il y a une famille qui descend déjà ses affaires, les enfants tournent autour, ils ont l'air perdu, mais on ne voit pas très bien de là, c'est tout de même le quatrième étage. Les slogans rythmés provenant de via Gigante deviennent un peu plus forts, possible que plus de monde soit arrivé. Puis il regarde à nouveau dans la pièce.

« Il avait fait une grosse connerie, et ce journal, il l'a écrit pour toi, pour que tu ne tombes pas dans le piège comme lui il y était tombé, Francesco. Et tu as fait même pire… On ne rend pas justice comme ça, si on fait comme ça, ce n'est plus de la justice, putain, il te l'a dit dans toutes les langues même s'il était à moitié analphabète, bordel de merde, et tu n'as rien compris. »

Carella éteint sa cigarette en la jetant par terre et en l'écrasant avec son pied, il en allume une autre.

Francesco a les yeux humides. Il crie presque.

« C'était un con, juste un pauvre con. Lui en prison et ces deux autres dehors qui devenaient de plus en plus riches… un con avant, parce qu'il n'a pas parlé, un con après, parce qu'il leur pardonnait. Il est mort comme un chien… tu sais qu'ils s'en sont rendu compte un jour après ? C'est pas une bonne façon de crever, je le sais, moi, j'ai vu maman… »

Il est pris d'un sanglot.

« C'est pas comme ça qu'on change les choses, Francesco, comme ça, tu ne fais que les empirer, comme ça, tu ne fais que tout empirer même pour ceux qui viennent après… Mais tu croyais faire quoi, putain ? »

Le garçon se tait. Il renifle. Puis il recommence à parler, fougueusement cette fois-ci, comme s'il voulait répondre à la question :

« Ne me fais pas de sermon, qu'est-ce que tu en sais, toi, putain ? Regarde, bordel de merde, regarde où on vit, regarde ce qu'on doit faire pour vivre… Ces deux-là c'étaient des assassins comme mon oncle, même pire peut-être, et ils vivaient la belle vie. Nom de Dieu, j'ai vu l'appart de ce gars, là-bas, via Sofocle, je l'ai vu de l'extérieur, puis je suis revenu ici et j'ai regardé le mien… Va te faire foutre, le flic, c'est vous qui auriez dû les attraper il y a trente ans, et il ne se serait rien passé. Si c'est pas vous qui faites justice, vous qui êtes payés pour ça, quelqu'un doit bien le faire, non ? Mais tu parles, putain, vous êtes leurs chiens de garde, à ces gens-là.

— Tu sais bien que ce n'est pas vrai, Francesco, c'est une simplification, tu caricatures, là… Je touche mille deux cents par mois, ça m'a pris trente ans d'acheter un trou comme le tien, j'ai dû chier du verre, mais ça ne me vient pas à l'idée de tuer les gens juste parce qu'ils ont une villa.

— Mais ce n'est pas ça… tu ne comprends pas », dit le garçon. Là, il est en train de réfléchir. Sa voix s'apaise, sa respiration devient moins précipitée.

De l'extérieur viennent les pas lourds de policiers en uniforme et quelques cris de la rue. Maintenant, deux familles emportent leurs affaires dans la cour. Quand il recommence à parler, il le fait très doucement, lent, avec un filet de voix basse :

« Mon oncle n'a rien à foutre là-dedans… je ne l'ai même jamais vu, je suis de 84, il était déjà en taule… Maman ne me disait rien, puis plus tard j'ai compris, j'ai fait des recherches, mais cette histoire-là ne m'intéresse pas, le communisme fait par les bourges… C'était un pauvre type, qui s'est retrouvé à la peine de mort sans le savoir parce qu'il avait tué un kapo, qui était probablement lui aussi un crève-la-faim. Tu l'as vue, madame Antonia, n'est-ce pas ? Elle dit qu'elle t'aime bien, tu sais ? Que tu es quelqu'un de bien. Je savais que tu n'étais pas celui que tu disais être. Tu sens le flic à un kilomètre à la ronde… »

Ils le laissent parler, ils comprennent vite qu'il est en train de tout lâcher, là, qu'ensuite il s'écroulera.

« Elle a travaillé toute sa vie, elle aussi, une putain d'esclave, et regarde, là, dans quel état elle est, elle attend juste de crever. Le travail, le mérite, se frayer un chemin dans la vie… mais combien de conneries je dois encore entendre, hein ? Je te montrerai les factures qu'ils ne m'ont pas payées depuis des mois… ça prendra du temps, monsieur Girardi…

— Tu as tué trois personnes parce qu'on ne te paie pas tes factures ? » Carella sait être un vrai salaud, quand il veut.

Le garçon secoue la tête et fait un petit rire.

« Ce serait une bonne raison déjà… mais non, pas pour ça… mais oui, pour ça aussi. Et pour la façon dont maman est morte, et parce que pour m'en tirer j'en suis venu à revendre des télés plasma pour deux Calabrais ignorants comme la merde… parce qu'il n'y a pas un seul putain de moyen de se sortir d'ici… Et pendant ce temps, l'autre, là, il partait étudier aux États-Unis puis il revenait ici pour faire les affaires des promoteurs, et là, tout le monde aux petits soins, comment vous dites, vous ?

Un pilier de la société civile… J'ai lu ça dans le journal, le même journal qui disait qu'il fallait chercher des Arabes… Ici il y a la société incivile, il y a un type dans le bâtiment A, au-dessus de nous, au quatrième étage, qui a attrapé une hépatite parce qu'il mangeait de la bouffe ramassée dans les poubelles… vous avez déjà lu ça dans le journal ? Vous en avez rien à foutre, c'est tout. Et vous savez quoi ? Moi non plus. Je l'ai pas fait pour l'oncle, ni pour maman, ni pour Antonia et ses putains de pilules. Je l'ai fait pour moi, pour faire quelque chose, pour…

— Allez, dit Carella, c'est bientôt fini les pleureuses grecques ? il faut qu'on y aille. Il y en a beaucoup, des losers comme toi, il y en a toujours eu et il y en aura toujours, et jamais personne n'a arrêté d'être un loser parce qu'il a tiré sur des gens. Tu dis les mêmes conneries que tout le monde, tu m'avais l'air plus intelligent… parlons de choses sérieuses : pendant combien de temps tu les as suivis ?… Gotti ? »

Maintenant, Francesco Girardi ne gémit plus, ne tremble plus, il a retrouvé des couleurs.

« C'était facile, il faisait toujours la même route, toujours les mêmes horaires, je voulais le faire la veille mais il y avait une conne qui traînait dans le coin avec son chien.

— Et Crisanti ?

— Je l'ai suivi, j'ai un peu étudié les caméras.

— Comment t'as fait pour ouvrir la voiture de Campana, là-bas, via Solari ?… Et son pistolet, tu l'as trouvé dans la boîte à gants ?

— Ce n'est pas moi qui l'ai tué, celui-là. »

Ghezzi et Carella se regardent. Francesco ne remarque pas, car il garde les yeux baissés et continue à parler.

« D'après ce que j'ai lu dans les journaux, il le méritait aussi, les arnaques, la finance… le domaine avec les vignes, mais va te faire foutre, un de moins… Si ça vous fait plaisir, je peux prendre la faute pour ça aussi, pour ce que j'en ai à foutre… si le truc que vous appelez justice existait vraiment, vous devriez me donner une médaille. »

Ghezzi soupire et regarde à nouveau en bas dans la cour. Les familles avec matelas et valises sont maintenant au nombre de trois, une autre sort par la porte du bâtiment D, une dame voilée hurle contre les flics, elle tient un bébé dans les bras… Les cris de la rue sont plus forts, on entend une sirène. *Il va bientôt y avoir la détonation des lacrymos*, se dit Ghezzi, *c'est de la folie, tout est fou. Tout est faux*. Il se souvient de ce qu'il pensait la veille, en sortant du métro… Tout le monde a tort. Tout le monde.

Carella trépigne.

« Plus tôt on sort d'ici, mieux c'est. »

Maintenant, Ghezzi se lève du lit et s'approche de la chaise où se tient le garçon. Il a l'air rapetissé, le visage blanc, le nez qui coule, les yeux humides.

« Comment tu vas ?

— J'ai soif… j'ai envie de vomir. »

Ghezzi jette un regard à Carella puis prend le garçon par le bras, doucement, sans le tirer, et le met debout pour le guider vers les toilettes. Le garçon fait un pas, docile, vaincu, mais après il fait un bond de tigre et se soustrait à la prise légère de Ghezzi. Le temps d'un pas, deux, foudroyant, félin, et il saute et plonge par la fenêtre. Juste comme ça, la tête la première, comme un garçon heureux qui saute d'un rocher. Il était là il y a une seconde, et maintenant ils ne le voient plus. Ghezzi va à la fenêtre et il est en train de passer la tête quand le bruit arrive. C'est un bruit qui restera en lui pour toujours, il le sait dès le moment où il l'entend. Quand il regarde en bas, Francesco Girardi est sur le béton de la cour, les jambes pliées dans une position absurde, le corps tordu, une tache rouge qui se répand sous sa tête.

Carella a blanchi d'un coup. Il est resté comme paralysé, mais seulement un instant, là il ouvre la porte et se lance dans les escaliers. Ghezzi le suit, mais l'autre, toujours en train de descendre, lui crie :

« Pas toi, merde ! Fais disparaître tes affaires d'ici. Tout de suite ! »

Ghezzi ne comprend pas, ça lui prend quelques secondes. Puis il revient dans l'appartement et jette tout en vrac dans la vieille valise, il met le carnet dans la poche intérieure de sa veste, plié comme il l'avait fait la veille au soir, chez Antonia. Puis il descend, la valise à la main, et quand il arrive dans la cour, il la jette dans un coin, derrière les poubelles, en espérant que personne ne l'ait vu.

Carella est penché sur le cadavre, les mains dans les cheveux, le visage blanc, il tremble un peu. Ghezzi se baisse lui aussi. Deux hommes en uniforme et un en civil arrivent en courant.

« C'est quoi ce bordel… » Puis ils voient le garçon par terre, la mare de sang, les jambes pliées de cette façon-là.

« Nous sommes des collègues, dit Carella en montrant son badge, brigadier Carella, sous-brigadier Ghezzi. »

Ils sont maintenant cinq à se tenir autour du cadavre, debout, sans rien dire ; d'autres arrivent, plus lentement. Même le sous-brigadier Perini, qui jette un long regard à Ghezzi. Un regard qui contient reproche et fatalisme.

Puis on entend un cri aigu, inhumain, un cri qui racle la gorge. C'est Chiara. Elle se faufile entre ces gros hommes en uniforme, les bouscule, joue des coudes, personne ne pourrait l'arrêter, et personne n'essaie. Elle s'écrase avec les genoux sur le béton et prend la tête du garçon dans ses mains.

« Francesco ! Francesco ! Réponds, putain ! C'est moi, Chiara, allez, ne fais pas le con, réponds ! »

Puis elle lève les yeux sans regarder personne, ses mains sont tachées de sang, les larmes qui coulent, elle tremble, elle se penche à nouveau sur le corps et l'embrasse, le serre, relève la tête. Puis un cri déchirant, féroce, méchant, encore plus inhumain qu'avant.

« Vous l'avez tué, salauds, fils de putes ! Vous l'avez tué, bande de merdes ! »

Elle se lève et tape des poings, avec force, furieuse, contre la poitrine d'un gars qui se trouve là, un de ceux en uniforme. Carella l'attrape par l'arrière, par les épaules, l'entoure de ses bras et l'emmène quelques mètres plus loin, il continue à la serrer par l'arrière, fort.

Ghezzi ne peut pas détacher ses yeux du garçon, il est incapable de bouger, de faire un pas, même de respirer.

C'est ma faute, pense-t-il, *c'est ma faute*. Et aussi : *Tout le monde a tort, complètement tort*.

Dix minutes plus tard, une ambulance arrive, inutile, mais les médecins s'occupent de Chiara qui est accroupie près d'un mur, par terre, recroquevillée, les yeux fixés dans le vide.

Carella a téléphoné à Gregori qui lui a ordonné de venir le voir tout de suite, immédiatement. Il l'a crié avec toute sa voix, et Gregori en a beaucoup.

Pendant ce temps, la nouvelle s'est répandue. Il y a un mort. Qui ? Un camarade. Un des nôtres. Oui, mais qui ? Et comment ? Des objets se mettent à voler contre le cordon des policiers, les chaises du bar voisin, des cailloux, un panneau de signalisation arraché au trottoir. On entend les cris: « A-ssa-ssins! A-ssa-ssins! », une charge est lancée, puis des gaz lacrymogènes, Ghezzi entend les détonations rondes et voit la fumée blanche.

« On doit aller voir le chef à la préfecture », dit Carella au sous-préfet en costume cravate avec un casque sur la tête.

« Je vais dire à une voiture de vous emmener, dit l'homme, et il est sur le point de donner l'ordre.

— Non, fais-nous sortir avec la mienne.

— D'accord. »

Maintenant, Ghezzi et Carella traversent la cour en courant. Il y a des matelas par terre, des enfants qui pleurent, des femmes qui crient sur les agents. Ils ne lèvent pas les yeux, mais ils savent que tout le monde est à la fenêtre à regarder la guerre.

Carella met le contact, pose le gyrophare sur le toit et allume la sirène, le tout en démarrant sur les chapeaux de roues. Un blindé de la brigade financière s'écarte juste à temps.

Puis il conduit comme un fou.

« On l'a poursuivi jusqu'au quatrième étage, la porte était ouverte et il a sauté, OK?

— Je ne sais pas si je peux, Carella.

— Tu peux, Ghezzi, crois-moi, remercie la Vierge qu'il portait pas de menottes. »

Le sous-brigadier Ghezzi ferme les yeux. Il n'entend que la sirène, il ne pense à rien... ah, si, il pense que tout le monde a tort. Tout le monde. Lui plus que tout autre. Il entend le bruit du garçon qui s'écrase sur le sol, il entend les détonations des lacrymos, les cris, « A-ssa-ssins », Chiara qui renifle.

Il pense à Rosa qui l'attend à la maison.

Il est dix heures et demie du matin.

34

Carlo Monterossi est sorti un peu après sept heures, ce n'est pas son genre, il est presque surpris qu'il y ait déjà de l'animation dehors. Mais ce n'est pas non plus son genre de se retourner dans son lit, de succomber au sommeil, de se réveiller d'un coup et de se retourner à nouveau.

Il a pris une douche brûlante, longue, il s'est rasé, la radio allumée, les infos, puis une émission spéciale sur le tueur des cailloux. La ville a peur, disent-ils, les gens veulent vivre tranquilles.

Il a regardé dehors pour décider comment s'habiller, mais il n'a pas bien compris, seulement qu'il ne pleuvait pas, pour le moment. Il a donc enfilé une veste bleue, confortable, sportive, un pull col en V sur une chemise bleu clair, des chaussures faites pour marcher.

Il a pris son café dans un bar de via Turati, debout à côté de gens endormis, puis il a simplement flâné, en pensant sans penser, en laissant son esprit aller là où il voulait, mais en comprenant qu'il allait toujours au même endroit.

Via Turati, via Manzoni, l'entrée de la Galleria. Il a acheté le journal et s'est assis à une table dans un de ces bars élégants, ceux où les touristes allemands boivent un cappuccino après les spaghettis. Il a pris un autre café et a feuilleté distraitement les pages actualités. Toujours les cailloux. On voit qu'ils ne savent plus qui interviewer, qui appeler, les enquêteurs ne parlent pas, on a épuisé le stock de proches des victimes, il reste les deux catégories les plus dangereuses : les politiciens et l'Italien moyen. Le ministre de l'Intérieur dit que la présence de l'armée a été renforcée à Milan dans le cadre de l'opération « Rues tranquilles ». *C'est drôle*, pense Carlo, *ce sont ces gamins en tenue de camouflage, mitrailleuses à la main à côté des jeeps, qui n'ont pas du tout l'air tranquilles, eux non plus, ils sont terrifiés à l'idée de voir une rafale partir toute seule.*

La première et la seconde femme de Cesare Crisanti se chamaillent pour l'héritage, on lit les noms de grands avocats, on soupçonne l'existence de comptes à l'étranger et la première épouse veut y voir clair – et aussi le bateau, elle dit qu'il l'avait acheté pour elle. Les magasins commencent à ouvrir dans la Galleria, les vendeuses de chez Prada refont la vitrine. Non, pas du tout des vendeuses, elles doivent être *visual merchandisers*, pour le moins.

Carlo se lève et continue sa promenade, il ressemble à un flâneur qui s'est levé tôt, s'est bien habillé, et regarde autour de lui en savourant l'émerveillement que lui apporte cette nouvelle journée, mais il ne savoure rien. Le Dôme est là, comme toujours, recouvert sur un côté par des panneaux publicitaires qui en financent le sempiternel entretien. Il y a quelques touristes matinaux qui se demandent pourquoi ils n'ont pas dormi une heure de plus.

Alors Carlo se décide, fait demi-tour, traverse piazza della Scala et remonte via Manzoni. Lorsqu'il est devant le grand hôtel, l'un des plus élégants de Milan, celui des aristocrates et des conducteurs de Maserati, il passe le coup de fil qu'il avait en tête depuis le début. Une voix endormie lui répond :

« Bonjour, Carlo. Ça vous paraît être une heure pour réveiller une dame ? »

Il regarde sa montre, il est neuf heures vingt.

« Je suis désolé, Isabella. Je dois vous parler.

— À l'aube ?

— Oui, à l'aube.

— Laissez-moi m'habiller au moins, ou vous voulez que je descende comme je suis ?

— Je vous attends dehors.

— Mais qu'est-ce que vous racontez ! Entrez et attendez-moi dans la salle breakfast, je descends dans quelques minutes.

— Non, prenez votre temps, et votre petit déjeuner aussi. Je préfère vous attendre dehors.

— Comme vous voulez », dit-elle, et elle raccroche. Elle a l'air agacée, non pas à cause de ce réveil inattendu ni de l'heure, mais parce qu'il n'a pas accédé à sa demande, ça ne doit pas lui arriver souvent de recevoir un Non merci.

Maintenant, il s'assied sur les marches du monument à Pertini, qui est une sorte d'escalier, et il regarde les gens qui passent, les rideaux des magasins qui se lèvent, les ronds-de-cuir des banques du coin qui entrent et sortent des bars, pressés, en petits groupes habillés pareil, vestes grises et cravates laides.

Les quelques minutes deviennent une demi-heure, il se promène là-devant, regarde les vitrines. Puis il la voit sortir avec le portier en livrée qui lui ouvre la porte et fait une petite révérence. Elle traverse la rue et le rejoint en souriant.

« Vous ne pouvez pas rester trop longtemps sans me voir, hein ? »

Elle porte un pantalon serré, des chaussures à lacets, élégantes, un pull bleu pâle sans rien en dessous, un petit sac avec une longue bandoulière et une veste bleu marine à peine posée sur les épaules, avec cette nonchalance que les femmes de son genre ont travaillée pendant des millénaires, depuis l'époque où des gens comme Carlo apprenaient à faire du feu avec des pierres. Il se surprend à remarquer les petits seins qui dansent, libres, sous ce doux cachemire.

« On se promène un peu, ça vous dit ? » mais il n'attend pas qu'elle réponde, il s'achemine sur via Manzoni vers l'arche de piazza Cavour, sur le trottoir du côté du théâtre. Ils ne disent rien, traversent la place, entrent dans les jardins où il y a cet arbre majestueux qui est en train de se couvrir de petites feuilles timides.

« C'est une promenade romantique ? » demande-t-elle.

Un braque gris aux yeux tristes les regarde depuis la pelouse, le propriétaire le rappelle et il part au trot, indolent et magnifique. Carlo ne sait pas par où commencer. Elle comprend que ce n'est pas une rencontre normale, une cour inhabituelle, que l'invitation ressemblait plus à une convocation, mais elle ne demande pas, n'enquête pas sur ce réveil et cette promenade, elle lui laisse le temps.

« Vous êtes une femme magnifique, Isabella. Vous avez tout, vous semblez tout simplement parfaite… comment vous avez pu ?

— Comment j'ai pu quoi ? »

Carlo comprend que ça va être difficile. Il se demande aussi pourquoi il le fait, mais c'est une question qu'il s'est posée toute la nuit, et il s'est dit qu'il aurait une réponse seulement en le faisant. Et maintenant il ne la trouve pas. Comme les mots, il ne les trouve pas non plus.

« Vous avez commis beaucoup d'erreurs, vous savez ?

— Vous parlez du mariage ? Oui, et des grosses, mais maintenant c'est fini… Si vous me faites la cour, Carlo, laissez-moi vous le dire, vous n'êtes pas doué. Aussi décadent et démodé que ça puisse paraître, avec moi, les roses marchent mieux. Du Baccarat, si on peut choisir le kitsch. »

Il sourit. La distance que cette femme prend avec tout l'impressionne. C'est quelqu'un qui s'attend à ce que le monde s'ouvre devant elle comme la mer Rouge devant Moïse, admirable, mais irritante aussi.

Puis elle s'arrête d'un coup. Ils sont sur les escaliers qui mènent aux remparts.

« Vous devez me dire quelque chose, Carlo, et en même temps vous ne voulez pas me le dire. Je suis une femme libre, je n'ai pas d'obligations, j'ai tout le temps que je veux. Mais n'abusez pas de ma patience, je considère cela comme une sérieuse infraction.

— Vous avez pris votre petit déjeuner ?

— Non, un homme malheureux et mystérieux ne m'a autorisé qu'un café après ma douche… un type étrange, il était très pressé, mais on ne sait pas pourquoi. »

Carlo montre l'autre côté de piazza della Repubblica.

« Montez, nous parlerons en mangeant un morceau. »

Katrina ouvre grand les yeux. Déjà, ne pas trouver « monsieur Carlo » à la maison à son arrivée était une bizarrerie, elle sait qu'il n'aime pas découcher, mais le lit avait été utilisé – uniquement par lui, des choses qu'elle saisit au premier regard – et cela la troublait encore plus. Mais maintenant qu'elle le voit entrer avec cette femme extraordinairement élégante, elle se transforme en discrétion faite femme et disparaît dans la cuisine. Dix minutes plus tard, Carlo Monterossi et Isabella De Nardi Contini sont assis à la table du salon, une nappe parfaite, un petit déjeuner de Grand Hôtel. Elle rit.

« Si je dors encore dans ce taudis de via Manzoni, je viendrai prendre mon petit déjeuner ici. »

Mais il n'a aucune envie de cette escarmouche à présent.

« Une balle dans la nuque, Isabella. Une exécution. Comme les nazis. »

Elle ne plisse même pas une lèvre, n'a pas le moindre tressaillement. Rien.

« Oh, non, Carlo, sur ce point vous avez tort. Comme les bolcheviques, comme les Vietcongs, comme les Khmers rouges, comme tous ceux qui pensent qu'ils rendent la justice, et que leur justice est… inévitable, presque divine.

— Vous alliez dire sublime ?

— Oui, j'allais le dire, mais je crains que vous ne compreniez pas.

— J'ai compris beaucoup trop de choses. »

Elle se sert de l'orange pressée d'une carafe en cristal. *Elle a une maîtrise d'elle-même effrayante*, pense Carlo. Maintenant ils se regardent, un regard long, elle sourit. Elle n'est pas maquillée, juste un fil de rouge à lèvres, elle ne baisse pas les yeux.

« Expliquez-moi, dit-il.

— Non, vous, expliquez-moi. Vos conjectures sont amusantes, comme je vous l'ai déjà dit toute la journée, mais l'intrigue est un peu lente… on accélère ?

— Je vais vous raconter une histoire, Isabella. Une histoire banale.

— Hou, ce n'est pas votre genre… j'écoute.

— Une belle femme, riche, élégante, cultivée… un mannequin capable de traduire les philosophes allemands et les bavardages d'un pianiste, fait une folie qui ne lui ressemble pas et épouse un bon à rien… »

Si elle a saisi l'allusion au pianiste qui s'est produit là-bas, sur le lac, elle ne le donne pas à voir.

« … Lui est fasciné par ce monde qu'il ne touchera jamais du doigt, elle trouve peut-être amusant de descendre quelques marches de l'échelle sur laquelle elle est née et a été élevée… se dégrader un peu, voilà. Je connais le thème, c'est une de ces nuances qui… enfin, peu importe, les formes que peut prendre l'amour sont infinies, et toutes légitimes, n'est-ce pas ? … »

Elle le regarde avec amusement, maintenant.

« Ce muesli est bio, n'est-ce pas ?

— … Mais l'amusement est de courte durée. Leurs vies sont intermittentes… ils s'éloignent mais pas tout à fait, il essaie désespérément de gravir cette échelle, mais il ne peut pas, il n'est qu'un petit-bourgeois, comment vous avez dit ? – une canaille de roman russe, oui, j'en connais deux ou trois, je les évite comme la peste… Mais je veux dire, d'une certaine manière, elle se punit, elle reste avec lui, du moins… techniquement, disons. Elle vit un peu à Rome, un peu à Paris, je crois, on la traite comme une reine dans les grands hôtels…

— Là vous vous trompez, Carlo. C'est une reine…

— Très bien. Puis l'agacement grandit, devient de l'exaspération. Et enfin, quand elle découvre que le petit chenapan n'est pas seulement cela, mais qu'il est un homme violent, qui bat les petites filles, les achète, les viole… elle voit enfin surgir un de ces sentiments absolus qu'elle aime tant… la rancœur, la haine… comment vous avez dit ? Je voudrais utiliser vos mots : *cristalline*.

— L'histoire commence à décoller, Carlo, vous vous débrouillez très bien, continuez.

— Je suppose qu'elle a fantasmé la chose pendant des mois. Le jeter du bateau ? Que c'est banal. Du poison ? Oh, trop littéraire. Puis elle lit dans les journaux cette sale histoire de cailloux. Elle aime la métaphore, le message… une pierre dessus. Tirer le rideau et passer à autre chose… Donc un jeudi de mars, elle se sent prête…

— Hou, ça y est, on y arrive », dit-elle sans détacher ses yeux de ceux de Carlo. Elle a un rire subtil.

« Elle participe à une soirée mondaine, traduit les mots de remerciement d'un pianiste allemand, j'imagine que les applaudissements du public de millionnaires évacués sur le lac de Côme étaient plus pour elle que pour lui… d'ailleurs, qu'est-ce qu'il a joué ?

— Chopin et Brahms, d'un ennui mortel.

— Mais oui, je suppose qu'elle est plus wagnérienne, ou le dernier Beethoven…

— Non, je pense qu'on ne devrait pas manipuler un piano à moins d'être Glenn Gould.

— Parfaite, comme toujours… Elle anticipe donc sa promenade matinale, il fait encore noir, elle est assez sûre que personne ne la verra, mais même si c'était le cas ? Qui peut mettre en cause les mouvements d'une reine ? Elle a laissé le téléphone dans sa chambre, elle sait que le bornage téléphonique est une science exacte. Elle sort par la porte-fenêtre qui donne sur la pelouse, marche jusqu'à la voiture qu'elle a laissée au village et se rend à Milan. Combien de temps ça peut prendre à cette heure-là ? Une demi-heure ? Quarante minutes ? Elle entre dans l'immeuble, elle a les clés, c'est chez elle, puis avec l'ascenseur elle descend jusqu'au parking et monte dans la voiture de son mari… elle avait le double de la clé, n'est-ce pas ?

— Bien sûr, sinon, quel genre de plan parfait ce serait ?

— Elle attend un peu. Elle connaît les horaires, les marchés ouvrent à neuf heures et elle sait qu'il veut être devant ses écrans, prêt et réactif à cette heure-là, donc au moment où il descend chercher la voiture, il est… disons sept heures et quart ? »

Elle boit une gorgée de café. Un pâle rayon de soleil avance lentement sur la table, entrant par la porte-fenêtre de la terrasse.

« Aucune hésitation, pas même une seconde, alors qu'il se penche pour faire démarrer le moteur, elle appuie le pistolet sur sa nuque et tire. J'imagine qu'elle avait des gants, et aussi qu'elle a vérifié qu'elle ne s'était pas salie… d'ailleurs… avec un plan aussi millimétré, j'exclus la possibilité qu'elle ait trouvé le pistolet dans la voiture, non ?

— Mais non, bien sûr. C'était son cadeau… anniversaire de mariage, parfaitement son style, mais je lui ai pardonné… Ce n'est pas le pire des objets à tenir en main, vous savez ?

— Bien… oui… même un abruti pareil ne garde pas un pistolet dans sa boîte à gants… Puis elle sort… non. D'abord, elle prend le caillou dans son sac… un caillou du lac, je suppose… et elle le dépose sur les genoux de cette erreur de parcours qui a duré dix ans… Et là elle sort, oui, toujours en passant par le bâtiment, elle arrive à sa voiture et repart. Il est… disons sept heures et demie, c'est ça ? »

Elle ne dit rien.

« Les embouteillages pour l'école et les bureaux n'ont toujours pas commencé, alors elle revient vers Côme… à la hauteur du canal Villoresi, elle ralentit, ou s'arrête même, ça, je ne sais pas, et elle jette le pistolet du pont de l'autoroute.

Je pense qu'elle a juste beaucoup ralenti, car si elle était sortie de la voiture, le pistolet aurait fini dans l'eau, et non sur les berges… une petite erreur. »

À présent, elle se lève de table et s'assoit sur l'un des canapés blancs. Carlo la rejoint et s'assoit face à elle, sur l'autre canapé. Il ne veut pas rater ces yeux-là.

Elle glisse les doigts dans son sac à main et il a un petit frisson. Peur ? Elle la lit dans ses yeux et éclate d'un rire sonore. Même là, alors qu'elle rit ouvertement, avec ses yeux aussi, elle parvient à être impeccable. Elle sort de son sac un petit miroir et regarde ses lèvres, arrange ses cheveux, puis elle le braque sur lui et dit : « Boum ! »

Il rit aussi, c'est peut-être du soulagement.

« … Puis elle fonce vers son Grand Hôtel art nouveau, laisse sa voiture au village et revient de sa promenade, enfin, non, elle se promène pour de bon cette fois-ci… Elle prend une heure pour elle… tranquille, détendue, la reine en vacances. Puis elle rentre à l'hôtel. Dans l'allée… ou était-elle déjà dans le hall ?… bref, le chef de la sécurité court vers elle, la fait asseoir, lui donne un verre d'eau. Il dit qu'ils ont reçu un appel de Milan, la police… son mari… un terrible accident… Qu'est-ce que vous en dites, Isabella, c'est une bonne intrigue ? J'ai oublié quelque chose ?

— Juste des petits détails, Carlo… oh, rien de grave… voilà… les preuves, disons.

— Mais oui, les preuves, des choses mesquines, n'est-ce pas ?

— Oui, mais on dit qu'il en faut…

— C'est embêtant, Isabella, je suis obligé de vous raconter une autre histoire, même si la technologie est une matière aride… Vous voyez, Isabella… le télépéage déclenche l'ouverture des barrières d'autoroute… vous entendez un petit bip.

On pourrait penser qu'en retirant le petit boîtier du pare-brise et en le mettant, disons, sur le siège passager ou dans la boîte à gants, on le rendrait aveugle et sourd, mais ce n'est pas toujours le cas. J'ai essayé hier. J'ai détaché mon boîtier de la vitre et je l'ai mis dans la boîte à gants… j'ai fait la queue et j'ai pris mon ticket, mais j'ai quand même entendu ce léger bip… J'ai téléphoné à l'assistance… ils sont très gentils, vous savez ? J'ai protesté, un citoyen déçu par leur service. Ils m'ont dit que parfois ça arrive, que si je lis bien le mode d'emploi, c'est écrit que lorsqu'on enlève le boîtier, il vaut mieux le mettre dans son étui… sinon il risque de se déclencher quand même… c'est ennuyeux, on finit par payer le péage deux fois… »

Y a-t-il vraiment cette petite fissure qu'il semble voir dans sa confiance à elle ? Ou est-ce simplement parce qu'il a porté le coup du K.-O. et qu'il s'attend à la voir chanceler ?

Carlo met une main dans la poche intérieure de sa veste et lui tend un papier plié en quatre.

« Jetez un coup d'œil, Isabella. C'est une capture d'écran du site de télépéage… Vous devriez avoir plus d'imagination avec les mots de passe, si mon ami a réussi, je crois que… eh bien, ça dit que vous avez pris l'autoroute à Côme à 5 heures 43 ce vendredi-là et que vous êtes sortie à Milan à 6 heures 22… Puis vous avez pris le chemin inverse à 7 heures 46, barrière de Milan, l'A8, Milan-Laghi, celle qui passe au-dessus du canal Villoresi, et vous êtes sortie à Côme à 8 heures 21. »

Isabella De Nardi Contini ne bouge pas un muscle, elle semble aussi détendue que lorsqu'elle est entrée, fluide, souple, pas du tout crispée. Elle ne laisse échapper qu'un léger soupir, comme lorsqu'on se rend compte d'une petite erreur, d'un mauvais achat, de la taille trop petite ou trop grande d'une robe. Inattention, méprise, où ai-je la tête ?

Des choses qu'on classe avec un petit rire.
Et c'est ce qu'elle fait, en effet : un petit rire.

Maintenant elle se lève et sort sur la terrasse, il la suit.
« C'est joli ici, dit-elle.
— Oui. »
Il est onze heures passées et Carlo est extrêmement fatigué. Il n'a pas dormi, et cette… reconstitution, ce réquisitoire de procureur, l'a épuisé. Elle a l'air fraîche, elle embaume.
« Bien, et maintenant ? » demande-t-elle.
Il ne dit rien.
« Qu'est-ce que vous voudriez, Carlo, la grande scène ? Que la reine si maladroite vous offre de l'argent… quoi d'autre ? » Elle dit cela avec un regard de fausse malice qui exclut toute véritable malice.
Puis ce visage magnifique devient dur. On dirait que c'est elle, maintenant, l'avocate de l'accusation.
« Vous n'avez rien compris, Carlo… vous vous en remettez aux faits, aux données, aux preuves… à la banalité du réel. Mais ne voyez-vous pas le dessein ? … La justice, Carlo, il n'y a que ça qui compte. Pas l'officielle, les tribunaux, les procès-verbaux, les jugements, c'est d'un tel ennui. Non. Giorgio méritait bien cette fin. Parfaite, propre, je dirais… à l'échelle un sur un… symétrique à sa vie de merde.
— D'abord victime consentante, puis juge, puis bourreau… ça ne serait pas un peu trop, Isabella ?
— Le concept de trop est un non-sens, Carlo, vous ne savez pas ? Rien n'est jamais trop. Trop de quoi ? Trop de justice ? Trop de vengeance ? Trop de propre pour une histoire aussi sale ? Ne jouez pas au pur, ne jouez pas au prédicateur sur la montagne, ce n'est pas crédible.

— Et à quoi vous jouez, vous, Isabella ?

— Moi, je ne joue à rien. Rien du tout. Je pourrais faire le numéro de la femme blessée, bien sûr. Ou vous parler longuement de cette petite fille que j'ai vue à l'hôpital, le nez cassé, les bandages… ses yeux étaient effrayés, vous savez ? Elle était… vaincue, oui, vaincue à jamais… peut-être pas par les coups de cet abruti, peut-être plus par le fait de savoir que ses parents l'avaient vendue… pour quoi, la nouvelle voiture ? Une nouvelle salle à manger ? Je ne le ferai pas, Carlo, je trouve la catégorie du pathétique… tellement pathétique…

— Vous compliquez les choses, Isabella. Je comprends que ça fait partie de votre charme… mais les choses sont simples, ça s'appelle un homicide. Volontaire. Prémédité. De trente ans à la perpétuité. »

Maintenant, elle a l'air pensive. Elle regarde depuis la terrasse les voitures qui font la queue sur les remparts. Il y a un soleil pâle qui n'arrive pas à percer la brume. Mais elle n'a pas l'air troublée, juste un peu fatiguée, peut-être par toute cette affaire, peut-être juste par cette discussion.

Ils sont debout, côte à côte, ils regardent ce qui se rapproche le plus de l'horizon, la cime des arbres du parc, les maisons au bout, là où commence viale Majno. Elle appuie la tête sur son épaule.

« Et tous ces beaux mots sur le monde fou de justice, où sont-ils passés, Carlo ? Vous aussi, vous aussi, fou de justice ? »

Il a un mouvement d'agacement. Surtout à cause de son inaltérabilité, de son calme.

« On ne tue pas les gens, putain !

— Pourquoi ? » demande-t-elle.

Elle le regarde dans les yeux. Ce n'est pas une question rhétorique, ni défensive, non, c'est une vraie question :

pourquoi on ne tue pas les gens ? C'est comme si elle attendait une réponse, mais ça ne vient pas, Carlo ne sait pas quoi dire, ni même quoi penser, en vérité.

Cette femme a le pouvoir de le désarmer.

Puis un petit bruit, comme une fourchette qui tape sur du cristal, le ramène dans le monde. Un message. Il sort son téléphone de la poche de son pantalon et regarde l'écran, un SMS d'Oscar : Télé, tout de suite.

Carlo rentre dans le grand salon et appuie sur la télécommande. Isabella le suit. Il y a une jeune femme blonde avec un micro à la main – une rue, on dirait la banlieue, derrière elle un mouvement d'uniformes.

« … déroulement des faits. Ce qui est certain, c'est que le meurtrier, connu jusqu'à présent comme le tueur des cailloux, a tenté de fuir pour échapper à son arrestation et, se voyant perdu, a sauté d'une fenêtre du quatrième étage, ici dans une cité du quartier San Siro à Milan. Selon les premières informations dont nous disposons, il s'agirait de Francesco Girardi, trente-trois ans, qui réside précisément dans un de ces HLM où une vaste opération de police a été lancée ce matin… »

Carlo appuie sur deux boutons de la télécommande et se branche sur une chaîne d'info en continu. Le substitut du procureur est en train de parler devant une forêt de micros.

« … Grâce à la synergie entre l'équipe d'enquête placée sous la direction du ministère, les experts internationaux et l'équipe de la préfecture de police de Milan coordonnée par le brigadier Gregori, le meurtrier a été identifié dans la matinée, mais il a réussi à échapper à l'arrestation pour accomplir ensuite ce geste extrême… »

Les journalistes donnent de la voix.

« Comment savez-vous que c'est vraiment lui ?

— Nous avons de nombreux éléments à charge… Nous avons retrouvé le pistolet du premier meurtre et des documents qui prouvent sa responsabilité de façon incontestable.

— Girardi était connu pour son… disons militantisme… Peut-on parler de raisons politiques ?

— Non, je dirais une vengeance personnelle… bien sûr, nous ferons toutes les vérifications nécessaires.

— Y aura-t-il une enquête sur l'arrestation manquée ? Une enquête interne ? Des défauts dans la procédure ?

— Absolument pas. Les responsables de l'enquête, toujours en synergie avec le parquet et la *task force* envoyée par le ministère, seront reçus par le ministre qui s'apprête à atterrir à Milan, et on leur proposera une promotion. Un cauchemar prend fin, et pour cela, nous devons être reconnaissants…

— Pouvez-vous nous dire quelque chose sur le mobile ?

— Pourquoi les cailloux ?

— Avait-il des complices ?

— Nous n'avons pas connaissance de complices, nous pourrons parler du reste lorsque nous aurons tous les détails, lorsque le dossier sera clos, cela ne prendra pas beaucoup de temps car, je le répète, tout semble être très clair, aucune zone d'ombre… »

Carlo appuie à nouveau sur la télécommande. Sur une autre chaîne, il y a un journaliste qui remercie les forces de l'ordre et annonce, lui aussi, la fin du cauchemar. Carlo revient sur la chaîne du début, la jeune femme se sert de son doigt pour indiquer quelque chose et la caméra le suit :

« Voici la fenêtre d'où Girardi a sauté pour échapper à son arrestation, quatrième étage, aucune autre issue, il ne fait aucun doute que l'on peut parler de suicide… Les échauffourées qui ont eu lieu en même temps étaient sans rapport avec la tentative d'arrestation, il s'agissait en effet d'une expulsion d'occupants illégaux en cours à ce moment-là… une douzaine de familles… Il n'est pas exclu que ce soit précisément cette confusion qui ait poussé Girardi… »

Carlo éteint la télé.

Isabella De Nardi Contini, assise, se masse les tempes, elle se passe nerveusement les mains dans les cheveux. Pour la première fois, elle semble ressentir… de la peine ? du chagrin ? Carlo ne pourrait pas le dire, mais elle est moins distante, c'est sûr.

« Trente-trois ans… murmure-t-elle, un garçon – elle a un petit frisson.

— Ça devrait vous tirer d'affaire, n'est-ce pas ? Une injustice qui couvre une injustice prise pour de la justice… un beau bazar, non ? »

Maintenant, elle le regarde avec des yeux furieux.

« Vous êtes un crétin, Carlo. Vous ne comprenez pas… vous n'y arrivez tout simplement pas. Voilà, c'est ça, les vies, des enchevêtrements incompréhensibles, inextricables, sales… La justice, la vérité, quelles choses idiotes, et vous les aimez tant, n'est-ce pas ? Vous savez pourquoi ? Parce qu'elles vous donnent l'impression de compter pour quelque chose, de décider quelque chose… N'importe quoi, Carlo, conneries. Réfléchissez-y, de temps en temps. Les choses suivent leur cours indépendamment de nous, ou plutôt, et souvent, contre nous. Voudriez-vous me voir dans une cellule pendant toute ma vie… ce serait là une justice satisfaisante ? Ou ne serait-ce pas une vengeance, comme la mienne, plus sale, plus hypocrite que la mienne… ? Allez-y, Monterossi, vous savez où me trouver, je ne vous ferai pas le plaisir d'avouer, ni celui de fuir. Je serai comme j'ai toujours été – quand je défilais, quand j'étudiais, quand je tirais dans la tête d'un animal, quand je flirtais avec vous en vous écoutant parler de Dylan ou de votre émission pour débiles mentaux... Vous êtes si petits, avec votre désir de régler les choses... La justice ? Un garçon qui meurt comme ça, les petites filles à l'hôpital, la riche veuve avec des chaînes... ce serait ça votre idée de la justice ? Cela ne me concerne pas, faites ce que vous voulez, prenez vos décisions... Adieu, Carlo, ce fut un plaisir. »

Puis elle ramasse son sac à main, remet sa veste bleu marine sur les épaules et s'apprête à partir, mais elle change d'avis. Elle frappe légèrement à la porte de la cuisine et l'ouvre. Elle voit Katrina qui s'affaire avec la vaisselle.

« Merci infiniment, madame. Le petit déjeuner était délicieux. »

Katrina se sèche les mains et sourit, heureuse. Elle pense que la dame est magnifique, et que peut-être cette fois-ci monsieur Carlo...

Puis Isabella De Nardi Contini, veuve Campana, tueuse d'un seul caillou, traverse le salon, mais avant elle s'approche de Carlo, se hisse sur la pointe des pieds et lui donne un baiser sur la joue, un seul cette fois-ci, pas un baiser de cocktail party, un vrai baiser. Pour finir, elle lui tourne le dos et sort de scène en fermant doucement la porte d'entrée.

« Belle dame, magnifique, dit Katrina, qui passe la tête dans le grand salon.

— Oui », dit Carlo.

35

On sait tout du tueur au caillou. La vie de Francesco Girardi a été découpée en filets avec l'habileté des grands maîtres sushi japonais, tranchée en fines lamelles, garnie et servie à notre aimable public. La mort de sa mère, qui a certainement affecté la stabilité psychologique du garçon, l'histoire de son oncle terroriste, la vie précaire, l'insatisfaction permanente et l'esprit rebelle, le quartier populaire envahi par les étrangers – comme si cela comptait.

Un invisible raccommodage politique a mis d'accord le ministre, le préfet et le sous-préfet Gregori : il a conservé sa victoire sans exiger qu'elle devienne publique et manifeste, et la résolution de l'affaire a été présentée comme le fruit d'une parfaite collaboration. Il a été demandé à Carella et Ghezzi de ne pas faire les difficiles avec le troisième mort, du moins pour le moment, la priorité étant de rétablir le calme. Mais lors de la triomphale conférence de presse, le ministre a menti, en disant qu'un certain lien entre le meurtrier et Campana était apparu, qu'ils allaient approfondir la question, qu'ils allaient mettre tous les points sur les « i ». Vague mais assertif.

Flora De Pisis a apprêté le dernier épisode de *Crazy Love* comme une grande fête de libération de la peur, mais sans renoncer aux intonations affligées. Les ombres projetées sur le passé des deux premiers morts se sont rapidement dissipées. Les amis, les connaissances, les politiciens proches – pour Crisanti – ont esquivé le sujet, en partie « pour clore et oublier cette terrible histoire », et en partie en se protégeant derrière « cette époque sombre, ces années de plomb que nous avons heureusement laissées à jamais derrière nous ». Isabella De Nardi Contini veuve Campana, invitée à commenter, a poliment refusé, en laissant à ses avocats le soin de s'en charger : « La dame n'a pas l'intention de faire de déclaration. »

Quelques journaux ont parlé des jeunes filles battues, ce qui a automatiquement dépouillé Campana de son habit de victime pour lui faire revêtir celui du porc qui ne mérite pas qu'on perde du temps à le pleurer, et cela a expliqué, selon certains, la réserve absolue de sa femme, autre victime dans toute cette histoire.

Des presque deux cents détenus morts de maladie en prison en dix ans, personne n'a parlé.

Les journaux ont consacré quelques rares lignes aux protestations, même aux plus violentes, de certains « extrémistes » du collectif pour le droit au logement, rejoints par d'autres militants à la tête de centres sociaux autogérés. Les communiqués parlant de « *meurtre d'État* », de « *police assassine* » et de « *Francesco Girardi comme Giuseppe Pinelli*[1] » ont été

1. Giuseppe Pinelli (1928-1969) est un cheminot et militant anarchiste italien. Gardé à vue dans le cadre de l'enquête pour l'explosion d'une bombe piazza Fontana à Bologne, il meurt le 15 décembre 1969 en tombant d'une fenêtre du poste de police de Milan. Malgré une enquête ayant exclu la responsabilité des agents, le soupçon du meurtre policier n'a jamais été levé.

qualifiés de « délirants » et remisés dans les dernières lignes des articles, tout en bas, là où presque personne n'arrive. Via Gigante, une inscription est apparue, peinture rouge sur mur gris : Francesco vit.

Flora, pour préparer le dernier épisode, a demandé à Carlo d'amener à l'émission cette jolie fille, Chiara, la petite amie du tueur au caillou. Il lui a dit : « Non », et a quitté le bureau de Notre-Dame des Larmes pour la dernière fois, sans même lui donner le plaisir de claquer la porte. Il est passé très rapidement à la fête de fin de production, pour dire au revoir aux quelques personnes qui le méritaient.

« Alors tu pars pour de vrai, a dit Bianca Ballesi.

— Oui.

— Ça me fait un peu de peine.

— Pas moi.

— Si tu fais une émission et que tu as besoin d'une bonne productrice, fais-moi signe, tu sais comment ça se passe avec les mouvements de libération, n'est-ce pas ? L'un appelle l'autre. »

Carlo a ri et lui a donné un baiser, il lui a tourné le dos et a quitté le studio de télévision transformé en salle de fête pour l'occasion. Les photographes étaient tous pour Flora, rayonnante pour l'aboutissement d'une saison aux audiences mémorables.

Oscar Falcone s'est pointé un soir, quelques jours plus tard. Ils n'ont pas parlé de l'affaire des cailloux, ni de Flora, ni de morts assassinés ni de belles femmes tueuses. Ils ont trop bu et Oscar s'est écroulé sur l'un des canapés blancs. Le lendemain matin, lorsque Carlo s'est réveillé, ranimé par les soins de Katrina, il n'était plus là.

Katrina n'a pas posé de questions sur l'humeur de monsieur Carlo pendant ces jours étranges. Elle s'est contentée de bavarder avec la Vierge format magnet, sans cacher sa déception : « Mais si même dame élégante comme celle-là ne va pas… si magnifique, que veut monsieur Carlo ? »

Il a entendu, mais l'a laissée faire.

Un dimanche après-midi, début avril, il a téléphoné au sous-brigadier Ghezzi.

« Ghezzi, j'aimerais vous parler, pourquoi vous ne viendriez pas dîner ? Avec madame, bien sûr.

— Je ne suis pas d'humeur, Monterossi, laissez tomber.

— Et si je viens, moi ?

— Quand vous voulez, je suis chez moi pendant quelques jours, vous connaissez l'adresse. »

Le soir d'après, le lundi, en bravant une mousson tropicale qui inondait la ville, Carlo Monterossi a sonné à l'interphone de la maison Ghezzi, a pris l'ascenseur branlant et s'est présenté à la porte. Un bouquet de fleurs pour madame Rosa – sept roses, pas du Baccarat – et une bouteille d'Oban 14 pour son ami policier.

« Je sais que vous aimez, Ghezzi. »

L'autre a souri, a ouvert immédiatement la bouteille et versé deux doses généreuses, ils se sont assis sur le canapé du petit salon. Madame Rosa a compris qu'ils voulaient être seuls et s'est enfermée dans la cuisine.

Au début, il n'y a eu que du silence, puis Carlo a parlé.

« Ghezzi, vous êtes la dernière personne à qui je pensais me confier. »

L'autre lui a lancé un regard fatigué. *Il a l'air plus vieux*, s'est dit Carlo, même si la dernière fois qu'il l'avait vu, il ressemblait à un clochard.

« Une sorte de... dilemme éthique, Ghezzi.

— Non, Monterossi, ne faites pas ça.

— Mais...

— Mes propres dilemmes éthiques me suffisent, merci, je ne veux pas de ceux des autres, et surtout pas les vôtres qui n'apportent que des emmerdes. »

Tout en parlant, il a indiqué du menton une feuille posée sur la table basse du salon, à côté des verres. Madame Rosa est revenue de la cuisine et s'est assise sur une chaise près de la table, les mains sur les genoux, comme quelqu'un qui assiste à une veillée funèbre et ne sait pas quoi dire.

Carlo a pris la feuille et a commencé à lire :

Je soussigné, brigadier de police Tarcisio Ghezzi...

Il a levé les yeux de la feuille avec un grand sourire.

« Brigadier ! Ghezzi, tu as fini par y arriver ! Si j'avais su, j'aurais apporté du champagne au lieu du whisky !

— Continuez, Monterossi. »

Carlo poursuit la lecture et arrive jusqu'au bout.

C'est une lettre de démission.

Ghezzi quitte la police après trente ans pile, cinq ans avant la retraite. Il ne manque que la signature. C'est une immense bêtise, Carlo le sait, il le sent. Il ne sait pas quoi dire, il regarde madame Rosa dont les yeux sont humides, mais elle aussi se tait.

Maintenant, tout le monde se tait.

Carlo verse deux autres doses généreuses de whisky. Madame Rosa se lève et revient de la cuisine avec un verre.

« Peut-être que j'en ai besoin, moi aussi », dit-elle, et elle essaie un rire forcé qui ne lui réussit pas.

Carlo lui verse moins d'un doigt et elle fait déjà un signe de la main : Assez, assez !

Ils boivent en silence.

Puis Carlo prend la feuille sur la table où il vient de la poser, la relit, la déchire en deux, puis en quatre, puis en huit, puis en seize morceaux. Il la remet sur la table basse, elle n'est plus que confettis. Il finit son verre d'un trait, fait un signe à la dame, une petite révérence de la tête, et s'adresse au brigadier Tarcisio Ghezzi :

« À bientôt, brig. »

Il prend son pardessus, qui n'a pas encore séché, ouvre la porte et sort. Il descend à pied, lentement, fluide, mesuré, d'un pas décidé.

Ce n'est plus un déluge, maintenant, juste une pluie tranquille de printemps.

Carlo monte dans la voiture, démarre, le char d'assaut fait un bruissement gentil dans les flaques d'eau et s'en va, doux comme un chat qui ronronne.

La radio de la voiture s'allume toute seule, c'est le téléphone qui lui a dit, ces deux-là sont vraiment copains.

Most of the time
I'm halfway content
Most of the time
I know exactly where it all went
I don't cheat on myself
I don't run and hide
Hide from the feelings,
that are buried inside
I don't compromise
and I don't pretend

I don't even care
if I ever see her again
Most of the time[1].

1. Bob Dylan, *Most of the time* : « La plupart du temps / Je ne suis content qu'à moitié / La plupart du temps / Je sais exactement où tout est passé / Je ne me mens pas / Je ne cours pas me cacher / Me cacher des sentiments / enterrés en moi / Je ne fais pas de compromis / et je ne fais pas semblant / et je m'en fiche / de la revoir un jour / la plupart du temps. »

Retrouvez notre catalogue sur
www.editionsdelaube.com

Pour limiter l'empreinte environnementale de leurs livres,
les éditions de l'Aube font le choix de papiers
issus de forêts durablement gérées et de sources contrôlées.

Achevé d'imprimer en juin 2023
sur les presses de l'imprimerie Firmin-Didot
pour le compte des éditions de l'Aube
331, rue Amédée-Giniès, F-84240 La Tour d'Aigues

Numéro d'édition : 5002
Dépôt légal : février 2023
Numéro d'impression : 175607

Imprimé en France